白居易集箋校

七

〔唐〕白居易 著
朱金城 箋校

上海古籍出版社

白居易集箋校卷第五十二

中書制誥五　新體　凡五十道

京兆尹盧士玫除檢校左散騎常侍兼中丞瀛莫二州觀察等使制

敕：夫疆理天下，壤制四方，乘時省置，何常之有？故方隅未寧，務先經略，則專委方伯以總統之。及兵革甫定，思弘風化，則並命連帥以分理之。朕常以幽、薊一方，環封千里，延袤廣莫，專制實難。屬元戎改轅，新帥進律，因而制置，以叶便宜。蓋王者弛張變通之要也。京兆尹盧士玫，爲人端和，爲政寬簡。自尹京輦，人甚便安。今司徒總籍甚爾名，叶從人望。河間列郡，乞委士玫。因而可之，必易爲理。況新造之府，經始之政，勞俫安輯，是爾所能。俾珥左貂，兼執中憲。寵任不細，勉哉是行！可依前件。

【箋】

作於長慶元年（八二一），五十歲，長安，主客郎中、知制誥。此卷那波本編在卷五二。

〔盧士玫〕舊書卷一六二、新書卷一四七本傳俱未詳士玫除瀛莫二州觀察等使年月。舊書卷十六穆宗紀：「（長慶元年三月）乙卯，以權知京兆尹盧士玫爲瀛州刺史、充瀛莫等州都團練觀察使，從劉總奏析置也。」

〔瀛州〕見卷五一劉總外祖故瀛州刺史盧龍兵馬使張懿贈工部尚書制箋。

〔莫州〕屬河北道。舊、新書地理志俱作「莫州」，各本俱誤作「漠州」，今改正。

【校】

〔題〕英華作「授盧士玫瀛州觀察使制」。「瀛莫」，馬本訛作「瀛漠」，宋本、那波本、全文俱誤作「瀛漠」，今改正。

〔壤制〕「壤」，英華作「懷」。

〔元戎〕「元」下那波本脱「戎」字。

〔弛張〕「弛」，宋本、馬本、英華俱作「施」，據那波本、全文改。

〔俾珥左貂〕英華作「俾昇珥貂」，注云：「集作『俾珥左貂』。」

〔可依前件〕英華作「可使持節瀛莫等州管內觀察處置等使檢校左散騎常侍兼御史中丞餘如

故」三十一字。

武寧軍軍將郭暈等五十八人加大夫賓客詹事太常卿殿中監制

勑：某官：某頃以齊寇發狂，王師致討。武寧裨將五十八人，雖有元戎，指蹤制勝，實由衆校，同心許國，合力成功。宜以憲秩、儲寮、寺卿、府監，舉申賞典，用益勳庸。可依前件。

【箋】

作於長慶元年（八二一）至長慶二年（八二二），長安。

〔武寧軍〕唐會要卷七八：「徐州節度使，貞元二十一年三月，名其軍曰武寧。」

贈僕射蘇兆男三人妻兄一人並被蔡州誅戮各贈太子贊善大夫等制

勑：故某官男某等：淮寇之起，爾陷其中。能守父訓，不失臣節。竟遇𧕚蠆，並爲鯨鯢。葵將死而心傾，劍雖埋而氣在。毒延禦侮，禍及維私。將賁幽魂，宜追寵命。俾贈青宫之秩，用申赤族之冤。可依前件。

【箋】

作於長慶元年（八二一）至長慶二年（八二二），長安。

〔蔡州〕蔡州汝南郡。屬河南道。爲蔡州節度使治所。見元和郡縣志卷九。

【校】

〔男某等〕「某」，馬本、全文俱脱，據宋本、那波本、盧校補。

王士則除右羽林大將軍制

勑：羽林所設，上法星文。軍衛之中，號爲雄重。稱兹選任，不易其人。左驍衛將軍王士則，勳戚之家，義方之子。發身學劍，餘力知書。早踐班榮，累參環列。職近而身彌檢慎，任久而心益恭勤。卑以自居，勞而不伐。況一備禁衛，四爲偏將，滯於久次，宜有超升。俾領上軍，仍遷右廣。統良家之騎士，訓期門之材官。寵任不輕，無墮於事。可右羽林軍大將軍。

【箋】

作於長慶元年（八二一）至長慶二年（八二二），長安。

〔王士則〕王武俊子。王承宗立爲節度使，不容諸父，士則乃奔於京師，用爲神策大將軍。見舊書卷一四二王武俊傳。並參見卷五六答李詞賀處分王士則等德音表。

【校】

〔題〕英華作「授王士則右羽林大將軍制」。

〔不伐〕「不」，英華作「無」。

〔超升〕「超」，英華作「遷」，注云：「集作『升』。」

〔仍遷〕「遷」，英華作「升」，注云：「集作『遷』。」

前穀熟縣令李季立授奉天丞兼監察御史充迴鶻使判官制

勑：某官李季立：蕃國通聘，使臣告行。上請屬寮，同役王命。以爾常爲令長，頗有幹能。加之恪恭，可備選擇。假威憲職，兼命邑丞。足示優榮，勉勤任使。可依前件。

【箋】

作於長慶元年（八二一），五十歲，長安，主客郎中、知制誥。

李懷金等各授官制

敕：博野鎮都虞候、殿中監李懷金等：勠力戎行，叶謀王事。既展扞城之効，彌彰奉國之心。不加寵榮，何勸忠勇？敬授爵命，勉思令圖。可依前件。

【箋】

作於長慶二年（八二二），五十一歲，長安，中書舍人。

〔李懷金〕當爲忻州刺史李寰守博野時之部屬。參見卷五一楊玄諒等三十人加官制箋。

王日簡可朝散大夫德州刺史制

敕：前代州刺史代北軍使王日簡：吾聞任有才則事集，奬有勞則功勸。以日簡嘗爲代守，軍睦人安，旌効所能，可居要地。是用超登階級，遷領郡符。勵精壹意，其聽吾言。夫主憂則臣勞，時危則節見。今寇戎暴起，封域未寧。是忠臣奮奇謀、烈士展殊效之日也。朝立功而夕受賞，汝其念之哉！可德州刺史。

【箋】

作於長慶二年（八二二），五十一歲，長安，中書舍人。

〔王日簡〕即李全略。舊書卷十六穆宗紀：「（長慶二年二月甲戌）滄州節度使王日簡賜姓名李全略。……（癸未）以横海軍節度使李全略爲德州刺史、德棣等州節度。」

〔德州〕德州平原郡。屬河北道。見舊書卷三九地理志。

薛元賞可華原縣令制

勅：前大理丞薛元賞：甸服之制也，樹以尹正，承以令長，上下有統而理化行焉。以元賞前爲廷尉丞，察獄評刑，頗聞敬慎。寺卿奏課，邑宰缺員。故移欽恤之心，使布惠和之化。上承爾長，下字吾人。無或越思，而乖統理。可華原縣令。

【箋】

作於長慶元年（八二一）至長慶二年（八二二），長安。

〔華原縣〕屬京兆府。見舊書卷三八地理志。

【校】

〔題〕英華作「授薛元賞華原縣令制」。

〔之化〕「化」，英華作「政」。

王承林可安州刺史制

敕：安陸，古鄖國也。介荆、漢之間，承軍旅之後。宜得謹良長吏以養理之也。前相州刺史王承林：比刺安陽，勤修其職。録勞奬善，故申命焉。况爾生勳伐之家，早階寵禄。宜自修立，以光大其門。爾當思勤儉以檢身，務廉平以臨下。率吏用禮，勸人歸農。勿傎勿佻，一遵吾之約束。可安州刺史。

【箋】

作於長慶元年（八二一）至長慶二年（八二二），長安。

〔安州〕安州安陸郡。屬淮南道。見舊書卷四〇地理志。

【校】

〔鄖國也〕「也」，宋本、那波本俱作「矣」。

〔勿傎〕「傎」，宋本、那波本俱作「慎」，馬本作「偵」俱誤。據全文改正。

嚴綬可太子少傅制

勑：東朝保傅，歷代尊崇。漢擇名儒，任先疏廣；晉求耆德，選在山濤。實資六傅之賢，用弘三善之道。檢校司徒、兼太子少保嚴綬，文雅成器，恭謙致用。出領重鎮，以帥諸侯。入爲具寮，以長卿士。歷踐中外，備嘗艱虞。殆三十年，勤亦至矣。況理心以體道，知命而安時，是謂教誨之人，可領調護之任。由保遷傅，爾其敬之！可太子少傅。

【箋】

作於長慶二年（八二二），五十一歲，長安，中書舍人。

〔嚴綬〕元和末，自山南東道節度使召回，授太子少保。長慶二年，進少傅，卒。見舊書卷一四六、新書卷一二九本傳。城按：舊書卷十六穆宗紀：「（長慶二年五月）癸丑，太子少傅嚴綬卒。」則此制必作於是時之前。

【校】

〔題〕英華作「授嚴綬太子少傅制」。

〔名儒〕此下英華注云：「一作『漢擢碩儒』。」

〔具寮〕英華作「大僚」，注云：「集作『具』。」

〔可領〕「領」，英華作「居」，注云：「集作『領』。」

源寂可安王府長史制

勑：義成軍節度判官、檢校兵部員外源寂：早膺慰薦，累展才能。謀畫有終，恭勤無怠。守臣推善，列狀升聞。可使束帶立朝廷，曳裾遊藩邸。俾從賓佐，入補王宫。

【箋】

作於長慶元年（八二一）至長慶二年（八二二），長安。

【校】

〔題〕宋本、馬本「長史」下俱脱「制」字，據那波本、全文補。

鄭枋可河中府河西主簿制

勑：鄭滑觀察推官、試太子通事舍人鄭枋：名列士林，職參軍府。修身無闕，從事有勞。既展効於即戎，宜試能而補吏。俾之糾邑，庶有可觀。可依前件。

【箋】

作於長慶元年（八二一）至長慶二年（八二二），長安。

〔河中府河西〕河中府河西縣。屬河東道。見舊書卷三九地理志。

【校】

〔題〕英華作「授鄭枋河中府河西縣主簿制」。

〔名列〕「名」，英華作「材」，注云：「集作『名』。」

〔糾邑〕「糾」，馬本作「劍」，誤。據宋本、那波本、英華、盧校改正。全文作「劇」。

喬弁可巴州刺史制

勑：權知巴州刺史喬弁：前假竹符，俾臨巴郡。一意爲理，三年有成。州人借留，廉使置奏。既因會課，宜及陟明。九仞之功，無虧一簣。無忸真授，而怠初心，可巴州刺史。

【箋】

作於長慶元年（八二一）至長慶二年（八二二），長安。

〔巴州〕巴州清化郡。屬山南西道。見舊書卷三九地理志。

【校】

〔無忸〕「忸」，全文作「狃」，古字通。

薛戎贈左散騎常侍制

勅：夫有名於時，有勞於國，盡忠以事上，遺愛而及下，則必生享寵禄，歿加褒崇。所以旌善人而勸來者。故浙東觀察使、越州都督、兼御史中丞薛戎：挺英於冠族，擢秀於士林。凡踐官榮，皆著聲績。及授符節，委之察廉。自江而東，政成人乂。老而將智，病且知終。方覲闕庭，忽捐館舍。是用廢朝軫念，加賻申恩。俾增九原之光，追備八貂之列。可依前件。

【箋】

約作於長慶元年（八二一），五十歲，長安，中書舍人。

〔薛戎〕元稹贈左散騎常侍薛公神道碑：「公諱戎，字元夫。……長慶元年，以疾自去。九月庚申，薨於蘇州之私第。」

【校】

〔忽捐〕「忽」，宋本、那波本俱作「而」。

辛弁文可淄州長山縣令制

勅：趙州臨城縣令辛弁文：既有英材，又知臣節。遁逃寇難，奔走道途。言念忠勞，宜加恩獎。俾換銅墨，移宰長山。可依前件。

【箋】

作於長慶元年（八二一）至長慶二年（八二二），長安。

〔淄州長山縣〕屬河南道。見舊書卷三八地理志。

【校】

〔題〕英華作「授辛弁文淄州長山縣令制」。

〔英材〕英華作「吏材」。

知汴州院官侍御史盧蒙可檢校倉部員外郎陝府院官盧台可兼侍御史鄭滑院官李克恭可試大理評事獨孤操可衛佐並依前知院事同制

勅：鹽鐵官、漕運職，小大遠邇，羅布於四方。自丞相播兼領以來，而撮大綱，覆羣吏。職以能進，秩由課遷。法無僭差，人有懲勸。今台、蒙、克恭、操等咸當是舉，分命以官，勉副已知，無忝成命。可依前件。

【箋】

作於長慶元年（八二一），五十歲，長安，中書舍人。

〔播〕王播。舊書卷十六穆宗紀：「（長慶元年二月壬申）以劍南西川節度王播爲刑部尚書、充鹽鐵轉運使。……冬十月甲子朔，丙寅，太中大夫、守刑部尚書、騎都尉王播可中書侍郎、同中書門下平章事、依前充鹽鐵轉運使。」

【校】

〔題〕「盧蒙」，宋本、那波本、盧校俱作「盧濛」，下同。

〔是舉〕「是」，馬本、全文俱作「自」，非。據宋本、那波本、盧校改正。

王智興可檢校右散騎常侍兼御史大夫充武寧軍節度副使領本道兵馬赴行營制

敕：沂州刺史、御史大夫王智興：李愿、李愬之鎮武寧也，汝爲裨將，勵節忘身。濟成大功，汝實有力。奬其誠効，擢授郡符。海、沂之間，又著聲績。宜加新命，以寵舊勞。仍提鋭師，往副戎律。夫將之撫衆如子弟，則衆之視將如父兄。苟推赤心而無疑，必蹈白刃而不悔。勉親士卒，佇翦寇戎。可依前件。

【箋】

作於長慶元年（八二一），五十歲，長安，主客郎中、知制誥。

〔王智興〕舊書卷一五六、新書卷一七二有傳。舊書卷十六穆宗紀：「（長慶元年十月）乙亥，沂州刺史王智興爲武寧軍節度副使。」

【校】

〔題〕英華作「授王智興檢校右散騎常侍兼御史大夫充武寧軍節度副使領本道兵馬赴行營制」。

〔御史大夫王智興〕「大夫」，英華作「中丞」，是。蓋唐之刺史多帶中丞銜也。

〔鎮武寧也〕「也」，那波本訛作「地」。

〔誠劾〕「誠」，英華作「成」。

田羣可起復守左金吾衛將軍員外置兼澶州刺史制

勅：前左武衛將軍田羣：忠謹立身，韜鈐嗣業。自參戎衛，尤見恭勤。而燕、薊之間，澶爲要郡。公侯之後，羣有令名。俾分符竹之榮，佇濟弓裘之美。宜奪情禮，起而用之。

【箋】

作於長慶元年（八二一）至長慶二年（八二二），長安。

〔田羣〕田弘正之子。見舊書卷一四一、新書卷一四八本傳。城按：據白氏此制，羣長慶初已官澶刺。今舊傳云：「羣，太（大）和八年爲少府少監，充入吐蕃使，歷棣州刺史。」叙其仕歷，皆後十許年，俟考。

〔澶州〕屬河北道。見舊書卷三九地理志。

楊於陵亡祖母崔氏等贈郡夫人制

勅：大孝存乎始終，殊恩被於幽顯。追榮之命，安可廢耶？户部尚書楊於陵亡祖母崔氏等：風範有初，光塵未昧。發揮婦道，標表母儀。施及孝孫，陟于高位。夫藴德者垂裕于後，揚名者光昭其先。俾彰積慶於中，故許推恩而上。各從寵贈，用顯貽謀。可依前件。

【箋】

作於長慶元年（八二一），五十歲，長安，主客郎中、知制誥。

〔楊於陵〕見卷四八裴度李夷簡王播鄭絪楊於陵等各賜爵并迴授爵制箋。城按：於陵爲户部尚書在元和十五年二月。見舊書卷十六穆宗紀。

【校】

〔題〕盧校：「『楊於陵』下『母』字衍。」城按：盧校是也。宋本、馬本、那波本俱衍「母」字，據全文删。

邵同貶連州司馬制

勅：朝議大夫、守衞州刺史、兼御史中丞邵同：寵在專城，職當守土。不承制命，擅赴闕庭。違越詔條，叛離官次。將懲慢易，宜舉憲章。可連州司馬，仍馳驛發遣。

【箋】

作於長慶元年（八二一）至長慶二年（八二二），長安。

〔連州〕連州連山郡。屬江南西道。爲湖南觀察使所管州。見舊書卷四〇地理志、元和郡縣志卷二九。

鄭公逵可陝府司馬制

敕：朝議郎、守原王府長史、上柱國、賜緋魚袋鄭公逵：衆推士行，時許吏才。自列班榮，尤彰恭恪。夙夜匪懈，春秋已高。宜罷曳裾之勤，往贊坐棠之理。是爲優秩，用答令名。可守陝州大都督府右司馬，散官、勳、賜如故。

【箋】

作於長慶元年（八二一）至長慶二年（八二二），長安。

〔鄭公逵〕見卷四二故滁州刺史贈刑部尚書滎陽鄭公墓誌銘并序箋。

【校】

〔題〕「陝府」，馬本、全文俱作「陝州」，據宋本、那波本、盧校改。

劉泰倫可起復謁者監制

勑：朝議郎、前行内侍省内謁者監、上柱國、賜紫金魚袋劉泰倫：古者有中涓、謁者，皆侍奉親近之臣也。今之寵秩，亦由舊焉。況泰倫有行藝可以飾身，才幹可以掌務。監臨内署，朝請中闈。謹密端和，甚宜厥職。久於其事，無之實難。宜加進秩之恩，仍舉奪情之典。勉承奬任，勿替初終。可起復朝議大夫、行内侍省内謁者監。

【箋】

作於長慶元年（八二一）至長慶二年（八二二），長安。

【校】

〔題〕英華作「授劉泰倫起復内謁者制」。「泰倫」，馬本誤作「奉倫」，據宋本、那波本、英華、全文、盧校改正。

〔朝議郎〕英華作「朝議大夫」。

〔古者〕「古」下英華無「者」字。

〔無之〕「無」，英華作「兼」。

王師閔可檢校水部員外郎徐泗濠等州觀察判官制

勑：前徐泗濠等州觀察支使、朝議郎、殿中侍御史内供奉、上騎都尉、賜緋魚袋王師閔：朕以師律授智興，智興以軍書辟師閔。才既爲知己用，官不俟滿歲遷。所以使能而責理也。然則贊廉察，安戎旅，既命之後，吾有望於爾焉。勉副所從，佇展來効。可檢校尚書水部員外郎、兼殿中侍御史、充徐泗濠等州觀察判官，勳、賜如故。

【箋】

作於長慶二年（八二二），五十一歲，長安，中書舍人。

【校】

〔題〕英華作「授王師閔檢校水部員外郎充徐泗濠等州觀察判官」。

〔支使〕「使」，馬本作「侯」，非。據宋本、那波本、全文、盧校改正。

〔不俟〕「俟」，英華作「候」。

〔判官〕此下英華有「散官」二字。

薛從可右清道率府倉曹制

敕：三品子薛從：惟汝父平守吾藩鎮，能以忠力殄寇安人。疇庸既以啓封，延賞亦宜及嗣。勉承義訓，無忝寵章。可朝散郎、行右清道率府倉曹參軍。

【箋】

約作於長慶元年（八二一）至長慶二年（八二二），長安。

〔薛從〕薛平之子。字順之。以蔭授左清道率府兵曹參軍，累遷汾州刺史。見新書卷一一一附薛仁貴傳。

〔平〕薛平。見卷五〇鄭絪烏重胤馬總劉悟李佑田布薛平等亡母追封國郡太夫人制箋。

義武軍行營兵馬使高從政等五人河東節度行營兵馬使傅義等二十四人並破賊可御史大夫中丞侍御史制

敕：古者賞不逾時，所以勸勳庸也。爵有加等，所以激忠勇也。而某官高從政等，以義武之師，統晉陽之甲。前蹈白刃，中推赤心。大摧賊徒，連告戎捷。超榮速賞，爾實當之。故視軍功，遞遷憲秩。破竹之勢，其思有終。可依前件。

【箋】

作於長慶元年（八二一）至長慶二年（八二二），長安。

故奉天定難功臣試殿中監陳日榮等一十二人可贈商鄧唐隋等州刺史制

勅：春秋崇褒善之義，國家厚追榮之寵。其身歿而名不殞，時去而恩未及者，大司馬得稽勳籍，舉而行之。故某官某等凡十二人，桉狀徵書，宜加寵命。飾終之典，其可廢乎？可依前件。

【箋】

作於長慶元年（八二一）至長慶二年（八二二），長安。

〔奉天定難〕德宗建中四年十月，涇原節度使姚令言軍赴襄城救哥舒曜，行至長安，倒戈謀叛，迎朱泚爲帝。德宗逃至奉天，至興元元年六月，平定亂事。見舊書卷十二德宗紀。

段斌宗惟明等除檢校大理太僕卿制

勅：義武軍節度都押衙、兼侍御史段斌，衙前虞候、檢校太子賓客宗惟明等：寇虞未平，將校方用。宜以爵賞，勸其忠勞。而斌奔命獻俘，惟明奉章告捷，各勤乃事，咸造于庭。並加寵榮，以示優獎。斌可試太僕卿，依前兼侍御史。惟明可檢校大理卿，餘各如故。

【箋】

作於長慶元年（八二一）至長慶二年（八二二），長安。

户部尚書楊於陵祖故奉先縣主簿楊冠俗可贈吏部郎中於陵奏請迴贈制

勅：故某官楊冠俗：貽厥孫謀，垂裕後世。揚其祖美，不忘先也。以冠俗之棲遲下位，道屈於時；以於陵之光大其門，慶鍾于後。生不逮事，歿有追榮。宜加義率之心，用舉飾終之典。可贈吏部郎中。

【箋】作於長慶元年（八二一），五十歲，長安，主客郎中、知制誥。〔楊冠俗〕舊書卷一六四楊於陵傳：「祖冠俗、奉先尉。」

故光禄卿致仕李愬贈右散騎常侍制

敕：故某官某：國老之子，藩臣之兄。嘗列棘以承家，竟懸車而捐館。生加爵寵，殁及褒榮。兹惟舊章，用慰幽穸。

【箋】作於長慶元年（八二一）至長慶二年（八二二），長安。〔李愬〕李晟之子。以蔭授官，自太子洗馬累遷至少卿、監。見舊書卷一三三李晟傳。

劉悟妻馮氏可封長樂郡夫人制

敕：古者有策名命婦，賜號夫人。蓋積善於閨門，而受封於國邑也。澤潞節度使劉悟妻馮氏：傳芳茂族，作合良臣。成此忠貞之功，因於輔佐之力。禮從夫貴，慶叶家肥。俾開大郡之封，以正小君之命。可封長樂郡夫人。

【箋】

作於長慶元年（八二一）至長慶二年（八二二），長安。

〔劉悟〕見卷五〇鄭絪烏重胤馬總劉悟李佑田布薛平等亡母追封國郡太夫人制箋。

【校】

〔題〕英華作「封劉悟妻馮氏長樂郡夫人制」。

〔策名〕「策」，英華作「册」。

夏州軍將二人授侍御史制

勑：某官某等：早稱武藝，久隸軍麾。禀命元戎，服勤王事。或千里移鎮，從爲紀綱；或十乘啓行，倚爲肘腋。緜歷年月，積成勤勞。不加寵榮，何勸忠效？並命憲職，宜敬承之。並可兼侍御史，餘如故。

【箋】

作於長慶元年（八二一）至長慶二年（八二二），長安。

〔夏州〕夏州朔方郡。屬關内道。見舊書卷三八地理志。

日試詩百首田夷吾曹璠等授魏州兖州縣尉制

敕：乃者魏、兖二帥以田夷吾、曹璠善屬文，貢置闕下。有司奏報，明試以詩。五言百篇，終日而畢。藻思甚敏，文理多通。賢侯薦延，宜有升奬。因其所貢郡縣各命以官，而倚馬爰來，衣錦歸去，以文得禄，亦足爲榮。可依前件。

【箋】

作於長慶二年（八二二），五十一歲，長安，中書舍人。

〔田夷吾〕〔曹璠〕登科記考卷十九「日試百篇科」引此制，謂田夷吾、曹璠兩人長慶二年登科。又據新書藝文志，寶曆中亦置此科。

〔魏州〕魏州魏郡。屬河北道。見舊書卷三九地理志。

〔兖州〕兖州魯郡。屬河南道。見舊書卷三八地理志。

【校】

〔題〕英華作「魏兖二州所薦田夷吾曹璠二人準勑試詩日終百首授以所貢郡縣尉制」。

〔二帥〕「帥」，那波本作「師」，非。

〔善屬文〕「善」上英華有「並」字。

〔爰來〕那波本作「員外」，非。

衛佐崔蕃授樓煩監牧使判官校書郎李景讓授東畿防禦巡官制

敕：某官崔蕃等：咸因文行，自致班序。或佐衛蘭錡，或典校蓬山。各從所知，將展其用。夫司牧坰野，備禦都畿，所以班馬政而遏寇虞也。兹皆重務，爾勉贊之！可依前件。

【箋】

作於長慶元年（八二一）至長慶二年（八二二），長安。

〔樓煩〕樓煩縣。屬河東道代州。見舊書卷三九地理志。

〔李景讓〕李憕曾孫。大和中爲尚書郎，出爲商州刺史。累官至吏部尚書。見舊書卷一八七下附李憕傳。

【校】

〔所知〕「知」，馬本作「之」，非。據宋本、那波本、全文、盧校改正。

李愬李愿薛平王潛馬總孔戢崔能李翺李文悦咸賜爵一級并迴授男同制

敕：封爵之設，在乎賞勸。有以褒德，有以序勤。聳善興功，實由兹道。而某官李愬等：或望崇台鼎，或委重旌旄。爰及藩條，共分憂寄。有勞於事，無怠于心。宜疏爵以啓封，許推恩而及嗣。祇受厥命，永孚于休。可依前件。

【箋】

作於長慶元年（八二一），五十歲，長安，主客郎中、知制誥。

〔李愬〕見卷四九李愬贈太尉制箋。

〔李愿〕李晟之子。長慶元年三月，自鳳翔節度使移任宣武軍節度使。見舊書卷一三三附李晟傳、卷十六穆宗紀。城按：舊傳謂愿移宣武在長慶二年二月，誤，當以舊紀爲正。

〔薛平〕見卷五〇鄭絪烏重胤馬總劉悟李佐田布薛平等亡母追封國郡太夫人制箋。

〔王潛〕同皎之孫。憲宗時爲涇原節度使。長慶元年正月，移荆南節度使。見新書卷一九一忠義上王同皎傳、舊書卷十六穆宗紀。

〔馬總〕見卷五〇鄭絪烏重胤馬總劉悟李佑田布薛平等亡母追封國郡太夫人制箋。

〔孔戡〕巢父從子。字擧方。累官至京兆尹、湖南觀察使。大和三年，卒。見舊書卷一五四孔巢父傳。

〔崔能〕元和十五年九月，自將作監出爲嶺南節度使。見舊書卷十六穆宗紀。並參見卷十七山中酬江州崔使君見寄詩箋。

〔李翺〕見卷五一張植李翺等二十人亡母追贈郡縣夫人制箋。

故工部尚書致仕杜羔贈右僕射制

勑：故某官杜羔：生於士族，發爲公器。敦厚孝友，本乎天性。文學政事，出於餘力。自立朝右，藹然素風。司諫平刑，駮議廉問，凡所踐歷，不懈于位。以年致政，以疾就第。出處進退，皆叶時中。遽此淪謝，惻惻興念。夫生有榮禄，殁有寵贈。所以極君道，厚時風，亦望人有始卒之義也。宜追端揆，以申褒飾。猶有精爽，知吾不忘。可贈尚書右僕射。

【箋】

作於長慶元年（八二一）至長慶二年（八二二），長安。

〔杜羔〕杜兼從弟。貞元初，進士及第。元和中，爲萬年令。歷官户部郎中，振武節度使，以工部尚書致仕，卒贈尚書右僕射。見新書卷一七二杜兼傳。

【校】

〔士族〕「士」，馬本、全文俱作「仁」，非。據宋本、那波本、盧校改正。

幽州兵馬使劉悚除左驍衛將軍制 劉悟兄奏請。

勑：某官劉悚：夙負氣概，早習騎射。才推燕、趙之士，學究孫、吳之書。加以忠厚，可當任用。況有令弟，爲吾信臣。節著艱貞，情鍾友愛。夫寵寄於外，莫重於藩垣；委任於中，莫親於禁衛。加此一職，寵示二人。豈不爲榮？季出叔處。可左驍衛將軍。

【箋】

作於長慶元年（八二一）至長慶二年（八二二），長安。

〔劉悚〕據此制原注，爲劉悟之兄。劉悟見舊書卷一六一、新書卷二一四本傳。

〔幽州〕幽州范陽郡。屬河北道。見新書卷三九地理志。

【校】

〔題〕英華作「授幽州兵馬使劉悚左驍衛將軍制。」題下小注馬本作「以兄劉悟奏請」，非。據宋本改。那波本、英華、全文俱無注。盧校云：「『奏請』上當有『悟』字。」城按：盧校是。

〔某官〕「某」，英華作「具」。

〔於中〕「於」，英華作「在」，注云：「集作『於』。」

〔寵示〕「示」，英華作「爾」。

前幽州押衙瀛州刺史劉令璆除工部尚書致仕制

勅：某官劉令璆：勳伐之家，弓裘之嗣。嘗修戎職，亦領郡符。迨此遲暮，知有止足。夫壯而奮發，以忠事國；老而知退，以道安身。人所難能，理宜嘉尚。俾超崇秩，以寵高年。可工部尚書致仕。

【箋】

作於長慶元年（八二一）至長慶二年（八二二），長安。

〔瀛州〕見卷五一劉總外祖故瀛州刺史盧龍軍兵馬使張懿贈工部尚書制箋。

【校】

〔劉令璆〕「璆」，馬本注云：「渠尤切。」

盧衆等除御史評事制

敕：幽州節度判官盧衆等：幽、薊重鎮，盧龍舊軍，是吾北門，委在上將。實資寮佐，以濟謀猷。爾等或參務戎旃，或專司奏記。俱因事任，各展才能。而御史府官、廷尉寺吏，用申褒奬，以勸忠勤。勉奉元戎，佇成嘉績。

【箋】

作於長慶元年（八二一）至長慶二年（八二二），長安。

張偉等一百九十人除常侍中丞賓客詹事等制

敕：盧龍軍押衙兵馬使什將隨軍某等：夫爵賞行於上，則忠勞勸於下。有國之典，其可廢乎？吾思薊師，自將及吏，合聚衆力，鎮寧一方，緜以歲年，積成勤効。今以朝右貴秩，宫坊清班，舉爲寵章，用申酬奬。

【箋】

作於長慶元年（八二一）至長慶二年（八二二），長安。

【校】

〔薊師〕馬本、全文俱脱「師」字，據宋本、那波本、盧校補。

〔自將〕「自」，馬本、全文俱作「首」，非。據宋本、那波本改正。

〔今以〕「今」，馬本、全文俱作「令」，據宋本、那波本、盧校改正。

〔宫坊〕「宫」，馬本、全文俱作「言」，非。據宋本、那波本、盧校改正。

梁璲等六人除范陽管内州判司縣尉制

敕：盧龍軍節度要籍梁璲等：咸以幹能，早膺任使。各參軍要，同濟戎功。言念恭勤，宜加優奬。郡掾邑佐，分而命之。仍兼舊職，勉申來効。可依前件。

【箋】

作於長慶元年（八二一）至長慶二年（八二二），長安。

【校】

〔題〕「璲」下馬本注云：「徐醉切。」

渤海王子加官制

勑：渤海王子：舉國内屬，遣子來朝，祗命奉章，禮無違者。夫入修職貢，出錫爵秩，兹惟舊典，舉而行之。

【箋】

約作於長慶元年（八二一）至長慶二年（八二二），長安。

石士儉授龍州刺史制

勑：石士儉：東川帥涯上言：士儉久習武藝，兼通吏事。可使爲郡，責成其功。吾聞江油，巴夷雜處，勿以遐陋，而忘緝綏。奉法愛人，無負知己。可龍州刺史。

【箋】

約作於長慶元年（八二一）至長慶二年（八二二），長安。

〔龍州〕龍州江油郡。屬劍南道，爲東川節度使所管州。見元和郡縣志卷三三。

〔涯〕王涯。元和十五年正月，出爲劍南東川節度使。見舊書卷十六穆宗紀。

韓萇授尚輦奉御制

敕：韓萇：局分六尚，職奉七輦。兹惟優秩，列在通班。以爾立身頗恭，守事甚謹。宜有所獎，可升於朝。可尚輦奉御。

【箋】

作於長慶元年（八二一）至長慶二年（八二二），長安。

孟存授成都府少尹制

敕：孟存：嘗參劇務，亦牧疲人。咸有能名，得於主帥。三蜀征鎮，屯于成都。雖有忠賢，委爲尹正。至於贊修庶務，通統諸曹，承而貳之，實資亞理。勉勤厥職，無累所知。可成都府少尹。

【箋】

作於長慶元年（八二一）至長慶二年（八二二），長安。

〔成都府〕隋蜀郡。武德元年改爲益州。天寶元年改爲蜀郡。十五載改爲成都府。屬劍南道。見舊書卷四一地理志。

【校】

〔題〕英華作「授孟存成都少尹制」。

〔劇務〕「劇」，英華作「極」，注云：「集作『劇』。」

〔主帥〕宋本、那波本俱誤作「主師」。

〔至於〕宋本、那波本俱誤作「于於」。英華作「至于」，「于」下注云：「集作『於』。」

〔可成都府少尹〕此六字英華作「可依前件」。

杜元穎等賜勳制

敕：中書舍人杜元穎等：有位於朝，有勞於事，不加慶賜，何勸恪勤？宜各策名，列于勳籍。可依前件。

【箋】

作於長慶元年（八二一），五十歲，長安，主客郎中、知制誥。

〔杜元穎〕重修承旨學士壁記：「杜元穎，（元和）十五年正月一日，賜紫。二十一日，遷中書舍人。十一月十七日，遷户部侍郎、知制誥。長慶元年二月十五日，以本官拜平章事。」舊書卷一

六三、新書卷九六均記而未詳。城按：居易元和十五年十二月丙申（二十八日）方知制誥，是時元穎已遷户侍，疑此項賜勳，有司據元穎之前官開列也。

【校】

〔杜元穎〕「穎」，宋本、那波本俱誤作「頴」。

商州壽州將士等賜勳制

敕：某官某等：夫勳者所以馭貴叙勞，亢身庇族，非因大慶，不降殊恩。爾皆委質從軍，服勤事國。宜按勳籍，分而賜之。可依前件。

【箋】

作於長慶元年（八二一）至長慶二年（八二二），長安。

〔商州〕見卷十五發商州詩箋。

〔壽州〕見卷四九楊景復可檢校膳部員外郎……六人同制箋。

【校】

〔商州〕「商」，馬本訛作「啇」，據宋本、那波本、全文、盧校改正。

内侍楊志和等授朝散大夫制

敕：楊志和等：咸分要職，列在内司。慎静檢身，恭勤守事。宜以章綬，命爲大夫。佩服寵光，爾無失墜。可依前件。

【箋】

作於長慶元年（八二一）至長慶二年（八二二），長安。

内常侍趙弘亮加勳制

敕：内常侍趙弘亮等：列名禁籍，祗命宫闈。多歷歲時，積成勞効。宜加勳賞，以洽恩榮。可依前件。

【箋】

作於長慶元年（八二一）至長慶二年（八二二），長安。

【校】

〔題〕「内常侍」，宋本、那波本俱誤作「内侍常」。下同。城按：唐内侍省内常侍六人，正五品下。見舊書職官志。又「弘」，全文作「宏」，蓋避清諱改。下同。

烏行初授衛佐制

勑：烏行初，重胤之子，早稟義方。詩禮弓裘，式聞不墜。賞延之典，本勸忠勳。環衛之官，兼資慎擇。非唯父任，亦以才升，可左衛胄參軍。

【箋】

作於長慶元年（八二一）至長慶二年（八二二），長安。

〔重胤〕烏重胤。見卷五〇鄭絪烏重胤馬總劉悟李佑田布薛平等亡母追封國郡太夫人制箋。

烏重胤妻張氏封鄧國夫人制

勑：古者夫爲大夫，則妻爲命婦。況在小君之位，未加大國之封。豈唯有廢徽章，抑亦無勸忠力也。某官某妻某氏，以鳲鳩之德，作合邦君。輔成勳猷，馴致爵位。雖從夫貴，未授國封。今以南陽本邦善地，錫爲湯沐，加號夫人。兹乃殊榮，足光閨闈。可封鄧國夫人。

【箋】

作於長慶元年（八二一）至長慶二年（八二二），長安。

【校】

〔題〕「胤」，全文作「允」，蓋避清諱改。「鄧國」，馬本、全文俱脱「鄧」字，據宋本、那波本、盧校補。英華作「封烏重胤妻張氏鄧國夫人制」。

〔唯有〕那波本倒作「有唯」。

〔抑亦無勸〕英華作「是無以勸」，注云：「集作『抑亦無勸』。」

〔某官某妻某氏〕英華作「某官烏重胤妻張氏」。

白居易集箋校卷第五十三

中書制誥六　新體　凡四十八道

鎮州軍將王怡判官李序先被賊中誅因並死各贈官及優恤子孫制

勑：朕常思鎮、冀之間，弔伐之際，有仗順死義不吾聞者，因命弘正列狀以聞。而某官王怡等：頃陷艱虞，思伸忠效。或名節將立，併命於幽憂；或義烈臨奮，失身於戮辱。履危如虎尾，視死如鴻毛。若無褒揚，何勸天下？既降飾終之命，仍加身後之禮。追榮延寵，有越常倫。冀使死節之魂，忠憤之骨，知我憐憫，歿無恨焉。怡可贈左僕射，序可贈給事中。

【箋】

作於長慶元年(八二一),五十歲,長安,主客郎中、知制誥。城按:此卷那波本編在卷三六。

〔弘正〕成德軍節度使田弘正。城按:弘正長慶元年七月二十八在鎮州遇害,則此制必作於是時之前。

【校】

〔弘正〕「弘」,全文作「宏」,蓋避清諱改。

〔虎尾〕「虎」,宋本、盧校俱作「武」,蓋避唐諱改。

〔追榮〕「榮」,馬本、全文俱作「崇」,非。據宋本、那波本、盧校改正。

武寧軍陣亡大將軍李自明贈濠州刺史制

敕:王師之討蔡平鄆也,自明爲武寧裨將,隸于元戎。凡所指蹤,必先致命。三軍之士,于今稱之。有勞未圖,無禄早代。生不及賞,殁而加恩。庶使猛將義夫,聞而相勸曰:死猶不忘,況生者乎!可贈濠州刺史。

【箋】

作於長慶元年(八二一)至長慶二年(八二二),長安。

〔武寧軍〕見卷五二武寧軍軍將郭暈等五十八人加大夫賓客詹事太常卿殿中監制箋。
〔濠州〕見卷四八楊潛可洋州刺史李繁可遂州刺史史備可濠州刺史制箋。

【校】

〔死猶〕「猶」，馬本作「而」，非。據宋本、那波本、全文、盧校改正。

裴弘泰可太府少卿知左藏庫出納制

勅：前度支河北榷鹽使、朝議郎、檢校尚書刑部郎中、使持節貝州諸軍事、兼權知貝州刺史、侍御史、充本州防禦使、上柱國、賜紫金魚袋裴弘泰：九土之貢，百品之貨，辨其名物，謹其出納。常在外府，統以上卿。宜求幹敏之才，以爲之貳。而弘泰頃分榷務，兼撫郡民。當軍興之時，法行政立；則受藏之府，事繁物殷。量其器能，可以專委。勉膺是任，無替前勞。可守太府少卿、知左藏庫出納，散官、勳、賜如故。

【箋】

作於長慶元年（八二一）至長慶二年（八二二），長安。
〔裴弘泰〕見卷五一河北榷鹽使檢校刑部郎中裴弘泰可權知貝州刺史依前榷鹽使制。

【校】

〔弘泰〕「弘」，全文作「宏」，蓋避清諱改。下同。

李昌元可兼御史大夫制

勅：通議大夫、使持節儀州諸軍事、儀州刺史、兼御史中丞、上柱國李昌元：弓裘令子，疆埸勞臣。能讀父書，甚識戎事。每在戰陣，未嘗無功。及委蕃條，亦聞有政。而知臣者君也，賞勞者爵也。亞相之秩，威重寵崇。加乎爾身，以勸能者。可兼御史大夫，餘如故。

【箋】

作於長慶元年（八二一）至長慶二年（八二二），長安。

【校】

〔疆埸〕「埸」，馬本、那波本、全文俱訛作「場」，據宋本、盧校改正。

〔餘如故〕馬本、全文俱無此三字，據宋本、那波本增。

田穎可亳州刺史制

敕：正議大夫、前檢校右散騎常侍、使持節洺州諸軍事、兼洺州刺史、御史大夫、充本州團練使、上柱國、賜紫金魚袋田穎：自別屯將壘，專領郡城，而能勤恤師人，與之勞逸。故臨戎則士樂爲用，撫下而衆知嚮方。忠勳既彰，能政亦著。牧守之選，吾所重之。譙鄭之間，人亦勞止。授爾印綬，往勞來之。宜推前心，佇立後效。可檢校右散騎常侍、使持節亳州諸軍事、兼亳州刺史、御史大夫、本州團練使，鎮遏使，散官、勳、賜如故。

【箋】

作於長慶元年（八二一）至長慶二年（八二二），長安。

〔亳州〕亳州譙郡。屬河南道。見舊書卷三八地理志。

【校】

〔題〕「田穎」，宋本、那波本俱作「田潁」，非。下同。

〔可檢校右散騎常侍〕「右」，宋本、那波本、盧校俱作「左」，全文注云：「一作『左』。」

薛伯高等亡母追贈郡夫人制

勑：某夫人某氏等！始播婦儀，終垂母道。教其令子，爲我良臣。而皆茂著才名，榮居爵位。永言聖善，宜及顯揚。俾追啓邑之封，式表統家之訓。可依前件。

【箋】

作於長慶元年（八二一）至長慶二年（八二二），長安。

〔薛伯高〕見卷四九柳公綽父子温贈尚書右僕射竇伻父叔向贈工部尚書薛伯高父懌贈尚書司封郎中……八人亡父同制。

李佑授晉州刺史制

勑：牧守之官，與吾共理。下之安否，繫乎其人。必稽前功，方降是命。某官李佑：夙負材器，累經任用。當領軍郡，頗著政聲。而平陽舊都，近罷征鎮，土疆事物，既廣且殷。藉爾良能，爲予撫字。夫均其征役，簡其科禁，謹身省事，以臨其人，而人不安，未之有也。往弘是道，以康晉人。可依前件。

【箋】

作於長慶元年（八二一）至長慶二年（八二二），長安。

〔李佑〕見卷五鄭絪烏重胤馬總劉悟李佑田布薛平等亡母追封國郡太夫人制箋。

〔晉州〕晉州平陽郡。屬河東道。見舊書卷三九地理志。

【校】

〔牧守〕「牧」，馬本作「郡」，非。據宋本、那波本、全文、盧校改正。

武寧軍將王昌涉等授官制

勑：王昌涉等：早以材力，召募從軍。元和已來，南征北伐，咸有勞績，著于一時。主帥上聞，乞加褒賞。故以寺卿、憲職序而寵之。無棄前功，在中後效。可依前件。

【箋】

作於長慶元年（八二一）至長慶二年（八二二），長安。

馬總亡祖母韋氏贈夫人制

勑：某官馬總亡祖母韋氏：播兹懿範，貽厥嘉謀。施及孝孫，實居貴仕。將明餘慶，其在追榮。不唯垂裕後昆，抑亦光昭幽壤。宜降封丘之命，以慰令伯之心。可贈某夫人。

【箋】

作於長慶元年（八二一）至長慶二年（八二二），長安。

〔馬總〕見卷五〇鄭絪烏重胤馬總劉悟李佑田布薛平等亡母追封國郡太夫人制箋。

路貫等授桂州判官制

勑：藩隅之重，委以侯伯。軍府之要，掌在賓寮。貫等以文行修身，以智謀從事。佐廉問澄清之務，撫華夷錯雜之人。俾其乂安，實在參贊。宜及寵命，以光所從。可依前件。

【箋】

作於長慶元年（八二一）至長慶二年（八二二），長安。

〔桂州〕見卷十九送嚴大夫赴桂州詩箋。

【校】

〔題〕英華作「授路貫等桂州判官制」。

駙馬都尉鄭何除右衛將軍制

敕：周設七萃，漢列八屯，皆以拱衛王宫，肅嚴徼道。統兹騎吏，其屬親賢。某官鄭何：擢秀士林，挺質公器。以貞和陶其性，以禮樂文其身。善積德門，慶連戚里。況久踐名職，累著聲猷。念舊獎能，宜加榮寵。環列之尹，不易其人。俾宣力於爪牙，不失親於肺腑。可右衛將軍，餘如故。

【箋】

作於長慶元年（八二一）至長慶二年（八二二），長安。

〔鄭何〕新書卷八三諸公主傳：「（順宗女）梁國恭靖公主，與漢陽同生。始封咸寧郡主，徙普安。下嫁鄭何。」

【校】

〔題〕英華作「授駙馬鄭何右衛將軍制」。

〔某官〕「某」，英華作「具」。

封太和長公主制

勑：公主之封號也，或以善地，或以嘉名。立愛展親。兹惟舊典。第四妹端明成性，和順禀教。静無違禮，故組紃有常訓，動必中節，故環珮有常聲。歲茂穠華，日新淑問。乃眷肅雍之德，俾開湯沐之封。可封某公主。

【箋】

作於長慶元年（八二一），五十歲，長安，主客郎中、知制誥。

〔太和公主〕憲宗女定安公主，穆宗之妹，始封太和，長慶元年五月下嫁迴紇崇德可汗。見舊書卷十六穆宗紀、新書卷八三諸公主傳。

【校】

〔第四妹〕「妹」，各本及全文俱誤作「女」，據英華改正，參見前箋。

〔組紃〕「紃」，馬本注云：「詳倫切。」

〔可封某公主〕英華作「可依前件」，注云：「集作『可封某公主長慶元年三月』。」

宋朝榮加常侍制

敕：河東節度都押衙、試太子賓客、兼御史中丞宋朝榮：嘗因戰功，擢領邊郡，揆能適用，故有轉遷。龍樓上寮，牙門右職。雖有兼命，未表殊恩。宜加騎省之榮，不改憲臺之重。以兹寵任，足報忠勳。爾其敬承，無隳乃力。可檢校左散騎常侍，餘如故。

【箋】

作於長慶元年（八二一）至長慶二年（八二二），長安。

贈陣亡軍將等刺史制

敕：故某官某等：王師問罪，至于淄青。爾等同執干戈，親當矢石。忠而盡瘁，勇而亡身。或退卒于師，或進殁于戰。俱死王事，深惻朕心。念捐軀於軍前，宜追命於泉下。郡守之貴，以示褒榮。可依前件。

【箋】

作於長慶元年（八二一）至長慶二年（八二二），長安。

【校】

〔勇而〕「而」，宋本、那波本俱作「以」。

諸道軍將等授官制

勑：平齊之役也，諸軍指期，衆校合戰。某官等，各輸戮勇，同樹勳勤。永思積日之勞，頗愧踰時之賞。故於奬授，有所超遷。朝右貴班，官坊清秩，或參憲職，分以命之。庶知我心，不忘忠力。可依前件。

【箋】

作於長慶元年（八二一）至長慶二年（八二二），長安。

【校】

〔清秩〕「秩」，宋本作「袟」。城按：「秩」亦作「袟」。

裴度韓弘等各賜一子官并授姪女壻等制

勑：某官某等：謁廟郊天，改元肆眚。是爲大慶，與衆共之。矧股肱心膂之臣，與吾同體，延賞任子，其可廢乎！爾等或以文華，或以吏職，有所修立，稟於義方。自當褒升，況霑慶澤。俾舉展親之典，用叶推恩之道。猶子愛壻，各命以官。爾其敬承，無忝朝獎。可依前件。

【箋】

作於長慶元年（八二一）至長慶二年（八二二），長安。

〔裴度〕見卷四八裴度李夷簡王播鄭絪楊於陵等各賜爵并迴授爵制箋。

〔韓弘〕元和十五年六月爲河中晉絳節度使。卒於長慶二年十二月。見舊書卷一五六、新書卷一五八本傳。

入迴紇使下軍將官吏夏侯仕戡等四十人授卿監賓客諮議衛佐同制

敕：某官夏侯仕戡等：前命鄭權之入迴紇也，爾等參護使車，用祗王命。悉心盡力，有恪恭跋滯之勤焉。宜以省寺軍衛之班，宫坊府邸之列，舉爲賓典，分以寵之。辯等旌勞，於是乎在。可依前件。

【箋】

作於長慶元年（八二一），五十歲，長安。主客郎中、知制誥。

〔鄭權〕長慶元年二月，迴紇保義可汗卒，鄭權充入迴紇告哀使。見舊書卷一六二本傳、卷十六穆宗紀。

【校】

〔鄭懽〕「懽」，疑當作「權」，見前箋。

〔跋滯〕「滯」，全文作「涉」。

盧昂可監察御史裏行知轉運永豐院制 時王播奏請。

勅：虢州司户參軍盧昂：前負瑕疵，事多曖昧。今聞修省，善亦昭彰。況有大僚，同知情狀。且明非罪，仍舉有才。吾信人言，遂可其奏。爾思自效，無辱所知。可依前件。

【箋】

作於長慶二年（八二二），五十一歲，長安，中書舍人。

〔盧昂〕見卷十七春聽琵琶兼簡長孫司户詩箋。并參見卷五一盧昂量移虢州司户長孫鉉量移遂州司户同制。

【校】

〔題〕此下小注宋本作「王播奏請」。那波本、全文俱無注。城按：長慶二年三月，王播自中書侍郎、平章事出爲淮南節度使，依前兼諸道鹽鐵轉運使。見舊唐書穆宗紀。當以馬本作「王播」爲正。

張惟素亡祖紘贈户部郎中制

勅：右散騎常侍張惟素亡祖某縣令某：德合上玄，才終下位。命屈於當代，慶流於後昆。故其孝孫，實登貴仕。經曰：「無念爾祖。」詩曰：「貽厥孫謀。」此言孫之謀能顯揚其先祖之德，能垂裕于後也。不追榮於列宿，曷旌德於太丘？可贈户部郎中。

【箋】

作於長慶元年（八二一）至長慶二年（八二二），長安。

【校】

〔旌德〕「旌」下宋本、那波本俱衍「精」字。

興州刺史鄭公逵授王府長史李循授興州刺史同制

敕：鄭公逵等：或以行稱，或以才舉。進修所致，班秩不卑。改命序遷，各適其用。且乘朱輪於郡邸，曳長裾於王門。士子名宦，至斯亦不爲不遇也。立朝案部，各敬爾官。可依前件。

【箋】

作於長慶元年（八二一）至長慶二年（八二二），長安。

〔興州〕興州順政郡。屬山南西道。見舊書卷三九地理志。

〔鄭公逵〕見卷五二鄭公逵可陝府司馬制箋。

【校】

〔題〕英華作「授鄭公逵王府長史李循興州刺史制」。

〔李循〕「循」，宋本作「循」，同「盾」。

〔或以才舉〕「以」，英華作「因」，注云：「集作『以』。」

〔郡邸〕「郡」，英華作「國」，注云：「集作『郡』。」

〔士子〕英華作「士夫之子」。

〔名宦〕「宦」，那波本、英華俱作「官」，非。

權知陵州刺史李正卿正除刺史制

勑：審材之要，考察爲先。吾之於人，試可乃用。李正卿頗閑吏道，因假郡符。畏法愛人，善於其職。夫速旌其能則吏勸，久於其政則化成。未可轉遷，就加真秩。副吾知奬，無怠始終。可陵州刺史。

【箋】

作於長慶元年（八二一）至長慶二年（八二二），長安。

〔陵州〕陵州仁壽郡。屬劍南道，爲東川節度使所管州。見元和郡縣志卷三三。

知渭橋院官蘇洌授員外郎依前職前進士王績授校書郎江西巡官制

勑：某官蘇洌，嘗以幹良，分領劇務。受任稱職，主者上聞。績既有成，賞安可闕？前進士王績亦以藝學籍名太常，著其令聞，及此慰薦。一以課進，一以才升。咸加班榮，同以褒獎。臺官校職，爾各欽承。可依前件。

【箋】

作於長慶元年（八二一）至長慶二年（八二二），長安。

【校】

〔蘇洌〕「洌」下馬本注云：「良以切。」

湖南都押衙監察御史王璀可郴州司馬依舊職制

敕：某官王璀：郡司馬之官，秩禄頗厚，凡在戎行有軍課者，多兼命以優寵焉。而璀以鞭弭櫜鞬，從事征鎮，前後主帥，咸稱有功。宜加新命，仍率舊職。蓋欲旌往勞而責來效也。爾其勉之！可兼郴州司馬。

【箋】

作於長慶元年（八二一）至長慶二年（八二二），長安。

〔湖南〕湖南觀察使。治潭州。管潭、衡、郴、連、道、永、邵等州。見舊書卷三八地理志。

【校】

〔題〕「郴州」，馬本、全文俱誤作「柳州」，據宋本、那波本改正，下同。

〔王璀〕「璀」，馬本注云：「取猥切。」

〔橐鞬〕馬本「橐」下注云：「姑勞切。」「鞬」下注云：「經天切。」

安南告捷軍將黄士儋授銀青光禄大夫試殿中監制

敕：某官黄士儋：戎首來降，陪臣告捷。服勤靡盬，將命無違。宜以恩榮，獎其勞效。貴階崇秩，兼而寵之。可依前件。

【箋】

作於長慶元年（八二一），五十歲，長安，主客郎中、知制誥。

【校】

〔黄士儋〕「儋」，馬本注云：「倉含切。」

王鎰可刑部員外郎制

敕：刑曹郎缺，朕詔執事，擇可以善於其職者。而殿中侍御史王鎰：自居殿中，能察非法，連鞫庶獄，多叶平允。加以温敏静專，可當是選。一歲之獄，決在秋冬。

今方其時，宜敬乃職。

【箋】

作於長慶元年（八二一），五十歲，長安，主客郎中、知制誥。

〔王鎰〕見卷五〇李肇可中散大夫郢州刺史王鎰朗州刺史温造可朝散大夫三人同制箋。城按：王鎰，長慶元年十二月戊寅自刑部員外郎出爲郢州刺史，則除刑部員外郎必在是時之前。

【校】

〔題〕英華作「授王鎰刑部員外郎制」。

〔連鞠〕「鞠」，那波本、全文俱作「鞫」。城按：「鞠」、「鞫」字通。

〔平允〕此下英華注云：「一作『反』。」

〔乃職〕此下英華有「可依前件」四字。

京兆府司録參軍孫簡可檢校禮部員外郎荆南節度判官浙東判官試大理評事韓佽可殿中侍御史巡官試正字晁朴可試協律郎充推官同制

勑：某官孫簡等：凡使府之制，量職之輕重以命官，揆時之遠近以進秩。俾等衰有常序，遷次有常程，勞逸均而名分定矣。簡自登憲司，佐相幕府，暨糾天府，皆有可稱。而佽等亦以文學發身，謀畫效用。荆陽、浙右，實籍賓寮。況今之公卿大夫皆由此塗出。慎爾職事，爾無自輕。可依前件。

【箋】

作於長慶元年（八二一）至長慶二年（八二二），長安。

〔孫簡〕元和初登進士第。辟鎮國、荆南幕府，累遷左司、吏部二郎中。見新書卷二〇二文藝孫逖傳。

〔荆南節度〕治所在山南東道江陵府。管荆、澧、朗、硤、夔、忠、歸、萬八州。見舊書卷三九地理志。又唐會要卷七八：「荆南節度使，元和六年八月勑制。」

〔浙東〕浙東觀察使。見卷五〇尚書工部侍郎集賢殿學士丁公著可檢校左散騎常侍越州刺史浙東觀察使制箋。

【校】

〔題〕「佽」下馬本注云：「七四切。」英華作「授京兆府司録參軍孫簡可檢校禮部員外郎荆南節度判官浙東判官試大理評事韓似同可殿中侍御史巡官試正字晁朴可試協律郎推官制」。「似同」下注云：「二字集作『似』，下同。」「晁朴」下注云：「一作『韓杼』。」

〔某官〕「某」，英華作「具」。

〔勞逸〕「勞」下馬本脱「逸」字，據宋本、那波本、全文、盧校補。

〔幕府〕「幕」下英華無「府」字，是。

〔浙右〕英華作「浙左」。

〔慎爾職事〕英華作「慎職祇事」。

冀州奏事官田練可冀州司馬兼殿中侍御史制

勑：某官田練：幹敏立身，公勤濟事。奉州將之手疏，達軍人之血誠。念其忠勞，宜有寵擢。假憲名於殿内，遷郡秩於治中。兹謂兼榮，爾其敬受！可依前件。

【箋】

作於長慶元年（八二一）至長慶二年（八二二），長安。

〔冀州〕冀州信都郡。屬河北道。見舊書卷三九地理志。

薛常翽可邢州刺史本州團練使制

勑：新授深州刺史薛常翽，平蔡之役，常領偏師。實立勳勞，遂膺寵任。今屬方隅多故，將守用能。且以翽之長材，居邢之要地。故命魚符换郡，熊軾移轅。夫事至而功成，時來而節見，此忠良之事業也，爾其念之哉！可依前件。

【箋】

作於長慶元年（八二一），五十歲，長安，主客郎中、知制誥。

〔薛常翽〕當爲牛元翼之前任。參見下一則箋。

〔邢州〕邢州鉅鹿郡。屬河北道。見舊書卷三九、新書卷三九地理志。城按：據元和郡縣志卷十五，邢州屬河東道。

【校】

〔薛常翽〕「翽」，馬本注云：「呼對切。」

牛元翼可檢校左散騎常侍深州刺史御史大夫制

敕：某官兼御史中丞、權知深州事牛元翼：命官之要，凡試吏者必俟成效。然後即真。而元翼有理戎之才，扞城之略。權領軍郡，能修武經。士樂人安，厥有成績。是用假威臺憲，真拜郡符。仍以金貂，示其兼寵。吾聞忠臣立節，列士垂名，其要無他，得時而已。勉竭材力，副予斯言。可依前件。

【箋】

作於長慶元年（八二一），五十歲，長安，主客郎中、知制誥。

〔牛元翼〕新書卷一四八有傳。舊書卷十六穆宗紀：「（長慶元年十月）戊辰，以深冀節度使牛元翼爲鎮州大都督府長史、充成德軍節度使、鎮冀深趙等州節度使。」

〔深州〕見卷五一深州奏事官衞推試原王友韓季重可兼監察御史充職制箋。

王衆仲可衡州刺史制

勑：前虔州刺史王衆仲：聚學修身，由文飾吏。累經任使，頗著良能。前牧南康，亦聞有政。宜新印綬，載領藩條。而衡、湘之間，蠻越雜處，無以俗陋不慎乃事，無以地遠而怠厥心。副吾陟明，俟汝奏課。可依前件。

【箋】

作於長慶元年（八二一）至長慶二年（八二二），長安。

〔衡州〕見卷四九周愿可衡州刺史尉遲銳可漢州刺史薛鯤可河中少尹三人同制箋。

田盛可金吾將軍勾當左街事制

敕：右金吾衛將軍田盛：夫仕官至執金吾，古今所榮重也。而盛生勳德門，有文武略。居貴介而無佚，領譙何而有勞。言念徼巡之功，宜及轉遷之命。處左攝事，以表使能。可依前件。

【箋】

作於長慶元年（八二一）至長慶二年（八二二），長安。

【校】

〔題〕英華作「授田盛金吾將軍勾當左街事制」。「勾」，宋本作「犯御嫌名」。「左街」，馬本、全文俱作「左衛」，非。據宋本、那波本、英華改正。城按：唐金吾衛將軍多勾當左街事。舊書李寶臣傳：「惟簡，寶臣第三子。元和初，檢校户部尚書、左金吾衛大將軍，充街使。」國史補卷中：「京師貴遊尚牡丹三十餘年矣。每春暮，車馬若狂，以不躭玩爲恥。執金吾鋪官圍外寺觀種以求利，一本有直數萬者。」唐會要卷八六街巷：「太（大）和五年七月……其月，左街使奏：伏見諸街鋪，近日多被雜人及百姓諸軍諸使官健，起造舍屋，侵占禁街。……」

〔所榮重〕「所」，英華作「之」，注云：「集作『所』。」

〔之功〕「功」，英華作「勤」，注云：「集作『功』。」
〔宜及〕「及」，英華作「乃」，注云：「集作『及』。」
〔使能〕「使」，英華作「用」，注云：「集作『使』。」

陳楚男王府諮議參軍君賞可定州長史兼御史軍中驅使制

勅：某官陳君賞：夙承義訓，幼有令聞。專繼弓裘之名，通知軍旅之事。因仍憲職，兼佐郡符。敬服寵章，勉從任使。

【箋】

作於長慶元年（八二一）至長慶二年（八二二），長安。

〔陳楚〕元和十一年十二月，除定州刺史、義成軍節度使。長慶二年七月，遷東都留守。見舊書卷一四一附張孝忠傳、卷十五憲宗紀、卷十六穆宗紀。

〔陳君賞〕陳楚之子。開成五年，爲義武軍節度使。見通鑑卷二四六。

崔承寵可集州刺史

勅：太子左諭德崔承寵：早登班級，亟换星霜。自陳力於貴朝，屢奉辭於外國。職因事博，績以勞成。就列宫坊，既申贊諭之美；分符郡邸，佇聞剌舉之能。宜勵公心，祇承寵命。

【箋】

作於長慶元年（八二一）至長慶二年（八二二），長安。

〔集州〕集州符陽郡。屬山南西道。見舊書卷三九地理志。

【校】

〔郡邸〕「邸」，馬本誤作「底」，據宋本、那波本、全文、盧校改正。

前貝州刺史崔鴻可重授貝州刺史制

勅：前貝州刺史崔鴻：嘗牧貝丘，能修其職。及辭印綬，頗有去思。相時之宜，從人之望，俾换新命，再臨舊邦。況聞貯蓄時材，諳詳物務；而方州思理，侯伯薦能。

勉勤爲政之心，勿忝知人之舉。

【箋】

作於長慶元年（八二一）至長慶二年（八二二），長安。

〔貝州〕見卷五一河北榷鹽使檢校刑部郎中裴弘泰可權知貝州刺史依前榷鹽使制箋。

【校】

〔頗有〕「有」，馬本脱，據宋本、那波本、盧校補。全文作「厘」，非。

前吉州刺史李繁可依前吉州刺史制

敕：前吉州刺史李繁：累奉藩條，皆奏課第。故移縉雲之政，俾牧廬陵之人。雖降璽書，未臨郡邸。屬魚章改造，熊軾追還。事既謀新，職宜仍舊。勉率分憂之任，庶成來暮之謡。

【箋】

作於長慶元年（八二一）至長慶二年（八二二），長安。

〔吉州〕吉州廬陵郡。屬江南西道。見舊書卷四〇地理志。

〔李繁〕李泌之子。屢居郡守。寶曆二年九月，除大理少卿。見舊書卷一三〇附李泌傳。又光緒江西通志卷八：「李繁，吉州刺史，元和中任。」

瀛莫州都虞候萬重皓可坊州司馬制

勑：某官萬重皓：嘗資武力，早備戎行。頗歷艱虞，亦聞勤效。而藩隅未靖，遷轉從宜。言念前勞，宜加優秩。可坊州司馬。

【箋】

作於長慶元年（八二一）至長慶二年（八二二），長安。

〔瀛莫〕見卷五二京兆尹盧士玫除檢校左散騎常侍兼中丞瀛莫二州觀察等使制箋。

〔坊州〕見四八程羣授坊州司馬制箋。

【校】

〔瀛莫〕「莫」，馬本訛作「漠」，宋本、那波本、全文、盧校俱誤作「漠」，今改正。

〔藩隅〕「藩」，馬本作「洛」，非。據宋本、那波本、全文、盧校改正。

崔墉可河南府法曹參軍制

敕：鄆曹觀察判官，監察御史裹行崔墉：文行飾躬，公清奉職。士林推美，藩府薦能。軍旅之間，久資其用；忠勤之後，不殞其名。宜拔才於功臣，俾試吏於府掾。可依前件。

【箋】

作於長慶元年（八二一）至長慶二年（八二二），長安。

〔河南府〕見卷四二唐河南元府君夫人榮陽鄭氏墓誌銘并序箋。

前河陽節度使魏義通授右龍武軍統軍前泗州刺史李進賢授右驍衛將軍並檢校常侍兼御史大夫制

敕：夫文武之才，内外迭用。軍國之任，出入遞遷。斯所以優勳賢而均勞逸也。某官魏義通以戎功積久，榮委旌旄。某官李進賢以軍課居多，寵分符竹。各勤其職，咸用所長。是以河陽三城，鎮静而不擾；泗濱一郡，緝理而有勞。我有禁軍，爾宜分領。親信則倚爲心膂，動用則張爲爪牙。苟非其人，不付此任。咸假貂蟬之貴，仍兼憲職之榮。勉哉二臣，無替一志。可依前件。

【箋】

作於長慶元年（八二一），五十歲，長安，主客郎中、知制誥。

〔河陽節度使〕舊書卷三八地理志：「河陽三城節度使，治孟州，領孟、懷二州。」

〔魏義通〕舊書卷十五憲宗紀：「（元和十四年七月）癸卯，以前黔中觀察使魏義通爲懷州刺史，河陽三城懷孟節度使。」又舊書卷十六穆宗紀：「（元和十五年冬十月）以左金吾將軍田布爲檢校左散騎常侍、兼懷州刺史、御史大夫、充河陽三城懷孟節度使。」則此制必作於元和十五年十二月或長慶元年正月。城按：田布除河陽，唐方鎮年表誤作十五年正月。

【校】

〔文武〕「文」上馬本、全文俱脱「夫」字，據宋本、那波本、盧校補。

李玄成等授官制

勅：黔州觀察使與度支使言玄成等：或藴蓄能才，咨謀是藉；或分領劇務，課績有成。並可奏書，各遷憲職。勉勤乃事，無忝所知。可依前件。

【箋】

作於長慶元年（八二一）至長慶二年（八二二），長安。

〔李玄成〕唐方鎮年表卷六據白氏此制繫玄成長慶三年爲黔州觀察使，大誤。蓋據制文意，乃黔中觀察使奏李玄成等授官，非玄成爲黔州觀察使也。又考舊紀，崔元略，長慶元年正月除黔中觀察使，二年十二月遷鄂岳，則此時奏玄成授官之黔中觀察使必爲崔元略無疑。且長慶二年七月，白氏已出刺杭州，安能於三年草擬制書。

【校】

〔與度支使〕「與」，馬本、全文俱作「兼」，非。據宋本、那波本、盧校改正。

〔言玄成〕「言」，全文誤作「李」。

馬總准制追贈亡父請迴贈亡祖制

勅：夫積善者慶鍾于後，顯揚者光昭于先。而總貴爲邦君，賢爲國士。荷貽謀之訓，用率義之文。上獻表章，有所陳乞。朕念其祖德，褒以臺郎。所以復陳寔必興之言，慰范喬泣涕之思。庶使幽顯，兩無恨焉。可贈某官。

【箋】

作於長慶元年（八二一）至長慶二年（八二二），長安。

〔馬總〕見卷五〇鄭絪烏重胤馬總劉悟李佑田布薛平等亡母追封國郡太夫人制箋。

權知朔州刺史樂璘正授兼御史中丞制

勅：樂璘：專習武經，旁通吏道。試補郡守，以觀其能。連帥上聞，果副所舉。夫審官之要，在因其所長而任之，則政速成而化易就也。才既試可，官宜即真。何以寵之？就加憲職。可朔州刺史兼御史中丞。

【箋】

作於長慶元年（八二一）至長慶二年（八二二），長安。

〔朔州〕朔州馬邑郡。屬河東道。見舊書卷三九地理志。

神策軍推官田疇加官制

勅：田疇：官列環衛，職參禁軍。慎檢有聞，恭勤無怠。顧是勞效，例當轉遷。

郡佐官寮，以示兼寵。

【箋】作於長慶元年（八二一）至長慶二年（八二二），長安。

【校】〔田疇〕「疇」，宋本、那波本、盧校俱作「𬭤」。

裴敞授昭義軍判官裴侔授義成軍判官各轉官制

勅：裴敞等：昭義、義成，今之重鎮。實籍賓介，以參謀猷。而二帥皆勤於奉公，精於辟士。度才而授職，循序而請官。頗合所宜，咸可其奏。可依前件。

【箋】作於長慶元年（八二一）至長慶二年（八二二），長安。

【校】〔題〕英華作「授裴敞昭義軍判官裴侔授義成軍判官各轉官制」。

〔今之〕「今」，英華訛作「令」。

〔辟土〕「土」，那波本訛作「士」。

雲州刺史高榮朝除太子賓客河東都押衙制

勅：高榮朝：常領鋭師，入攻堅寇。因累奬賞，位至專城。才有所長，宜遷戎職。功不可忘兼進榮班。勉事元戎，無替勞效。

【箋】

作於長慶元年（八二一）至長慶二年（八二二），長安。

〔雲州〕雲州雲中郡。屬河東道。見舊書卷三九地理志。

韋綬等賜爵制

勅：韋綬等：去年春夏，同奉寢園。事集禮成，副吾哀敬。宜加封爵，以報恪勤。可依前件。

【箋】

作於長慶元年（八二一），五十歲，長安，主客郎中、知制誥。

〔韋綬〕舊書卷十六穆宗紀：「（長慶元年三月）庚戌，以左丞韋綬爲禮部尚書。」參見卷五〇韋綬從右丞授禮部尚書……三人同制箋。城按：制云「同奉寢園」，指元和十五年春夏經營憲宗陵寢事。

烏重明等贈官制

勅：故某官烏重明等：夫生樹功勤，殁加褒飾，有國之常典也。重明等在興元初，常執勤于奉天，策勳爲定難。無禄即代，有勞未圖。星歲屢遷，光塵不昧。聞鞞之念，予心曷忘。俾慰幽泉，各追顯秩。可依前件。

【箋】作於長慶元年（八二一）至長慶二年（八二二），長安。

【校】〔聞鞞〕「鞞」，馬本注云：「蒲縻切。」

羽林龍武等軍將士各加改轉制

勅：夫軍衛警則内外嚴，爵賞明則忠勤勸。爾等咸以材力，列于禁營。屬去年已來，屢陳儀仗。雖加賜與，未答勤勞。因詔有司，舉行賞典。吾匪虚授，爾宜敬承。文武班資，各從序進。可依前件。

【箋】

作於長慶元年（八二一）至長慶二年（八二二），長安。

新羅賀正使金良忠授官歸國制

勑：新羅使倉部郎中金良忠等：朕以文明御時，以仁信柔遠。聲教所及，駿奔而來。況溟漲一隅，舟航萬里。爾慕我化，我圖爾勞。隨其等倫，命以寵秩。無替前效，永爲外臣。可依前件。

【箋】

作於長慶元年（八二一）至長慶二年（八二二），長安。

白居易集箋校卷第五十四

翰林制詔一 凡三十四道 擬制附

除裴垍中書侍郎同平章事制

門下：朕聞后德惟臣，良臣惟聖。在太宗時，實有房、杜替貞觀之業；在玄宗時，實有姚、宋輔開元之化。咸克佑我烈祖，格于皇天。朕祇奉丕圖，懋繼前烈。思欲貞百度，和萬邦，建中于人，垂拱而理。永惟房、宋之化，寤寐求思。至誠感通，上帝眷祐。果賴良弼，輔予一人。正議大夫、行尚書户部侍郎、上柱國、賜紫金魚袋裴垍：器得天爵，文爲國華。行有根源，詞無枝葉。忠敬恭順，貫之以誠心；方潔貞廉，輔之以通識。玉立不倚，金扣有聲。洎内掌綸言，密參樞務。嚴重有大臣之體，温雅秉君子之文。每獻納之時，動有直氣；當顧訪之際，言無隱情。遠圖是經，大事能斷。匡予不逮，時乃之功。及領地官，且司邦賦，會計務劇，出納事殷。投利刃而皆虚，委棼絲而必理。歷試已久，全才益彰。宜登中樞，以副僉望。夫宰輔者，下執邦柄，上代天工。爲國蓍龜，注人耳目。爾尚降乃德以親百姓，廣乃志以序九流，匡朕心以清化源，從人欲以致和氣。予欲宣力，汝爲股肱。予欲詢謀，汝爲心膂。予違望于汝弼，勿謂不從汝言。逆于朕心，必求諸道。獨立勿懼，直躬而行。明聽斯言，敬踐乃位。嗚呼！罔俾房、宋，專美于前。可中書侍郎、同中書門下平章事，散官、勳、賜如故，主者施行。

【箋】

作於元和三年（八〇八），三十七歲，長安，左拾遺、翰林學士。城按：此卷那波本編在卷三七。宋本、馬本卷首均注有「擬制附」三字。或謂劉禹錫有擬太子太保、太子太傅等制，白氏之擬制亦可無疑。然五四、五五兩卷内若干則制詔，多與史實不符，且作於白氏元和六年四月出翰林後，可斷爲僞作。蓋一制之遷貶，命出主上，草自翰林，受者僚友。擬之而善，無所討好，擬之不善，則上見罪於君，下得罪於友。禹錫之擬制，全爲空言，並無主名，以居易之明，豈肯出此。況居易丁母憂後，方罹重謗，僞制中竟有元和六年五月、七月之事，喪方在堂，尤未能抱此閑心，以速外毁。雖唐代文集經宋人編刊，往往誤收他家文字，然誤收之真制誥之事實亦與史籍相符。今僞制中事實多與史籍相戾，故亦無誤收之可能。據岑仲勉白氏長慶集僞文所考，此等僞制多爲牛黨餘孽盜竊白氏姓名所作。其説亦有可能，俟考。

〔裴垍〕元稹翰林承旨學士院記謂裴垍元和三年冬拜中書侍郎平章事。岑仲勉補唐代翰林兩記云：「據舊紀一四、新紀七及新書六二，垍以九月丙申（十七日）拜中書侍郎，其年冬是其年秋之誤。」並參見卷十夢裴相公詩箋。

【校】

〔題〕英華作「裴垍拜相制」。

〔后德惟臣〕「臣」，馬本作「哲」，非。據宋本、那波本、英華、全文、盧校改正。

〔良臣惟聖〕馬本、全文俱作「臣德惟良」，非。據宋本、那波本、英華、盧校改正。

〔實有姚宋〕「實」，唐大詔令集、英華俱作「則」。英華注云：「集作『實』。」

〔而理〕「理」，英華作「治」。

〔果賴〕唐大詔令集作「果賚」。

〔詞無〕「詞」，英華作「言」，注云：「集作『詞』。」

〔金扣〕英華作「扣之」，注云：「集作『金和』。」

〔洎内掌〕英華作「洎潤色」，注云：「集作『洎内掌』。」

〔顧訪〕「訪」，馬本、全文俱作「問」，據宋本、那波本、英華、盧校改。

〔地官〕宋本、那波本俱誤作「他官」。城按：户部爲地官，故云。

〔已久〕「已」，英華作「兹」，注云：「集作『已』。」

〔尚降〕唐大詔令集作「尚隆」。

〔以清化〕「以」，英華作「而」，注云：「集作『已』。」

〔乃位〕「乃」，英華作「厥」，注云：「集作『乃』。」

〔施行〕此下英華注云：「元和六年十一月。」非。

除段祐檢校兵部尚書右神策軍大將軍制

門下：爲君之心，惟功勞是念；有國之典，以賞勸爲先。其有輯睦師徒，保綏黎庶，盡勤王之節，建護塞之勳，則宜進以官常，委之軍要，兼文武之秩，參内外之榮，斯所以彰念功而明懋賞也。四鎮北庭行軍、兼涇原等州節度支度營田觀察處置等使、光禄大夫、檢校工部尚書、使持節涇州諸軍事、涇州刺史、兼御史大夫、上柱國、雁門郡開國公段祐：早膺事任，累著公忠。名因義聞，位以勤致。自分戎閫，實控塞門。明舉武經，大修邊備。士卒有勇，保鄣無虞。虜不近邊，農皆狎野。展執珪之勤禮，瀝戀闕之深誠。方圖爾勞，且遂其志。夫六官庀職，大司馬列于前；二翼分師，上將軍處其右。長夏官以率屬，領環衛而拱宸。苟非信臣，安可兼委？嘉乃實効，副予虛求。將慎重其腹心，宜進登於喉舌。敬服休命，勉揚令圖。可檢校兵部尚書、右神策軍步軍大將軍知軍事，散官、勳、封如故，主者施行。

【箋】

作於元和三年（八〇八），三十七歲，長安，盩厔尉、翰林學士。

〔段祐〕舊書卷十四憲宗紀：「（元和三年正月）庚子，涇原請修臨涇城。……（三月）庚子，以定平鎮兵馬使朱士明爲四鎮北庭涇原等州節度使。」則知段祐除右神策軍大將軍必在是年三月。並參見卷五六答段祐等賀册皇太子禮畢表。城按：元和姓纂（九）二十八翰段：「諸郡段氏，生岌、嵩、嵒、汾原節度檢校兵部尚書祜。」岑仲勉四校記：「據義山文集四居易墓碑：『明日以所試制加段祐兵部尚書領涇州』，此蓋元和二年制也。汾原乃涇原之訛，祜應依庫本作祐。」則祐除涇原節度在元和二年，俟考。

【校】

〔邊備〕「備」，馬本、全文俱作「務」，據宋本、那波本、盧校改。

〔庀職〕「庀」，馬本注云：「普弭切。」

〔二翼〕「翼」，宋本、那波本、盧校俱作「廣」。

〔步軍大將軍〕「大」上馬本、全文俱脱「步軍」二字，據宋本、那波本、盧校補。城按：新書百官志：「貞元二年，神策軍置大將軍、將軍。十四年，置統軍，品秩同六軍。始，殿前左右神威軍有大將軍二人，正二品；統軍二人，從三品；將軍二人，從五品。元和初，爲一軍，號天威軍。八年，廢，以軍隸神策，有馬軍、步軍將軍及指揮使等，以馬軍大將軍知軍事。」

除趙昌檢校吏部尚書兼太子賓客制

門下：王者以尚齒尊賢爲體，以念功任舊爲心。況文武之才，有以兼備；則中外之職，所宜迭居。所以寵舊勳而優耆德者也。前荆南節度管内支度營田觀察處置等使、金紫光禄大夫、檢校兵部尚書、兼江陵尹、上柱國、天水郡開國公趙昌：聚學飾身，修誠致用。久膺事任，累著勳猷。統護交州，威惠之聲克振；鎮臨南海，撫循之政有經。自移部荆門，馳心魏闕。增修職貢，益勵忠勤。爰舉寵章，用旌茂績。夫望優四皓，然後能調護春闈；才冠六卿，然後能紀綱會府。惟爾年德足尚，可以周旋其間。宜增喉舌之榮，以崇羽翼之任。服我休命，其惟懋哉！可檢校吏部尚書、兼太子賓客，散官、勳、封如故，主者施行。

【箋】

作於元和四年（八〇九），三十八歲，長安，左拾遺、翰林學士。

〔趙昌〕據唐方鎮年表卷五，荆南節度使趙昌之後任爲趙宗儒，兩人交接在元和四年，當可信。城按：舊書卷一五一、新書卷一七〇趙昌傳及舊書卷一六七、新書卷一五一趙宗儒傳均不詳年月，所得知者，僅元和三年四月，昌除荆南；元和六年四月，宗儒又自荆南内召。

【校】

〔題〕英華作「授趙昌檢校吏部尚書兼太子賓客制」。

〔爲體〕「體」，馬本、全文俱作「禮」，據宋本、那波本、盧校改。

〔支度〕「度」上英華脱「支」字。

除鄭絪太子賓客制

門下：王者重輔弼之任，明進退之宜，見可即升，知否則捨。兹朕所以推誠不惑，與物無私者也。銀青光禄大夫、守門下侍郎、同中書門下平章事、兼弘文館大學士、上柱國、陽武縣開國侯鄭絪：早以令聞，入參禁署；永惟勤績，出授台司。期爾有終，匡予不逮。歲月滋久，謀猷寖微。罔清浄以慎身，每因循而保位。既乖素履，且鬱皇猷。宜副羣情，罷茲樞務。朕以其久居内職，累事先朝。思厚大臣，貴全終始。俾就優閑之秩，用申寬大之恩。可太子賓客，散官、勳、封如故，主者施行。

【箋】

作於元和四年（八〇九），三十八歲，長安，左拾遺、翰林學士。

〔鄭絪〕元和四年二月丁卯，自門下侍郎、同中書門下平章事罷爲太子賓客。見新書卷六二宰相表、册府元龜卷三三三。並參見卷四八裴度李夷簡王播鄭絪楊於陵等各賜爵并迴授爵制箋。

【校】

〔大臣〕「大」，宋本、那波本俱作「君」。

〔貴全〕「全」，宋本、那波本俱作「令」。

加程執恭檢校尚書右僕射制

門下：職參揆務，權總戎麾。必惟其人，乃授斯柄。自非望崇垣翰，功著旂常，則何以副儀形之求，稱節制之任？我有休命，爾其敬承。銀青光禄大夫、檢校兵部尚書、使持節滄州諸軍事、兼滄州刺史、御史大夫、横海軍節度支度營田滄景等州管内觀察處置等使、上柱國、邢國公、食邑三千户程執恭：義勇立身，忠慤成性。聚爲事業，發爲勳猷。歷事先朝，久專外閫。殿邦而山岳比鎮，奉國而金石爲心。動修武經，居有循化。洎執珪入覲，班瑞言旋。忠懇内激於心誠，恭順外形於詞氣。爰舉疇庸之典，稍增命秩之榮。方圖前勞，且有後命。朕思安封域，望在勳賢。任既切於腹心，位猶輕於喉舌。以守土勤王之効，雖進官封；念來朝述職之忠，未加寵數。特升右揆，俾在中樞。勉終永圖，無替成績。可檢校右僕射，餘並如故。

【箋】

作於元和三年（八〇八）至元和六年（八一一），長安。

〔程執恭〕横海軍節度使懷直之子，後改名權。見舊書卷一四三、新書卷二一三附程日華傳。白氏此制言執恭來朝後歸藩，加檢校尚書右僕射。城按：舊書憲宗紀謂執恭來朝在元和三年十一月甲午，舊書卷一四三、新書卷二一三本傳均謂元和六年來朝，所記互異。參見本卷除程執恭檢校右僕射制。

【校】

〔俾在中樞〕宋本、那波本、盧校俱作「俾壯中權」。

除王佖檢校户部尚書充靈鹽節度使制　四年六月十三日。

門下：静邊之要，選將爲先。夫有統馭之才，然後授以節制之任；有撫備之略，然後鎮以夷夏之衝。期乎攘遏寇虞，慎固封域。今予命爾，時謂得人。開府儀同三司、檢校刑部尚書、兼右衛上將軍、寧塞郡王、食實封二百五十户王佖：忠厚立誠，果斷効用。慎始終而行有枝葉，踐夷險而道無磷緇。早練武經，累從軍職。頃逢多壘，實佐元戎。節著臨危，功參定難。位由勞致，名以忠聞。自列六卿，且司七萃。星霜屢變，金石彌堅。宜申命於北轅，俾遏戎於南牧。進地官以崇新命，極勳秩以褒舊功。中簡朕心，外諧僉議。況五原重鎮，諸夏長城。修戎政莫先於威聲，牧邊民莫尚於惠實。師雜昆夷之悍，訓必在和；地爲獯虜之鄰，撫宜以信。勉率是道，往分朕憂。歲時之間，期於報政。委望斯在，爾其聽之！可檢校户部尚書、兼靈州大都督府長史、御史大夫、充朔方靈鹽定遠城節度副大使知節度事、管内支度營田觀察處置押蕃落等使，仍賜上柱國，散官、封、實封並如故，主者施行。

【箋】　作於元和四年（八〇九），三十八歲，長安，左拾遺、翰林學士。

〔王佖〕李晟之甥。見舊書卷一三三、新書卷一五四附李晟傳。舊書卷十四憲宗紀：「（元和四年六月）以靈鹽節度使范希朝爲太原尹、北都留守、河東節度使，以右衛上將軍王泌爲靈州大都督府長史、靈鹽節度使。」城按：「佖」，舊紀誤作「泌」，當以白集、舊、新傳作「佖」爲正。參見卷五六代王佖答吐蕃北道節度論贊勃藏書。

〔靈鹽節度使〕即朔方節度使，治靈州。見舊書卷三八地理志。

〔極勳秩〕勳級十二轉爲上柱國，視正二品，故曰極勳秩。

【校】

〔題〕英華作「授王佖檢校户部尚書靈鹽節度使制」。此下小注宋本、英華、盧校俱作「四年六月三日」。那波本、全文俱無注。

〔然後授以〕「然」下宋本無「後」字，後「然」字下同。盧校云：「『後』衍。一作『然後』似順，但唐人有此文法，前卷中亦有之。」

〔攘遏〕「攘」，宋本、那波本、英華俱作「懷」。

〔累從〕「累」，各本俱誤作「果」，據英華改正。

〔頃逢〕「頃」，宋本訛作「須」。

〔朕心〕「心」，英華作「知」，注云：「集作『心』。」

〔定遠城節度〕此下馬本脱「副大」二字，據宋本、那波本、英華、盧校增。又全文「副大使」作「副使」，非。

〔主者施行〕此下英華注云：「四年六月三日。」

除閻巨源充邠寧節度使制　四年十月十一日進。

門下：華夷要地，實衛蕃漢。鈇鉞重柄，必授忠賢。況乎犄角諸軍，金湯中夏。有坐甲護邊之旅，任切於拊循；有引弓犯塞之虞，寄深於備禦。内作心腹，外張爪牙。苟非信臣，不在兹選。奉天定難功臣、開府儀同三司、檢校尚書右僕射、兼羽林軍統軍、御史大夫、上柱國、定襄郡王、食邑一千三百户閻巨源：備知虜態，明練兵符。永惟頗、牧之能，宜授郇、邠之寄。長南宫而遷左揆，壯西郊而委中權。既圖前勞，且佇來効。於戲！十聯之帥，可以觀政；萬夫之長，可以樹勳。勉弘令猷，副我休命。可檢校尚書左僕射、使持節邠州諸軍事、兼邠州刺史、御史大夫、充邠寧慶等州節度管内支度營田觀察處置等使，功臣、散官、勳、封並如故，主者施行。

【箋】作於元和四年（八〇九），三十八歲，長安，左拾遺、翰林學士。

〔閻巨源〕舊書卷十四憲宗紀：「（元和四年）冬十月癸酉朔，以右羽林統軍閻巨源爲邠州刺史、邠寧慶節度使。」

〔邠寧〕邠州及寧州。唐屬關内道。邠州爲邠寧節度使治所，管邠寧慶三州。見元和郡縣志卷三。

【校】

〔題〕英華作「授閻巨源邠寧節度使制」。此下小注，宋本、英華俱作「四年十月一日進」。那波本、全文俱無注。

〔實衞〕「衞」，各本俱作「爲」，據英華改。

〔内作〕「内」，英華作「中」，注云：「集作『内』。」

〔苟非〕「非」，英華作「乏」，注云：「集作『非』。」

〔一千三百〕英華作「三千」。

〔備知虜態〕此上英華有「忠而能力勇以好謀誠諒著於艱危勳績彰於事任蓄是武略鬱爲將才洎出鎮朔陲入司環衞獯戎即叙時乃之功禁旅統和時乃之訓可謂」五十五字。

〔郇邠〕「郇」，馬本注云：「須倫切。」

〔十聯〕「十」，馬本作「千」，非。據宋本、那波本、全文、盧校改。

〔施行〕此下英華注云：「四年十月一日進。」

授吴少陽淮西節度留後制 三月十九日。

門下：議事以制，擇善而行。是適變通，庶臻康濟。此王者所以弘德而息人也。况閫外重寄，淮右成師，建有德以統藩方，擢有才以領留府。抑惟令典，今舉行之。彰義軍馬軍先鋒兵馬使、正議大夫、檢校右散騎常侍、使持節申州諸軍事、申州刺史、兼御史大夫、會稽郡王吴少陽：忠勞許國，貴介承家。蓄武略於韜鈐，宣吏能於符竹。屬元戎既殁，謀帥其難。朕將選衆以升，試可而用。推掌戎務，已逾歲時。而能和輯師人，勤修土貢。布寬簡有恒之政，動悦人情；守恭順不踰之心，静俟君命。有嘉大節，可假中權。宜進列於貂蟬，俾增威於貔武。仍加勳秩，式茂寵章。嗚呼！重觀其能，我故委之留事；載佇其効，爾宜勉於後圖。敬思是言，往率乃職。可銀青光禄大夫、檢校左散騎常侍、依前兼御史大夫、使持節蔡州諸軍事、權知蔡州刺史、充彰義軍節度管内支度營田、申光蔡等州觀察處置等使留後，仍賜上柱國，封如故，主者施行。

【箋】

作於元和五年（八一〇），三十九歲，長安，左拾遺、翰林學士。

〔吴少陽〕淮西節度使吴少誠堂弟。少誠死，自立爲留後。見舊書卷一四五、新書卷二一四附吴少誠傳。舊書卷十四憲宗紀：「（元和五年三月己未）以申州刺史吴少陽爲申光蔡節度留後。」

〔淮西節度〕至德元載置，治蔡州。後更號申光蔡節度使，又賜號義成軍節度使。元和十三年，平吴元濟後，廢淮西節度。

【校】

〔題〕此下全文無注。

〔承家〕「承」，馬本、全文俱作「成」，非。據宋本、那波本、盧校改正。

除程執恭檢校右僕射制 七月十二日夜進。

門下：臣之節極乎忠功，君之柄先乎爵賞。欲忠者之克懋也，故爵有加等；欲功者之速勸也，故賞不逾時。古先哲王，實用兹道；今我命爾，因其舊章。横海軍節度支度營田滄景等州觀察處置等使、起復冠軍大將軍、左金吾衛大將軍員外置同正員、檢校兵部尚書、使持節滄州諸軍事、兼滄州刺史、御史大夫、上柱國、邢國公程執恭：業傳將略，名在勳籍。藴天爵以修己，忠孝兩全；竭臣節而事君，夷險一致。紀綱我列郡，節制我成師。動揚休聲，静著茂實。自合符徵旅，奔命出疆，暴露歷於三時，供億出於二郡。整衆而身作師律，伐謀而心爲戰鋒。服金革而無辭，當矢石而有勇。雨晦識鷄鳴之信，風高見隼擊之威。遠略既申，茂勳方集。朕以恒陽之衆，蠢爾無知，毆彼生人，致之死地。每一念至，惻然久之。與其傷和而濟功，曷若含垢而修德？既罷師旅，爰圖勤勞。効且居多，賞宜從重。俾自夏官之長，特升右揆之崇。奬忠勸功，於是乎在。承我休命，爾其欽哉！可檢校尚書右僕射，餘並如故，主者施行。

【箋】

作於元和五年（八一〇），三十九歲，長安，左拾遺、翰林學士。

〔程執恭〕程執恭曾出師討王承宗，故特加檢校尚書右僕射。此制題下原注：「七月十二日夜進。」蓋即元和五年七月。參見本卷加程執恭檢校尚書右僕射箋。

【校】

〔題〕此下那波本、全文俱無注。

除郎官分牧諸州制

漢宣帝云：與我共理者，其惟良二千石乎！誠哉是言，朕每三復。安得循吏，副吾此心？今之臺郎，一時妙選。嘗經任歷，率有才用。雖典曹庀事，其務非輕；而卹隱分憂，所寄尤重。是用並命，分牧吾人。歲時之間，期於報政。户部郎中某可某州刺史，兵部員外郎某可某州刺史，云云。朕高懸爵賞，佇期酬効。咨爾夙夜，其念之哉！無俾龔、黄，專美前代。

【箋】

作於元和二年（八〇七）至元和六年（八一一），長安。

【校】

〔漢宣帝〕「漢」上英華有「勑」字，是。

〔是言〕此下英華有「也」字，注云：「集無『也』字。」

〔庀事〕「庀」，馬本注云：「普弭切。」

〔兵部員外郎〕英華作「吏部郎中」。

〔云云〕英華無此二字。

〔前代〕「代」下英華有「可」字。

除張弘靖門下侍郎平章事制

夫佐佑天子，燮理陰陽，平章法度，登進賢哲，外撫夷狄，内安元元，使百官修其職，一物不失其所。此宰相之任也。朕思得良弼，馴致此道。咨予命汝，其殆庶乎！某官張弘靖：惟乃祖乃父，代居相位，咸有成績，書于旂常。爾有忠正恭肅，文以禮樂，日濟其美，振揚家聲。一時之人，謂之才子。亟登清貫，益著令聞。洎出刺陝部，移鎮蒲坂，政不苛細，甚得人心。寮吏將卒，皆樂爲用。清簡之化，聞于京師。由是鄭風緇衣之好，漢庭玄成之美，朝望時議，翕然與之。人謀既同，朕志亦定。乃用登爾于左輔，授爾以大政。尚克欽乃嘉命，業乃代官。竭其股肱，服我前訓。嗚呼！三代爲相，邦家之光。爾其念哉！無替乃前人之徽烈。

【箋】

〔張弘靖〕城按：舊書卷十五憲宗紀：「(元和九年六月)壬寅，制河中、晉、絳、慈、隰等州節度使張弘靖守刑部尚書、同中書門下平章事。」新書卷七憲宗紀及新表卷六二同，均不以門下入相。此制雖見英華卷四五〇，惟同書卷四四八（全文卷五七）别有授張弘靖刑部尚書平章制，與史相合。且此制作於白氏元和六年四月出翰林後，顯係僞作。見岑仲勉白氏長慶集僞文考證。

【校】

〔題〕英華作「授張弘靖門下侍郎平章事制」。

〔夫佐佑〕「夫」上英華、全文俱有「門下」二字，是。

〔某官〕「某」，英華作「具」。

〔令聞〕「聞」，宋本、盧校俱作「問」。

〔于左輔〕「于」，英華作「以」，注云：「集作『于』。」

〔念哉〕「念」，英華作「敬」，注云：「集作『念』。」

授范希朝京西都統制

閶闔風至，太白星高。謀帥護邊，國之大計。某官范希朝：忠貞勤儉以爲質，惠和智勇以爲用。一代名將，三朝信臣。朕以西邊列鎮三四，若有總統，則易成功。思得良帥有威名者，并護諸將，歲一巡邊。乘秋順令，揚其威武。則南牧之馬，引弓之人，知我有備，不戰而去。誰可任者？無如希朝。以爾有朔方之勞，有振武之効，功在疆場，名聞羌戎。惟實與聲，皆副是選。今拜爾爲大將，尊爾爲司徒。節制進退，一令諮禀。倚望如右，可不慎歟？可充京西都統。

【箋】

作於元和五年（八一〇），三十九歲，長安，京兆户曹參軍、翰林學士。

〔范希朝〕舊書卷一五一、新書卷一七〇有傳。城按：希朝爲振武節度在德宗時。憲宗即位，拜朔方節度。元和四年六月，自朔方轉河東節度。五年十一月庚戌，王鍔除河東節度，則此制之行應在五年十一月已後。希朝免河東後，舊、新傳僅云除左龍武統軍，與此制所叙有異。見岑仲勉白氏長慶集僞文。

【校】

〔閫闑〕「閫」上英華、全文俱有「門下」二字，是。

〔某官〕「某」，英華作「具」。

〔疆場〕「場」，馬本注云：「刑狄切。」那波本、全文俱訛作「場」。

贈吉甫先父官并與一子官制

敕：某官李吉甫：出入將相，迨今七載。而能修庶職，叙彝倫，毗予一人，以底于道。夙夜不怠，厥功茂焉。夫忠於君者，教本於親；寵其身者，賞延于嗣。於是乎有飾終之命，有任子之恩。所以感人心而勸臣節也。惟兹舊典，可舉而行。

【箋】

〔吉甫〕李吉甫。舊書卷一四八、新書卷一四六有傳。城按：吉甫，元和二年正月相，制曰「迨今七載」，則應作於元和八年，此時居易已出翰林。岑仲勉白氏長慶僞文斷此制爲僞作。又按：吉甫父名栖筠，代宗時爲御史大夫，名重一時。新書卷一四六有傳。

除李絳平章事制

昔在堯、舜，聰明文思，尚賴良臣，實相以濟。况朕薄德，不逮先王。是用急疾於求賢，置之於左右，俾承弼納誨，以匡不逮。言雖逆耳，必求諸道；事苟利人，咸可其奏。兹足以宣股肱之力，成天下之務。歷選多士，爰得良輔。乃降厥命，其聽之哉！某官李絳：齋莊嚴重，内明外直。進退舉措，有大臣體。自參内職，每備顧問。忠讜之操，終然不渝。及貳地官，專領財賦。未逾周月，亦有成績。歷試多可，人望攸歸。俾登中樞，無易絳者。於戲！爾以文學入仕，以正直奉上，才膺大用，職亦屢遷。十年之間，位至丞相。可以報國，在乎匪躬。欽哉懋哉！無忝朕命。

【箋】

〔李絳〕據舊書卷十五憲宗紀，絳拜中書侍郎、同中書門下平章事，在元和六年十二月。此制雖見英華卷四五〇，但未著絳原官，且不言以何官入相，均爲可疑之處。同書卷四四八又有一制，題爲授李絳中書侍郎同平章事制，具官、除官與舊紀合。且此制作於居易出翰林後，必爲僞作無異。見岑仲勉白氏長慶集僞文。

【校】

〔題〕英華作「授李絳平章事制」。

〔昔在〕「昔」上英華、全文俱有「門下」二字，是。

〔言雖〕「雖」，英華作「或」，注云：「集作『雖』。」

〔某官〕「某」，英華作「具」。

〔終然〕「然」，英華作「始」，注云：「集作『然』。」

〔爾以〕「爾」下宋本、那波本俱有「有」字。

授韓弘許國公實封制

梁、宋之交，水陸合會。人雜難理，軍暴難戢。因變肆亂，往往有焉。唯此一方，朕常憂慮。今有良帥，鎮而撫之，政立功成，宜舉賞典。某官韓弘：以長材大略，作我藩臣。本於忠力，輔以政理。自分閫寄，在浚之郊。嚴貞師律，恭守朝憲。訓兵積粟，明罰信賞。軍和食足，禮節並行。河南晏如，于兹一紀。是則有大勳於國，有大惠於人，會課議功，無出其右。夫有過人之效，則有加等之命。古之王者所以賞一人而天下勸者，用此道也。可不務乎？是用建于上公，授之真食。以示殊寵，以旌殊績。欽我休命，子孫其保之！

【箋】

〔韓弘〕吴元濟誅，韓弘以統帥功，加檢校司徒、兼侍中，封許國公。見舊書卷一五六本傳。城按：岑仲勉白氏長慶集僞文引昌黎集三二注云：「元和十二年十一月，録平淮西功，加弘檢校司徒、兼侍中，封許國公。」則此制必作於十二年十一月間，且制中所記事實謬戾殊甚，故岑氏斷爲僞作無疑。

除裴度中書舍人制

司勳郎中、知制誥裴度：以茂學懿文，潤色訓誥。體要典麗，甚得其宜。施之四方，朕命惟允。況中立不倚，道直氣平。介然風規，有光近侍。臺郎滿歲，班列當遷。綸閣之職，所宜真授。

【箋】

〔裴度〕舊書卷一七〇、新書卷一七三裴度傳俱謂度元和六年以司封員外郎、知制誥，宣諭魏博，還拜中書舍人。惟舊書憲宗紀下云：「（元和七年十一月）乙丑詔，田興以魏博請命，宜令司封郎中、知制誥裴度往彼宣慰。」郎官考卷七裴度條云：「新、舊傳俱云以司封郎中知制誥，制云司勳誤。」城按：員外、知制誥非遷郎中不能正授中書舍人，此制誤司封郎中爲司勳郎中，郎官考所云亦有微病，凡此均爲作僞之證。見岑仲勉白氏長慶集僞文考證。

【校】

〔真授〕此下英華有「可中書舍人」五字。

〔司勳〕「司」上英華有「勑」字。

〔題〕英華作「授裴度中書舍人制」。

除蕭俛起居舍人制

左補闕、翰林學士蕭俛：頃居諫列，職司其憂。夙夜孜孜，拾遺左右。朕嘉乃志，選在内庭。自參密近，益見忠讜。始終不替，尤足多之。記事之官，一時清選。俾膺是命，以弘勸獎。

【箋】

〔蕭俛〕據舊書卷一七二本傳及重修翰林承旨學士壁記，蕭俛於元和六年四月十二日自右補闕充翰林學士，舊紀卷十四同，與制異。岑仲勉翰林學士壁記注補疑俛元和六、七年間並未經此改官，故制爲僞作。

【校】

〔題〕英華作「授蕭俛起居舍人充職制」。

〔左補闕〕「左」上英華、全文俱有「勅」字，是。

〔職司〕「司」，宋本、那波本、馬本、英華俱訛作「同」，據全文改正。

〔勸獎〕此下英華、全文俱有「可守起居舍人依前件」九字。

除崔羣中書舍人制

庫部郎中、知制誥、翰林學士崔羣：端厚和敏，飾以文學。温温忠敬，得侍臣之風。自列内朝，兼司誥命。事煩而益密，職久而彌精。六年于兹，勤亦至矣。況小大之事，常所訪問。盡規極慮，弘益居多。所宜寵以正名，式光禁職。敬乃嘉命，其惟有終。

【箋】

〔崔羣〕據重修翰林承旨學士壁記，崔羣，元和七年四月二十九日遷中書舍人。已在元和六年四月居易出翰林後。故岑仲勉白氏長慶集僞文謂此制係僞作。

【校】

〔題〕英華作「授崔羣中書舍人制」。

〔庫部〕「庫」上英華有「勑」字。

〔温温〕英華、全文俱作「温良」。

〔有終〕此下英華有「可」字。

獨孤郁守本官知制誥制

考功員外郎、史館修撰獨孤郁：爲人沈實，敏行寡言。粲然文藻，秀出於衆。累升諫列，再秉史筆。洎掌功論，率以直聞。求之周行，不可多得。而掖垣近職，綸閣重選，俯詢時議，爾宜居之。

【箋】〔獨孤郁〕字古風。貞元十四年，登進士第。元和五年，自起居郎遷考功員外郎充史館修撰判館事。七年，以本官復知制誥。八年，轉駕部郎中。見舊書卷一六八本傳。又韓愈唐故秘書少監贈絳州刺史獨孤府君墓誌銘：「（元和）五年，遷起居郎……改尚書考功員外郎，復史館職。七年，以考功知制誥入謝，因賜五品服。」則比制必作於居易出翰林後。故岑仲勉白氏長慶集僞文斷爲僞作。

【校】

〔題〕英華作「授獨孤郁守本官知制誥制」。

〔考功〕「考」上英華有「勑」字，是。

〔功論〕英華作「絲綸」。

授沈傳師左拾遺史館修撰制

京兆府鄠縣尉沈傳師：庶職之重者其史氏歟！歷代以來，甚難其選。非雄文博學，輔之以通識者，則無以稱命。今茲命爾，其有旨哉！昔談之書遷能修之，彪之史固能終之。惟爾先父，嘗譔建中實録，文質詳略，頗得其中。爾宜繼前志，率前修，無忝爾父之官之職。可左拾遺、史館修撰。

【箋】

〔沈傳師〕貞元二十一年，登第。元和元年，舉制科授太子校書郎，鄠縣尉，直史館，轉左拾遺，左補闕。元和十二年，自左補闕、史館修撰充翰林學士。見重修承旨學士壁記、舊書卷一四九本傳、登科記考卷十五及十六、樊川集卷十四吏部沈公行狀。合而推之，其授拾遺必在元和六年四月以後，故岑仲勉白氏長慶集僞文斷此制爲僞作。

【校】

〔沈傳師〕「傳」，宋本、馬本、那波本、英華、全文俱誤作「傅」，今改正。下同。

〔京兆〕「京」上英華有「勅」字，是。

〔可左拾遺至末〕「可」下英華脱「左拾遺史館修撰」七字。

除許孟容河南尹兼常侍制

昔吴公、袁安爲河南尹守，皆能以廉平清肅，馭吏教人。孰能繼之？我有良吏。某官許孟容：才志甚大，言論甚高。在臺閣間，藹然公望。嘗尹京邑，觀其器用，臨事能守，當官敢言。不吐剛以茹柔，不附上以急下。政無煩碎，甚合衆心。及是轉遷，頗有遺愛。河、洛千里，都畿在焉。凡所選任，必歸望實。考言詢事，非爾而誰？不忘舊政，可立新績。仍以騎省申而寵之。

【箋】

〔許孟容〕元和七年二月，由兵部侍郎遷河南尹。見舊書卷十五憲宗紀。岑仲勉白氏長慶集僞文據此斷爲僞作。

【校】

〔題〕英華作「授孟容河南尹兼常侍制」。

〔昔吴公〕「昔」上英華有「勑」字，是。

〔馭吏〕「馭」，英華作「駁」。

〔某官〕「某」，英華作「具」。

除李程郎中制

隋州刺史李程：頃以詞學，入參訓命。旋以才用，出領詔條。漢東大郡，委之共理。勵精爲政，三年有成。中外序遷，朝之彝典。尚書郎缺，爾宜補之。

【箋】

〔李程〕卷五五有李程行軍司馬制，草於居易出翰林後，顯係僞作，制謂程守隋五年而改西川司馬。此制又謂守隋三年而改郎中，且不舉何司，與前制時間相矛盾。故岑仲勉白氏長慶集僞文斷爲僞作。

裴克諒權知華陰縣令制

華陰令卒，非選補時。調租勉農，政不可缺。前鎮國軍判官、試大理評事裴克諒：久佐本府，頗有勤績。屬邑利病，爾必周知。宜假銅墨，試其才理。待有所立，方議正名。

【箋】

約作於元和二年（八〇七）至元和六年（八一一），長安。

〔裴克諒〕新書卷七一上宰相世系表有裴克諒，不著官歷，係裴度之三從弟，想即其人。參見卷五五裴克諒量留制。

【校】

〔題〕英華作「授裴克諒權知華陰縣令制」。

〔華陰令〕「華」上英華有「勑」字，是。

〔政不可缺〕「政」，英華作「官」，注云：「集作『政』。」

贈高郢官制

故尚書右僕射高郢：立身從事，皆有本末。在亂不汙，可以言忠。守官不撓，可以言直。以道佐主，可以言正。以年致仕，可以言禮。有一於此，人鮮克舉。況備四者，不亦君子乎？天不憖遺，深用軫悼。宜加褒贈，以旌其風。仍俾善人，聞而知勸，可贈某官。

【箋】〔高郢〕據舊書卷十四憲宗紀，元和六年七月，尚書右僕射致仕高郢卒。此制作於居易出翰林後，故岑仲勉白氏長慶集僞文斷爲僞作。

貶于尹躬洋州刺史制

中書舍人于尹躬：其弟臯謨，贓汙狼藉。雖無從坐之法，合當失教之責。然以典職詔命，恭勤五年。我即念勞，爾宜思過。俾居近郡，茲謂得中。

【箋】

〔于尹躬〕元和姓纂（二）十虞于：「允躬，中書舍人，洋州刺史。」岑仲勉四校記：「白氏集三七有貶中書舍人于尹躬爲洋州刺史制，字作尹，新表同。全詩五函六册，尹躬，大曆進士。」城按：通鑑卷二三八元和六年：「五月，前行營糧料使于皐謨、董溪坐贓數千緡，敕貸其死，皐謨流春州，溪流封州，行至潭州，並追遣中使賜死。」則于尹躬之貶，當亦同時。此制作於居易出翰林後，故岑仲勉白氏長慶集僞文斷爲僞作。

贈裴垍官制

故太子賓客裴垍：忠正恭慎，佐予爲理。事君盡禮，徇國忘身。積憂與勞，遘成疾恙。以至淪逝，念之惻然。頃屬多故，未申禮典。永惟褒飾，寧忘于心？今則命數之間，宜從加等。庶使忠於君者有以勸焉。可贈某官。

【箋】

〔裴垍〕舊書卷十四憲宗紀：「（元和六年七月）庚申，贈銀青光禄大夫、太子賓客裴垍太子少傳。」故知此制作於居易出翰林後，岑仲勉白氏長慶集僞文斷爲僞作。並參見卷十夢裴相公詩箋。

除軍使邠寧節度使制

金方之氣，凝爲將星。王者法天，選命豪傑。授之以鉞，拜爲將軍。以威西戎，以護中夏。而倚望若是，安可非其人哉？某官某，出忠入孝，仗信抱義。行有餘力，學劍讀書。鬱然將材，用兼文武。自領軍衛，爲我爪牙。夙夜警巡，不懈于位。材官知訓，環列增勳。服勤五年，兹爲成績。可以移用，使之守疆。郇、邠大藩，控扼胡虜。若得良將，則無外虞。知臣者君，非爾不可。仍加副相，以重是行。勉樹勤勞，式光寵擢。

【箋】

據岑仲勉白氏長慶集僞文考證，元和間除邠寧節度者凡五：元和二年十二月，高崇文自西川改。四年十月，閻巨源自右羽林統軍授。九年十一月，郭釗自左金吾大將軍授。十三年六月，程權自滄景改。十四年五月，李光顔自忠武改。其間合於此制者惟巨源與釗。巨源已有除制見本卷，則此制捨釗莫屬。考舊書卷一二〇、新書卷一三七本傳，均謂釗以檢校工部尚書出除，此制作副相，其爲僞作無疑。

〔邠寧〕見本卷除閻巨源充邠寧節度使制箋。

【校】

〔題〕英華作「授軍使邠寧節度使制」。

〔金方〕「金」上英華有「門下」二字，是。

〔授之以鉞〕「鉞」上英華、全文俱有「鈇」字。

〔某官某〕此下英華有「乙」字。

〔用兼〕「用」，英華作「又」，注云：「集作『用』。」

〔郇邠〕「郇」，馬本注云：「須倫切。」

除韋貫之平章事制

周宣、漢宣、繼體之主，一得申甫，一得魏丙，咸克致理，號爲中興。朕嗣位以來，永鑒前烈。惟是賢俊，寤寐求思。歷選周行，乃獲時彦。宜以政柄，舉而授之。某官韋貫之：温重明正，國之公器。當官必守，臨事能斷。簡在朕志，迨今累年。乃者擢居諫司，以觀其直；出領符竹，以觀其理；煩之劇務，以觀其用；訪之大政，以觀其體。歷試必中，衆望允屬。倚之爲相，僉曰宜哉。可中書侍郎、同中書門下平章事。夫臣事君以忠，后從諫則聖。靡不有始，鮮克有終。理化不成，恒由於此。今我與爾，永終是圖。雖休勿休，以臻其極。嗚呼！二宣之業，吾有望焉。

【箋】

〔韋貫之〕元和九年十二月戊辰，以中大夫、守尚書右丞韋貫之本官同中書門下平章事。見舊書卷十五憲宗紀下。舊、新書本傳亦均云貫之元和九年入相。則此制作於居易出翰林後，岑仲勉白氏長慶集僞文斷爲僞作。

【校】

〔題〕英華作「授韋貫之中書侍郎平章事制」。

〔周宣〕「周」上英華、全文俱有「門下」二字。

〔繼體之主〕那波本作「繼之體主」，非。

〔某官〕「某」，英華作「具」。

〔以忠〕「以」，英華作「則」，注云：「集作『以』。」

〔勿休〕「勿」，英華作「不」，注云：「集作『勿』。」

除拾遺監察等制

渭南縣尉庾敬休等：咸文行清茂，士之秀者。宜從吏列，擢在朝行。各隨才用，分命以職。司諫執憲，佇有可稱。

【箋】

〔庾敬休〕舊書卷一八七下庾敬休傳：「旋授渭南尉、集賢校理，遷右拾遺、集賢學士，歷右補闕，稱職，轉起居舍人。」據册府元龜卷五六〇，元和十二年，敬休方官起居舍人。又據元和姓纂，拾遺爲敬休元和七年見官，未必六年四月以前授。疑此制亦爲僞作。見岑仲勉白氏長慶集僞文考證。

【校】

〔宜從〕「宜」，馬本訛作「官」，據宋本、那波本、全文改正。

除范傳正宣歙觀察使制

古之諸侯，三載考績，選其賢者，命爲長率。所以勸功行而興理化也。蘇州刺史范傳正：文學政事，二美具焉。選自郎署，出分符竹。江南列郡，連領者三。所至之部，悉心爲理。明諭朝旨，恭守詔條。謹身省事，以臨其下。政簡而肅，意誠而明。吏不能欺，人是以息。而去思之歎，來暮之謡，往復有政，聞於人聽。雖古循吏，蔑以加之。朕以陵陽奥壤，土廣人庶。其地有險，所寄非輕。跡其前効，可當此選。況黟、歙之遺愛尚在，吴興之新政方播。升車便道，足慰人心。固當望風自安，計日而理。倚注於爾，往宜欽哉！

【箋】

〔范傳正〕嘉泰吴興志卷十四：「范傳正，元和四年八月，自歙州刺史拜。六年二月十一日，遷蘇州刺史。」舊書卷十五憲宗紀：「（元和七年八月）丙午，以蘇州刺史范傳正爲宣歙觀察使。」則此制作於居易出翰林後。岑仲勉白氏長慶集僞文斷爲僞作。

〔宣歙〕見卷十三叙德書情四十韻上宣歙崔中丞詩箋。

【校】

〔題〕英華作「授范傳正宣歙觀察使制」。

〔古之〕「古」上英華有「勑」字，是。

〔勸功〕「勸」，英華作「觀」，注云：「集作『勸』。」

〔而肅〕「肅」，馬本作「速」，非。據宋本、那波本、英華、全文、盧校改正。

〔有險〕英華作「險要」，注云：「集作『有險』。」

〔況夥歟〕「夥」，馬本注云：「於宜切。」

〔往宜欽哉〕英華作「往欽哉可」，注云：「集作『倚注於爾往宜欽哉可』。」

邊鎮節度使起復制

執親之喪三年，禮也。聖人不得已而奪之。金革之事無避，權也。忠臣不得已而從之。某官某：握我兵要，守在塞門。忠勇威惠，合以爲用。師人悦附，戎虜畏服。迨彼諸部，聞其姓名。況歲廣屯田，日討軍實。載陳遠略，方集大勳。自罹家艱，遽致公政。茹荼銜恤，已過旬時。而軍旅不可以無帥，疆埸不可以無主。且慮人慢，或生戎心。蓋臣節大於孝思，王事急於情禮。捨輕從重，徇公滅私。變而通之，正在於此。俾加戎秩，用護邊封。往服舊職，無違朕命。

【箋】

作於元和二年（八〇七）至元和六年（八一一），長安。

【校】

〔疆場〕「場」，馬本、那波本、全文俱訛作「埸」，據宋本、盧校改正。

〔用護〕「用」，那波本作「申」，非。

除任迪簡檢校右僕射制

書曰：「德懋懋官，功懋懋賞。」此先王所以匡飾天下也。其有忠勞輸于國，惠澤及于人，高位厚賞，朕無所愛。某官任迪簡：頃以本鎮元戎來朝，俾佐師律，實掌留務。屬偏裨不軌，誘動軍部，亂行忤命，至于再三。而迪簡冒白刃於戎首，置赤心於人腹。挺身誓衆，罔不率從。羣情既歸，因命爲帥。況閭閻蕩析，倉廩匱竭，野有餓殍，軍無見糧。又能推恩信以結衆心，率勤儉以勸生業。士旅悦附，流庸思歸。周月之間，泰然安堵。開置幕府，叶和親鄰。俾予無憂，時乃之力。夫爲將守，立功如斯，不加爵賞，何勸來者？建官惟百，端揆長之。自非勳賢，不在此選。以是加等之命，寵乃殊常之績。俾增威於閫外，仍就拜於軍中。爾其欽哉！無替厥命。

【箋】

作於元和二年（八〇七）至元和六年（八一一），長安。

〔任迪簡〕據岑仲勉白氏長慶集僞文考證，舊書卷一八五下、新書卷一七〇任迪簡傳均未著此加銜，此制亦可疑。並參見卷五六答任迪簡讓易定節度使表。

【校】

〔率從〕「從」，宋本、馬本、那波本俱作「逆」，非。據全文、盧校改正。

〔蕩析〕「析」，馬本注云：「思積切。」

除常侍制

某官某：往以强毅剛正，見稱於時。擢在左曹，俾之駁議。旋以言動，小有過差，左遷遠藩，亦聞有政。雖經三黜，僅歷二紀；而堅直之氣，終然不渝。人之所難，亦足嘉尚。宜可束帶，立之于朝，正色讜言，時有所取。俾登西掖，仍珥右貂。從容前後，以備顧問。

【箋】

作於元和二年（八〇七）至元和六年（八一一），長安。

【校】

〔剛正〕「正」，宋本、那波本、盧校俱作「直」。

除裴武太府卿制

聚九州之賦，辯百貨之名，樓其度程，謹其出納，孰爲主者？外府上卿。務殷秩崇，不易其選。某官裴武：有通敏之識，有倚辯之才。以兹器用，早膺任使。小大之務，罔不勵精。累有勤績，存乎官次。而受藏之府，國用所資。若非使能，何以集事？俾昇顯列，仍委劇務。爾宜率其官屬，欽乃職司。會帑藏出入之要，修權量平校之法。以遵成式，無使改易。謹而守之，斯爲稱職。

【箋】

作於元和二年（八〇七）至元和六年（八一一），長安。

〔裴武〕舊、新書均無傳。據新書卷七一上宰相世系表知係裴耀卿之孫。

【校】

〔題〕英華作「授裴武太府卿制」。

〔聚九州〕「聚」上英華、全文俱有「勅」字，是。

〔辯百〕「辯」，英華作「辨」。城按：「辯」亦作「辨」。

〔稱職〕此下英華有「可」字。

白居易集箋校卷第五十五

翰林制詔二 凡四十三道

杜佑致仕制

敕：盡悴事君，明哲保身，進退始終，不失其道。自非賢達，孰能兼之？司徒、同平章事杜佑：以長才名略，爲國元臣。歷事四朝，殆逾三紀。出專征鎮，爲諸侯帥。入贊台袞，爲王室輔。嘉猷茂績，中外洽聞。寵任既崇，勤勞亦至。頃以年登致仕，退請懸車。方深倚注，久未得謝。勉就牽率，迨兹累年。今抗疏披誠，至于數四。敦諭頗切，陳乞彌堅。期於必遂，理不可奪。守沖知止，佑實有焉。賢哉大夫！今古同道。宜從優異之命，式表褒崇之禮。尚資耆望，俾傅東朝。可太子太師致仕。如天氣晴和，亦任朝謁。昔祁奚、申叔皆就請老，國有大事，入議否臧。忠臣愛君，豈必在仕？永觀前事，期副兹懷。

【箋】

城按：此卷那波本編在卷三八。

〔杜佑〕元和七年六月癸巳，以光禄大夫、守太保致仕。見舊書卷十五憲宗紀。舊書卷一四七杜佑傳同，并附有制文，與此不同。城按：此制稱「司徒」，不稱「守司徒」。不云「晉秩光禄、太保致仕」，而曰「太子太師」。「朔望朝請」而曰「晴和朝謁」。衹此數端，已顯呈其作僞之拙。况傳制當日有實録可本，斷不至僞，集制竟無一語相同，斷爲僞作無疑。見岑仲勉白氏長慶集僞文考證。

鄭涵等太常博士制

某官鄭涵等：並早以文行，久從吏職。輩流之間，頗爲淹滯。況雅有學識，進修不已。禮官方缺，宜當此選。凡朝廷禮制，或損益有疑；中外謚議，或褒貶不決。爾爲博士，皆得正之。所任非輕，各敬乃事。並可太常博士。

【箋】

作於元和二年（八〇七）至元和六年（八一一），長安。

〔鄭涵〕鄭餘慶之子。本名涵，後以文宗藩邸時名同改爲瀚（新傳作澣）。貞元十年進士，自秘書省校書郎遷洛陽尉，充集賢院修撰，改長安尉、集賢院校理，轉太常寺主簿職如故，遷太常博士。見舊書卷一五八附鄭餘慶傳。又據韓愈送鄭十校理序，元和五年，涵猶爲集賢校理，則知官太常博士必在六年以後，是否在居易出翰林前，尚待考證。

【校】

〔題〕英華作「授鄭涵等太常博士制」。

〔某官〕「某」，英華作「具」，其上有「勑」字。

〔有疑〕「疑」，馬本、全文俱作「宜」，非。據宋本、那波本、盧校改正。

〔太常博士〕英華作「可依前件」。

除韓臯東都留守制

國之都府，半在東周。未遑時巡，方委留鎮。非位望崇盛，加之勳舊者，則不足以允僉屬而副重寄也。刑部尚書韓臯：名德之後，欝然公才。正行通規，貫于終始。

累遷臺府，違鎮藩維。入修職業，出樹風聲。故事遺愛，著聞中外。況一登朝序，殆三十年。舊德耆望，無居其右。俾乂東夏，僉以爲然。乃加冢卿，以示崇寵。敬服嘉命，永孚于休。可檢校吏部尚書、東都留守。

【箋】

〔韓皋〕舊書卷十四憲宗紀：「(元和六年十月)戊辰，以户部尚書韓皋爲東都留守、判東都尚書省事。」新書卷一二六韓皋傳亦稱「入爲户部尚書，歷東都留守」，此制作「刑部尚書」，且作於居易出翰林後，故岑仲勉白氏長慶集僞文斷爲僞作。

【校】

〔東周〕「周」，馬本、全文俱作「州」，非。城按：周自平王至赧王之世，俱都洛邑，地在周初舊都之東，史稱東周。據宋本、那波本、盧校改正。

〔故事〕「事」，馬本、全文俱作「多」，非。據宋本、那波本改正。

〔冢卿〕「冢」，那波本訛作「家」。

中書舍人韋貫之授禮部侍郎制

典郊祀之禮，獻賢能之書，今小宗伯實兼二事，非直清明正者，不足以處之。中書舍人韋貫之，沈實賢峻，文以禮樂。行成於内，移用於官。公直之聲，滿於臺閣。頃以詞藻，選登禁掖。秉筆書命，時稱得人。久積勤勞，宜有遷轉。可使典禮，以和神人。可使考文，以第俊秀。儀曹之選，僉議所歸。往修乃官，無替厥問。可禮部侍郎，餘如故。

【箋】

〔韋貫之〕舊書卷十四憲宗紀，元和六年六月命中書舍人韋貫之等詳定減省吏員俸額。據此，貫之授禮部侍郎當在元和六年六月之後，居易已出翰林。故岑仲勉白氏長慶集僞文斷爲僞作。

【校】

〔題〕英華作「授韋貫之禮部侍郎制」。

〔典郊祀〕「典」上英華、全文俱有「勑」字，是。

〔兼二〕英華作「二其」。注云：「集作『兼二』。」

〔久積〕「久」，英華作「多」，注云：「集作『久』。」

薛存誠除御史中丞制

庶官之政，得人則舉。況中執憲準繩之司，所以提振紀綱，端肅内外。蓋一職修者，其斯任之謂歟！給事中薛存誠：選自郎署，列于左曹。居必静專，言皆讜正。章疏駮議，多所忠益。可以執憲，立于朝端。況副相方缺，臺綱是領。糾正百官，爾得專之。夫直而不絞，威而不猛，不附上以急下，不犯弱以違强。率是而行，號爲稱職。敬服斯命，往其懋哉！可御史中丞，餘如故。

【箋】

〔薛存誠〕據本卷除孔戣等官制，存誠除給事中在元和七年七月。又據通鑑卷二三九，元和八年二月，存誠官中丞。可知存誠自給事中擢中丞在元和七八年間，此制作於居易出翰林後，岑仲勉白氏長慶集僞文斷爲僞作。

【校】

〔題〕英華作「授薛存誠御史中丞制」。

〔庶官〕「庶」上英華、全文俱有「勅」字，是。

〔百官〕此下英華注云：「集作『司』，又作『度』。」

〔以急下〕「以」，英華作「而」，注云：「集作『以』。」

〔以違强〕「以」，英華作「而」，注云：「集作『以』。」

前長安縣令許季同除刑部郎中前萬年縣令杜羔除户部郎中制

前長安縣令許季同、前萬年縣令杜羔等：頃自郎署，分宰京邑。而長吏待之，小乖常禮。雖同辭託故，動未得中。然遠恥以退，道不失正。各從免職，亦既踰時。況文行政能，皆推於衆。詢諸時議，宜有遷授。尚書郎缺，方選才良。憲部人曹，俾膺並命。季同可刑部郎中，羔可户部郎中。

【箋】

〔長安縣〕屬京兆府。見舊書卷三八地理志。

〔許季同〕〔杜羔〕據岑仲勉白氏長慶集僞文引册府元龜卷一五三：「（元和六年）十二月，勅萬年縣令杜羔、長安縣令許季同並宜停見任，京兆尹元義方宜罰一季俸禄。」則季同等入爲曹郎必在此時之後，此制當係僞作。

〔萬年縣〕屬京兆府。見舊書卷三八地理志。

【校】

〔題〕英華作「授許季同刑部郎中杜羔户部郎中制」。

〔前長安〕「前」上英華有「勑」字，是。

〔頃自〕「頃」，英華作「輩」。

〔託故〕「故」，英華作「疾」，注云：「一作『故』。」

京兆少尹辛秘可汝州刺史制

京兆少尹辛秘：頃守吴興，時逢擾亂，安人殄寇，節効可稱。出倅戎車，入貳京輦。亦有政績，著于官常。今以汝、汾軍郡之大，方求良吏，委之分憂。詢事考能，爾當其選。往即乃土，以舒吾人。可汝州刺史。

【箋】

作於元和二年（八〇七）至元和六年（八一一），長安。

〔辛秘〕元和初拜湖州刺史。范希朝討王承宗，徵爲河東行軍司馬。尋拜左司郎中，出爲汝州刺史。見舊書卷一五七、新書卷一四三本傳。城按：王承宗以元和五年七月罷兵，秘官少尹及汝州當在其後，然是否爲六年四月前事尚待考證。

除李遜京兆尹制

近歲京兆長吏數遷，誠不便時，抑有其故。或鈐鍵不謹，吏掾爲姦；或鉤距太煩，人受其弊。既非中道，皆不得已而罷之。宜求恬智寬猛相濟者，親諭斯旨，使久於其職，以息吾人。浙江東道觀察使、御史中丞李遜：十年以來，連守四郡。或紛擾之際，或荒饉之餘，威惠所加，罔不和輯。賞其殊績，擢在大藩。自臨會稽，一如舊政。況省科禁以便俗，通津梁以息征。動遵詔條，深副朝旨。江南列鎮，良帥則多，集課程功，爾爲稱首。而内史之選，久難其人。今予所求，唯爾可使。雖表率州部，其委非輕；然尹正京師，所資尤急。宜輟材於浩穰，佇觀政於輦轂。望爾有成，無替厥命。可權知京兆尹。

【箋】

〔李遜〕據嘉泰會稽志及舊書卷一五五本傳，皆云遜於元和九年自浙東觀察使入爲給事中。十年，拜山南東道節度使。其後一度除京兆尹，約在元和十三年頃。此制斷非居易在翰林時作。見岑仲勉白氏長慶集僞文考證。城按：此李遜與李晟之子李遜非同一人。參見卷五六答李遜等謝恩令附入屬籍表。

【校】

〔題〕英華作「授李遜京兆尹制」。

〔近歲〕「近」上英華有「勅」字，是。

〔鈐鍵〕馬本「鈐」下注云：「其廉切。」「鍵」下注云：「巨展切。」

〔浙江東道〕「道」，那波本誤作「都」。

〔觀察使御史中丞〕英華作「觀察處置等使兼御史大夫」。注云：「集作『中丞』。」

〔浩穰〕「穰」，宋本、馬本、那波本、全文俱作「壤」，非。城按：漢書張敞傳：「京師長安中浩穰。」據英華改正。

〔可權知京兆尹〕英華作「可依前件」。

除孔戣等官制

渾金璞玉，方圭圓珠。雖性異質殊，皆國寶也。是故能官人者亦辯而用之。諫議大夫孔戣：静專貞白，不涉聲利。執言守事，無所依違。駕部郎中薛存誠：廉潔直方，飾以詞藻。中立不倚，介然風規。吏部員外郎王涯：端明精實，加之以敏。懿文茂學，尤推於時。並歷踐朝行，恪勤官次。諫垣郎署，藹其休聲。宜加公奬，擢在近侍。左右禁闥，可以同升。必能評奏臺議，發揚綸誥。臨事有立，屬詞可觀。各隨所長，分命以職。祇奉乃事，無替厥猷。戣、存誠並可給事中，涯可兵部員外郎、知制誥。

【箋】

〔孔戣等〕舊書卷十五憲宗紀：「（元和七年）秋七月乙丑，以兵部員外郎王涯知制誥。」（據沈本補正）戣、存誠爲給事中，各見昌黎集卷三三及新書卷一六三、舊書卷一五三本傳。唯舊傳稱存誠改兵部郎中，與此制作駕部郎中異。此制作於居易出翰林後，岑仲勉白氏長慶集僞文斷爲僞作。

【校】

〔題〕「戣」，馬本注云：「戣，渠爲切。」

〔渾金〕「渾」上英華有「勅」字，是。

除李建吏部員外郎制

六官之屬，選部郎首之。歷代以來，諸曹郎之中，擇其踐歷久，考第高，加以有器局律度者遷焉。今之選任，亦由是矣。兵部員外郎李建，文行才理，公勤課績，可謂具美，宜居厥官。歲調方殷，勉勤爾事。可吏部員外郎。

【箋】

作於元和二年（八〇七）至元和六年（八一一），長安。

〔李建〕城按：建除吏部員外郎，舊、新書本傳均失載。白氏有唐善人墓碑（卷四一）：「公官歷校書郎，左拾遺，詹府司直，殿中侍御史，比部、兵部、吏部員外郎，兵部、吏部郎中，京兆少尹，澧州刺史，太常少卿，禮部、刑部侍郎，工部尚書。」元稹唐故中大夫尚書侍郎上柱國隴西縣開國男贈工部尚書李公墓誌銘（元集卷五四）：「尋爲員外比部郎，轉兵部、吏部。」

【校】

〔題〕英華作「授李建吏部員外郎制」。

〔六官〕「六」上英華、全文俱有「勑」字，是。

除劉伯芻虢州刺史制

給事中劉伯芻：以文雅才名，給事左闥。實掌駮議，再逾歲時。亦謂恪勤，宜從遷轉。而虢略近郡，黎人未康。藉爾良能，爲予撫字。懸賞佇効，勉哉是行！可授虢州刺史。

【箋】

〔劉伯芻〕劉迺之子。登進士第，累官至考功郎中，轉給事中。裴垍卒，李吉甫復入相，與垍宿嫌，不加贈官，伯芻上書論之，贈垍太子少傅。伯芻妻，垍從姨也，或讒於吉甫，以此論奏，伯芻懼，自請散地，因出爲虢州刺史。吉甫卒，裴度擢爲刑部侍郎。元和十年卒。見舊書卷一五三本傳、郎官考卷九。城按：舊書憲宗紀，裴垍贈官在元和六年七月末。韓愈和虢州劉給事使君詩注謂劉伯芻以元和八年出刺虢州，未審所據，果屬八年出刺，則此制必僞文無疑。見岑仲勉白氏長慶集僞文考證。又按：汪立名白香山詩集卷十八錢虢州以三堂絶句見寄因以本韻和之按語亦承昌黎集注之説，謂伯芻八年出刺虢州，而於白氏出翰林後猶撰制事則失考。

〔虢州〕見卷十八錢虢州以三堂絶句見寄因以本韻和之詩箋。

除周懷義豐州刺史天德軍使制

西受降城，尤居邊要，西戎北虜，介乎其間。委之郡符，建以戎號。將守之選，宜乎得人。前汝州刺史周懷義：久列禁衛，嘗從征伐。又領軍郡，率著勤功。宜加獎用，可屬憂寄。況兹要鎮，實扼戎吭。掎角諸軍，扃鐍右地。牧人訓旅，兼領非輕。無替前勞，在中後効。可豐州刺史、天德軍使。

【箋】

作於元和二年（八〇七）至元和六年（八一一），長安。

〔周懷義〕舊書卷十五憲宗紀：「（元和九年）六月丙子朔，戊寅，以天德軍使周懷義卒，廢朝一日。」外集卷下有論周懷義除汝州刺史狀，可參看。

〔豐州〕屬關内道。天寶元年，改爲九原郡。乾元元年，復爲豐州。置都防禦使，管天德軍、西受降城、中受降城。治所在舊天德軍城。見元和郡縣志卷四。

【校】

〔題〕宋本脱「制」字。

除某官王某魏博節度使制

師長之選，重難其人。況河上列城，鄴中雄鎮，初喪良帥，思安衆心。若親與仁，方膺是命。某官王某：出忠入孝，根乎至性。好學樂善，出於餘力。發自修己，施于爲政。可以守土，可以長人。今兩河之間，三軍乏帥，是用命爾，領兹大藩。澄清魏風，輯理相土。爲我垣翰，永乎于休。往其欽哉，無替厥職！可魏、博等州節度觀察使。

【箋】

〔王某〕據岑仲勉白氏長慶集僞文考證，通元和一朝無王某任魏博之事，此制爲僞作無疑。

〔魏博〕見卷四八魏博軍將薛之縱等十四人各授官爵制箋。

【校】

〔題〕英華作「授王某魏博節度使制」。

〔師長〕「師」上英華有「門下」二字，是。

〔某官〕「某」，英華作「具」。

〔輯理〕英華作「疆理」，注云：「『疆』，集作『輯』。」

〔厥職〕「職」，英華作「問」，注云：「集作『職』。」

除某節度留後起復制

懋勳德者，慶鍾于嗣；襲忠順者，教本于親。於是乎有代及之恩，有賞延之命，所以光子道而激臣節也。兹惟舊典，可舉而行。某官某：惟乃祖父，勤勞王家。咸有忠功，書于甲令。降及於爾，亦克負荷。早承義訓，久倅戎麾。自罹憫凶，能著誠敬。恭俟朝命，靖安人心。雖在幼沖，足可嘉獎。今屬元戎初喪，衆望顒然。宜選親賢，以爲統帥。留府之事，俾爾專之。加戎秩以奪哀，遷冬卿以示寵。奉揚新命，無忘前修。爾宜懋哉！懸賞佇効。可節度留後、檢校工部尚書。

【箋】

作於元和二年（八〇七）至元和六年（八一一），長安。

【校】

〔誠敬〕「誠」，宋本、馬本俱作「成」，據那波本、全文改。

除薛平鄭滑節度制

武牢以東，至于白馬。形勢之地，水陸之會。宜擇文武兼備者以爲守臣。右衛將軍薛平：自司禁旅，爲我爪牙。訓整警巡，能宣其力。嘗使于絶國，可謂有勞；嘗牧于大郡，亦聞有政。况忠厚爲質，通明爲用。秉吏道之刀尺，襲將門之弓裘。可以爲三軍之帥，可以理千乘之賦。俾輟才於北落，往節制於東方。爾宜式遏四封，輯寧百衆。明簡稽以實軍旅，信賞罰以勸吏人。勉率乃職，無忝厥命。仍以冬卿副相，兼而寵之。可檢校工部尚書、兼御史大夫、鄭滑潁等州節度觀察處置等使。

【箋】

〔薛平〕舊書卷十五憲宗紀：「（元和七年八月）辛亥，以左龍武大將軍薛平爲滑州刺史、義成軍節度使。」則此制作於居易出翰林後，必係僞作。見岑仲勉白氏長慶集僞文。

【校】

〔題〕英華作「授薛平鄭滑節度使制」。

〔武牢〕「武」上英華有「門下」二字，是。

〔形勢〕「勢」，宋本、那波本、英華俱作「制」。

〔大郡〕「郡」，英華、全文俱作「都」。英華注云：「集作『郡』。」

〔御史大夫〕此下宋本、馬本、那波本俱脱「鄭滑潁等州節度觀察處置等使」十三字，據英華、全文補。

除盧士玫劉從周等官制

君有舉，左史得書之；政有闕，諫官得補之。二職者，歷朝之清選也。前侍御史盧士玫：嘗在西川，時爲從事，亂危潛伏，能潔其身。前監察御史劉從周：頃佐宣城，奉公守政，端士之操，終然不渝。時所稱論，並宜甄奬。況學術詞藻，見推於衆。

並命清貫，僉以爲宜。記事盡規，各佇能効。士玫可起居郎，從周可右補闕。

【箋】

〔盧士玫〕〔劉從周〕據裴度劉太真碑（全文卷五三八），門生之在朝廷者，中書舍人裴度、起居舍人盧士玫。度以七年底除中舍，九年十一月改中丞，以此推之，士玫官起居舍人，應在八、九年間。又據重修承旨學士壁記，元和八年正月二十七日，劉從周自左補闕入翰林，則其授補闕時最遲不過八年初。則此制必作於七八年間，必爲僞作無疑。見岑仲勉白氏長慶集僞文考證。

【校】

〔題〕英華作「授盧文玫起居郎劉從周補闕等制」。城按：英華作「文玫」，非。下同。

〔君有〕「君」上英華有「勅」字，是。

〔侍御史〕「御」下各本俱脱「史」字，據英華補。

〔守政〕「政」，英華作「正」，注云：「集作『政』。」

張正一致仕制

前諫議大夫張正一：學行器用，爲時所稱。擢居諫官，冀効忠讜。雖年齒未暮，而衰疾有加。所宜頤養，不可牽率。俾移優秩，以從致政。可國子司業致仕。

【箋】

作於元和二年（八〇七）至元和六年（八一一），長安。

〔張正一〕舊書卷一三五韋執誼傳：「貞元十九年，補闕張正一因上書言事得召見。」唐詩紀事卷四五：「正一時爲西川觀察判官。」郎官考卷十二户部員外郎引石刻蜀丞相諸葛武侯祠堂碑陰，武元衡題名後列「觀察判官，朝散大夫檢校尚書户部郎中兼侍御史驍騎尉張正一」，刻於元和四年，四川成都。當即其人。

張正甫蘇州刺史制

浙右列城，吴郡爲大。地廣人庶，舊稱難理。多選他部二千石之良者轉而遷焉。鄧州刺史張正甫：自領南陽，僅經三載。廉平清簡，以臨其人。人安政和，理行第一。宜以大郡，推而廣之。用旌前勞，且佇來効。可蘇州刺史。

【箋】

作於元和六年（八一一），四十歲，長安，京兆户曹參軍、翰林學士。

〔張正甫〕舊書卷十五憲宗紀：「（元和八年十月己巳），以蘇州刺史張正甫爲湖南觀察使。」

城按：姑蘇志卷二古今守令表上：「范傳正，元和六年二月十一日，自湖州遷。」則正甫當即傳正之後任。

崔清晉州刺史制

左司郎中崔清：以才良行敏，補尚書郎。頗積公勤，宜加獎任。頃嘗爲郡，亦聞有政。平陽舊壤，時謂名藩。得才與能，方可共理。安人訓俗，佇有成績。可晉州刺史。

【箋】

作於元和二年（八〇七）至元和六年（八一一），長安。

〔崔清〕新書卷七二下宰相世系表：博陵二房崔氏，挺後鄧州刺史先意孫，滎陽郡長史巘子清，户部郎中。當係元和中人。其爲晉州刺史未詳何時。又舊書忠義高汴傳有崔清名，疑非同一人。

〔晉州〕見卷五三李佑授晉州刺史制箋。

除柳公綽御史中丞制

中憲之設，糾謬懲違。一引其綱，百職具舉。非清與直，不稱厥官。諫議大夫柳公綽：忠實有常，文以詞學。介然端直，有古之遺風。頃居臺憲，累次郎位。持平守正，人頗稱之。擢首諫司，器望益重。今副相缺位，中司專席。惟有守者，可以執憲；惟無私者，可以閑邪。詢事審官，爾當是選。光昭新命，振起舊章。宜一乃心，以揚其職。可御史中丞。

【箋】

作於元和五年（八一〇），三十九歲，長安，京兆户曹參軍、翰林學士。

〔柳公綽〕元和五年十二月壬午，自吏部郎中除御史中丞。見舊書卷一六五本傳、卷十四憲宗紀。城按：據此制，則公綽先已改大諫，乃遷中丞，舊紀誤書舊官吏部郎中。

【校】

〔題〕英華作「授柳公綽御史中丞制」。

〔中憲〕「中」上英華、全文俱有「勑」字。

〔百職具舉〕英華作「百舉其職」。

〔有常〕「常」，英華作「恒」。

〔缺位〕「缺」，英華作「虚」，注云：「集作『缺』。」

〔中丞〕此下英華有「散官勳如故」五字。「中丞」，全文作「大夫」，誤。

除田興工部尚書魏博節度制

敕下安人，其道不一。或序能以次用，或因効以拔才。所命雖殊，同歸共理。某職某官田興：時屬本軍初喪戎帥。亂政或啓，羣心不寧。而興列在偏裨，奮其義勇。謀成必中，事至能斷。智略所及，指麾所加，一軍獲安，百衆悦附。連獻章疏，恭俟制命。有節有禮，朕用嘉之。夫以將材如彼，軍情若此。允膺不次之舉，可責非常之功。是用寵之冬卿，擢爲大將。仍以印綬就拜軍中。其敬之哉！無憚乃力。可檢校工部尚書、兼御史大夫、魏博等州節度觀察等使。

【校】

〔題〕英華作「授田興工部尚書魏博節度使制」。

〔敕下〕「敕」上英華有「門下」二字，是。

〔因効〕「効」，英華作「效」，注云：「集作『功』。」

〔某官〕「某」，英華作「具」。

〔或啓〕「或」，馬本、全文俱作「咸」，據宋本、那波本、英華、盧校改。

〔悦附〕馬本、全文俱倒作「附悦」，據宋本、那波本、英華、盧校乙轉。

〔允膺〕「允」，宋本、那波本俱作「元」。

〔可責〕「責」，馬本作「貴」，非。據宋本、那波本、英華、全文、盧校改正。

〔其敬〕「其」，宋本、那波本俱作「行乎」。

除鄭餘慶太子少傅制

東朝三少，歷代重選。不必備位，在乎得人。吏部尚書鄭餘慶：貞明儉素，有古人風。發自修身，施於爲政。出入中外，多歷要重，咸有勤績，存于官次。況動中禮法，學綜儒玄。是謂羽儀之臣，可居師傅之任。輔我元子，爾其勉歟！可太子少傅。

【箋】

〔鄭餘慶〕舊書卷十五憲宗紀：「（元和七年十二月）丙戌朔，以吏部尚書鄭餘慶爲太子少傅。」則此制作於居易出翰林後，岑仲勉白氏長慶集僞文斷爲僞作。

【校】

〔題〕英華作「授鄭餘慶太子少傅制」。

〔東朝〕「東」上英華有「勑」字，是。

〔貞明〕「明」，英華作「恒」。

〔存于〕「于」，英華作「乎」。

〔儒玄〕「玄」，全文作「元」，蓋避清諱改。

除裴堪江西觀察使制

江西七郡，列邑數十，土沃人庶，今之奥區。財賦孔殷，國用所繫。兹爲重寄，宜付長才。同州刺史裴堪：素蓄器幹，久經任遇。日者資其忠諒，入爲諫議大夫。藉其良能，出爲左馮翊。曾未周歲，政立績成。區區一郡，未盡其用。鍾陵要鎮，可以委之。夫簡其條章，平其賦役，徇公率正，以臨其人，而人不安，未之有也。祗服厥命，往修乃官。仍兼中憲，以示優寵。可江西觀察使、兼御史中丞。

【箋】

〔裴堪〕舊書卷十四憲宗紀：「（元和六年四月戊辰）以諫議大夫裴堪爲同州防禦使。」同書卷十五憲宗紀：「（元和七年十一月）甲申，以同州刺史裴堪爲江西觀察使（據沈本改正）。」則堪莅同州已年半有餘，而制曰「曾未周歲」，作僞顯然。見岑仲勉白氏長慶集僞文考證。並參見卷十七江西裴常侍以優禮見待又蒙贈詩輒叙鄙誠用伸感謝、初除官蒙裴常侍贈鶻銜瑞草緋袍魚袋因謝惠貺兼抒離情等詩箋。

【校】

〔題〕英華作「授裴堪江西觀察使制」。

〔江西〕「江」上英華有「勑」字，是。

贈杜佑太尉制

生有爵禄，殁有褒贈，此王者所以崇哀榮之禮，厚君臣之恩。況有輔臣，所宜加等。某官致仕佑：以通濟之才，公忠之節，逢時入用，爲國大臣。外領藩鎮，内參台鉉。積勤盡悴，迨過三紀。左右于位，亦既八年。天不慭遺，奪我元老。憫然興歎，實軫于懷。永言褒榮，俾峻禮命。上公之秩，用賁幽靈。嗚呼！録舊旌勞，知予不忘。可贈太尉。

【箋】

〔杜佑〕舊書卷十五憲宗紀：「(元和七年十一月)辛未，太保致仕杜祐(佑之訛)卒。」又舊書卷一四七、新書卷一六六杜佑傳、權載之集卷二二俱云册贈太傅，而此云太尉，亦作僞之證。見岑仲勉白氏長慶集僞文考證。

【校】

〔知予〕二字那波本作「于」，非。

除孔戣萬年縣令制

京邑令缺，多擇尚書郎有才理者補之。兵部員外郎孔戣：自御史府遷夏官之屬，凡所莅職，一心奉公。在郎署間，稱有名實。加以文學，緣飾吏能。俾宰京劇，佇有成效。

【箋】

〔孔戣〕制云：「兵部員外郎孔戣，自御史府遷夏官之屬。」城按：兵外、萬年令兩官，舊書卷一五四、新書卷一六三孔戣傳均不載，舊傳云：「轉侍御史，庫部員外郎……戣謂京兆尹裴武曰……」武官京兆尹在元和八年十二月後，則戣縱曾出除畿令，亦非六年四月以前事。又昌黎集卷二六孔戡誌：「明年元和五年五月……其年八月甲申，從葬河南河陰之廣武原……母弟戣，殿中侍御史。」是五年八月戣官殿中侍御史。又元和姓纂七年修，稱戣庫部員外，是七年尚官庫外，此制爲僞託居易之文無疑。見岑仲勉白氏長慶集僞文考證。

【校】

〔題〕英華作「授孔戢萬年縣令制」。

〔京邑〕「京」上英華有「勑」字。

〔成效〕「效」下英華有「可萬年縣令」五字。

除裴向同州刺史制

馮翊之地，密邇郊畿。分内史之政，參京師之化。俾善所職，其在得人。京兆少尹裴向：器藴利用，學通政事。久試吏治，頗著良能。累守大郡，入亞天府。奉上撫下，皆有可稱。左輔之重，爾膺其選。況征賦猶重，人庶未康。實望良才，與之共治。勉副所舉，往修厥官。可同州刺史。

【箋】

〔裴向〕代宗相遵慶之子，見舊書卷一一三本傳。舊書卷一五憲宗紀：「（元和七年十二月）戊戌，以京兆尹裴向爲同州防禦使。」城按：舊紀「尹」上奪「少」字，此制作於居易出翰林後，岑仲勉白氏長慶集僞文斷爲僞作。

除武元衡門下侍郎平章事制

朕嗣守丕業，迨將十年，實賴一二輔臣，與之共治。故外鎮方域，則仗以爲將。有絳侯厚重之質，有邴吉寬大之風。自登台司，克厭人望。頃屬巴、蜀軍後人殘，權委節旄，俾往鎮撫。信及夷貊，恩加疲瘵。每因利以施惠，不易俗而修教。政無苟得，人用便安。惠茲一方，時乃之績。報政既久，屬望益深。宜歸左輔，以參大政。夫坦然公道可以敘衆才，曠然虛懷可以應羣務。弼違救失，不以尤悔爲慮。進善懲惡，不以親讎自嫌。用此輔君，足爲名相。欽率是道，往復乃官。可門下侍郎、同中書門下平章事。

【箋】

〔武元衡〕舊書卷十五憲宗紀：「（元和八年三月）甲子，以劍南西川節度使、銀青光禄大夫、檢校吏部尚書、兼門下侍郎同平章事、上柱國、臨淮郡開國公、食邑二千户武元衡復入中書知政事，兼崇玄館大學士、太清宮使。」城按：此制末僅云「可門下侍郎、同中書門下平章事」，漏敘兼官，不合體制。英華卷四五〇既載此制，而卷四四七復别有一制，文字迥異，具官與新除皆合乎舊紀，益可證此制係僞作，蓋不僅作於居易出翰林後也。見岑仲勉白氏長慶集僞文考證。並參見卷十五和武相公感韋令公舊池孔雀詩箋。

【校】

〔題〕英華作「授武元衡門下侍郎平章事制」。

〔朕嗣守〕「朕」上英華、全文俱有「門下」二字，是。

〔迨將〕「迨」，宋本、那波本俱脱。英華作「行」。

〔共治〕「治」，英華、全文俱作「理」。

〔克厭〕「厭」，英華作「諧」，注云：「集作『厭』。」

〔夷貊〕「貊」，英華作「獠」，注云：「集作『貊』。」

〔恩加〕「恩」，英華作「思」。

〔施惠〕「惠」，英華作「物」，注云：「集作『惠』。」

〔羣務〕「務」，英華作「物」，注云：「集作『務』。」

〔懲惡〕「懲」，英華作「絀」，注云：「集作『懲』。」

〔可門下〕「可」下英華有「守」字。

〔平章事〕「平」，英華訛作「乎」。

除李夷簡西川節度使制

征鎮之大，實惟蜀川。西距于戎，南漸于海。有重江複山之險，有長轂堅甲之旅。水陸交會，華夷雜居。疇能治之？我有良帥。山南東道節度使某官李夷簡：以正事上，以簡臨下。仗兹器用，累當任遇。執憲之難也，爾爲臺丞，其職甚舉；司計之重也，爾調邦賦，其効可稱。爰資長才，出領重鎮。自總符鉞，于漢之南。專奉詔條，削去弊政。均穀籍不一之賦，罷舟車無名之征。近悦遠來，歸如流水。俗用丕變，人迄小康。三載考功，爾爲稱首。進其右秩，遷于大藩。以均惠乎四方，以旌勸乎羣吏。昔文翁明於教化，种暠優於政能。巴、蜀之間，遺美猶在。不替前効，可以嗣之。佇聞有成，用光厥命。可檢校吏部尚書、劍南西川節度等使。

【箋】

〔李夷簡〕舊書卷十五憲宗紀：「(元和八年正月)癸未，以山南東道節度使李夷簡檢校户部尚書、成都尹、充劍南西川節度使。」則此制作於居易出翰林後，岑仲勉白氏長慶集僞文斷爲僞作。

〔西川〕見卷四八韋審規可西川節度副使……制箋。

【校】

〔題〕英華作「授李夷簡西川節度使制」。

〔征鎮〕「征」上英華有「門下」二字，是。

〔治之〕「治」，英華作「理」。

〔某官〕英華無此二字。

〔之重〕「重」，英華作「大」，注云：「集作『重』。」

〔人迄〕「迄」，英華作「汔」。

〔稱首〕此下英華注云：「一作『爲足稱道』。」

〔种暠〕「种」，馬本注云：「持中切。」

〔嗣之〕「嗣」，馬本作「副」，非。據宋本、那波本、英華、全文、盧校改正。

除袁滋襄陽節度制

漢以二千石之良者，入爲公卿；周以六官之賢者，出兼侯伯。内外之任，所命則殊。至於治軍國，寵忠賢，其致一也。户部尚書袁滋：奉上甚勤，臨下甚簡。安人附衆，尤是所長。頃資其能，移鎮東郡。略其科禁，緩其征徭。政不滋彰，人用休息。在部七載，績成課高。璽書徵還，益聞遺愛。老幼遮道，事鄰古人。朕方勤卹疲民，褒獎循吏，累月再命，其有旨哉！舉鄭、滑之政也，故旌武公之美，寵以司徒；憂襄、漢之人也，故仗叔子之才，委兹征鎮。類能而使，其在此乎！勉揚厥聲，無替前効。可某官山南東道節度等使。

【箋】

〔袁滋〕舊書卷十五憲宗紀：「（元和八年正月癸未），以户部尚書袁滋檢校兵部尚書、襄州刺史、充山南東道節度使。」則此制作於居易出翰林後，岑仲勉白氏長慶集僞文斷爲僞作。

〔襄陽節度〕即山南東道節度使。治所在襄州，管襄、鄧、復、郢、唐、隨、均、房八州。見元和郡縣志卷二一。

【校】

〔題〕英華作「授袁滋襄陽節度使制」。

〔漢以〕「漢」上英華有「門下」二字，是。

〔治軍〕「治」，英華作「理」。

〔頃資〕「頃」，宋本、馬本、全文俱誤作「須」，據那波本、英華改正。

〔仗叔子〕「仗」，英華作「拔」，注云：「集作『仗』。」

〔某官〕此下英華、全文俱有「充」字，是。

歸登右常侍制

近侍之列，騎省爲貴。歷代迄今，選任頗重。必詢望實而後命之。工部侍郎歸登，朴忠沈厚，心無詭詐。介圭不飾，止水無波。澹然自居，以致名稱。抱此素行，歷踐清貫。掌議左掖，貳職冬官。歲時滋深，體望益茂。可以備顧問應對之選，列言語侍從之臣。冠附貂蟬，立之于右。訪諸時論，僉以爲然。可右散騎常侍。

【箋】

〔歸登〕順宗時自給事中遷工部侍郎，久之改左散騎常侍。見舊書卷一四九、新書卷一六四歸崇敬傳。城按：據舊書憲宗紀，元和六年，登自工部侍郎奉詔譯經，其遷常侍必在六年四月居易出翰林後，岑仲勉白氏長慶集僞文斷爲僞作。

【校】

〔題〕英華作「歸登右散騎常侍制」，是。

〔近侍〕「近」上英華、全文俱有「勅」字，是。

〔朴忠〕「忠」，宋本、那波本俱作「中」。

〔詭詐〕二字英華作「適莫」，注云：「集作『詭詐』。」

李程行軍司馬制

隋州刺史李程：頃自周行，出分憂寄。漢南大郡，守之五年。頗著良能，宜當選獎。況專習文學，通知兵事。西南重鎮，初委元戎，慎選副車，爾當此舉。三軍之重，俾往貳之。仍加憲職，以示優寵。可御史中丞、劍南西川行軍司馬。

【箋】〔李程〕新書卷一三一李程傳：「元和三年，出爲隋州刺史，以能政賜金紫服。李夷簡鎮西川，辟成都少尹。」城按：重修承旨學士壁記亦稱程元和三年自勳外、知制誥授隋州刺史，又夷簡係八年正月充西川節度，制云「守之五年」，尚與史合，但作於居易出翰林後，岑仲勉白氏長慶集僞文斷爲僞作。

李翺虞部郎中制

金州刺史李翺：雅有文藝，飾以政事。早從吏職，久領郡符。謹慎廉平，頗副所任。虞曹郎缺，命以序遷。敬兹寵名，勉守厥位。可尚書虞部郎中。

【箋】作於元和二年（八〇七）至元和六年（八一一），長安。

〔李翺〕李宗閔之父。據舊書卷一七六李宗閔傳，翺於穆宗即位後自宗正卿出爲華州刺史。

今新書宰相世系表祇稱金州刺史、虞部郎中翽，不知何時召入。並參見卷五〇元公度授華陰令制箋。

【校】

〔題〕「李翽」，馬本、全文俱訛作「李翫」，據宋本、那波本、英華改正。又英華「李」上有「授」字。餘文同。

〔金州〕「金」上英華有「勑」字，是。

牛僧孺監察御史制

河南縣尉牛僧孺：志行修飾，詞學優長。頃對策于庭，其言甚直。累從吏職，頗謂滯淹。訪諸時論，宜當朝選。俾升憲府，以觀其才。可監察御史。

【箋】

〔牛僧孺〕元和初，以賢良方正對策，與李宗閔、皇甫湜俱第一，條指失政，其言鯁訐，不避宰相。宰相怒，僧孺調伊闕尉，改河南，遷監察御史。見新書卷一七四本傳、杜牧唐故太子少師奇章郡開國公贈太尉牛公墓誌銘。城按：白氏代書云：「予佐潯陽三年……持此書爲予謁……監察牛二侍御……」此書作於元和十二年春，僧孺猶是監察，使制作於六年四月前，則僧孺必不能爲監察，七年猶未遷官也。其入朝爲監察當係元和十年前後事，疑此制乃僞作。

【校】

〔題〕英華作「授牛僧孺監察御史制」。

〔河南縣〕「河」上英華有「勅」字，是。

裴克諒量留制

華州刺史奏：華陰令裴克諒，在官清白奉法，考秩向滿，其政如初。借留三年，用觀成績。朕方旌求良吏，俾養黎元。適副所懷，宜可其奏。

【箋】

作於元和二年（八〇七）至元和六年（八一一），長安。

〔裴克諒〕見卷五四裴克諒權知華陰縣令制箋。

張聿都水使者制

前湖州長史張聿：頃以藝文，擢升朝列。嘗求禄養，出署外官。名不爲身，志亦可尚。喪期既畢，班序當遷。俾領水衡，以從優秩。可都水使者。

【箋】

作於元和二年（八〇七）至元和六年（八一一），長安。

〔張聿〕見卷二〇歲暮枉衢州張使君書并詩因以長句報之詩及卷四八張聿可衢州刺史制箋。

【校】

〔優秩〕「秩」，宋本作「袟」。城按：「秩」亦作「袟」。

薛伾鄜坊觀察使制

鄜畤延安，抵于中部，羌夷種落，散在其間。戎夏雜居，易擾難理。宜選寬明之使，通知邊事者，委以符節而糾綏之。右金吾將軍薛伾，服勤戎職，練達吏道。出入中外，綿歷歲年。能一乃心，以宣其力。自加寵遇，再執金吾。徼巡有嚴，夙夜匪懈。在公若是，何用不臧？況爲人沉静，内肅外和。按俗守封，是其所善。宜輟務於誰何，俾宣風於廉察。庶乎勞倈諸部，綱紀列城。奉詔條以安人，參戎索以訓旅。欽承厥命，往服乃官。仍踐冬卿，式光重寄。可檢校工部尚書、充鄜坊等州觀察使。

【箋】

〔薛伾〕舊書卷十五憲宗紀：「（元和八年四月），鄜坊觀察使元義方卒。辛卯，以將作監薛伾爲鄜坊觀察使。」則此制作於居易出翰林後，岑仲勉白氏長慶集僞文斷爲僞作。

〔鄜坊〕鄜州及坊州，均屬關内道。唐置鄜坊觀察使，管鄜、坊、丹、延四州。見元和郡縣志卷三。

【校】

〔題〕英華作「授薛伾鄜坊觀察使制」。馬本「伾」下注云：「鋪杯切。」「鄜」下注云：「芳無切。」

〔鄜時〕「鄜」上英華有「勅」字，是。

〔符節〕英華作「節制」，注云：「集作『符節』。」

〔内肅外和按俗守封是其所善〕英華作「外和内肅守封按俗是其所能」，注云：「集本作『内肅外和按宜俗守封是其所善』。」

〔往服〕「服」，各本俱訛作「復」，據盧校改正。

韓愈比部郎中史館修撰制

太學博士韓愈：學術精博，文力雄健。立詞措意，有班、馬之風。求之一時，甚不易得。加以性方道直，介然有守。不交勢利，自致名望。可使執簡，列爲史官。記事書法，必無所苟。仍遷郎位，用示褒升。可依前件。

【箋】

〔韓愈〕洪興祖韓子年譜引實録云：「（元和）八年三月乙亥，國子博士韓愈比部郎中、史館修撰。」城按：官制實名國子博士，不名太學博士，太學者乃普通文學所用之代稱，不應施於行制，實録正言國子，制之僞造，顯而易見。顧洪譜引此制仍綴云「白居易詞也」，可見白集之羼亂，北宋已然。見岑仲勉白氏長慶集僞文考證。

【校】

〔題〕英華作「授韓愈比部郎中史館修撰制」。

〔太學〕「太」上英華、全文俱有「勑」字，是。

李暈安州刺史制

宿州刺史李暈：勳閥之門，嗣生才略。久參戎衛，頗著勤勞。試守列城，觀其爲政。屬汴、泗之右，創畫州居，府署城池，委之經始。一日必葺，三年有成。且聞公勤，宜有遷轉。重分憂寄，再佇良能。往安吾人，無忝厥命。可安州刺史。

【箋】

作於元和二年（八〇七）至元和六年（八一一），長安。

〔李暈〕城按：元和四年正月，勅以徐州之符離置宿州。見舊書卷三八地理志。如暈任果滿三年，則此制當作於六年四月後。

〔安州〕見卷五二王承林可安州刺史箋。

竇易直給事中制

前御史中丞竇易直：器質識智，厚重開敏。文合法要，學通政經。累踐臺郎，擢司邦憲。寬猛舉措，甚得其中。官不易方，府無留事。前因病免，今以才遷。俾升瑣闈，以備顧問。夫制令奏議，官獄典章，苟有依違，皆得駮正。所任不細，宜敬乃官。可給事中。

【箋】

〔竇易直〕元和六年，遷御史中丞。八年，改給事中。見舊書卷一六七竇易直傳。則此制必作於居易出翰林後，岑仲勉白氏長慶集僞文斷爲僞作。

【校】

〔題〕英華作「授竇易直給事中制」。

〔前御史〕「前」上英華有「勑」字，是。

〔開敏〕「開」，馬本、全文俱作「閈」，非。據宋本、那波本、英華改正。

〔以備〕「以」，英華作「用」，注云：「集作『以』。」

〔夫制〕「夫」，英華、全文俱作「凡」。

孟簡賜紫金魚袋制

漢制：二千石有政績者，就加寵命，不即改移。蓋欲使吏久於官，人安其化也。常州刺史孟簡，簡易勤儉，以養其人。政不至嚴，心未嘗怠。曾未再稔，績立風行。歲課郡政，毗陵爲最。方求共理，實獲我心。宜加命服，以示旌寵。庶俾羣吏，聞而勸焉。宜賜紫金魚袋。

【箋】

〔孟簡〕舊書卷一六三、新書卷一六〇有傳。舊書卷一四憲宗紀：「（元和六年正月）勑諫議大夫孟簡、給事中劉伯芻、工部侍郎歸登、右補闕蕭俛等於豐泉寺翻譯大乘本生心地觀音經。……（八月）辛巳，以常州刺史崔芃爲洪州刺史、江西觀察使。」又據舊傳，元和八年簡自常刺徵拜給事中，是簡蓋代芃而任者，非六年四月前事明甚。岑仲勉白氏長慶集僞文斷爲僞作。

盧元輔杭州刺史制

河南縣令盧元輔：早以學藝，列在周行。嘗守商都，頗聞有政。再領京縣，益見其才。江南列郡，餘杭爲大。征賦猶重，疲人未康。籍爾登車，往分憂矚。勞倈安輯，稱朕意焉！懸賞旌能，以佇報政。可杭州刺史。

【箋】

〔盧元輔〕唐文粹卷六六胥山銘：「元和十年冬十月，朝散大夫、使持節杭州諸軍事、杭州刺史、上柱國盧元輔視事三載塵天子書。」勞格讀書雜識杭州刺史考據此以爲元輔元和八年任。果屬八年，則此制當作於居易出翰林後，岑仲勉白氏長慶集僞文斷爲僞作。並參見卷四三冷泉亭記及外集卷下盧元輔吏部郎中制箋。

錢徽司封郎中知制誥制

中臺草奏，内庭掌文，西掖書命，皆難其人也。非慎行敏識，茂學懿文，四者兼之，則不在此選。祠部郎中、翰林學士錢徽，藹然儒風，粲然詞藻。縝密若玉，端直如弦。自參禁司，益播其美。貞方敬慎，久而彌彰。應對必見於據經，奏議多聞於削藁。迨今六載，其道如初。嘉其忠勤，宜有遷擢。俾轉郎吏，仍參綸閣。兹乃榮奬，爾其敬承。可依前件。

【箋】

〔錢徽〕重修承旨學士壁記：「錢徽，元和三年八月二十六日，自祠部員外郎充。六年四月二十五日，加本司郎中。八年五月九日，轉司封郎中、知制誥。」則此制作於居易出翰林後，岑仲勉白氏長慶集僞文斷爲僞作。

【校】

〔題〕英華作「授錢徽司封郎中知制誥制」。馬本無此制，據宋本、那波本、英華、全文補。

〔中臺〕「中」上英華、全文俱有「勑」字，是。

〔削藁〕「削」下英華注云：「一作『焚』。」

獨孤郁司勳郎中知制誥制

考功員外郎、知制誥獨孤郁：學識文行，時論所推。選自外郎，擢居右闥。綸言樞命，既重且難。委以發揮，甚聞稱職。而端諒忠謹，介然自居。爲臣若斯，足可嘉獎。官當滿歲，職亦逾年。宜從美遷，以光近侍。可司勳郎中、知制誥。

【箋】

〔獨孤郁〕韓愈獨孤郁墓誌：「（元和）七年，以考功、知制誥入謝，因賜五品服。八年，遷駕部郎中，職如初。……九年，以疾罷，尋遷秘書少監。」郎官考卷七勳中獨孤郁條：「按：舊傳云駕部郎中，墓誌同，制云司勳誤。」則此制必作於居易出翰林後，岑仲勉白氏長慶集僞文斷爲僞作。並參見卷五四獨孤郁守本官知制誥制箋。

【校】

〔題〕英華作「授獨孤郁轉司勳郎中知制誥制」。馬本無此制，據宋本、那波本、英華、全文補。

〔考功〕「考」上英華有「勑」字，是。

〔且難〕「難」，宋本、那波本俱作「推」，據英華、全文改。

白居易集箋校卷第五十六

翰林制詔三　勅書批答祭文贊文附　凡五十五道

與王承宗詔

勅：王承宗：朕臨馭天下，及此五年。三叛誅夷，四方清泰。不以武功自負，常推恩信爲先。爾父云亡，即欲命卿受詔。而遠近方鎮，内外人情，紛然奏陳，皆云不可。朕以卿累代積勳賢之業，一門有忠義之風，功著艱危，恩連姻戚。雖中心是念，而衆請難違。可否之間，久不能決。然亦欲觀卿進退之禮，察卿忠孝之心。卿自罹憫凶，屬經時月。待使臣而動皆得禮，奉章疏而言必由衷。請獻官員，願輸貢賦。而又上陳密款，遠達深誠。潔身而謀出三軍，損己而讓推二郡。斯有以得臣子之大節，知君親之大恩。卿心既然，朕意亦定。特加新命，仍撫舊封。今授卿起復左金吾衛大將軍、撿校工部尚書、充成德軍節度使、恒州刺史、恒冀深趙等州觀察等使、兼御史大夫，仍賜上柱國，并賜告身旌節等往。想卿忠孝，哀感兼深。其德、棣兩州，以卿進讓，元欲於卿親屬之内，選授一人。在法雖有推恩，相時亦恐非便。今所以除薛昌朝德、棣兩州觀察使。昌朝昔嘗事卿先父，今又與卿親隣。卿宜具以誠懷，令報昌朝知悉。卿今授命之後，足得節制三軍，使其不失事宜，方見卿之忠藎。昨者衆情易惑，非卿不能効此誠；羣議難排，非朕不能斷此意。所宜保持大義，勉勵遠圖。深念斯言，永副予望。其當軍大將已下，各宜特與改轉。卿即條録聞奏，其官健等亦宜量加優賞。想宜知悉。

【箋】

作於元和四年（八〇九），三十八歲，長安，左拾遺、翰林學士。城按：此卷那波本編在卷三九。

〔王承宗〕成德軍節度使王士真子。元和四年三月，士真卒，三軍推爲留後。是年八月，唐廷令京兆少尹裴武往宣諭，承宗奉詔甚恭，且請割德、棣二州以獻。由是以檢校工部尚書嗣領節度。而以德州刺史薛昌朝爲保信軍節度，使統德、棣二州。昌朝，嵩子也，與承宗故姻家，帝因欲離其親將，故命之。詔未至，承宗馳騎劫而歸囚之。詔更用棣州刺史田渙爲三州團練守捉使，遣中人傳詔令歸昌朝。承宗拒命，憲宗怒，詔削官職，遣中人吐突承璀將兵討之。出師經年無功，唯范陽節度使劉濟、易定節度使張茂昭效忠唐室，而昭義節度使盧從史反復難制，陰附承宗。乃密詔承璀擒之，送于京師。五年七月，承宗上疏謝罪，遂罷兵。見舊書卷一四二、新書卷二一一王武俊傳。

【校】

〔題〕「王」上宋本脱「與」字。

〔武功〕馬本、全文俱倒作「功武」，據宋本、那波本、盧校乙轉。

〔元欲〕「元」，馬本訛作「尤」，據宋本、那波本、全文、盧校改正。

〔知悉〕「悉」，宋本、馬本俱作「委」，據那波本改。

〔授命〕「授」，盧校疑作「受」。

答李遜等謝恩令附入屬籍表

卿先父頃逢多難，嘗立大功。每想忠勞，豈忘存歿。念先臣之績，雖書名於太常；推同姓之恩，更附籍於宗正。俾增榮於一族，兼延寵於九原。卿等或詩禮承家，或弓裘奉業。咸鍾新命，慶屬本枝。雀所謝陳，深嘉誠懇。

【箋】

作於元和四年（八〇九），三十八歲，長安，左拾遺、翰林學士。

〔李遜〕李晟之子。城按：「遜」爲「愻」之訛字，舉京兆尹李遜非一人。見岑仲勉唐集質疑考證。並參見卷五五除李遜京兆尹制箋。又舊書卷十四憲宗紀：「（元和四年四月）庚子，制故太尉西平郡王李晟宜編附屬籍。」晟子愻因有謝恩表，李遜則無編附屬籍之事。

【校】

〔深嘉〕「嘉」，那波本作「喜」，非。

祭盧虔文

維元和四年歲次己丑，七月日，皇帝遣某官某以清酌庶羞之奠，致祭于故秘書監、贈兵部尚書盧虔之靈：惟爾質性端和，風猷茂遠。名因文著，位以才升。秉大節而事君，始終一致；陳義方而訓子，忠孝兩全。甲族推華，士林增美。久在貂蟬之列，近遷圖籍之司。方延寵光，遽閟幽穸。褒奬之命，雖已表於哀榮；遺奠之恩，宜再申於軫悼。魂兮不昧，鑒此誠懷。尚饗！

【箋】

作於元和四年（八〇九），三十八歲，長安，左拾遺、翰林學士。

〔盧虔〕盧從史之父。舊書卷一三二盧從史傳：「父虔，少孤好學，舉進士，歷御史府三院，刑部郎中，江、汝二州刺史，秘書監。」唐會要卷八〇：「贈兵部尚書盧虔謚靈愍。」城按：虔字子野，元和三年十月，遷檢校工部尚書兼秘書監，以四年三月卒，年七十六。見岑仲勉白氏長慶集僞文引丙寅稿秘書監盧虔神道碑跋。並參見卷五七答盧虔謝賜男從史德政碑文並移貫屬京兆表箋。

【校】

〔幽穸〕「穸」，馬本注云：「詳亦切。」

批李夷簡賀御撰君臣事跡屏風表

朕思求理化，親閱典墳。至於去邪納諫之規，勤政慎兵之誡，取而作鑒，書以爲屏。與其散在圖書，心存而景慕；不若列之繪素，目覩而躬行。庶將爲後事之師，不獨觀古人之象。卿詞彰恭順，義見忠規。省覽再三，深叶朕意。所賀知。

【箋】

作於元和四年（八〇九），三十八歲，長安，左拾遺、翰林學士。城按：容齋三筆卷九：「唐憲宗元和二年，製君臣事跡，上以天下無事，留意典墳，每覽前代興亡得失之事，皆三復其言，遂采尚書、春秋後傳、史記、漢書、三國志、晏子春秋、吴越春秋、新序、説苑等書君臣行事可爲龜鑑者，集成十四篇，自製其序，寫於屏風，列之御座之右，書屏風六篇，於中宣示，宰臣李藩等皆進表稱贊。白居易有批李夷簡及百寮嚴綬等賀表……居易代言，可謂詳盡，又以見唐世人主作一事而中外至於表賀，又答詔勤渠如此，亦幾於叢脞矣。憲宗此書有辨邪正、去奢泰兩篇，而末年用皇甫鎛而去裴度，荒於遊宴，死於宦侍之手，屏風本意，果安在哉。」二年是四年之誤。此則又見堯山堂偶雋，蓋襲自容齋隨筆。

〔李夷簡〕舊書卷十四憲宗紀：「（元和四年）七月乙巳朔，御製前代君臣事迹十四篇，書於六扇屏風，是月（日）出書屏以示宰臣李藩等，表謝之。……壬戌，御史中丞李夷簡彈京兆尹楊憑前爲江西觀察使時贓罪，貶憑臨賀尉。」城按：全文卷四一五誤收此文爲常衮，殊不知衮早卒於德宗初年。白氏聞李尚書拜相因以長句寄賀微之詩（卷十七）中之「李尚書」，即指夷簡。

【校】

〔朕思〕「朕」上英華有「省表具知」四字。

批百寮嚴綬等賀御撰屏風表

朕烈祖太宗以古爲鏡，用輔明聖，實臻理平。垂作孫謀，每懼乎失墜；取爲殷鑒，遂飾之丹青。至若明君直臣，前言往事，森然在目，如見其人。論列是非，既庶幾爲座隅之誡；發揮獻納，亦足以開臣下之心。況卿等職在儀刑，政當補察。各勤所任，共副茲懷。所賀知。

【箋】

作於元和四年（八〇九），三十八歲，長安，左拾遺、翰林學士。

〔嚴綬〕元和四年自河東節度入爲尚書右僕射。見舊書卷一四六本傳及卷十四憲宗紀。

【校】

〔朕烈祖〕「朕」上英華有「省表具知」四字。

〔實臻〕「臻」，英華作「致」，注云：「集作『臻』。」

〔遂飾〕「飾」下宋本、馬本、那波本俱脱「之」字，據全文增。「之」，英華作「以」。

〔儀刑〕「刑」，宋本、那波本俱作「形」，字通。

答杜兼謝授河南尹表

卿文通吏道，學達政源。凡歷官常，輒聞績効。觀能以授，俾亞理於三川；見可而遷，宜專臨其一府。盡委封畿之政，仍兼運漕之權。歲時之間，佇有勤効。勉恭爾職，重副予懷。所謝知。

【箋】

作於元和四年（八〇九），三十八歲，長安，左拾遺、翰林學士。

〔杜兼〕字處厚。元和初，自濠州刺史入爲刑部郎中，改蘇州刺史。比行，上書言李錡必反，留爲吏部郎中。尋擢河南尹。見舊書卷一四六、新書卷一七二本傳及韓愈唐故中散大夫河南尹杜君墓誌銘。按舊書憲宗紀，元和三年六月二十三日甲戌，以河南尹鄭餘慶爲東都留守。則兼當爲餘慶之後任。並參見卷五七答杜兼謝上河南少尹知府事表。

【校】

〔卿文〕「卿」上英華有「省表具知」四字。

〔封畿〕「畿」，那波本訛作「幾」。

〔勤効〕「勤」，英華作「勞」，注云：「集作『勤』。」

〔勉恭〕「恭」，英華作「勤」，注云：「集作『恭』。」

與茂昭詔

敕：茂昭：盧校等至，省所奏恒州事宜，并别論請陳獻者，具悉。卿望重勳賢，寄崇藩鎮。謀參廟筭，寵接國姻。累上表章，繼陳誠款。永言智略，已見匡濟之才。載念公忠，益表感知之志。若非勞瘁憂國，義勇忘家，則丹赤之心，不能至此。想風興歎，至于再三。所緣恒州事宜，朕亦思之甚熟。但以武俊率身仗順，於國有功。忠勳所延，宜及後嗣。承宗又密陳深款，遠獻忠誠。既念舊勞，已降成命。計其奉詔，必合感恩。如或乖違，續有商議。卿宜以睦隣爲事，體國爲心。想卿誠懷，當悉朕意。

【箋】

作於元和四年（八〇九），三十八歲，長安，左拾遺、翰林學士。

〔茂昭〕易定節度使張茂昭。舊書卷一四一張茂昭傳：「（元和）四年，王承宗叛，詔河東、河中、振武三鎮之師，合義武軍爲恒州北道招討，茂昭創廩厩，開道路，以待西軍。」城按：觀此詔文，知茂昭必别獻平恒之策，惜舊、新書及通鑑均失載也。

【校】

〔論請〕「請」，馬本、全文俱作「情」，非。據宋本、那波本、盧校改正。

〔後嗣〕「後」，宋本、馬本、那波本俱作「俊」，非。據全文、盧校改正。

與師道詔

勅：師道：省表具悉。卿業重相門，位崇戎閫。忠輸于國，行著于家。久而益彰，嘉歎無已。所奏亡兄師古請列于私廟昭穆者。此乃心推孝友，誠切恭敬。覽表見情，深足嘉尚。但以祠廟所見，貴於禮成。師古雖則始營，至卿方行祔禮。即卿爲廟主，固合其宜。況師古爵位尊崇，弘選自合祔廟，别立祠宇，使其主之，奉以蒸嘗，亦非乏祀也。已令有司重議如此，頗謂得中，且叶禮經。卿宜知悉。

【箋】

作於元和四年（八〇九），三十八歲，長安，左拾遺、翰林學士。

〔師道〕淄青平盧節度使李師道。據舊書卷十四憲宗紀，師古元和元年閏六月卒，其年十月，即以師道爲節度。此當元和初所請，因同卷前後各篇多四年事，姑附於四年之末。

與於陵詔

勅：於陵：省所賀安南破環王國賊帥李樂山等三萬人者具悉。卿蠻夷犯疆，方鎮致討。兇徒喪敗，荒徼清平。卿素藴忠誠，又連封壤。疾既同於山藪，勢益壯於輔車。想聞捷書，當倍慰悏。載省所賀，深見乃懷。

【箋】

作於元和四年（八〇九），三十八歲，長安，左拾遺、翰林學士。

〔於陵〕楊於陵。元和四年時，官嶺南節度使。見舊書卷十四憲宗紀。並參見卷四八裴度李夷簡王播鄭絪楊於陵等各賜爵亦迴授爵制箋。

【校】

〔悉卿〕「悉」下「卿」字衍。

答段祐等賀册皇太子禮畢表

朕祗膺統序，恭守典常。爰推至公，乃命長子。使主國鬯，用貞邦家。册畢禮成，良增感慶。卿等各司軍衛，同奉表章。備見忠誠，益深嘉歎。所賀知。

【箋】

作於元和四年（八〇九），三十八歲，長安，左拾遺、翰林學士。

〔段祐〕舊書卷十四憲宗紀：「（元和四年十月）庚寅，册鄧王寧爲皇太子。」城按：祐於元和三年三月除右神策軍大將軍，故此制答有「卿等各司軍衙，同奉表章」語，必作於元和四年無疑。並參見除段祐檢校兵部尚書右神策軍大將軍制箋。

【校】

〔朕祇〕「朕」上英華有「省表具知」四字。

答李詞賀處分王士則等德音表

朕臨馭天下，以懲勸爲先。有惡必誅，無功不念。顧承宗之罪，誠合討除；思武俊之勳，宜令嗣襲。況墳墓禁其剪伐，將校許以歸降。庶明用師，蓋非獲已。卿職修卿寺，誠奉本枝。省茲賀章，備見忠藎。

【箋】

作於元和四年（八〇九），三十八歲，長安，左拾遺、翰林學士。

〔王士則〕武俊之子，承宗之叔。舊書卷十四憲宗紀：「(元和四年十月)己丑，詔諸軍進討，其王武俊、士真墳墓，軍不得樵採，其士平、士則各守本官，仍令各襲武俊之封。」城按：李詞時官宗正卿。見卷五二王士則除右羽林大將軍制箋。

【校】

〔李詞〕英華作「李嗣」。

〔朕臨〕「朕」上英華有「省表具知」四字。

〔本枝〕「本」，英華作「宗」。

〔忠藎〕「藎」，宋本、那波本、英華俱作「盡」。

與吐蕃宰相鉢闡布勅書

勅：吐蕃宰相沙門鉢闡布：論與勃藏至，省表及進奉，具悉。卿器識通明，藻行精潔。以爲真實合性，忠信立誠。故能輔贊大蕃，叶和上國。弘清浄之教，思安邊陲。廣慈悲之心，令息兵甲。既表卿之遠略，亦得國之良圖。況朕與彼蕃，代爲舅甥。兩推誠信，共保始終。覽卿奏章，遠叶朕意。披閱嘉歎，至于再三。所議割還安樂、秦、原等三州事宜，已具前書，非不周細。及省來表，似未指明。將期事無後艱，必在言有先定。今信使往來無壅，疆場彼此不侵。雖未申以會盟，亦足稱爲和好。必欲復修信誓，即須重畫封疆。雖兩國盟約之言，積年未定；但三州交割之後，剋日可期。朕之衷情，卿之志願，俱在於此，豈不勉歟！又緣自議三州已來，此亦未發專使。今者贊普來意，欲以再審此言，故遣信臣，往諭誠意。即不假别使，更到東軍。此此使已後，應緣盟約之事，如其間節目未盡，更要商量，卿但與鳳翔節度使計會。此已處分，令其奏聞。則道路非遥，往來甚易，頗爲便近，亦冀速成。更待要約之言，皆已指定，封疆之事，保無改移。即蕃漢俱遣重臣，然後各將成命。事關久遠，理貴分明。想卿通才，當稱朕意。曩者鄭叔矩、路泌因平涼盟會没落蕃中，比知叔矩已亡，路泌見在，念兹存没，每用惻然。今既約以通和，路泌合令歸國，叔矩骸骨亦合送還。表明信誠，兼亦在此。其論與勃藏等尋到鳳翔，舊例未進表函，節度不敢聞奏。自取停滯，非此稽留。昨者方進表函，旋令召對。今使發遣，更不遲迴。仍令與祠部郎中、兼御史中丞徐復及中使劉文璨等同往，其餘事宜，已具與贊普書内。卿宜審於謀議，速副誠懷。兼有少信物賜卿，具如别録，至宜領也。冬寒，卿比平安好。遣書指不多及。

【箋】作於元和四年（八〇九），三十八歲，長安，左拾遺、翰林學士。城按：白氏與吐蕃宰相尚綺心兒等書（卷五六）云：「去年論與勃藏來。」是書爲元和五年七月作，故知此書作於元和四年冬。

〔鉢闡布〕見卷三城鹽州詩箋。

〔徐復〕新書卷二一六下吐蕃傳下：「（元和）五年，以祠部郎中徐復往使，並賜鉢闡布書，虜浮屠豫國事者也，亦曰鉢掣逋。」

【校】

〔題〕英華作「與吐蕃宰相鉢闡布書」。

〔藻行〕「藻」，英華作「操」，注云：「集作『藻』。」

〔舅甥〕各本俱倒，據本卷代王佖答吐蕃北道節度論贊勃藏書乙轉。

〔疆埸〕「埸」，馬本、那波本、全文俱訛作「場」，據宋本改正。

〔重晝〕「晝」，宋本、馬本俱訛作「畫」，據那波本、英華、全文改正。

〔諭誠意〕「諭」，英華作「輸」，注云：「集作『諭』。」

〔骸骨〕「骸」，馬本、全文俱作「體」，非。據宋本、那波本、英華、盧校改正。

與希朝詔

勅：希朝：省所奏，請自部領當道兵馬一萬五千人取蔚州路赴行營，并奏土門及承天軍各添兵士備禦者，具悉。卿武毅雄才，忠貞大節。出爲良將，倚作信臣。約己徇公，忘身許國。忿違命不恭之寇，激勤王自効之心。親統鋭師，率先羣帥。況又周知要害，備設防虞。計其威聲，已振兇醜。有臣如此，朕復何憂？佇建殊功，以副深望。所有動静，宜數奏聞。想當知悉。

【箋】

作於元和四年（八〇九），三十八歲，長安，左拾遺、翰林學士。

〔希朝〕范希朝。據舊書卷十四憲宗紀，元和四年十月十七日，詔諸軍進討王承宗。又金石録補卷十九恒岳題名載范希朝領馬步五萬人，與義武軍合赴恒州討叛，石鐫於元和五年二月六日。則希朝之奏當在元和四年之末

與師道詔

勅：師道：朱何至，省所奏當道赴行營兵馬取正月過渡河逐便攻討，并奏兵馬

出界後請自供一月糧料。又奏待收下城邑，若有軍糧，一月已後續更支計，并陳謝慰問者，具悉。卿文武間生，忠貞特立。動有所効，知無不爲。昨獻帛助軍，極盈數於萬疋；今又賫糧出境，減經費於三旬。此乃力之所任，無不罄竭；慮之所及，無不經營。因時見憂國之心，臨事識忠臣之節。詔書慰諭，未盡朕懷；章疏謝陳，益嘉乃志。再三興歎，寤寐難忘。其所奏聞，並依來表。想宜知悉。

【箋】

作於元和四年（八〇九），三十八歲，長安，左拾遺、翰林學士。

〔師道〕淄青平盧節度使李師道。此蓋答師道奏派兵會討王承宗之詔。並參見本卷與師道詔箋。

【校】

〔朱何〕「朱」，那波本訛作「未」。

與劉濟詔

勅：劉濟：李皐至，省表及露布，十二月十七日劉緄部領當道行營兵馬收下饒陽縣城，破賊衆三千人并擒斬將校收獲馬畜器械等，兼送賊將朝履清等四人，又進所收饒陽縣等者，具悉。卿盡忠伐叛，發漁陽精鋭之師；緄仗順臨戎，討冀方昏狂之寇。詔下而父子戮力，鼓行而將卒齊心。先羣帥以啓行，首諸軍而告捷。連擒逆將，併下賊城。歸獻罪之俘囚，進已收之縣邑。可謂忘身徇國，盡禮事君。疾風知勁草之心，大雪見貞松之節。況表章之内，益歎恭勤；而眷想之間，如覩風彩。計兹兇醜，當已震驚。破竹之勢可乘，覆巢之期非遠。佇清大憝，重副深懷。其饒陽縣卿宜且令鎮守，稍加存撫，用勸將來。宋常春卿所密奏，具委事情，且宜叶和，以體朕意。故令宣慰，想當知悉。

【箋】

作於元和四年（八〇九），三十八歲，長安，左拾遺、翰林學士。

〔劉濟〕通鑑卷二三八：「（元和）五年春正月，劉濟自將兵七萬人擊王承宗，時諸軍皆未進，濟獨前奮擊，拔饒陽、束鹿。」據此詔，知拔饒陽乃四年十二月事，而奏報則五年正月到達耳。城按：劉濟拔饒陽事，又見全文卷七五六杜牧燕將録、卷五〇五權德輿劉濟墓誌。

〔劉緄〕劉濟之長子。見舊書卷一四三劉怦傳。

【校】

〔精鋭〕「鋭」，馬本訛作「統」，據宋本、那波本、全文、盧校改正。

〔之寇〕「寇」，那波本訛作「寇」。

〔勁草〕「勁」，宋本、馬本俱作「偃」，據那波本改。

祭吴少誠文

維元和五年歲次庚寅，二月辛未朔，二日壬申，皇帝遣内侍省内府局丞、賜緋魚袋孫士政以清酌庶羞之奠，致祭于故彰義軍節度使、贈司徒吴少誠之靈曰：惟爾武毅挺質，韜鈐拔身。負勇果之雄材，蓄變通之明識。自察廉列郡，節制成師，貞且有威，勤而不擾。軍戎輯睦，封域底寧。從義而致誠，仗順而保福。既延寵渥，方茂輝榮。遽此幽淪，深用傷悼。逝波不捨，去日苦多。想松檟以軫懷，聞鼓鼙而興歎。恩加遣奠，禮舉褒崇。念爾有靈，知予此意。尚饗！

【箋】

作於元和五年（八一〇），三十九歲，長安，左拾遺、翰林學士。

〔吴少誠〕舊書卷十四憲宗紀：「（元和四年十一月）己巳，彰義軍節度使、檢校司空、同平章事吴少誠卒。」

【校】

〔題〕全文作「憲宗祭吴少誠文」。

〔有威〕「威」，馬本、全文俱作「爲」，非。據宋本、那波本、盧校改正。

與季安詔

勅：季安：省所奏當道行營兵馬今月十七日已收棗强縣，其賊棄城夜走者，具悉。卿輸忠報國，嫉惡忘家。遣無敵之師，伐不襲之寇。軍聲遠届，先路以風行；逆黨潛知，棄城而宵遁。已收縣邑，益振兵威。此皆卿訓練所加，指麾有素。永言明効，實屬深懷。固可乘勢應機，逐便進討。以卿忠藎，當副朕心。

【箋】

作於元和五年（八一〇），三十九歲，長安，左拾遺、翰林學士。

〔季安〕田季安。魏博節度使田緒幼子。緒死推爲留後，因授魏博節度使。會詔中尉吐突承璀以神策兵討王承宗，季安亦遣大將率兵赴會，仍自供糧餉。師還加太子太保。見舊書卷一四

一、新書卷二一〇田承嗣傳。

與希朝詔

敕：希朝：張嘉和至，省所奏前月二十六日破逆賊洄湟鎮六千餘人，具悉。卿親領鋭師，誓誅逆黨。張軍心以吞敵，奮士力而指蹤。潛戒偏裨，先攻險阻。伐謀而事有成算，剋日而動不衍期。果敗兇徒，遂據要地。況殺傷既衆，收獲頗多。益壯軍威，可奪虜氣。佇聞掃蕩，以慰衷懷。

【箋】

作於元和五年（八一〇），三十九歲，長安，左拾遺、翰林學士。

〔希朝〕范希朝。通鑑卷二三八：「（元和五年正月）丁卯，河東將王榮拔王承宗洄湟鎮。」城按：丁卯爲二十六日，與此詔所記正符。並參見本卷與希朝詔。

【校】

〔所奏〕「所」，馬本作「初」，非。據宋本、那波本、全文、盧校改正。

〔洄湟鎮〕「洄」，馬本、全文俱作「河」，非。據宋本、那波本改正。并參見前箋。

〔鋭師〕「鋭」，馬本、全文俱訛作「統」，據宋本、那波本、盧校改正。

與從史詔

勅：從史：曹公乂至，省所奏今月三日柏鄉縣南破賊衆約三萬人，并擒斬首級收獲器械及馬等，又奏當軍所傷士馬數并量事優卹事宜，具悉。卿外揚武略，内竭忠謀。率有名之師，深入其阻；遇無狀之寇，大挫其鋒。兵刃屢加，捷書頻至。殺傷數廣，績効居多。非卿悉力摧兇，誓心報國，則何能指麾之下，動必成功，表奏之間，事皆審實？既光重委，益副深懷。嘉歎再三，不忘寤寐。所奏承璀出軍合陣，并續發露布事宜，具委所陳，想當知悉。

【箋】

作於元和五年（八一〇），三十九歲，長安，左拾遺、翰林學士。

〔從史〕昭義軍節度使盧從史。據舊書憲宗紀，吐突承璀進討王承宗在元和四年十月，盧從史被執送京師在元和五年四月，則此詔爲元和五年四月以前所發。又據岑仲勉白氏長慶集僞文考證，從史收復柏鄉約在五年二月間。

【校】

〔摧兇〕「摧」，宋本誤作「榷」。

與季安詔

敕：季安：許峯至，省所奏，具悉。卿勳親重德，台輔元臣。竭誠信以戴君，弘識度而體國。謀能極慮，言必盡忠。周覽表章，益增寤歎。吴少陽自參軍務，頗効恭勤，豈待奏陳，已有處分。想宜知悉。

【箋】

作於元和五年（八一〇），三十九歲，長安，左拾遺、翰林學士。

〔季安〕田季安。見本卷與季安詔箋。城按：此詔蓋答季安爲吴少陽奏請之表，適到於授吴少陽淮西節度留後（卷五四）甫發之後，故當作於五年三月。

與昭義軍將士詔

敕：昭義軍節度下將士等：卿等當軍將士，與諸道不同。自經艱難，多易將帥。而忠順之節，未嘗有虧。朕每思之，無時暫忘。盧從史爲卿主將，作朕藩臣。權位尊崇，恩寵優厚。而乃外示恭順，内懷姦邪。刻削軍中，暴殄境内。朕以君臣之道，未忍發明。爲之含容，頗有年月。近又苟求起復，請討恒州。與賊通謀，爲國生患。自領士馬，久屯行營。收當軍賞設之資，加本道芻粟之估，不爲公用，盡入私家。此則主將之恩，於卿何有？臣子之分，負朕實深。卿等辯邪正之兩端，識逆順之大義。抱忠勇者恥居其下，守名節者憤發於中。失三軍之心，已聞大去；犯衆人之怒，果見不容。遠察事宜，備知誠款。興言嘉歎，至于再三。其當軍將士等賞設已有處分。上自將校，下及士卒，各勵爾志，再思朕言。卿等承前已來，常保忠貞之節；自今已後，永爲心腹之軍。宜念始終，副兹矚望。故令宣慰，宜並悉之。夏熱，卿等各得平安。

【箋】

作於元和五年（八一〇），三十九歲，長安，左拾遺、翰林學士。

〔盧從史〕見本卷與從史詔箋。

【校】

〔請討〕「討」，英華作「伐」，注云：「集作『討』。」

〔之估〕「估」，英華作「右」。

〔實深〕「實」，馬本、全文俱作「日」，非。據宋本、那波本改正。

〔承前〕「承」，英華作「從」，注云：「集作『從』。」

〔平安〕此下英華、全文俱有「好遺書指不多及」七字。

與承璀詔

敕：承璀：卿總領禁軍，控臨戎境。見敵每彰其勇敢，因事益表其忠勤。言念在懷，發於寤歎。昭義軍將士等，去邪遠惡，仗義保忠。統其成師，宜得良帥。孟元陽夙懷武毅，累著功庸。威名甚彰，人望所屬。以之爲帥，必愜軍情。以之討賊，必有勳績。今授元陽檢校尚書右僕射、充昭義軍節度等使，未到行營間，其昭義軍卿宜切加宣撫，務使安寧。烏重胤職在偏裨，保於忠正。宜從奬擢，以表殊恩。今授烏重胤河陽節度使、兼御史大夫，卿亦宜諭此恩意，今知朕心。兼恐河陽無人，速宜進發，想當知悉。

【箋】

作於元和五年（八一〇），三十九歲，長安，左拾遺、翰林學士。

〔承璀〕吐突承璀。幼以小黄門直東宫。憲宗即位授内常侍、知内省事、左監門將軍。元和四年，王承宗叛，詔以承璀爲河中、河南、浙西、宣歙等道赴鎮州行營兵馬招討等使，諫官獨孤郁、白居易等對延英，謂古無中人位大帥，恐爲四方笑，乃改爲招討宣慰使。出師經年無功，乃誘潞州牙將烏重胤謀執昭義節度使盧從史送京師，并遣密人告王承宗，令上疏待罪，乃班師，復爲禁軍中尉。見舊書卷一八四、新書卷二〇七本傳。

〔孟元陽〕舊書卷十四憲宗紀：「（元和五年夏四月）甲申，鎮州行營招討使吐突承璀執昭義節度使盧從史，載從史送京師。……壬申（城按：據韓愈烏氏廟碑銘應作壬辰）……河陽節度使孟元陽爲潞州長史、昭義軍節度、澤潞磁邢洺觀察使。」

〔烏重胤〕舊書卷十四憲宗紀：「（元和五年四月壬申）以昭義都知兵馬使、潞州左司馬烏重胤爲懷州刺史、河陽三城懷州節度使。」

與元陽詔

勑：元陽：澤潞全軍方討恒、冀，盧從史虧失大節，苞藏二心。姦迹邪謀，日已自露。軍情物議，俱所不容。尋追赴朝，今已在道。朕以昭義將士忠順成風，況在行營，久勤戎事。今欲使其戰者奮發，居者悦安。共成大功，必在良帥。以卿有瀍水之勳効，有河陽之政令，思之甚熟，無以易卿。宜領重藩，仍遷崇秩。今授卿檢校尚書右僕射、充澤潞節度等使，并賜旌節告身等往。卿宜速發，先到潞府上訖，便赴行營，慰安軍心，宣諭朕意。烏重胤徇忠守節，宜加奬用。今便授重胤河陽節度使、兼御史大夫，想宜知悉。

【箋】

作於元和五年（八一〇），三十九歲，長安，左拾遺、翰林學士。

〔元陽〕孟元陽。見本卷與承璀詔箋。

【校】

〔崇秩〕「崇」，馬本、全文俱訛作「宗」，據宋本、那波本、盧校改正。

與昭義軍將士勑書

勑：昭義軍節度下將士等：卿等久在行營，乍無主將。而士旅輯睦，軍壘安寧。足彰守正之心，尤見盡忠之節。以此歎矚，勞於寢興。孟元陽是朕信臣，爲國良將。威略可以懾兇孽，慈和可以牧師人。累著忠勤，克諧朕命。爲其主帥，必副羣情。況卿等同嫉姦邪，久困貪暴。宜以仁賢之帥，撫卿忠義之軍。靖思元陽，無出其右。今授元陽檢校尚書右僕射、充卿等當道節度使。勉同王事，以慰朕懷。烏重胤特効忠誠，深宜奬擢。今便授河陽節度使、兼御史大夫。故令宣慰，並宜知悉。

【箋】

作於元和五年（八一〇），三十九歲，長安，左拾遺、翰林學士。

【校】

〔題〕馬本、全文俱作「與昭義軍將士詔」，據宋本、那波本、盧校改。

與師道詔

勑：師道：林英至，省所陳奏，并進王承宗與卿書者，具悉。王承宗童騃無知，兇嚚有素。雖藉祖父之寵，曾微分寸之勞。但以武俊勳在册書，姻連戚屬。朕獨排羣議，特降殊私。未卒父喪，使承祖業。即加新命，仍撫舊封。則朕於承宗恩亦至矣，而僞陳誠款，欺誑使臣；假託軍情，拒違詔命。則承宗於朕，罪莫大焉。悖禮亂心，暴於天下。此乃承宗干國家之紀，非朕忘武俊之功。遂至用師，蓋非獲已；仍開生路，許以自新。而梟音不悛，鴟張益熾。人情共棄，國典不容。在於朕心，安敢輕捨？卿既膺注意，義感酬恩。所獻表章，具已詳覽。慮深遠計，詞切讜言。在忠謀而則然，於事體而未可。誠嘉勤至，難允懇懷。今諸道將帥，親領士馬，深入寇境，頻奏捷書，四面合圍，一心旅進。窮迫已甚，覆滅非遥。況卿同遣師徒，已收縣邑。冀清氛孽，佇見功名。勉於令圖，副此矚望。

【箋】

作於元和五年（八一〇），三十九歲，長安，左拾遺、翰林學士。

〔師道〕李師道。見本卷與師道詔箋。

與師道詔

勅：師道：任文質至，省表具悉。盧從史頃者請率全師，誓清妖孽。朕推誠待物，許之不疑。而背恩於上，結怨於下。邪謀貳志，日以彰聞。虧大節而自絶於君，積釁怒而不容於衆。因以邀命，幸而脱身。屈法申恩，已有處分。昨者詔旨，已明示卿。卿體國爲心，事君盡力。固宜有聞必薦，有見必陳，竭其忠諒之誠，濟其獻替之美。省閲章奏，嘉歎良多。

【箋】

作於元和二年（八〇七）至元和六年（八一一），長安。

【校】

〔朕推誠〕「推」上馬本、全文俱脱「朕」字，據宋本、那波本、盧校補。

與茂昭書

勅：茂昭，王日興至，省所奏今月十八日大破賊衆一萬七千人并擒斬收獲訖者，具悉。卿親率勁兵，誓平妖寇。竭股肱之力，中有奇謀；勵父子之軍，前無强敵。故能深入賊境，大破兇徒。殺傷既多，俘獲亦廣。具詳奏報，備見忠勞。眷矚之懷，發於寤歎。將士等各懷勇烈，同忿寇讎。激於衆心，致此殊効。況荷戈於炎暑之際，奮身於鋒刃之間。永念於兹，未嘗暫忘。故令宣慰，宜並悉之。

【箋】

作於元和五年（八一〇），三十九歲，長安，左拾遺、翰林學士。

〔茂昭〕易定節度使張茂昭。茂昭，元和五年四月丁亥（十八日）破王承宗軍於木刀溝。見舊書卷十四憲宗紀及全文卷五〇五權德輿張茂昭墓誌。

與昭義節度親事將士等書

勅：昭義軍節度下親事將士等：盧從史受恩至重，負國至多。衆所不容，追令赴闕。朕以誤曾任使，貴全始終。今則止於貶官，此蓋曲從寬典。卿等抱忠懷義，朕所素知。頃以諸營同事從史，三軍一體，俱是王臣。既不相干，又能自効。朕方優賞，以酬功勳。何至不安，有此疑懼？必恐從史已追之後，元陽未到之間，卿等當營乍無主將，或被外人扇誘，令衆意憂疑。勢使之然，事非獲已。朕雖在此，遠見軍情，料卿本心，必無此意。況元陽勤儉恤下，寬厚愛人。久在河陽，甚近澤潞。元陽臧否，卿等合諳。以卿忠義之軍，故擇仁賢爲帥。已有詔示宣諭元陽，若到行營，一無所問，乃至將士家口，亦令優卹安存。卿復何憂？必得其所。況昭義將士艱難已來，保守忠貞，未嘗虧失。天下稱歎，卿亦自知。又卿父母妻兒，家田墳墓，一物已上，並在潞州。頃刻之間，豈忍便棄？朕之此語，卿宜細思。各相勉諭，同保忠順。計元陽已合到彼，卿等便取元陽指麾。想卿等心，必副朕意。故令宣慰，並宜知悉。

【箋】

作於元和五年（八一〇），三十九歲，長安，左拾遺、翰林學士。

【校】

〔此蓋〕「蓋」，英華作「亦」，注云：「集作『蓋』。」

〔諸營〕「諸」，宋本、馬本、那波本俱訛作「詣」，據英華、全文改正。

〔遠見〕「見」，宋本、馬本、那波本俱作「有」，非。據英華、全文改正。

〔詔示〕「示」，英華作「旨」。

〔卿亦〕「亦」，英華作「已」，注云：「集作『亦』。」

〔頃刻〕英華作「倉卒」，注云：「集作『頃刻』。」

〔並宜知悉〕宋本、那波本、英華、盧校俱作「宜並悉知」。

與執恭詔

勑：執恭：王克謹至，省所奏今月八日進收平昌縣，已令鎮守，并奏劉濟欲與卿約義事者，具悉。卿奉辭伐罪，仗節啓行。指顧偏裨，收復城邑。已令鎮備，兼務緝綏。威惠之方既明，弔伐之義斯在。永言倚任，彌注衷情。劉濟將相大臣，與卿先父同列。欲求契約，固合允從。豈唯繼好私情，亦足叶心王事。載省來奏，深鑒乃誠。至於寢興，不忘嘉矚。

【箋】

作於元和五年（八一〇），三十九歲，長安，左拾遺、翰林學士。

〔執恭〕横海軍節度使程執恭。見卷五四加程執恭檢校尚書右僕射箋。

與恒州節度下將士書

勅：成德軍節度下將士等：朕以王者之道，與物無私。若違命執迷，則罔有容捨。若知非改悔，則無不含弘。不窮無告之人，不塞自新之路。頃屬姦臣從史，謀構異端，致使恒陽，隔於恩外。六郡之地，皆廢農桑；三軍之人，並懼鋒鏑。每一念至，中心憫然。今卿等繼獻表章，遠輸誠款。省承宗之勤懇，難阻其情；思武俊之功勞，不能無念。況事因詿誤，而理可哀矜。今已降制書，各從洗雪。承宗仍復舊官爵，充恒、冀、深、趙、德、棣六州觀察使、成德軍節度使，將士等官爵實封，並宜仍舊，待之如初。卿等各宜叶力同心，知恩感德。共保終始，稱朕意焉。故令宣慰，宜並知悉。

【箋】

作於元和五年（八一〇），三十九歲，長安，京兆户曹參軍、翰林學士。

〔恒州節度〕即成德軍節度。管恒、冀、深、趙、德、棣六州，治所在恒州。

〔承宗〕王承宗。舊書卷十四憲宗紀：「（元和五年七月）丁未，詔昭洗王承宗，復其官爵，待之如初。……乃歸罪盧從史而宥承宗，不得已而行之也。」參見本卷與王承宗詔箋。

【校】

〔題〕英華作「授恒州節度下將士書」。

〔含弘〕「弘」，英華作「容」。

〔謀構〕「構」，宋本作「犯御名」。

與承宗詔

勑：承宗：頃者盧從史苞藏姦詐，矯示公忠。下誣物情，上惑朝聽。使卿陷於違命，使朕至於用兵。交亂君臣，罪有所在。今從史已正刑典，遠棄驩州。構亂者既就屏除，誘陷者自宜明白。況卿代連姻戚，朕豈不思？祖有功勞，朕豈不念？事不得已，勢至如斯。棄絶已來，常懷惻惻。卿今既陳章疏，懇獻衷誠。請進官員，願修貢賦。誓心以納款，歸罪而責躬。情可哀憐，法存開釋。朕託于人上，及兹六載。體天地含弘之德，厚君臣終始之恩。常以人安爲心，豈欲物失其所？今所以開獨見之路，降非常之恩。卿及將士等已具制書，並從洗滌。卿仍復舊官爵，便充恒、冀、深、趙、德、棣等州節度觀察等使，并賜旌節告身等往。爵土仍舊，君臣如初。想卿中懷，當自知感。所宜追補前悔，勉勤後圖。夙夜思之，永副朕意。想當知悉。

【箋】

作於元和五年（八一〇），三十九歲，長安，京兆户曹參軍、翰林學士。

〔承宗〕見本卷與王承宗詔箋。

【校】

〔搆亂〕「搆」，宋本作「犯御名」三字。全文作「搆」。

批宰相賀赦王承宗表

先臣武俊，功不可忘；後嗣承宗，過而能改。朕所以捨其罪悔，議以勳親。垂宥過之恩，尚宜及爾十代；引泣辜之責，誠合在予一人。與其黷武而取威，不若匿瑕而務德。卿等重居台輔，密贊謀猷。發於衷誠，有此稱賀。省閱章奏，嘉歎久之。

【箋】作於元和五年（八一〇），三十九歲，長安，京兆户曹參軍、翰林學士。

【校】
〔先臣〕此上英華有「省表具知」四字。
〔宥過〕「過」，英華作「善」，注云：「集作『過』。」
〔衷誠〕「衷」，英華作「忠」，注云：「集作『衷』。」
〔章奏〕「奏」，英華作「表」，注云：「集作『奏』。」

與劉濟詔

勅：劉濟：省所謝男紹及孫景震等授官，并謝賜器仗弓甲刀斧等者，具悉。卿文武全才，將相重任。本於忠諒，成此勳勞。尚德尊賢，位已極於台輔；念功懋賞，寵宜及於子孫。時論允歸，朝章斯舉。至於出兹戎器，賜我元臣，但可以申朕恩私，未足以表卿功績。載覽來表，備見乃誠。併此謝陳，益嘉勤盡。

【箋】

作於元和五年（八一〇），三十九歲，長安，左拾遺、翰林學士。

〔劉濟〕見本卷與劉濟詔箋。城按：劉濟於元和五年七月乙卯爲其子劉總鴆死，則此詔當爲是年七月以前所發。紹及景震均不見舊、新傳。

代王佖答吐蕃北道節度論贊勃藏書 奉勅撰。

大唐朔方靈鹽豐等州節度使、檢校户部尚書、寧塞郡王王佖致書大蕃河西北道節度使論公麾下：遠辱來書，兼蒙厚貺。慰悚之至，難述所懷。國家與彼蕃代爲舅甥，日洽恩信。雖云兩國，實若一家。遂令疆埸之臣，得以書信相問。況麾下以公忠之節，雄勇之才，翊佐大邦，經略北道。佖近蒙制命，守在邊陲。慰望之情，一二難盡。皇帝以贊普頻遣和使，懇求通好。凡此邊鎮，皆奉朝章。但令慎守封陲，不許輒令侵軼。至於事理，彼此宜然。且如党項久居漢界，曾無征税，既感恩德，未嘗動摇。然雖懷此撫循，亦聞闞彼財貨。亡命而去，獲利而歸。但恐彼蕃不知，大爲党項所賣。其中亦聞誘致，事甚分明。不能縷陳，計已深悉。今請去而勿誘，來而勿容。不失兩境之歡，不傷二國之好。在此誠爲小事，於彼即是遠謀。幸履坦途，勿遵邪徑。今聖上德柔四海，威及萬方。雖外國蠻夷，尚皆率伏。況中華臣妾，敢有不恭？豈假彼蕃，欲相借助。誠愧厚意，終訝過言。承去年出師討逐迴紇，其間勝負，此亦備知，不勞來書，遠相示及。所蒙寄贈，並已檢到。佖爲邊將，須守常規，馬及胡瓶依命已受，其迴紇生口，緣比無此例，未奉進止，不敢便留。今却分付來人，至彼望垂檢領。有少答信，具如別數，幸恕寡薄也。初秋尚熱，惟所履珍和，謹因譯語官馬屈、林恭迴，不具，佖白。

【箋】

作於元和五年（八一〇），三十九歲，長安。京兆户曹參軍、翰林學士。

〔王佖〕見卷五四除王佖檢校户部尚書充靈鹽節度使制箋。城按：據岑仲勉白氏長慶集僞文考證，此書爲元和五年七月所作。

【校】

〔題〕此下那波本、全文俱無注。

〔王佖〕「佖」，馬本注云：「薄密切。」

〔疆場〕「埸」，馬本、那波本俱訛作「場」，據宋本、全文改正。

〔一二〕全文作「一一」二字。

〔輒令〕「輒」，宋本作「取」。

〔党項〕「党」，馬本作「嵬」，注云：「都項切。」據宋本、那波本、全文、盧校改正。

〔闚彼〕「闚」，馬本注云：「缺規切。」

〔縷陳〕「縷」，馬本注云：「盧舉切。」

〔邊將〕「邊」下各本俱脱「將」字，據那波本補。

〔已受〕「受」，宋本、那波本俱作「授」。

與吉甫詔

勑：吉甫：韓用政至，省所奏陳謝，具悉。卿忠貞立身，文武爲德。志惟經國，謀不忘君。才可以雄鎮方隅，故委之外閫。智可以密參帷幄，故任以中樞。而能一其衷心，再有沖讓。雖勞謙彌切，每陳丹府之誠；而憂寄方深，難輟紫垣之務。勉諭已伸於前詔，忠勤載露於來章。今征討已停，方隅稍泰。克清之日，雖則不遥；難奪之心，亦宜且抑。重此宣諭，當體朕懷。是推至公。煩有陳謝。

【箋】

作於元和五年（八一〇），三十九歲，長安，京兆户曹參軍、翰林學士。

〔吉甫〕李吉甫。城按：吉甫，元和五年仍在淮南節度使任，蓋王承宗洗雪後，再召吉甫入相而謙辭也。

與吐蕃宰相尚綺心兒等書

勅吐蕃宰相尚綺心兒等：論思諾悉至，省表并進奉，具悉。卿等才器特茂，識略甚明。仗義立身，資忠事主。上佐贊普，下康黎元。以尋盟納款爲謀，繼好息人爲請。是卿上策，叶朕中心。每覽表章，輒用嘉歎。朕與彼蕃國，代爲舅甥，日結恩信。自論盟會，頗歷歲時。常欲速成，以爲永好。雖誠明之内，彼此無疑；而言約之間，往復未盡。今故略收來意，重示所懷。想卿通明，當所鑒悉。河、隴之地，國家舊封。論州郡則其數頗多，計年歲則没來甚近。既通和好，悉合歸還。今者捨而不言，豈是無心愛惜？但務早成盟約，所以唯言三州。則没於彼者甚多，歸於此者至少。猶合推於禮讓，豈假形於言詞？來表云此三州非創侵襲，不可割屬大唐來。且此本不屬蕃，豈非侵襲所得？今是却歸舊管，何引割屬爲詞？去年論與勃藏來，即云覆取進旨，贊普便請爲定。今兩般使至，又云比之小務，未合首而論之。前後既有異同，信使徒煩來去。雖欲速爲盟會，其如無所適從？静言二三，固不在此。若論和好，即今各無侵軼，已同一家。若議修盟，即須重定封疆，先還三郡。若三郡未復，兩界未分，即是未定封疆，憑何以爲要約？彼若吝惜小事，輕易遠圖，未能修盟，且務通好。至於信使，一往一來，但令疎數得中，足表情意不絶。彼有要事，即令使來；此有要事，亦令使往。若封境之上，小小事意，但令邊頭節度，兩處計會商量，則勞費之間，彼此省便。前般蕃使論悉吉贊至，緣盟約事大，須審商量，未及發遣。後使雖是兩般，所論只緣一事。故令相待，今遣同歸。在於日時，亦未淹久。所送鄭叔矩及路泌神柩及男女等，並已到此，良用惻然。厚贈遠歸，深嘉來意。其劉成師元非劉闢子姪，本是成都郡人。已令送還本貫。其餘事目，並在贊普書中，卿等宜審參量，以副朕意。使迴之日，可備奏聞。今遣兼御史中丞李銛及中使與迴使同往，各有少信物，具如别數，至宜領之。秋凉，卿等各得平安好，遣書指不多及。

【箋】

作於元和五年（八一〇），三十九歲，長安，京兆户曹參軍、翰林學士。

〔三州〕本卷與吐蕃宰相鉢闡布書云：「所議割還安樂、秦、原三州事宜。」

〔鄭叔矩〕舊書卷一九六下吐蕃傳：「（元和）五年五月，遣使論思耶熱來朝，并歸鄭叔矩、路泌之柩及叔矩男文延等一十三人。叔矩、泌平涼之盟陷焉，凡二十餘年，竟不屈節，因没於蕃中，至是請和，故歸之。六月，命宰相杜佑等與吐蕃使議事中書令廳，且言歸我秦、原、安樂州地。七月，遣鴻臚少卿攝御史中丞李銘（銘之訛）爲入蕃使，丹王府長史兼侍御史吴暈副之。」城按：論思耶熱此書作論思諾悉，與舊傳異。

【校】

〔論思諾悉至〕此五字英華作「論悉吉贊及論思諾悉等繼至」十二字。

〔繼好〕「繼」上英華有「以」字，是。

〔叶朕〕「叶」，宋本、那波本俱作「吐」。

〔略收〕「收」，英華作「叙」。

〔没來〕「没」，馬本、全文俱作「沿」，非。據宋本、那波本、盧校改正。

〔唯言〕「言」，英華作「論」，注云：「集作『言』。」

〔推於〕「於」，英華作「爲」，注云：「集作『於』。」

〔非創〕「創」下英華有「來」字。

〔大唐來〕「唐」下英華無「來」字。

〔且此〕「此」下英華有「州」字。

〔論與勃藏〕宋本、那波本、英華、盧校俱作「與論勃藏」，非。城按：白氏與吐蕃宰相鉢闡布勑書云：「論與勃藏至省……」

〔即云〕「即」，英華作「耶」，注云：「集作『却』。」

〔商量〕「量」，英華作「議」，注云：「集作『量』。」

〔後使〕此下英華有「續來來」三字。

〔厚贈〕「贈」，英華作「賵」，注云：「集作『贈』。」

〔別數〕「數」，英華作録，注云：「集作『數』。」

〔多及〕全文作「多言」。

答王承宗謝洗雪及復官爵表

帝者之道，蕩然無私。唯推赤心，以牧黔首。故一夫不獲，若納之於隍；一物歸誠，則容之如地。況卿家聯懿戚，寵自先朝；祖立茂功，賞延後嗣。因人詿誤，不汝疵瑕。滌以恩波，煦之寵澤。撫舊封而察廉六郡，進新律而統制三軍。蕩穢加恩，何以過此？及覩來表，乃見深誠。言必由衷，事皆知感。承家襲慶，誓繼力於前修；補過酬恩，願指期於後効。永言爾志，甚叶朕懷。勉思始終，用副眷矚。所謝知。

【箋】

作於元和五年（八一〇），三十九歲，長安，京兆户曹參軍、翰林學士。

【校】

〔帝者〕「帝」上英華有「省表具知」四字。

〔不汝〕「汝」，各本俱誤作「染」，據英華改正。

〔滌以〕「滌」，英華作「浸」，注云：「集作『滌』。」

〔及覩〕「覩」，英華作「觀」，注云：「集作『覩』。」

〔誓繼〕「誓」，宋本誤作「誓」。

與鄭絪詔

勑：鄭絪：省所奏邕管黄少卿及子弟等事宜，具悉。卿望重中朝，寄深南服。誓敷惠政，佇化遠人。言念忠勤，不忘監寤。山洞夷落，易擾難安。比來撫之，未及其道。覽卿所奏，頗合其宜。歲時之間，當革前弊。勉於招諭，以副朕心。

【箋】

作於元和五年（八一〇），三十九歲，長安，京兆户曹參軍、翰林學士。

〔鄭絪〕元和五年三月，以太子賓客鄭絪檢校禮部尚書、廣州刺史、嶺南節度使。又邕管將黄少卿及弟少高、少温於元和三年六月歸款授官。均見舊書卷十四憲宗紀。

【校】

〔誓敷〕「誓」，宋本誤作「哲」。

答高郢請致仕第二表

卿有忠貞之節，立於險中；有清重之名，鎮于朝右。而能始終有道，進退有常。援禮引年，遺榮致政。人鮮知止，卿獨能行。不唯振起古風，亦足激揚時俗。於卿則確然難奪，在朕則情豈易忘？誠鑒乃懷，未允來表。

【箋】

作於元和五年（八一〇），三十九歲，長安，京兆户曹參軍、翰林學士。

〔高郢〕舊書卷十四憲宗紀：「（元和五年九月）癸亥，以兵部尚書高郢爲右僕射致仕。」

與劉總詔

勑：劉總：卿業繼將門，才兼武略。累臨軍郡，悉著良能。襲以弓裘，宜加旄鉞。仍舉奪情之典，以昭延賞之恩。今授卿起復雲麾將軍、檢校工部尚書、充范陽節度等使，并賜旄節官告往，想宜知悉。

【箋】

作於元和五年（八一〇），三十九歲，長安，京兆户曹參軍、翰林學士。

〔劉總〕舊書卷十四憲宗紀：「（元和五年九月）壬戌，以瀛州刺史劉總起復，受（當作授）幽州長史、充幽州盧龍軍節度使。」

【校】

〔宜加〕「加」，那波本作「知」，非。

〔旄鉞〕「旄」，馬本、那波本、全文俱作「旌」，據宋本改。

答裴垍讓中書侍郎平章事表

卿自登台輔，每竭忠貞。一身秉彝，百度惟序。致君盡力，久積股肱之勤；憂國勞心，微生腠理之疾。暫從休告，遽獻表章。所陳雖是卿心，所請殊非朕意。宜加調攝，速就平和，以副虚懷，無爲固讓。

【箋】

作於元和五年（八一〇），三十九歲，長安，京兆户曹參軍、翰林學士。

〔裴垍〕通鑑卷二三八：「（元和五年九月丙寅）裴垍得風疾，上甚惜，中使候問旁午於道。」則裴垍之表當係元和五年十月間上。

答劉總謝檢校工部尚書范陽節度使表

卿幼承義訓，長有令聞。能遵忠孝之風，不墜弓裘之業。朕所以命加異等，寵冠常倫。特授雙旌，超登八座。豈唯延賞，亦在任能。將懋前修，勉中後効。載省章疏，深鑒誠懷。所謝知。

【箋】

作於元和五年(八一〇),三十九歲,長安,京兆户曹參軍、翰林學士。

〔劉總〕見本卷與劉總詔箋。城按:劉總授官在元和五年九月,謝表當係十月所上。

【校】

〔題〕「范陽」下英華有「等兩道」三字。

〔卿幼〕「卿」上英華有「省表具知」四字。

與茂昭詔

勑:茂昭:王日興至,省表陳讓檢校太尉者,具悉。卿文武大僚,勳戚重望。累展朝宗之禮,足表恭敬之心。況多戰伐立功,彌彰勤藎。言念及此,每用嘉焉。宜加寵榮,已降新命。何至謙讓,仍辭舊官?眷倚之懷,並具前詔。想宜知悉。

【箋】

作於元和五年(八一〇),三十九歲,長安,京兆户曹參軍、翰林學士。

〔茂昭〕張茂昭。舊書卷十四憲宗紀:「(元和五年十月)甲午,以前義武軍節度、檢校太尉、兼太子太傅、同平章事張茂昭檢校太尉、兼中書令、河中尹、充河中晉絳慈隰節度使。」此詔中所謂茂昭之表當到於十、十一月間。

【校】

〔勤藎〕「藎」，宋本、那波本俱作「盡」，非。

答任迪簡讓易定節度使表

卿修文立身，經武致用。每誓心於忠勇，常濟事以智謀。自副戎車，已屬時望；及分旌鉞，果愜軍情。況義武之師，輸忠仗順，所期慰撫，以就輯寧。何至撝謙，有茲撝讓？所進官告，今却賜卿。宜體朕懷，即斷來表。

【箋】

作於元和五年（八一〇），三十九歲，長安，京兆户曹參軍、翰林學士。

〔任迪簡〕舊書卷十四憲宗紀：「（元和五年冬十月）辛巳，定州將楊伯玉誘三軍爲亂，拘行軍司馬任迪簡，别將張佐元殺伯玉，迪簡謀歸朝，三軍懼，乃殺佐元。壬辰，制以迪簡檢校工部尚書、定州長史、充義武軍節度觀察、北平軍等使。」則迪簡之讓表當十一月上。

〔易定節度〕治所在定州。管河北道定易兩州。見元和郡縣志卷十八。

【校】

〔義武〕各本俱誤作「武義」，據全文乙轉。城按：建中三年五月，易定節度賜名義武軍。

答裴垍讓宰相第三表

卿疾病已來，表疏相繼。雖辭乞之誠頗切，而注望之意方深。所以來章，久而未報。然念卿勤懇之請，至于再三。若心不甚安，即疾難速愈。是用輟樞劇之務，加崇重之官。稍遂優閑，佇期痊復。勉從爾志，深抑予懷。

【箋】

作於元和五年（八一〇），三十九歲，長安，京兆户曹參軍、翰林學士。

〔裴垍〕見本卷答裴垍讓中書侍郎平章事表箋。

【校】

〔題〕「第三表」，全文作「第二表」。

答裴垍謝銀青光禄大夫兵部尚書表

卿自居鈞軸，日獻謀猷。戴君常竭其股肱，憂國每形於顏色。及嬰疾病，益不遑安。未踰四旬，以至三讓。撝謙秉易退之道，堅懇陳難奪之詞。遂抑朕心，俯從卿請。而七命印綬，五兵尚書，官秩甚崇，事務稍簡。就以優養，冀乎和平。載省表章，深見誠意。

【箋】

作於元和五年（八一〇），三十九歲，長安，京兆户曹參軍、翰林學士。

〔裴垍〕舊書卷十四憲宗紀：「（元和五年十一月）庚寅，以中書侍郎平章事裴垍爲兵部尚書。」

【校】

〔卿自〕「卿」上英華有「省表具知」四字。

〔撝謙〕「撝」，宋本、那波本、盧校俱作「揮」。

〔誠意〕此下英華有「所謝知」三字。

與劉總詔

勑：劉總：康志安至，省所謝陳，具悉。卿之先父，爲朕元臣。大節殊功，殁而不朽。宜加恩禮，俾洽哀榮。故命宰臣，爲之撰録。卿義深報國，孝重承家。既感顯親之恩，願竭戴君之節。遠有奏謝，益用嘉之。想宜知悉。

【箋】

作於元和五年（八一〇），三十九歲，長安，京兆户曹參軍、翰林學士。

〔劉總〕城按：劉濟，元和五年七月，爲其子劉總酖死。全文卷五〇五權德輿劉濟墓誌銘：「（元和）五年秋七月，寢疾，薨於莫州之廨舍，享年五十四。冬十月，歸全於涿州良鄉縣之某原，追錫太師，不視朝三日。命諫議大夫弔詞法賻，廷尉卿持節禮册。又詔宰臣德輿銘於壽堂。」城按：權德輿以元和五年九月丙寅入相，則誌之撰寫不能早於十月。

與房式詔

勅：房式：卿以良才，尹兹東洛。公忠無怠，聲績有聞。嘉歎之深，寧忘寤寐？宣城重寄，深在得人。藉卿政能，往就綏撫。今授卿宣州刺史、兼御史中丞、充宣、歙等州都團練觀察處置等使，并賜告身往。卿宜便起赴本道，勉修所任，以稱朕懷。想當知悉。

【箋】

作於元和五年（八一〇），三十九歲，長安，京兆户曹參軍、翰林學士。

〔房式〕舊書卷十四憲宗紀：「（元和五年十二月癸酉）以河南尹房式爲宣州刺史、宣歙池觀察使、采石軍等使。」

【校】

〔卿宜〕那波本作「宜卿」，倒。

與盧恒卿詔

勑盧恒：卿累登朝序，皆著公方。自領藩條，益彰理行。恪恭而奉上，勤儉以牧人。不加寵榮，何勸來者？朕以擢管漕運，軍國所資。其務甚殷，所寄尤重。以卿有忠勞之前効，幹濟之長才，常簡朕心，宜授此職。今除卿尚書刑部侍郎、充諸道鹽鐵轉運使，并賜告身往。宜即赴闕庭，想當知悉。

【箋】

作於元和五年（八一〇），三十九歲，長安，京兆户曹參軍、翰林學士。

〔盧恒〕即盧坦，蓋因避穆宗諱而追改。舊書卷一五三、新書卷一五九俱有傳。舊書卷十四憲宗紀：「（元和五年十二月癸酉）以前宣歙觀察使盧坦爲刑部侍郎、充諸道鹽鐵轉運使。」

【校】

〔題〕各本俱衍「卿」字。

與新羅王金重熙等書

勅：新羅王金重熙：金獻章及僧沖虚等至，省表兼進獻及進功德并陳謝者，具悉。卿一方貴族，累葉雄材。仗忠孝以立身，資信義而爲國。代承爵命，日慕華風。師旅叶和，邊疆寧泰。況又時修職貢，歲奉表章。進獻精珍，忠勤並至。功德成就，恭敬彌彰。載覽謝陳，益用嘉歎。滄波萬里，雖隔於海東；丹慊一心，每馳於闕下。以兹嘉尚，常屬寢興。勉弘始終，用副朕意。今遣金獻章等歸國，并有少信物具如別録。卿母及妃并副王宰相已下各有賜物，至宜領之。冬寒，卿比平安好，卿母比得和宜，官吏僧道將士百姓等各加存問，遣書指不多及。

【箋】

作於元和五年（八一〇），三十九歲，長安，京兆户曹參軍、翰林學士。

〔金重熙〕見舊書卷一九九上新羅傳。

【校】

〔仗忠〕「仗」，英華作「秉」，注云：「集作『仗』。」

〔嘉尚〕英華作「歎賞」，注云：「集作『嘉尚』。」

〔具如〕「具」，馬本作「見」，非。據宋本、那波本、全文、盧校改正。英華作「在」，注云：「集作『如』。」

答文武百寮嚴綬等賀御製新譯大乘本生心地觀經序表

朕勤求道本，廣挹教源。以真如不二之宗，助清浄得一之化。況斯經典，時爲大乘。名理精微，翻譯成就。雖契心則離於文字，而得意亦假於筌蹄。庶使發揮，因爲述序。卿等精通外學，懇竭忠誠。引經贊揚，奉表稱賀。再三省覽，嘉歎久之。

【箋】

作於元和六年（八一一），四十歲，長安，京兆户曹參軍、翰林學士。

〔嚴綬〕見本卷批百寮嚴綬等賀御撰屏風表箋。並參見下一篇答孟簡蕭俛等賀御製新譯大乘本生心地觀經序狀箋。

【校】

〔朕勤〕「朕」上英華有「省表具知」四字。

答孟簡蕭俛等賀御製新譯大乘本生心地觀經序狀

大僊經典，最上法乘。來自西方，閟于中禁。將期利益，必在闡揚。遂命僧徒，譯其句偈。兼詔卿等，潤以文言。昨因披尋，深得真諦。悟本生不滅之義，證心地無相之宗。方勤護持，聊著序引。永言述作，猶愧聖明。卿等賀陳，良深嘉尚。

【箋】

作於元和六年（八一一），四十歲，長安，京兆户曹參軍、翰林學士。

〔孟簡〕〔蕭俛〕舊書卷十四憲宗紀：「（元和）六年正月，勅諫議大夫孟簡、給事中劉伯芻、工部侍郎歸登、右補闕蕭俛等於豐泉寺翻譯大乘本生心地觀音經。」

【校】

〔題〕「孟簡蕭俛」，英華作「蕭俛孟簡」。

〔大僊〕「大」上英華有「省表具知」四字。

答元膺授岳鄂觀察使謝上表

夏口重鎮，屬在時賢。非明肅不能理其軍，非簡儉不能阜其俗。以卿有仁厚之質，謇直之風，累踐班行，皆著名節。遂輟中憲，往臨外藩。知已下車，深慰人望。佇兹報政，用副朕懷。所謝知。

【箋】

作於元和六年（八一一），四十歲，長安，京兆户曹參軍、翰林學士。

〔元膺〕舊書卷十四憲宗紀：「（元和五年十二月壬午），以前御史中丞吕元膺爲鄂州刺史、鄂黄（字衍）岳沔蘄安黄等州觀察使。」則謝表當爲六年正月所上。

【校】

〔題〕「元膺」，宋本、馬本、那波本、全文俱誤作「元應」，據英華改正。

〔夏口〕「夏」上英華有「省表具知」四字。

〔深慰〕「深」，英華作「當」，注云：「集作『深』。」

答李鄘授淮南節度使謝上表

卿抱兼人之才，秉徇公之節。每登要職，悉著能名。若刃發硎，投而不滯；如玉在佩，動必有聲。朕以距淮而南，人物繁會。非廉明何以貞師察俗？非簡惠何以通商綏農？前勞既彰，後効何遠？載省來表，知已下車。勉副虛懷，佇觀新政。所謝知。

【箋】

作於元和六年(八一一)，四十歲，長安，京兆户曹參軍、翰林學士。

〔李鄘〕元和五年十二月癸酉，出爲揚州大都督府長史、淮南節度使。見舊書卷一五七、新書卷一四六本傳及舊書卷十四憲宗紀。則謝表當係六年正月所上。

【校】

〔卿抱〕「卿」上英華有「省表具知」四字。

〔悉著〕「悉」，英華作「輒」，注云：「集作『悉』。」

畫大羅天尊贊 并序

歲正月十九日，順宗仙駕上昇之月日也。皇帝嗣位六載，每及兹晨，齋居孝思，明發不寐。以爲玄祖之教本乎道，先帝之神在乎天。故畫大羅天尊像者，欲以最上勝因而成本功德也。然則知之者不如念之者，念之者不如仰之者。是用諦念真力，虔仰尊儀。命設色之工，圖其儀形。命掌文之臣，贊其功德。達孝誠于天上，致孝理於域中。斯蓋弘願發於我皇，景福薦於先后。稽首奉詔，跪稱贊云：

維大羅兮天上天，維天尊兮仙上仙。高真之鑒照下界，孝敬之心達上玄。每一念兮以一仰，感罔極兮福無壥。

【箋】

作於元和五年（八一〇），三十九歲，長安，左拾遺、翰林學士。城按：此文謂「皇帝嗣位六載」，考憲宗即位於永貞元年，至元和五年適爲六載。

【校】

〔題〕「贊」下馬本脱「并序」二字，據宋本、那波本、全文增。

〔月日〕全文誤倒作「日月」。

白居易集箋校卷第五十七

翰林制詔四　勑書批答祭文贊詞附　凡六十八首

答元義等請上尊號表

朕自君臨，運逢休泰。時歲豐稔，兇醜殄夷。此皆宗社降靈，忠賢宣力。顧惟寡德，敢受鴻名？卿中發懇誠，上尊美號。雖屬人望，難貪天功。宜悉所懷，勿固爲請。

【箋】作於元和二年（八〇七），三十六歲，長安，盩厔尉、翰林學士。城按：此卷那波本編在卷四〇。

〔元義〕據岑仲勉白氏長慶集僞文考證，「元義」乃「元義方」三字之奪文。城按：元義方歷號、商二州刺史，福建觀察使。其爲福建觀察使在元和四年四月，見新書卷二〇一元萬頃傳及舊書卷十四憲宗紀。復考舊紀，憲宗尊號係元和三年正月十一日癸巳所上，則此表係二年末所上，蓋是時義方非商州即號州刺史也。

【校】

〔朕自〕「朕」上英華有「省表具知」四字。

〔卿中發〕英華作「卿等發于」四字。

答薛苹賀生擒李錡表

朕自嗣耿光，每多惕厲。念必先於除害，志無忘於安人。李錡大負國恩，自貽天罰。師徒未動於疆埸，父子俱肆於市朝。信上天之禍淫，與率土而同慶。省視來表，深鑒乃誠。所賀知。

【箋】

作於元和二年（八〇七），三十六歲，長安，盩厔尉、翰林學士。

〔薛苹〕據岑仲勉唐集質疑考證，「苹」應作「苹」。城按：薛苹，舊書卷一八五下、新書卷一六四有傳。永貞元年十一月甲申，自虢州刺史遷潭州刺史、湖南觀察使。元和三年正月，除浙東觀察使。見舊書卷十四憲宗紀、唐方鎮年表卷五引韓集石君墓誌注。據此則元和三年十月生擒李錡時，苹仍在湖南觀察使任，其賀表約是年十一月所上。

【校】

〔薛萃〕「萃」，英華、全文俱作「平」，英華且注云：「集作『萃』，非。」城按：薛平與薛苹時代相當，而爲另一人，英華誤。見前箋。

〔朕自〕此上英華有「省表具知」四字。

〔天罰〕「罰」，英華作「討」，注云：「集作『罰』。」

〔未動〕「動」，英華作「勤」，注云：「集作『動』。」

〔疆埸〕「埸」，那波本、全文俱訛作「場」。又，此下馬本注云：「音亦。」

與薛萃詔

勑：薛萃：楊君靖至，省所陳謝，具悉。卿勤王之節，徇公滅私；事主之誠，移忠資孝。苟非褒贈，何以顯揚？且清白之風，既自家而刑國；則寵旌之澤，宜因葉以流根。式遵追遠之經，用表教忠之訓。是爲禮典，煩致謝章。

【箋】

作於元和二年（八〇七），三十六歲，長安，盩厔尉、翰林學士。

〔薛萃〕見前一篇答薛萃賀生擒李錡表箋。

【校】

〔薛萃〕當作「薛苹」，各本俱誤。見本卷答薛萃賀生擒李錡表箋。

〔教忠〕「教」，那波本作「敬」。

與嚴礪詔

勑：嚴礪：薛光朝至，所陳謝具悉。卿徇公竭誠，臣節克著；揚名濟美，子道有光。教忠既本於義方，追遠宜崇於禮命。俾優褒贈，爰慰孝思。秩貴冬官，以表過庭之訓；封榮石窌，用旌徙宅之賢。雖示新恩，允符舊典。遠煩陳謝，深見懇誠。

【箋】

作於元和二年（八〇七），三十六歲，長安，盩厔尉、翰林學士。

〔嚴礪〕舊書卷十四憲宗紀：「（元和元年九月）戊戌，以山南西道節度使嚴礪爲梓州刺史、劍南東川節度使。」城按：舊書卷一一七嚴礪傳，礪卒於元和四年三月，此制云「秩貴冬官，以表過庭之訓」，蓋答礪謝父贈工部尚書之詔也。參之前後各篇，當作於二年之末。

【校】

〔教忠〕「教」，那波本作「敬」。

〔石窌〕「窌」，馬本注云：「居效切。」

與餘慶詔

勑：餘慶：省所謝陳，具悉。卿累居袞職，時謂盡忠；自尹洛師，日聞報政。臣節既彰於宣力，子道莫大於揚名。俾光孝思，爰舉禮命。榮褒冢宰，寵賁幽靈。式是彝章，豈爲私渥？有煩陳謝，深見誠懷。

【箋】

作於元和三年（八〇八），三十七歲，長安，左拾遺、翰林學士。

〔餘慶〕鄭餘慶。元和三年六月，自河南尹改東都留守。見舊書卷一五八本傳及卷十四憲宗紀。

答黄裳請上尊號表

朕以薄德，嗣守丕圖。不敢荒寧，以弘理道。幸屬歲時豐稔，兇寇梟夷。風雨不愆，禮圓丘而報本；雷霆未震，釁太社而服刑。斯皆十聖降靈，幽贊寡昧；百辟叶德，馴致和平。永惟弘名，實懼虚美。卿上稽祖訓，下酌羣情。陳獻表章，請加徽號。暨于王公卿士，降及耆艾緇黄，咸一乃心，各三其請。朕嘗以宰元化者曲成於物，法天道者從欲於人。雖恤隱泣辜，未臻三五之化；而樂推欣戴，難違億兆之心。德非稱焉，讓不獲已。勉從所請，深愧于懷。

【箋】

作於元和二年（八〇七），三十六歲，長安，盩厔尉、翰林學士。

〔黄裳〕杜黄裳。據舊書卷十四憲宗紀，憲宗尊號係元和三年正月十一日癸巳所上，則尊號表當上於二年之末，黄裳時方爲河中節度使也。

【校】

〔朕以〕「朕」上英華有「省表具知」四字。

〔不敢荒〕「荒」，英華作「遑」，注云：「集作『荒』。」

〔禮圓〕「禮」，英華作「祀」。注云：「集作『禮』。」

〔而報〕英華作「以致」，注云：「集作『而報』。」

〔釁太社〕「釁」，馬本注云：「許刃切，與衅同。」又英華作「衅」。

〔王公卿士〕英華作「公卿士庶」，注云：「集作『王公卿士』。」

與從史詔

勅：從史：楊幹至，省所奏今月七日到潞城縣降雪尺餘，兼奏耆老等詣闕，請欲立碑，并手疏通和劉濟本末事宜者，具悉。卿分朕之憂，求人之瘼。時降大雪，豐年表祥。豈惟澤及土田，將使物無疵厲。休慶斯在，慰望良深。耆老等遠詣闕庭，請立碑紀。尋已允許，當體誠懷。以旌政能，無至陳讓。知卿協比其鄰，翼戴爲意。陳此手疏，發於血誠。忠懇彌彰，嘉歎不已。永言臣節，何日忘之？想宜知悉。

【箋】

作於元和二年（八〇七），三十六歲，長安，盩厔尉、翰林學士。

〔從史〕昭義節度使盧從史。城按：此詔云「請立碑紀，尋已允許」，白氏又有答盧虔謝賜男從史德政碑文并移屬京兆表（卷五七），亦作於二年，則此詔亦作於二年之末。

【校】

〔疵厲〕「疵」，宋本作「疵」。盧校：「案：『疵』字見釋名，前祭廬山文亦用之，當即『札』之異文。」

〔闕庭〕「闕」，宋本作「關」，非。

與韓臯詔

勅：韓臯：省所陳賀，具悉。卿朕自守睿圖，每思寬政。慮先禁暴，念在措刑。李錡負國反常，阻兵干紀。未勞師旅，已就誅夷。卿宣力納忠，秉心嫉惡。遠陳慶賀，深見懇誠。想宜知悉。

【箋】

作於元和二年（八〇七），三十六歲，長安，盩厔尉、翰林學士。

〔韓臯〕元和二年十月，李錡據潤州反，以淮南節度使王鍔充諸道行營招討使，率汴、徐、鄂、淮南、宣、歙之師進討。十一月甲申，斬李錡於獨柳樹下。臯在鄂州任，有宣力之功。三年，自武昌軍節度使爲潤州刺史、鎮海軍節度使。見舊書卷一二九本傳及卷十四憲宗紀。則臯之賀表約在二年十一月。

【校】

〔具悉卿〕盧校：「『朕自守睿圖』之上有一『卿』字，疑衍文。下與季安詔、與茂昭詔皆卿朕連文，疑卿字皆衍。」

與元衡詔

勑：元衡：卿立身許國，竭力匡君。人之具瞻，予所嘉賴。凋殘是卹，遠籍宣風之能；利澤所資，暫輟爲霖之用。慈和既敷於兵後，惠信當洽於言前。永念忠勤，豈忘寤想？計卿行邁，已到西川。涉遠冒寒，固甚勞頓。勉加綏撫，以副朕懷。想宜知悉。

【箋】

作於元和二年（八〇七），三十六歲，長安，盩厔尉、翰林學士。

〔元衡〕武元衡。舊書卷十四憲宗紀：「（元和二年十月）丁卯，以門下侍郎平章事武元衡檢校吏部尚書兼門下侍郎平章事、成都尹、充劍南西川節度使，仍封臨淮郡公。」城按：詔云「計卿行邁，已到西川」，則當係二年十一月所發也。

答李扞等謝許上尊號表

朕自臨萬邦，僅經三載。位雖託於人上，化未洽於域中。永念眇身，敢當大號？

卿等義深宗室，忠盡君親。一其情誠，三有陳獻。迫以人望，厭于天心。遂抑所懷，勉從其請。固辭而事非獲已，撫德而何以堪之？再省謝章，彌增惕厲。

【箋】

作於元和二年（八〇七），三十六歲，長安，盩厔尉、翰林學士。

〔李扦〕生平未詳。城按：此制云「卿等義深宗室」，本卷答李扦謝許遊宴表亦云「卿等榮崇宗寺，恩重本枝」，似扦是官宗正卿者，唯檢新書宗室世系表未得其人。

【校】

〔朕自〕「朕」上英華有「省表具知」四字。

〔其請〕「請」，英華作「精」。

〔惕厲〕「厲」，英華作「慮」，注云：「集作『厲』。」

答馮伉請上尊號表

朕統承大寶，時屬小康。伐謀而吴、蜀克清，示信而華夷有截。斯皆宗社垂祐，天地降和。非予沖人，所能馴致。卿上稽十聖之訓，下酌萬人之心。以爲不讓强名，未傷於體道；屈己徇物，何爽於至公？遂抑素懷，俯從衆望。雖鴻名未稱，每勞踖地之心；而人欲下從，即爽法天之德。勉依勤請，良用愧懷。

【箋】

作於元和二年（八〇七），三十六歲，長安，盩厔尉、翰林學士。

〔馮伉〕順宗即位，伉爲兵部侍郎，改國子祭酒，除同州刺史，入爲左散騎常侍，卒於元和四年。見舊書卷一八九下本傳及憲宗紀。則元和二年末上表時，伉非同刺即祭酒也。

【校】

〔徇物〕「徇」，馬本、全文俱作「循」，非。據宋本、那波本、盧校改正。

〔蹐地〕「蹐」，馬本作「躇」，非。據宋本、那波本、全文改正。

答長安萬年兩縣百姓耆壽等謝許上尊號表

朕每念雍熙，慚未及於億兆；永言徽號，讓已至于再三。而文武具寮，緇黃庶老，懇陳誠款，明引訓謨。開予以天地無私之心，起予以聖宗不易之訓。以大道者無求於物，物尊而不辭；至公者非欲其名，名立而不讓。迫於固然之理，不得已而許之。卿等誠至感通，義深欣戴。再煩陳謝，益用愧懷。

【箋】

作於元和二年（八〇七），三十六歲，長安，盩厔尉、翰林學士。

【校】

〔再三〕「再」，馬本、全文俱作「二」，據宋本、那波本改。

〔固然之理〕「理」，馬本、全文俱作「禮」，非。據宋本、那波本、全文、盧校改正。

答元素謝上表

卿用兼文武，識合變通。輟綱領於中朝，授麾幢於外閫。吏能足以惠物，將略足以董戎。人望所歸，予心是賴。知卿已到本鎮，當慰疲人。深藉撫綏之方，以安凋弊之俗。日期報政，歲望成功。勉勤所圖，用副朕意。

【箋】

作於元和二年（八〇七），三十六歲，長安，盩厔尉、翰林學士。

〔元素〕李元素。舊書卷十四憲宗紀：「（元和二年）十月己酉，以御史大夫李元素爲潤州刺史、鎮海軍浙西節度使。」城按：二年十月内無己酉，依岑刊舊唐書校勘記七引通鑑及沈本，當是五日己未之訛。

【校】

〔卿用〕「卿」上英華有「省表具知」四字。

〔外閫〕英華作「重鎮」，注云：「集作『外門』。」

〔凋弊〕「弊」，英華作「瘵」，注云：「集作『弊』。」

答韓皐請上尊號表

銷沴致和，幸逢昌運；加名建號，豈稱眇身？而文武具寮，黎獻庶老，引古今之明訓，陳億兆之懇誠。謂德有所歸，謳歌不可以苟讓；謂功有所獻，徽號不可以固辭。遂抑中懷，俯從衆望。庶增修乎茂實，冀克副於鴻名。卿發誠自中，歸美于上。勉依所請，彌愧于心。

【箋】

作於元和二年（八〇七），三十六歲，長安，盩厔尉、翰林學士。

〔韓皐〕見本卷與韓皐詔箋。

答馮伉謝許上尊號表

朕以眇身，嗣于丕業。心雖勞於惕厲，化未及於雍熙。永惟强名，實懼虚美。上自一二元老，下及億兆黎人，大洽詢謀，明徵典訓。增予以巍巍之號，感予以顒顒之誠。既迫所懷，俯從其請。卿義深奉上，志切戴君。再省謝陳，彌增愧惕。

【箋】

作於元和三年（八〇八），三十七歲，長安，盩厔尉、翰林學士。

〔馮伉〕見本卷答馮伉請上尊號表箋。城按：此答詔約在元和三年之初憲宗上尊號之後所發。

與顔証詔

勑：顔証：戴岌至，省所賀及謝王國清充五嶺監軍，具悉。卿職在撫綏，任兼備禦。公勤夙著，聞望日彰。言念于懷，豈忘寤寐？乾象昭感，壽星垂文。與時相膺，有道則見。顧慚菲德，何以當之？卿戎旅事殷，宜有監領，蓋爲常例，煩至謝陳。想宜知悉。

【箋】

作於元和二年(八〇七),三十六歲,長安,盩厔尉、翰林學士。

〔顔証〕舊書卷十三憲宗紀:「(貞元二十年十二月)庚午,以桂管防禦使顔証爲桂州刺史、桂管觀察使。」城按:唐方鎮年表繫此詔於元和三年。册府元龜卷二一五云:「元和二年……八月戊辰,老人星見。」老人星即詔所云「壽星垂文」也,故此詔或作於二年之末。

【校】

〔聞望〕「聞」,宋本作「問」,非。

與從史詔

勑:從史:省所陳謝,追贈亡母并舉薦韋悦,具悉。卿推誠奉國,積慶承家。既彰盡節之忠,宜洽流根之澤。雖禄難逮養,已閟靈於九原;而孝在顯親,宜旌賢於三徙。俾崇封贈,以極哀榮。韋悦既有才能,又所諳委,卿即發遣,令赴闕庭。卿之忠誠,朕所識察。豈待陳露,然後知之?載覽來章,益嘉懇切。想宜知悉。

【箋】

作於元和二年（八〇七），三十六歲，長安，盩厔尉、翰林學士。

〔從史〕昭義軍節度使盧從史。見卷五六與從史詔箋。

【校】

〔承家〕「承」，馬本、全文俱作「成」，非。據宋本、那波本、盧校改正。

與季安詔

勑：季安：省所陳請，具悉。卿朕纂承鴻業，司牧蒼生。僅致小康，未臻大化。實慚薄德，未稱崇名。而華夷兆人，内外羣后，屢有勤請，難於固違。卿遠獻表章，明徵典訓。納忠於上，歸美於君。勉從懇誠，良用愧惕。儲貳者上繼宗祖，下貞邦家。心豈暫忘？事或未暇。尚阻來請，當體所懷。

【箋】

作於元和二年（八〇七）至元和六年（八一一），長安。

〔季安〕田季安。見卷五六與季安詔箋。

【校】

〔具悉卿〕各本「卿」字衍。

〔愧惕〕「惕」，馬本、全文俱作「悵」，非。據宋本、那波本改正。

與高固詔

勅：高固：卿奉國戴君，必竭忠節。統戎護塞，克著勳勞。自領藩垣，委之心膂。忠懇之志，久而益彰。欽歎在懷，何嘗暫忘？以卿一從軍旅，多在邊陲。歲月積深，勤勞滋久。所宜出入中外，周旋寵光。今授卿檢校尚書右僕射、御史大夫、兼右羽林軍統軍。以端揆之崇，兼環衛之帥。遂卿望闕之戀，表朕念功之心。仍賜卿官告，卿宜即赴闕庭，想宜知悉。

【箋】

作於元和二年（八〇七），三十六歲，長安，盩厔尉、翰林學士。

〔高固〕貞元十七年代楊朝晟爲邠寧慶節度使，憲宗朝進檢校右僕射。見舊書卷一五二本傳。又據舊書憲宗紀，元和二年十二月丙寅，以西川節度高崇文爲邠寧慶節度，是崇文乃代固者，固之召入當亦在此時。

祭故贈婕妤孟氏文

維元和二年歲次丁亥，十二月甲寅朔，十九日壬申，皇帝遣某官某以庶羞之奠致祭于故婕妤之靈曰：惟爾和順積中，柔明奉上。動静合肅邕之體，進退得婉孌之儀。選自良家，備兹内職。修令顔以顧德，蘭幽有香；守明節而保身，玉潔無玷。方資懿範，以茂嘉猷。彼美有聞，于何不淑？遽兹淪逝，深用惻傷。既卜日辰，爰申奠酹。以爾有班氏之明智，故贈以婕妤。以爾有宓妃之淑容，故葬於洛浦。魂兮不昧，歆此誠懷。尚饗！洛浦原在長安界。

【箋】

作於元和二年（八〇七），三十六歲，長安。盩厔尉、翰林學士。

【校】

〔靈曰〕「曰」，宋本、那波本俱作「自」。

〔日辰〕「辰」，馬本、全文俱作「晨」，非。據宋本、那波本改正。

〔淑容〕「淑」，馬本、全文俱作「姿」，非。據宋本、那波本改正。

季冬薦獻太清宫詞文

維元和二年歲次丁亥，十二月甲寅朔，二十六日己卯，嗣皇帝臣稽首大聖祖高上大道金闕玄元天皇大帝：伏以今年司天臺奏：正月三日祀上帝于南郊。佳氣充塞，四方温潤，祥風微起。廬州申連理樹一株，彰義軍節度使進白烏一，鄭滑觀察使奏瑞麥五科。司天臺奏：六月五日夜鎮星見。河陽節度使進白雀一，荆南節度使申連理樹一本，山南西道觀察使申嘉瓜一枚。司天臺奏：六月十三日夜老人星見，河南府申芝草兩莖，司天臺奏：冬至日佳氣充塞，瑞雪袪寒者。臣嗣承丕圖，肅恭寅畏。祖宗垂慶，嘉瑞薦臻。虔奉禎祥，伏深祇惕。今時惟玄律，節及季冬。仰薦明誠，敬率恒典。謹遣攝太尉、司徒、平章事杜佑薦獻以聞，謹詞。

【校】

〔題〕英華作「季冬薦獻太清宫青詞」。

〔元天〕馬本、全文俱倒作「天元」，據宋本、那波本、英華、盧校乙轉。又「元」上「玄」字，全文作「元」，蓋避清諱改。

〔連理樹一株〕「理」下宋本、那波本、英華、盧校俱有「李」字。

〔進白烏〕「進」，英華作「奏」，注云：「集作『進』。」

〔進白雀〕「進」，英華作「申」，注云：「集作『進』。」

〔玄律〕全文作「元律」，蓋避清諱改。

與茂昭詔

勅：茂昭：盧校至，省所奏請上尊號及建儲闈賀誅李錡并進馬者，具悉。卿朕以寡德，祇嗣丕圖。雖致小康，豈稱大號？迫於人望，遂抑予懷。永惟强名，實愧虛受。儲貳者上繼宗祖，下貞邦家。心非暫忘？事或未暇。尚阻來請，宜體所懷。李錡苞藏亂心，奮發兇德。不勞征討，自就誅夷。想卿忠誠，倍以爲慰。所進馬馴良可尚，服御且閑。取其戀主之心，足表爲臣之節。再三省覽，嘉歎久之。想當知悉。

【箋】

作於元和二年（八〇七），三十六歲，長安，盩厔尉、翰林學士。

〔茂昭〕易定節度使張茂昭。城按：茂昭表賀誅李錡并進馬，當在元和二年十一月間。

【校】

〔具悉卿〕「卿」，衍。

〔想當〕「當」，馬本、全文俱作「宜」，據宋本、那波本、盧校改正。

答百寮謝許追遊集宴表

在昔哲王，居于人上。推其憂樂，與衆共之。頃屬三兇薦興，二載連獲。凡百有位，咸一其心。誠念嘉謀，共致昭泰。今四表無事，三農有年。思與羣情，同其具慶。是宜削苛察之前弊，煦寬裕之新恩。仁及下而啓迪歡心，澤先春而導迎和氣。昨逢多故，主憂且使臣勞；今致小康，上安則宜下樂。庶欲解人之慍，粗伸推己之恩。豈曰殊私，煩於陳謝？

【箋】

作於元和二年（八〇七），三十六歲，長安，盩厔尉、翰林學士。

【校】

〔思與〕全文作「想與」。

答李扞謝許遊宴表

朕自御萬方，僅經三載。運逢休泰，俗漸和平。當朝野無虞之時，見君臣相遇之樂。是故去滋彰之化，弘優貸之恩。近自宗親，下及士庶。賜其宴衎，遂以優遊。蓋以己之所安，思與人之共樂。雖夕惕而若厲，每戒志於無荒；賜春遊以發生，宜助時而有慶。卿等榮崇宗寺，恩重本枝。省所謝陳，彌嘉誠懇。

【箋】

作於元和二年（八〇七），三十六歲，長安，盩厔尉、翰林學士。

〔李扞〕見本卷答李扞等謝許上尊號表箋。城按：舊書卷十四憲宗紀：「（元和二年十二月）丙子，令宰臣宣勑：百寮遊宴過從餞別，此後所由不得奏報，務從歡泰。」故知李扞之表乃元和二年歲暮謝許遊宴之事。

【校】

〔宴衎〕「衎」，那波本作「行」，非。

答劉濟詔

敕：劉濟：省所奏茂昭送卿管内百姓殷進能等七人奏前後事由，具悉。卿爲國大臣，與君同體。寬而得衆，忠以忘身。每徇公而滅私，能虚懷以容物。與茂昭疆場之事，小有違言。曲直是非，朕已明辯。卿外崇藩翰，内贊謨猷。念屈己以爲心，或難容忍；思戴君而是力，宜務叶和。勉卿寬裕之懷，助朕含弘之化。想宜知悉。

【箋】

作於元和二年（八〇七），三十六歲，長安，盩厔尉、翰林學士。

〔劉濟〕見卷五六與劉濟詔箋。

【校】

〔寬而〕「寬」，馬本作「寡」，非。據宋本、那波本、盧校改正。

〔徇公〕「徇」，馬本作「循」，非。據宋本、那波本、盧校改正。

〔疆場〕馬本注云：「音亦。」

與柳晟詔

勑：柳晟：卜英琦至，省所奏慶雲并進圖者，具悉。昌運將開，祥符先見。發自和氣，聚爲卿雲。捧日而五色相宣，垂天而萬物咸覩。斯爲嘉瑞，宜契升平。朕方致小康，未臻大化。受兹玄貺，祗惕良深。卿以誠事君，推美奉上。獻輪囷於圖畫，陳懇款於表章。披閱再三，彌增嘉歎。

【箋】

作於元和二年（八〇七），三十六歲，長安，盩厔尉、翰林學士。

〔柳晟〕元和初，除山南西道節度使。元和三年二月，罷任。見舊書卷一八三本傳及憲宗紀。故此篇最遲當爲元和三年初作。

【校】

〔玄貺〕「玄」，馬本、全文俱作「方」，非。據宋本、那波本、盧校改正。

答薛苹謝授浙東觀察使表

卿久踐吏途，累聞能政。及居藩鎮，尤見忠勤。訓導而羣黎向方，廉察而列郡承式。實嘉乃績，每簡予心。宜遷雄劇之藩，以廣循良之化。勉於爲理，副朕所懷。所謝知。

【箋】

作於元和三年（八〇八），三十七歲，長安，盩厔尉、翰林學士。

〔薛萃〕見本卷答薛萃賀生擒李錡表箋。

【校】

〔薛萃〕當作「薛苹」，各本俱誤。全文作「薛平」，亦非。見本卷答薛萃賀生擒李錡表校文。

〔卿久〕「卿」上英華有「省表具知」四字。

上元日歎道文

道本無象，功成强名。生一氣之先，爲萬物之母。吹煦寒暑，陰陽節而歲功成；輔相乾坤，上下交而生物遂。故能阜蕃動植，啓迪雍熙。邦家保安，夷夏咸若。今以時殷獻歲，節及上元。女道士某等，奉爲皇帝焚香行道，敬修功德。伏願聲聞紫極，丕降玄休。大庇羣生，永康四海。流光垂慶，億萬斯年。

【箋】

作於元和二年（八〇七）至元和六年（八一一），長安。

【校】

〔殷獻〕「殷」，英華作「因」，注云：「集作『殷』。」

畫大羅天尊讚文

道用無窮，統之者大聖；神化不測，感之者至誠。非圖像無以示儀形，非供養無以展嚴敬。故一念一禮而福隨之。畫大羅天尊者，奉爲順宗至德大聖大安孝皇帝忌辰之所造也。皇帝祖玄元之風，嗣清浄之理。志在善繼，心惟孝思。申命工人，彰施繪事。粹容儼若，真相炳焉。憑志誠而上通，垂景福而下濟。詞臣奉詔，恭爲讚云：

真通之象，孝感之心。率土瞻仰，在天照臨。蓄爲精誠，發爲圖畫。如從大羅，應念而下。

【箋】

作於元和三年（八〇八），三十七歲，長安，盩厔尉、翰林學士。城按：岑仲勉白氏長慶集僞文：「同卷前後率二年底或三年初之作，順宗忌辰爲正月十九，似可認其同撰於三年正月中。」

【校】

〔題〕全文作「畫大羅天尊讚并序」。

〔玄元〕「玄」，全文作「元」，蓋避清諱改。

答朱仕明賀册尊號及恩赦表

朕以寡德，嗣承睿圖。俯從衆誠，勉受鴻稱。慶之大者，豈在予一人？推而廣之，宜及爾萬姓。爰因受册之禮，遂施作解之恩。俾與羣生，同斯大慶。卿盡忠訓旅，推美奉君。省兹賀陳，深見誠至。

【箋】

作於元和三年（八〇八），三十七歲，長安，盩厔尉、翰林學士。

〔朱仕明〕舊書卷十四憲宗紀：「（元和三年三月）庚子，以定平鎮兵馬使朱仕明爲四鎮北庭涇原等州節度使。」城按：羣臣上尊號在元和三年正月十一日癸巳，朱仕明賜名忠亮在同年四月癸丑，今答仍稱仕明，且云「卿盡忠訓旅，推美奉君」，是仕明進表時尚官兵馬使，當在三年歲初。

【校】

〔朕以〕此上英華有「省表具知」四字。

〔衆誠〕「誠」，英華作「情」，注云：「集作『誠』。」

〔萬姓〕「萬」，英華作「百」。

祭咸安公主文

維元和三年歲次戊子，三月癸未某日，皇帝遣某官某以庶羞之奠致祭于故咸安大長公主覩濬毗伽可敦之靈曰：惟姑柔明立性，温惠保身。静修德容，動中規度。組紃之訓，既習於公宫；湯沐之封，遂開於國邑。及禮從出降，義重和親。承渥澤於三朝，播芳猷於九姓。遠修好信，既申協比之姻；殊俗保和，實賴肅雍之德。方憑福履，以茂輝榮。宜降永年，遽歸長夜。悲深訃告，寵極哀榮。爰命使臣，往申奠禮。故鄉不返，烏孫之曲空傳；歸路雖遥，青塚之魂可復。遠陳薄酹，庶鑒悲懷。嗚呼！尚饗！

【箋】

作於元和三年（八〇八），三十七歲，長安，盩厔尉、翰林學士。

〔咸安公主〕元和三年二月戊寅，卒於迴紇。見舊書卷十四憲宗紀。

【校】

〔組紃〕馬本「組」下注云：「揔五切。」「紃」下注云：「詳倫切。」

與仕明詔

卿久鎮邊防，初膺閫寄。式旌勤効，俾洽恩榮。褒德念功，故進封以示寵；忠誠亮節，宜因實而錫名。既表新恩，亦惟舊典。今改封卿丹陽郡王，仍改名忠亮。勉勤乃事，以副所懷。想宜知悉。

【箋】

作於元和三年（八〇八），三十七歲，長安，盩厔尉、翰林學士。

〔仕明〕朱仕明。見本卷答朱仕明賀冊尊號及恩赦表箋。

與崇文詔

勑：崇文：段良玭至，省所謝亡妻邑號，具悉。卿有濟時之勳，寵居亞職。士政承積善之慶，列在王官。俾洽恩光，故加襃贈。念梧桐之早落，不及夫榮；追芣苡之遺芳，宜從子貴。式崇寵命，以賁幽靈。省兹謝章，良用嘉歎。

【箋】

作於元和四年（八〇九），三十八歲，長安，左拾遺、翰林學士。

〔崇文〕高崇文。據舊書卷十四憲宗紀，邠寧節度使高崇文卒於元和四年九月丁卯（二十四日），則此詔當發於是年九月以前。

祭張敬則文

維元和三年歲次戊子，七月辛巳朔，二十七日丁未，皇帝遣某官某以清酌之奠致祭于故鳳翔節度使贈某官張敬則之靈：惟爾挺武毅之質，負將帥之才。名以忠聞，位由勤致。自膺閫職，益茂勳猷。惠葺疲氓，威呑黠虜。一方膏雨，千里長城。繼博望之功勞，能恢代業；傳子房之籌略，不墜家聲。方誓山河，遽捐館舍。逝川無捨，遠日有時。徽績空存，書旗常而播美；音容不見，聽鼙鼓而增思。永念忠勤，彌深軫悼。往陳遺奠，庶鑒悲懷。嗚呼！尚饗！

【箋】

作於元和三年（八〇八），三十七歲，長安，盩厔尉、翰林學士。

〔張敬則〕舊書卷十四憲宗紀：「（元和二年六月）戊午，鳳翔節度使張敬則卒。」

【校】

〔旗常〕「旗」，盧校作「旂」，並云：「旗訛。」

與希朝詔

勑：希朝：劉忠謹至，省所奏沙陀突厥共一千八百七十人并駝馬器械歸投事宜，具悉。卿以將帥之才，鎮華夷之要。憂勞爲國，忠勇忘家。聲動寇戎，塵清封略。突厥等嚮風輸款，率屬來賓。雖慕我懷柔，遠無不至；亦因卿威惠，導之使來。念其歸投，宜有優賜。今賜衣服及匹段等，自首領已下，卿宜等第給付。其部落家口等遠經跋涉，宜稍安存，以勸歸心，用副注意。

【箋】

作於元和三年（八〇八），三十七歲，長安，左拾遺、翰林學士。

〔希朝〕范希朝。憲宗即位，充朔方靈鹽節度使。突厥部有沙陀者，北方推其勇勁，希朝誘致之。見舊書卷一五一本傳。城按：舊書憲宗紀元和三年六月丁丑，「朔方」誤作「振武」。「一千八百七十人」，舊紀、册府元龜均作「七百人」，與此詔異。

與元衡詔

勑：元衡：省所奏當管南界外生蠻東凌六部落大鬼主苴春等，以所管子弟百姓等二千餘户請内屬黎州，并奏南路蕃界消息者，具悉。卿以文武之才，兼將相之任。仁和下布，黎庶獲安；威惠旁流，蠻夷率附。勳勤斯著，倚賴彌深。欽屬之懷，豈忘寤寐？生蠻部落苴春等，久阻聲教，遠此歸投。願屬黎州，請通縣道。勉於撫慰，以勸將來。所奏蕃界事宜，具已知委。戎虜雖聞喪敗，封疆不可無虞。亦宜提防，用副憂矚。

【箋】

作於元和三年（八〇八），三十七歲，長安，左拾遺、翰林學士。

〔元衡〕武元衡。見本卷與元衡詔箋。城按：元衡除西川節度在二年十月，以編次測之，此詔當作於元和三年。

【校】

〔苴春〕「春」，那波本作「春」。

〔遠此〕「遠」，馬本、全文俱作「遂」，據宋本、那波本、盧校改正。

〔知委〕「委」，馬本、全文俱作「悉」，據宋本、那波本、盧校改。

與陸庶詔

勅：陸庶：省所奏當管新開福建陸路四百餘里者，具悉。卿望重周行，寄分越徼。嘉聞素著，茂政累彰。況勤可使人，智能創物。廢驚波之路，開砥石之途。捨舊謀新，以夷易險。財力不費，商旅斯通。惠既及人，動非擾下。績用可尚，欽歎良深。

【箋】

作於元和四年（八〇九），三十八歲，長安，左拾遺、翰林學士。

〔陸庶〕據唐方鎮年表卷六，庶爲福建觀察使，約在元和二年四月至四年四月。

答盧虔謝賜男從史德政碑文并移貫屬京兆表

卿男從史，爲國重臣。自領大藩，厥有成績。公忠茂著，政理殊尤。勒石所以表勳，賜文所以褒德。惟功是念，有善必旌。是國舊章，非予私渥。昨又請移鄉貫，願隸京邑。家聲益振，臣節逾彰。雖清望標門，崇冠山東之族；而丹心戀闕，恥爲關外之人。載省懇誠，彌深嘉歎。所謝知。

【箋】

作於元和三年（八〇八），三十七歲，長安，盩厔尉、翰林學士。

〔盧虔〕盧從史之父。見卷五六祭盧虔文箋。城按：本卷與從史詔云：「兼奏耆老等詣闕請欲立碑。」與此表時間相近，故亦斷爲元和二年所上。

與宗儒詔

勅：宗儒：卿邦家楨幹，班列羽儀。嘗作股肱，弼諧無怠；及司管籥，鎮静有方。欽重之懷，寢興不捨。春官之長，非賢不居。既簡朕心，亦符人望。今授卿禮部尚書，并賜官告往。除餘慶東都留守，卿宜便與交割，即赴上都。想宜知悉。

【箋】

作於元和三年（八〇八），三十七歲，長安，左拾遺、翰林學士。

〔宗儒〕趙宗儒。舊書卷十四憲宗紀：「（元和元年十一月）庚戌，以吏部侍郎趙宗儒爲東都留守。……（元和三年六月）甲戌，以河南尹鄭餘慶爲東都留守。」知此詔爲元和三年六月所發。花房英樹誤繫於元和四年。

【校】

〔楨幹〕「楨」，馬本作「積」，非。據宋本、那波本、全文、盧校改正。

〔官告〕「告」，馬本、全文俱作「誥」，非。據宋本、那波本改正。

〔除餘慶〕那波本脱「除」、「慶」二字。

與希朝詔

勑：希朝：省所奏党項歸投事，具悉。卿邊隅寄重，閫外事繁。威行而軍聲外揚，信及而戎心内附。動皆展効，進必盡忠。勞績彌彰，倚望尤切。党項拓拔忠敬等，頃雖爲盜，今已經恩，懼而歸投，情可容恕。許其後効，以補前非。卿宜安存，無使疑懼。其磨梅部落等尚能繼至，亦許自新。宜加招諭，令知朕意。

【箋】

作於元和四年（八〇九），三十八歲，長安，左拾遺、翰林學士。

〔希朝〕范希朝。城按：希朝以元和四年六月改河東，此當是爲靈鹽節度時事，故繫於四年。

【校】

〔尚能〕「尚」，盧校云：「疑『倘』。」

〔繼至〕「至」，全文作「志」，非。

與韓弘詔

勑：韓弘：任光輔至，省所陳請，具悉。卿文武全略，邦家重臣。自居大藩，厥有成績。輯寧百姓，嚴整三軍。使予無憂，惟爾之力。省兹章奏，懇願朝宗。誠嘉深衷，難遂勤請。朕以梁宋之地，水陸要衝，運路咽喉，王室藩屏。人疲易散，非卿之惠不能安；師衆難和，非卿之威不能戢。今衆方悦附，人又知歸。鎮撫之間，事難暫輟。雖戀深雙闕，積十年而傾勞；然倚爲長城，捨一日而不可。勉卿忠力，布朕腹心。宜體所懷，即斷來表。

【箋】

作於元和三年（八〇八），三十七歲，長安，左拾遺、翰林學士。

〔韓弘〕據舊書卷十三德宗紀，貞元十五年九月辛酉，韓弘爲宣武節度，至元和三年恰爲十年。合觀下詔，則此詔爲三年九月前所發。

答杜佑謝男師損除工部郎中表

卿道贊謨猷，功成輔弼。師損克承訓義，雅有令名。豈惟賞延，兼以能選。班行久次，頗積公勤。郎署稍遷，未爲渥澤。省兹章奏，深見懇誠。所謝知。

【箋】

作於元和三年（八〇八），三十七歲，長安，左拾遺、翰林學士。

〔師損〕杜佑長子。舊書卷一四七杜佑傳稱師損終司農少卿。元和姓纂以七年修，亦稱師損工部郎中，司農少卿。合諸卷中編次，當係三年中作。又劉禹錫有謝男師損等官表，係代佑所作，可參看。

與嚴礪詔

敕：嚴礪：省所奏進蒼角鷹六聯，具悉。卿任重列藩，寄兼外閫。事皆奉上，動必竭誠。時屬勁秋，致兹鷙鳥。調習成性，進獻及時。取其効用之能，足表盡忠之節。

【箋】

作於元和三年（八〇八），三十七歲，長安，左拾遺、翰林學士。

〔嚴礪〕見本卷與嚴礪詔箋。城按：嚴礪卒於元和四年三月，居易以元和二年十一月入翰林，此詔云「時屬勁秋」，則必爲三年秋所作無疑。

與韓弘詔

勅：韓弘：卿苦心奉國，極慮撫人。惠彼一方，于兹十載。歷展勤王之効，累陳戀闕之誠。才以任彰，節因事著。不加殊寵，何表成功？夫外擁旌旄，爪牙之任重；内參台衮，股肱之寄深。以爾一心，授兹二柄。永言倚賴，當副誠懷。今除卿同中書門下平章事，依前宣武軍節度等使，餘並如故，并賜官告往。想宜知悉。

【箋】

作於元和三年（八〇八），三十七歲，長安，左拾遺、翰林學士。

〔韓弘〕舊書卷十四憲宗紀：「（元和三年九月庚寅），加宣武韓弘同平章事。」並參見本卷與韓弘詔及答韓弘讓同平章事箋。

【校】

〔任重〕宋本、那波本俱作「重任」，倒。

答王鍔陳讓淮南節度使表

卿自領大藩，累彰殊効。惠安百姓，表正一方。雖戀闕誠深，然殿邦寄切。既執圭而肆覲，宜返旆而勞旋。況淮海要衝，旌旄重任。永言共理，已有成功。方注意於撫綏，何瀝誠而陳讓？難允來請，宜體所懷。

【箋】

作於元和三年（八〇八），三十七歲，長安，左拾遺、翰林學士。

〔王鍔〕考舊書卷十四憲宗紀，元和三年九月己丑（十日），淮南節度使王鍔來朝。同月戊戌（十九日），以宰相李吉甫爲淮南節度代鍔，以鍔爲河中節度，知詔下後必再有所請，改調河中。

答韓弘讓同平章事表

致理之道，審官爲先。以卿有文武之才，故授卿以將相之任。所冀外爲藩翰，張爪牙之威；内贊謨猷，宣股肱之力。僉諧允屬，衆望攸歸。方注意於安危，何執謙而陳讓？所進官告，今却賜卿。無或再辭，即斷來表。

【箋】

作於元和三年（八〇八），三十七歲，長安，左拾遺、翰林學士。

〔韓弘〕城按：弘加同平章事在元和三年九月十一日，則讓表當上於九、十月間。

畫大羅天尊讚文

唐元和己丑歲四月十四日，畫大羅天尊一軀成，奉爲睿聖文武皇帝降誕之辰所造。惟歲之春，惟月之望。誕千年一聖之始，降百祥萬壽之初。電繞樞而夜明，雷出震而時泰。皇帝孝敬寅畏，憂勤勞謙。以謂無疆之休，雖肇自於元聖；莫大之慶，思廣被於羣生。爰命國工，俾陳繪事。真相儼若，玄風穆如。疑從大羅，感聖而降。至誠上通於一德，景福旁濟於萬靈。休命耿光，自兹無極。詞臣承詔，恭爲讚曰：

大羅天兮高不測，浩無倪兮杳無極。中有聖兮無上尊，惟玄德兮可外聞。圖相好兮仰高真，誠上感兮福下臻。俾百祥兮與萬壽，配聖日兮而長新。

【箋】

作於元和四年（八〇九），三十八歲，長安，左拾遺、翰林學士。

【校】

〔題〕全文作「畫大羅天尊讚并序」。

〔四月十四日〕城按：唐會要卷一：「（憲宗），大曆十三年戊午二月十四日生於長安之東內。」此云「四月」當爲「二月」之訛。

答韓弘再讓平章事表

將相兼委，實難其人。非其德不可謬承，當其才不在懇讓。朕非虛授，卿勿固辭。宜斷來章，即奉成命。已具前詔，當體朕懷。

【箋】

作於元和三年（八〇八），三十七歲，長安，左拾遺、翰林學士。城按：此答韓弘再讓之表，當作於三年十月。

畫元始天尊讚 并序

元者諸天之先，始者萬靈之母。混而成一，强以爲名。至哉无上尊，得以是爲號。正月二十有三日，德宗神武孝文皇帝上九仙之月，遏八音之日也。皇帝教弘玄訓，業奉真宗。承文祖之貽謀，申孝孫之誠敬。以謂元始天尊者，真儀不遠，隨相而生。神用無方，應念而至。故命設繪素，展儀形，五彩彰施，七寶嚴飾。所以表當宁之瞻仰，感在天之聖神。通玄應於希夷，集靈祐於肹蠁。詞臣承命，跪唱讚云：

玄聖何在天上天，欲往從之窅無緣。命工設色五彩宣，忽如真相現於前。聖應聖兮玄又玄，薦百福兮垂萬年。

【箋】

作於元和二年（八〇七）至元和六年（八一一），長安。

【校】

〔上九仙〕「上」，馬本、全詩俱作「在」，非。據宋本、那波本、盧校改正。

〔現於前〕「現」，馬本、全文俱作「見」，據宋本、那波本、盧校改。

北齊驃騎大將軍高敖曹讚 并序 奉勅撰。

高昂，字敖曹，渤海蓨人也。姿體甚異，膽力過人。累經戰伐，皆著功績。官至驃騎大將軍、儀同三司冀州刺史，其勇敢忠壯，冠于一時，時稱爲名將。後竟以攻戰死於王事，年四十八，贈太尉，謚曰忠武。贊曰：

敖曹之容，好配子羽。生揚勳烈，死謚忠武。武不顧身，忠不忘主。誠哉選士，無以貌取。

【箋】

作於元和二年（八〇七）至元和六年（八一一），長安。

【校】

〔題〕此下那波本、全文俱無注。

〔渤海蓨〕「蓨」，馬本注云：「他歷切。」

與驃國王雍羌書

勅：驃國王雍羌：卿性弘毅勇，代濟貞良。訓撫師徒，鎮寧邦部。欽承王化，思奉朝章。得睦隣之善謀，秉事大之明義。又令愛子，遠赴闕庭。萬里納忠，一心禀命。誠信彌著，嘉想益深。今授卿檢校太常卿，并卿男舒難陀那及元佐摩訶思那等二人亦各授官告往，至宜領之。此所以表卿勳勤，申朕恩禮。敬受新命，永爲外臣。勉弘令圖，以副遐矚。今有少信物，具如别録，想宜知悉也。冬寒卿比平安，官吏百姓等並存問之，遣書指不多及。

【箋】

作於元和二年（八〇七）至元和六年（八一一），長安。

〔雍羌〕新書卷二二二下驃傳：「貞元中，王雍羌聞南詔歸唐，有内附心。……亦遣弟悉利移城主舒難陀獻其國樂……德宗授舒難陀太僕卿，遣還。」此書稱遣其子來，不見著録，未詳何年。

【校】

〔弘毅〕「弘」，英華作「懷」，注云：「集作『弘』。」

〔貞良〕「貞」，英華作「忠」，注云：「集作『貞良』。」

〔遠赴闕庭〕宋本、那波本俱作「遠副闘庭」，非。
〔嘉想〕英華作「忠嘉」。
〔二人〕「二」，英華作「三」，是。
〔官告〕全文作「官誥」，非。
〔新命〕英華作「官爵」，注云：「集作『新命』。」
〔今有〕宋本誤作「令有」。
〔平安〕「安」，英華作「和」，注云：「集作『安』。」

與季安詔

勅：季安：劉清潭至，省所奏貝州宗城縣百姓劉弘爲母病割股充祭事宜，具悉。卿任重弼諧，寄深鎮守。勤撫綏之政，贊燮理之功。至使部人，忘身展孝。雖因心有感，誠化我之時風；而率下可知，足表卿之理行。省兹陳奏，欽歎良深。

【箋】

作於元和二年（八〇七）至元和六年（八一一），長安。

〔季安〕田季安。見卷五六與季安詔箋。

答杜兼謝上河南少尹知府事表

三川封畿，實重其任；貳職綱紀，亦難其人。卿素懷器能，累著聲績。亞理以明慎選，專領以展長才。知已下車，當親綏撫。佇聞報政，用副憂勤。所謝知。

【箋】

作於元和三年（八〇八），三十七歲，長安，左拾遺、翰林學士。

〔杜兼〕見卷五六答杜兼謝授河南尹表箋。

【校】

〔三川〕「三」上英華有「省表具知」四字，「川」下英華注云：「一作『帥』，非。」

代忠亮答吐蕃東道節度使論結都離等書　奉勑撰。

大唐四鎮北庭行軍、涇原等州節度使、檢校工部尚書、兼御史大夫、丹陽郡王朱忠亮致書大蕃東道節度使論公、都監軍使論公麾下：專使辱問，悚慰良深。國家與吐蕃代爲舅甥，日修鄰好。雖曰兩國，有同一家。至於封疆，尤貴和叶。忽枉來問，稍乖素誠。雖有過言，敢以衷告。來書云頻見燒草，何使如然者。至如時警邊防，歲焚宿草。蓋是每年常事，何忽今日形言？況牛馬因風，猶出疆以相及；草木延火，縱近境而何傷？遽懷異端，未敢聞命。又云去年忽生異見，近界築城者。且國雖通好，軍不徹警。近邊修緝，彼此尋常。況城是漢城，地非蕃地。豈乖通理，何致深疑？静言思之，誰生異見？頃曾報牒，彼已息詞；今又再言，寧無慚德？又云皇天無親，有德即輔者。皇帝君臨萬方，迨及四載。道光日月，德動乾坤。南北東西，化無不及。若非皇天輔德，明神福仁，北虜何爲歸明？南蠻何爲慕化？風雨何因大順？歲時何因屢豐？則神助天親，可明驗矣。彼若無故生疑，無端結怨，但思小利，不務遠圖，則咎孽之生，恐不在此。永言取笑，却請三思。又云漢之臣下頻有叛逆者。近以吴蜀小寇，暫肆猖狂，未及討除，尋以殄滅。皇威不露，妖沴自清。豈假彼蕃，遠思傍助？忠亮謬蒙恩渥，叨在藩垣。恭守邊隅，幸鄰封壤。縱未能爲漢名將，亦不可謂秦無人。輒獻直言，以祛深惑。願推誠信，同保始終。各勉令圖，以求多福。歲暮嚴寒，惟所履安勝。遠垂惠貺，愧佩殊深。今因押衙迴，亦有少答信具如别紙，恕輕尠也，不具。忠亮敬白。

【箋】

作於元和三年(八〇八),三十七歲,長安,左拾遺、翰林學士。

〔忠亮〕朱忠亮。見本卷答朱仕明賀册尊號及恩赦表箋。城按:此書云:「皇帝君臨萬方,迨及四載。」又書中秪言吴、蜀之叛,不及王承宗。憲宗於永貞元年八月即位至元和三年,恰爲四載,可知爲三年末覆書。

【校】

〔論結都離〕册府元龜卷九八〇作「論誥都」,「誥」「結」字肖,未知孰是。

〔大蕃〕「蕃」,各本俱作「藩」,非。今改正。

〔頃曾〕「曾」,馬本、全文俱作「當」,非。據宋本、那波本、盧校改正。

〔息詞〕「詞」,馬本、全文俱作「訟」,據宋本、那波本改。

與南詔清平官書

勅:南詔清平官段諾突、李附覽、爨何棟、尹輔首、段谷普、李异傍、鄭蠻利等:段史倚至,知異牟尋喪逝。朕以義重君臣,情深軫悼。卿等哀慕所切,當何可任?又知閤勸繼業撫人,輸誠奉教。蒸黎咸乂,封部獲安。皆是卿等同竭忠謀,佐成休績。

永言及此，嘉慰良深。勉終令圖，以副遐矚。今遣諫議大夫、兼御史中丞段平仲持節册命閤勸，想當悉之。卿等各有少信物，具如别録，至宜領也。春寒，卿等各得平安好。遣書指不多及。

【箋】

作於元和四年（八〇九），三十八歲，長安，左拾遺、翰林學士。城按：舊書卷十四憲宗紀：「（元和三年十二月）甲子（十七日），南詔異牟尋卒。辛未（二十四日），以諫議大夫段平仲使南詔弔祭，仍立其子驃信苴蒙閤勸等爲南詔王。」

〔清平官〕見卷三蠻子朝詩箋。

【校】

〔史倚〕此下英華注云：「一作『傍』。」

〔咸乂〕「乂」，那波本作「又」，非。

〔嘉慰〕英華作「喜慰」，「喜」下注云：「集作『嘉』。」

〔勉終〕「終」，英華作「於」，注云：「集作『終』。」

〔以副〕「副」，馬本作「嗣」，非。據宋本、那波本、英華改正。

答王鍔賀賑恤江淮德音表

水旱流行，江淮艱食。朕明申詔旨，親遣使臣。蠲其逋租，賑以公廩。爰興利物之利，用表憂人之憂。庶俾疲氓，均霑惠澤。卿克勤乃職，共理爲心。省兹賀陳，深見誠意。

【箋】

作於元和四年（八〇九），三十八歲，長安，左拾遺、翰林學士。

〔王鍔〕見本卷答王鍔陳讓淮南節度使表箋。城按：元和三年，淮南、江南、江西、湖南、山南東道旱。元和四年正月，免山南東道、淮南、江西、浙東、湖南、荆南今歲税。見舊書卷十四憲宗紀、新書卷七憲宗紀。

【校】

〔水旱〕此上英華有「省表具知」四字。

〔爰興〕「興」下馬本訛作「與」，據宋本、那波本、英華、全文改正。

〔乃職〕「乃」，英華作「所」，注云：「集作『乃』。」

與茂昭詔

勑：茂昭：盧校至，省所陳奏，具悉。卿翼戴君親，出入將相。久專戎閫，累覲王庭。忠勞必竭其智謀，誠懇每形於章表。近者志在憂國，慮及安邊。請率精兵，親防黠虜。朕以卿當管軍鎮，寄重事殷。實藉撫綏，用安封部。雖未允所請，而深嘉乃誠。今又密奏恒州具申事體，曲盡忠勤之節，備知丹赤之心。言念再三，發於嗟歎。眷重之至，併在予懷。想宜知悉。

【箋】

作於元和二年（八〇七）至元和六年（八一一），長安。

〔茂昭〕張茂昭。見卷五六與茂昭詔箋。城按：詔云「密奏恒州具申事體」，「恒州」指王承宗，當作於討伐之前。

與潘孟陽詔

勑：孟陽：卿夙懷才略，早振聲猷。歷踐班行，累彰績効。自守關輔，克舉藩條。惠及蒸黎，威行軍鎮。永言所任，未展其能。朕以東川蜀門重鎮，弊承軍後，雄壓險中。思得忠勤之臣，撫此凋殘之俗。量才注意，無以易卿。今授卿劍南東川節度觀察等使，并賜官告往。想宜知悉。

【箋】

作於元和四年（八〇九），三十八歲，長安，左拾遺、翰林學士。

〔潘孟陽〕舊書卷一六二潘孟陽傳：「（元和）三年，出爲華州刺史，遷梓州刺史、劍南東川節度使。與武元衡有舊，元衡作相，復召爲户部侍郎、判度支。」城按：嚴礪卒於元和四年三月，孟陽即礪之後任。

【校】

〔題〕「潘」，那波本訛作「藩」。

〔闕輔〕「闕」，宋本作「開」，非。

〔等使〕「使」上馬本、全文俱脱「等」字，據宋本、那波本、盧校補。

答宰相杜佑等賀德音表

古先聖王託于人上，與百姓同其欲，與天下共其憂。唯推是心，可底于道。朕臨御萬國，迨兹五年。惕厲之懷，雖勤於夙夜；愆伏之候，猶害於歲時。思革弊以救災，在濟人而損己。是用欽刑緩死，已責卹貧。罷郡國之貢珍，省宫廄之煩費。延春令而布仁行惠，先南風而解愠阜財。庶憑歡心，以召和氣。卿等或匪躬獻替，或悉力弼諧。啓沃之間，已申霖雨之用；燮理之際，佇見陰陽之和。各宜勉之，以輔予理。所賀知。

【箋】作於元和四年（八〇九），三十八歲，長安，左拾遺、翰林學士。城按：新書卷七憲宗紀：「（元和四年閏三月）己酉，以旱降京師死罪非殺人者，禁刺史境内榷率諸道旨條外進獻，嶺南、黔中、福建掠良民爲奴婢者，省飛龍廄馬。」通鑑卷二三七亦云：「上以久旱，欲降德音……閏月己酉……」即此德音也。

【校】〔古先〕「古」上英華有「省表具知」四字。

答宗正卿李詞等賀德音表

朕統承鴻緒，子育蒼生。累歲有秋，今春不雨。在陰陽之數，雖有盈虚；爲父母之心，敢忘惻隱？俾除人弊，以盪歲災。卿等任重宗卿，恩連屬籍。省兹陳賀，深見忠誠。

【箋】

作於元和四年（八〇九），三十八歲，長安，左拾遺、翰林學士。

〔李詞〕據新書卷七〇上宗室世系表，神符五世孫太子賓客、守散騎常侍詞，當即其人。若紀王慎之曾孫義烏令詞，官職相懸，非是。又全文卷五二九顧況湖州刺史廳壁記：「今使君詞，唐景皇帝七世之孫。」即神符五世孫也。見岑仲勉白氏長慶集僞文考證。並參見卷五六答李詞賀處分王士則等德音表。

【校】

〔朕統〕「朕」上英華有「省表具知」四字。

〔父母〕各本俱作「父子」，據英華改。

答將軍方元蕩等賀德音表

朕以時陽舛候，春澤愆期。思備旱之方，無如貶省；務動天之德，莫若精誠。是以修己卹人，去煩節用。冀答天戒，以致時和。卿志竭邦家，職修軍衛。省兹章表，深用嘉之。所賀知。

【箋】

作於元和四年(八〇九),三十八歲,長安,左拾遺、翰林學士。

〔方元蕩〕生平不詳,蓋當時諸衛之將軍。

【校】

〔朕以〕「朕」上英華有「省表具知」四字。

〔時陽〕「陽」,英華作「暘」。

與迴鶻可汗書

皇帝敬問迴鶻可汗:夏熱,想比佳適。可汗有雄武之姿,英果之略。統制諸部,君長一方。纂承前修,繼守舊好。故得邑落蕃盛,士馬精强。連控西戎,永藩中夏。況嚮風之義,每勤於朝聘;事大之敬,常見於表章。動皆由衷,言必合禮。朕所以深嘉忠款,遐想風規。至於寢興,不忘歎矚。勉弘令德,用副誠懷。達覽將軍等至,省表,其馬數共六千五百匹,據所到印納馬都二萬匹,都計馬價絹五十萬匹。緣近歲已來，或有水旱。軍國之用，不免闕供。今數内且方圓支二十五萬匹，分付達覽將軍，便令歸國。仍遣中使送至界首。雖都數未得盡足，然來使且免稽留。貴副所須，當悉此意。頃者所約馬數，蓋欲事可久長。何者？付絹少則彼意不充，納馬多則此力致歉。馬數漸廣，則欠價漸多。以斯商量，宜有定約。彼此爲便，理甚昭然。況與可汗禮在往來，義存終始。親鄰既通於累代，恩好益厚於往時。所以萬里推誠，期於一言見信。遠思明智，固體朕心。其東都、太原置寺，此令人勾當，事緣功德，理合精嚴。又有彼國師僧，不必更勞人檢校。其見撚拓勿施、鄔達干等，今並放歸，所令帝德將軍安慶雲供養師僧請住外宅，又令骨都禄將軍充檢校功德使，其安立請隨般次放歸本國者，並依來奏，想宜知悉。今賜少物，具如别録。内外宰相及判官摩尼師等，並各有賜物，至宜准數分付，内外宰相官吏師僧等並存問之。遣書指不多及。

【箋】

作於元和三年（八〇八），三十七歲，長安，左拾遺、翰林學士。城按：舊書卷十四憲宗紀：「（元和二年正月）庚子，迴紇請於河南府、太原府置摩尼寺，許之。」又新樂府五十篇，元和四年爲拾遺作，其陰山道云：「元和二年下新敕……明年馬多來一倍。」即詔中之「二萬匹」也。二年之明年爲三年，書首云「夏熱」，故知爲三年夏末所作。

【校】

〔方圓〕「方」，那波本訛作「万」。

〔致歎〕「歎」，英華作「困」，注云：「集作『歎』。」

〔此令人〕「此」，英華作「己」，是。

〔勾當〕「勾」，宋本作「避御嫌名」。

〔鄜達干〕「鄜」，英華作「鄜」，注云：「集作『鄜』。」

〔安立〕英華作「安悉立」。

與韋丹詔

勅：韋丹：竇從直至，省所陳賀，并奏江饒等四州旱損，其所欠供軍留州錢米等並已放免。又奏權減俸及修造陂堰，并勸課種蒔粟麥等事宜。具悉。朕頃緣時旱，慮害農功。雖推咎己之心，敢望動天之德？而未逾浹日，膏澤霈然。仰荷玄休，俯增祇惕。卿喜深稱慶，忠切分憂。既覽賀陳，兼詳奏請。至如蠲逋以卹人隱，減俸以濟軍須。抑末業而移風，務茲菽麥；防旱年而歉雨，修利陂塘。皆合其宜，並依所奏。非卿公勤奉上，仁惻發中，則共理之心，不能至此。再三興歎，一二難申。勉於始終，以副朕意。想宜知悉。

【箋】

作於元和四年（八〇九），三十八歲，長安，左拾遺、翰林學士。

〔韋丹〕元和二年正月，爲江西觀察使，卒於元和五年八月六日。見韓愈唐故江西觀察使韋公墓誌銘。此詔作於四年閏三月。

與從史詔

勑：從史：史瀚至，省所陳謝，具悉。卿亡父早踐班榮，久著聲績。永言褒贈，自叶典常。況卿孝友承家，勤勞事國。念兹忠節，皆禀義方。將慰匪莪之心，宜流自葉之澤。豈爲殊渥，頻至謝章？

【箋】

作於元和四年（八〇九），三十八歲，長安，左拾遺、翰林學士。

〔從史〕昭義軍節度使盧從史。城按：從史之父盧虔卒於元和四年三月，此詔有「卿亡父早踐班榮，久著聲績」之語，則可斷言爲四年所作。

【校】

〔謝章〕「章」，馬本作「草」，非。據宋本、那波本、全文改正。

答宰相杜佑等賀德音表

朕以春候發生，歲功資始。順陽和而布政，賑貧乏而勸農。載念罪人，因除弊事。隨其所利，施以爲恩。富庶之端，實漸於此。卿等義敦宗戚，誠竭君親。省兹賀陳，用增嘉歎。

【箋】

作於元和六年（八一一），四十歲，長安，京兆户曹參軍、翰林學士。城按：此文中所謂德音，似指答京兆府二十四縣耆壽謝賑貸表所指貸粟之事。

〔杜佑〕貞元十九年入朝拜檢校司空同平章事。元和七年致仕。見舊書卷一四七杜佑傳。

【校】

〔朕以〕此上英華有「省表具知」四字。

〔罪人〕「罪」，英華作「罷」，注云：「集作『罪』，非。」

與孫璹詔

勅：孫璹：劉德惠至，省所進隴右地圖，兼進戰車陣圖車樣，及奏陳收復河、湟事宜者，具悉。卿尹兹右輔，固乃西疆。創製戎車，繕修軍實。思收故地，誓立殊勳。載覽陣圖，兼詳所奏。誠得開邊之略，益加報國之心。斯謂盡忠，彌增注意。眷言所至，無忘于懷。

【箋】

作於元和二年（八〇七）至元和六年（八一一），長安。

〔孫璹〕舊書卷十四憲宗紀：「（元和六年五月）庚子，以左金吾衛將軍李惟簡檢校户部尚書、鳳翔尹、隴右節度使。」據此知孫璹爲李惟簡之前任，此詔必作於六年四月之前。

與李良僅詔

勅：李良僅：卿久在軍門，習知邊事。居常恭恪，動必忠勤。眷乃才良，可分憂寄。今授卿延州刺史、兼安塞軍使，并賜官告往。延州既兼軍鎮，且雜蕃戎。防遏撫綏，兩須得所。宜勉所任，用副朕懷。

【箋】

作於元和二年（八〇七）至元和六年（八一一），長安。

答京兆府二十四縣耆壽謝賑貸表

朕勤求人隱，慎卹農功。念播殖之時，必資首種；慮懸磬之日，多乏見糧。將便公私，宜從斂散。卿等名登庶老，業守先疇。各勉農人，以副朕意。所謝知。

【箋】

作於元和六年（八一一），四十歲，長安，京兆户曹參軍、翰林學士。

〔京兆府二十四縣〕城按：元和郡縣志卷一，京兆府管縣十二，又十一。舊書卷三八地理志，京兆府天寶時領縣二十三，與元和郡縣志同。新書卷三七地理志則領縣二十，因奉先、櫟陽、盩厔三縣，唐末改屬他州也。以上三書皆無二十四之數，唯新書同卷鳳翔府郿縣下云：「大曆五年，權隸京兆。」亦不詳何時還隸，豈二十四縣即兼郿言之耶？又舊書卷十四憲宗紀：「（元和六年二月癸巳），以京畿民貧，貸常平義倉粟二十四萬石。」則每縣萬石，其數均，亦不得疑「二十四」之「四」字傳訛也。見岑仲勉唐集質疑考證。

白居易集箋校卷第五十八

奏狀一 凡十三首

初授拾遺獻書 元和三年進。

五月八日，翰林學士、將仕郎、守左拾遺臣白居易頓首頓首，謹昧死奉書于旒扆之下：臣伏奉前月二十八日恩制，除授臣左拾遺，依前充翰林學士者。臣與崔羣同狀陳謝，但言忝冒，未吐衷誠。今者再黷宸嚴，伏惟重賜詳覽。臣謹按六典：左右拾遺，掌供奉諷諫，凡發令舉事，有不便於時、不合於道者，小則上封，大則庭諍。其選甚重，其秩甚卑。所以然者，抑有由也。大凡人之情，位高則惜其位，身貴則愛其身。惜位則偷合而不言，愛身則苟容而不諫，此必然之理也。故拾遺之置，所以卑其秩者，使位未足惜，身未足愛也。所以重其選者，使上不忍負恩，下不忍負心也。夫位未足惜，恩不忍負，然後能有闕必規，有違必諫。朝廷得失無不察，天下利病無不言。此國朝置拾遺之本意也。由是而言，豈小臣愚劣闇懦所宜居之哉？況臣本鄉里豎儒，府縣走吏。委心泥滓，絶望煙霄。豈意聖慈，擢居近職，每宴飫無不先及，每慶賜無不先霑。中厩之馬代其勞，内廚之膳給其食。朝慚夕惕，已逾半年。塵曠漸深，憂愧彌劇。未伸微効，又擢清班。臣所以授官已來，僅將十日。食不知味，寢不遑安。唯思粉身，以答殊寵。但未獲粉身之所耳。今陛下肇建皇極，初受鴻名。夙夜憂勤，以求致理。每施一政，舉一事，無不合於道，便於時。故天下之心顒顒然日有望於太平也。然今後萬一事有不便於時者，陛下豈不欲聞之乎？萬一政有不合於道者，陛下豈不欲革之乎？候陛下言動之際，詔令之間，小有遺闕，稍關損益，臣必密陳所見，潛獻所聞。但在聖心裁斷而已。臣又職在中禁，不同外司。欲竭愚衷，合先陳露。伏希天鑒，深察赤誠。無任感恩欲報，懇款屏營之至，謹言。

【箋】

作於元和三年（八〇八），三十七歲，長安，左拾遺、翰林學士。見陳譜。城按：卷一有初授拾遺詩，亦作於同時。此卷那波本編在卷四一。

〔二十八日恩制〕重修承旨學士壁記：「（元和）三年四月二十八日，遷左拾遺。」與此文時間符合。舊書本傳所稱「三年五月，拜左拾遺」，唐詩紀事卷三九所稱「元和二年爲拾遺」，俱誤。

【校】

〔十三首〕「十三」，各本俱誤作「十」，據實數改正。

〔題〕此下那波本無注。英華注作「憲宗元和三年」。

〔旒扆〕「旒」，馬本作「施」，非。據宋本、那波本、英華、全文、盧校改正。又「扆」，馬本注云：「音倚。」

〔前充〕「前」上當有「依」字，各本俱脱，據舊傳及英華補。

〔臣謹〕「臣」下各本俱脱「謹」字，據舊傳及英華補。

〔不忍負心〕「忍負」，全文倒作「負忍」。

〔鄉里〕此下英華注云：「一作『校』。」

〔宴飫〕此下英華注云：「集作『飲』。」

〔僅將〕「將」，英華作「經」，注云：「集作『將』。」

〔然今後〕三字英華作「然而今而後」。

〔候陛下〕「候」，舊傳、英華俱作「儻」，英華注云：「集作『候』。」全文作「倘」。

論制科人狀

近日内外官除改及制科人等事宜

右臣伏見内外官近日除改，人心甚驚。遠近之情，不無憂懼。喧喧道路，異口同音。皆云制舉人牛僧孺等三人以直言時事，恩獎登科，被落第人怨謗加誣，惑亂中外，謂爲誑妄，斥而逐之，故並出爲關外官。楊於陵以考策敢收直言者，故出爲廣府節度。韋貫之同所坐，故出爲果州刺史。裴垍以覆策又不退直言者，故免内職，除户部侍郎。王涯同所坐，出爲虢州司馬。盧坦以數舉事爲人所惡，因其彈奏小誤，得以爲名，故黜爲左庶子。王播同之，亦停知雜。臣伏以裴垍、王涯、盧坦、韋貫之等，皆公忠正直，内外咸知。所宜授以要權，致之近地。故比來衆情私相謂曰：此數人者皆人之望也。若數人進，則必君子之道長；若數人退，則必小人之道行。故卜時事之否臧，在數人之進退也。則數人者自陛下嗣位已來，並蒙獎用。或任之耳目，或委以腹心。天下人情，日望致理。今忽一旦悉疏棄之，或降於散班，或斥於遠郡。設令有過，猶可優容。況且無瑕，豈宜黜退？所以前月已來，上自朝廷，下至衢路，衆心洶洶，驚懼不安。直道者疚心，直言者杜口。不審陛下得知之否？凡此除改，傳者紛然。皆云：裴垍等不能委曲順時，或以正直忤物，爲人之所媒蘖，本非聖意罪之。不審陛下得聞之否？臣未知此説虚實，但獻所聞。所聞皆虚，陛下得不明辯之乎？所聞皆實，陛下得不深慮之乎？虚之與實，皆恐陛下要知。臣若不言，誰當言者？臣今言出身戮，亦所甘心。何者？臣之命至輕，朝廷之事至大故也。臣又聞：君聖則臣忠，上明則下直。故堯之聖也，天下已太平矣，尚求誹謗以廣聰明。漢文之明也，海内已理矣，賈誼猶比之倒懸，可謂痛哭。二君皆容納之，所以得稱聖明也。今陛下明下詔令，徵求直言，反以爲罪。此臣所以未諭也。陛下視今日之理，何如堯與漢文之時乎？若以爲及之，則誹謗痛哭，尚合容而納之，况徵之直言，索之極諫乎？若以爲未及，則僧孺等之言固宜然也。陛下縱未能推而行之，又何忍罪而斥之乎？此臣所以爲陛下流涕而痛惜也。德宗皇帝初即位年，亦徵天下直言極諫之士，親自臨試，問以天旱。穆質對云：兩漢故事，三公當免，卜式著議，弘羊可烹。此皆指言當時在權位而有恩寵者，德宗深嘉之，自第四等拔爲第三等，自畿尉擢爲左補闕，書之國史，以示子孫。今僧孺等對策之中，切直指陳之言亦未過於穆質，而遽斥之，臣恐非嗣祖宗承耿光之道也。書諸史策，後嗣何觀焉？陛下得不再三省之乎？臣昨在院與裴垍、王涯等覆策之時，日奉宣令臣等精意考覆。臣上不敢負恩，下不忍負心，唯秉至公以爲取捨。雖有讎怨，不敢棄之。雖有親故，不敢避之。唯求直言以副聖意。故皇甫湜雖是王涯外甥，以其言直合收，涯亦不敢以私嫌自避。當時有狀，具以陳奏。不意羣心嗷嗷，構成禍端，聖心以此察之，則或可悟矣。儻陛下察臣肝膽，知臣精誠，以臣此言可以聽採。則乞俯迴聖覽，特示寬恩，僧孺等准往例與官，裴垍等依舊職獎用，使内外人意，歡然再安。若以臣此言理非允當，以臣覆策事涉乖宜，則臣等見在四人亦宜各加黜責。豈可六人同事，唯罪兩人？雖聖造優容，且過朝夕，在臣懼惕，豈可苟安？敢不自陳，以待罪戾？臣今職爲學士，官是拾遺。日草詔書，月請諫紙。臣若默默，惜身不言。豈惟上辜聖恩？實亦下負神道。所以密緘手疏，潛吐血誠。苟合天心，雖死無恨。無任憂懼激切之至。

【箋】

作於元和三年（八〇八），三十七歲，長安，左拾遺、翰林學士。陳譜元和三年戊子：「有論制科人狀。時牛僧孺、皇甫湜、李宗閔對策切直，宰相李吉甫泣訴於上，考官韋貫之等皆坐貶，故公極論之，公時亦爲考覆官，唐朋黨之禍蓋始此，而公與李德裕不咸亦始此。」

〔牛僧孺〕見卷二和答詩十首箋。

〔楊於陵〕元和三年四月，以考策收直言極諫牛僧孺等，爲執政所怒，自户部侍郎出爲嶺南節度使。見舊書卷一六四本傳、卷十四憲宗紀。

〔韋貫之〕舊書卷一五八韋貫之傳：「(元和)三年，復策賢良之士，又命貫之與户部侍郎楊於陵、左司郎中鄭敬、都官郎中李益同爲考策官，貫之奏居上第者三人，言實指切時病，不顧忌諱，雖同策考者皆難其詞直，貫之獨署其奏，遂出爲果州刺史，道中黜巴州刺史。」

〔裴垍〕舊書卷一四八裴垍傳：「(元和)三年，詔舉賢良，時有皇甫湜對策，其言激切，牛僧孺、李宗閔亦苦詆時政，考官楊於陵、韋貫之升三子之策皆上第，垍居中覆視，無所同異，及爲貴倖泣訴，請罪於上，憲宗不得已，出於陵、貫之官，罷垍翰林學士，除户部侍郎。」城按：垍於元和三年四月二十五日出院，見重修承旨學士壁記。

〔王涯〕舊書卷十四憲宗紀：「(元和三年四月)乙丑，貶翰林學士王涯虢州司馬，時涯甥皇甫湜與牛僧孺、李宗閔並登賢良方正科第三等，策語太切，權倖惡之，故涯坐親累貶之。」城按：舊書卷一六九本傳謂「罷學士，守都官員外郎，再貶虢州司馬」，舊紀省去「都官員外郎」一職，當以舊傳爲正。

〔盧坦〕新書卷一五九盧坦傳：「裴均爲僕射，將居諫議、常侍上，坦引故事及姚南仲舊比，……均怒，遂罷爲左庶子。數月，拜宣歙池觀察使。」城按：據通鑑，盧坦除宣歙在元和三年七月，與白氏此文時間相符，惟「左庶子」，舊傳、通鑑俱作「右庶子」。

〔穆質〕穆寧之子。德宗時應制策入第三等。見舊書卷一五五穆寧傳。

〔月請諫紙〕白氏醉後走筆酬劉五主簿長句之贈兼簡張大賈二十四先輩昆季詩(卷十二)

云：「月慚諫紙二百張，歲愧俸錢三十萬。」與元九書（卷四五）云：「僕當此日，擢在翰林，身是諫官，月請諫紙啓奏之外……」

【校】

〔甚驚〕「驚」，馬本、全文俱訛作「警」，據宋本、那波本、盧校改正。

〔落第人〕「落」下那波本脱「第」字。「第」，宋本作「弟」。

〔故卜〕「故」，馬本、全文俱作「欲」，非。據宋本、那波本、盧校改。

〔媒蘗〕「蘗」，各本俱誤作「孽」，據盧校改正。

〔可謂〕「謂」當作「爲」，各本俱誤。

〔對云〕「云」，全文作「以」。

〔羣心〕此下宋本、那波本俱脱「嗷嗷」二字。

〔構成〕「構」，宋本作「犯御嫌名」。

〔往例〕「往」，馬本訛作「任」，據宋本、那波本、全文、盧校改正。

論于頔裴均狀

于頔裴均欲入朝事宜

右，臣聞諸道路，皆云：于頔、裴均累有進奉，並請入朝。伏聞聖恩，已似允許。臣側聽時議，内酌事情。爲陛下謀，恐非穩便。晝夜思慮，不敢不言。伏見貞元已來，天下節將，握兵守土，少肯入朝。自陛下刑服三兇，威加四海。是得諸道節度使三二年來，朝廷追則追，替則替，奔走道路，懼承命之不暇。斯則聖德皇威，大被于四方矣。夫謀宜可久，事貴得中。當難制之時，則貴欲令其朝覲。及可制之日，則不必使之盡來。何則？安衆心，收衆望，在調馭之得其宜也。臣伏見近日節度使，或替或追，稍似煩數。今又許于頔等入奏，或慮便留在朝。臣細思之，有三不可。何者？竊見外使入奏，不問賢愚，皆欲仰希聖恩，傍結權貴。上須進奉，下須人事。莫不減削軍府，割剥疲人。每一入朝，甚於兩税。又聞于頔、裴均等數有進奉。若又許來，荆、襄之人，必重困於剥削矣。奪軍府疲人之不足，奉君上權貴之有餘。伏料聖心知之，深所不忍。此不可一也。臣又竊聞時議云：近日諸道節使，或以進奉希旨，或以貨賄藩身。謂恩澤可圖，謂權位可取。以入覲爲請，以戀闕爲名。須來即來，須住即住。要重位則得重位，要大權即得大權。進退周旋，無求不獲。天下節使，盡萌此心。不審聖聰，聞此議否？今于頔等以入覲爲請，若又許之，豈非須來即來乎？既來，必以戀闕爲名，若又許之，豈非須住即住乎？則重位自然合加，況必來之乎？大權不得不與，況必圖之乎？重位大權，人誰不愛？于頔既得，則茂昭求之。臣聞茂昭又欲入朝，已謀行計。茂昭亦宰相也，亦國親也，若引于頔爲例，獨不可乎？若盡與之，則陛下重位大權是以人情假人也，授之可乎？若獨與彼不與此，則忿爭怨望之端自此而作。今倖門已開矣，速杜之，又今于頔等開之，臣必恐聖心有時而悔矣。其不可二也。臣又竊見自古及今，君臣之際，權太重則下不得所，勢太逼則上不甚安。今于頔任兼將相，來則總朝廷之權；家通國親，入則連戚里之勢。勢親則疏者不敢諫，權重則羣下不敢言。臣慮于頔未來之間，内外迎附之者，其勢已赫赫炎炎矣。況其已來乎？臣恐于頔未到之間，内外合言者已不敢言矣。況其已到乎？脱或至此，陛下有術以制馭之邪？若用術制之，不如不制之安也。若又無術，將如之何？且于頔身是大臣，子爲駙馬，性靈事迹，陛下素諳。一朝到來，權兼内外。若繩以規制，則必失君臣之心。若縱其作爲，則必敗朝廷之度。進退思慮，恐貽聖憂。其不可三也。凡此三不可，事實不細。伏乞聖覽再三思之。今臣所言，皆君臣之密機，安危之大計。伏望秘藏此狀，不令左右得知。況臣以疏議親，以賤論貴。語無方便，動有悔尤。言出身危，非不知耳。但以職居近密，身被恩榮。苟有聞知，即合陳露。儻言而得罪，亦臣所甘心。若默而負恩，則臣所不忍。伏希聖鑒，俯察愚誠。謹具奏聞，謹奏。

【箋】

作於元和三年(八〇八)，三十七歲，長安，左拾遺、翰林學士。

〔于頔〕貞元十四年，充山南東道節度使。子季友，尚憲宗長女永昌公主。元和三年九月，拜司空、同平章事。見舊書卷十四憲宗紀、卷一五六于頔傳。

〔裴均〕元和三年四月，自荆南節度使入爲右僕射、判度支。同年九月，代于頔爲山南東道節度使。均以財交權倖任將相凡十餘年，荒縱無法度。見新書卷一〇八裴行儉傳、舊書卷十四憲宗紀。

【校】

〔則得重位〕「則」，馬本、全文俱作「即」，非。據宋本、那波本、盧校改正。

〔不獲〕「獲」，馬本、全文俱作「得」，據宋本、那波本、盧校改。

〔天下節使〕「節」下馬本、全文俱衍「度」字，據宋本、那波本、盧校改正。

〔爲名若又〕「又」，宋本誤作「久」。

〔駙馬〕「駙」，馬本訛作「附」，據宋本、那波本、全文、盧校改正。

論和糴狀

今年和糴折糴利害事宜

右，臣伏見有司以今年豐熟，請令畿内及諸處和糴，令收賤穀，以利農人。以臣所觀，有害無利。何者？凡曰和糴，則官出錢，人出穀，兩和商量，然後交易也。比來和糴，事則不然。但令府縣散配户人，促立程限，嚴加徵催。苟有稽遲，則被追捉。迫蹙鞭撻，甚於税賦。號爲和糴，其實害人。儻依前而行，臣故曰有害無利也。今若有司出錢，開場自糴，比於時價，稍有優饒，利之誘人，人必情願。且本請和糴，只圖利人，人若有利，自然願來。利害之間，可以此辯。今若除前之弊，行此之便。是真得和糴利人之道也。二端取捨，伏惟聖旨裁之。必不得已，則不如折糴。折糴者，折青苗税錢，使納斛斗。免令賤糴，别納見錢。在於農人，亦甚爲利。況度支比來所支和糴價錢，多是雜色匹段。百姓又須轉賣，然後將納税錢。至於給付不免侵偷，貨易不免折損。所失過本，其弊可知。今若量折税錢，使納斛斗，既無賤糴麥粟之費，又無轉賣匹段之勞。利歸於人，美歸於上。則折糴之便，豈不昭然？由是而論，則配户不如開場，和糴不如折糴，亦甚明矣。臣久處村閭，曾爲和糴之户。親被迫蹙，實不堪命。臣近爲畿尉，曾領和糴之司。親自鞭撻，所不忍覩。臣頃者常欲疏此人病，聞于天聰，疏遠賤微，無由上達。今幸擢居禁職，列在諫官。苟有他聞，猶合陳獻。況備諳此事，深知此弊。臣若緘默，隱而不言，不唯上辜聖恩，實亦内負夙願。猶慮愚誠不至，聖鑒未迴，即望試令左右可親信者一人，潛問鄉村百姓，和糴之與折糴，孰利而孰害乎？則知臣言不敢苟耳。或慮陛下以勑命已下，難於移改，以臣所見，事又不然。夫聖人之舉事也，唯務便人，唯求利物。若損益相半，則不必遷移；若利害相懸，則事須追改。不獨於此，其他亦然。伏望宸衷，審賜詳察。謹具奏聞，謹奏。

【箋】作於元和三年（八〇八），三十七歲，長安，左拾遺、翰林學士。城按：和糴之法，始於北魏。原用以充足軍食。唐因之，設和糴專官，米價昂時，賤價而糴；米價賤時，加估而糴。民獲其利。然自貞元後，流弊滋生，名爲和糴，實則强取，加之奸吏漁利其間，民不堪其害。通鑑卷二三三貞元三年十二月：「自興元以來，是歲最爲豐稔，米斗直錢百五十，粟八十，詔所在和糴。庚辰，上畋於新店，入民趙光奇家，問：『百姓樂乎？』對曰：『不樂。』上曰：『今歲頗稔，何爲不樂？』對曰：『詔令不信。前云兩税之外悉無他傜，今非税而誅求者殆過於税。後又云和糴，而實强取之，曾不識一錢。始云所糴粟麥納於道次，今則遣致京西行營，動數百里，車摧馬斃，破産不能支。愁苦如此，何樂之有！每有詔書優恤，徒空文耳！』」可與白氏此文相映證。並參見卷一納粟詩。

【校】

〔比來〕宋本作「此來」。

〔相半〕「相」，馬本作「將」，非。據宋本、那波本、全文、盧校改正。

論太原事狀三件

嚴綬　輔光

右，嚴綬、輔光，太原事迹，其間不可，遠近具知。臣前日對時，已子細面奏。今奉宣：輔光已替，嚴綬續追。此皆聖鑒至明，左右不能惑聽。合於公議，斷自宸衷。内外人心，甚爲愜當。其嚴綬早須與替，不可更遲。緣與輔光久相交結，軍中補署職掌，比來盡由輔光。今見别除監軍，小人乍失依託。或恐嚴綬相黨，曲爲妄陳軍情。事宜之間，須過防慮。伏望聖恩速令貞亮赴本道，便許嚴綬入朝。

【箋】作於元和四年（八〇九），三十八歲，長安，左拾遺、翰林學士。城按：花房英樹繫於元和六年，誤。

〔嚴綬〕元和四年，自河東節度入拜尚書右僕射。綬以不存名節，爲當時人士所薄。嘗預百寮廊下食，上令中使馬江朝賜櫻桃，綬居兩班之首，在方鎮識江朝，叙語次，不覺屈膝而拜。是日爲御史所劾，綬待罪於朝，命釋之。元和六年二月，出爲江陵節度使。見舊書卷十四憲宗紀、卷一四六本傳。城按：嚴綬自河東入朝在元和四年三月，通鑑卷二三七：「（元和四年）三月乙酉，以綬爲左僕射，以鳳翔節度使李鄘爲河東節度使。」

〔輔光〕李輔光。通鑑卷二三七：「（元和四年二月），河東節度使嚴綬，在鎮九年，軍政補署一出監軍李輔光，綬拱手而已。裴垍具奏其狀，請以李鄘代之。」

貞亮

右，貞亮元是舊人，曾任重職。陛下以太原事弊，使替輔光。然臣伏聞貞亮先充汴州監軍日，自置親兵數千。又任三川都監日，專殺李康兩節度使，事迹深爲不可。其爲性自用，所在專權。若貞亮處事依前，即太原却受其弊。雖將追改，難以成功。其貞亮發赴本道之時，恐須以承前事切加約束，令其戒懼，此事至要，伏惟聖心不忘。

【箋】

〔貞亮〕劉貞亮。本俱氏，名文珍，從養父宦者姓改名。高崇文討劉闢，爲監軍。初東川節度使李康爲闢所破，囚之，崇文至，闢歸康求雪，貞亮劾以不拒賊，斬之，故以專悍見訾。見舊書卷一八四、新書卷二〇七宦官傳。又白氏論承璀職名狀（卷五九）：「近日高崇文討劉闢之時，以劉貞亮爲都監。」兩節度未詳。城按：俱文珍爲策劃永貞事變宦官之首領，則居易必同情於二王及八司馬者。

范希朝

右，希朝前在振武，威令大行。至今蕃戎，望風畏伏。況又勤儉信實，所在士卒歸心。今若太原要人，無出希朝之右。伏恐聖意慮其有年。臣又訪聞，希朝筋力猶堪驅使，但且令鎮撫，必愜軍情。待其一二年間，威制成立，然後擇能者，即必易守成規。則雖老年，事須且用。其靈武比太原雖小，亦是要鎮，如納臣愚見，伏恐便須擇人，與希朝相代。謹具奏聞。

【箋】

〔范希朝〕舊書卷十四憲宗紀：「（元和四年六月丁丑），以河東節度使李鄘爲刑部尚書、充諸道鹽鐵轉運使。以靈鹽節度使范希朝爲太原尹、北都留守、河東節度使。」

【校】

〔奏聞〕此下宋本、那波本、盧校俱有「謹奏」二字。

奏請加德音中節目二件

緣今時旱請更減放江淮旱損州縣百姓今年租稅

右，伏以聖心憂軫，重降德音，欲令實惠及人，無如減放租稅。昨正月中所降德音，量放去年錢米。伏聞所放數内，已有納者。縱未納者，多是逃亡。假令不放，亦徵不得。況旱損州縣至多，所放錢米至少。百姓未經豐熟，又納今年稅租。疲乏之中，重此徵迫。人力困苦，莫甚於斯。却是今年，伏望聖恩更與宰臣及有司商量，江、淮先旱損州作分數，更量放今年租稅，當疲困之際，降惻隱之恩。感動人情，無出於此。敢竭愚見，以副聖心。

【箋】

作於元和四年（八〇九），三十八歲，長安，左拾遺、翰林學士。城按：通鑑卷二三七：「（元和四年三月），上以久旱，欲降德音，翰林學士李絳、白居易上言，以爲『欲令實惠及人，無如減其租稅』。又言『宮人驅使之餘，其數猶廣，事宜省費，物貴徇情』。又請『禁諸道横斂以充進奉』。又言『嶺南、黔中、福建風俗，多掠良人賣爲奴婢，乞嚴禁止』。閏月乙酉，制降天下繫囚，蠲租稅，出宮人，絶進奉，禁掠賣，皆如二人之請。」亦見新書卷一一九本傳。

【校】

〔題〕「目」下那波本無「二件」二字。

〔疲乏之中〕那波本作「疲羸中」。

請揀放後宮内人

右，伏見大曆已來四十餘載，宫中人數，稍久漸多。伏慮驅使之餘，其數猶廣。上則虚給衣食，有供億縻費之煩；下則離隔親族，有幽閉怨曠之苦。事宜省費，物貴遂情。頃者已蒙聖恩，量有揀放。聞諸道路，所出不多。臣伏見自太宗、玄宗已來，每遇災旱，多有揀放。書在國史，天下稱之。伏望聖慈，再加處分。則盛明之德，可動天心；感悦之情，必致和氣。光垂史册，美繼祖宗。貞觀、開元之風，復見於今日矣。非小臣愚懇，不能發此言。非陛下英明，不能行此事。如蒙允許，便請於德音中次第處分。謹具奏聞，伏待進旨。謹奏。

【校】

〔四十餘載〕「載」，馬本、全文俱作「歲」，非。據宋本、那波本、盧校改正。

〔進旨〕「進」，馬本、全文俱作「聖」，據宋本、那波本改。

論于頔所進歌舞人事宜狀

右，臣三五日來聞於時議，云前件所進者，並是于頔愛妾，被普寧公主閤欲選進，今于頔所進事非獲已者。臣未知此説虚之與實，再三思之，皆爲不可。何則？于頔自入朝來，陛下待之深得其所。存其大體，故厚加寵位。知其性惡，故不與威權。中外人情，以爲至當。在於于頔，亦自甘心。今因普寧奪其愛妾，衆人既有流議，于頔得以爲詞。臣恐此事不益聖德。在臣愚見，豈敢不言？伏見陛下數月已來，分別邪正，所有制斷，所有處置，無不合於公論，無不愜於人情，唯此一事，實乖時體。關於損益，臣實惜之。今道路云云，皆有此説。是于頔自進，亦恐外人不知。去就之間，恐須却賜于頔，内足以辯明聖意，外足以止息浮詞，又令于頔有所感戴。臣所聞所見如此，伏恐陛下要知。輒敢密陳，庶裨萬一。謹具奏聞，謹奏。

【箋】

作於元和四年（八〇九），三十八歲，長安，左拾遺、翰林学士。城按：新書卷一一九白居易傳：「（元和）四年……是時于頔入朝，悉以歌舞入内禁中。或言普寧公主取以獻，皆頔嬖愛，居易以爲不如歸之，無令頔得歸曲天子。」

〔于頔〕見本卷論于頔裴均狀箋。

論魏徵舊宅狀

李師道奏請出私財收贖魏徵舊宅事宜

右，今日守謙宣，令撰與師道詔，所請收贖魏徵宅還與其子孫，甚合朕心，允依來奏者。臣伏以魏徵是太宗朝宰相，盡忠輔佐，以致太平。在於子孫，合加優卹。今緣子孫窮賤，舊宅典賣與人。師道請出私財收贖，却還其後嗣，事關激勸，合出朝廷。師道何人，輒掠此美？依宣便許，臣恐非宜。況魏徵宅内舊堂，本是宫中小殿，太宗特賜，以表殊恩。既又與諸家不同，尤不宜使師道與贖。計其典賣，其價非多，伏望明勑有司，特以官錢收贖，使還後嗣，以勸忠臣，則事出皇恩，美歸聖德。臣苟有所見，不敢不陳。其與師道詔未敢依宣便撰，伏待聖旨。謹具奏聞，謹奏。

【箋】作於元和四年（八〇九），三十八歲，長安，左拾遺、翰林學士。見陳譜及汪譜。城按：舊書卷一六六白居易傳：「又淄青節度使，李師道進絹爲魏徵子孫贖宅，居易諫曰：『徵是陛下先朝宰相，太宗嘗賜殿材，成其正室，尤與諸家第宅不同，子孫典貼，其錢不多，自可官中爲之收贖，而令師道掠美，事實非宜。』憲宗深然之。」新傳略同。通鑑卷二三七：「（元和四年閏三月），魏徵玄孫稠貧甚，以故第質錢於人，平盧節度使李師道請以私財贖出之。上命白居易草詔，居易奏言：『事關激勸，宜出朝廷。師道何人，敢掠斯美！望敕有司以官錢贖還後嗣。』上從之，出内庫錢二千緡贖賜魏稠，仍禁質賣。」

〔魏徵舊宅〕程大昌雍録卷十：「魏徵宅在丹鳳門直出南面永興坊内。封氏見聞録曰：徵所居室屋卑陋，太宗欲爲營造，輒謙不受，洎徵寢疾，太宗將營小殿，遂輟其材，爲造正堂，五日而就。開元中，此堂猶在，家人不謹，遺火燒之，子孫哭臨三日，朝士皆赴弔。唐傳所載亦同，惟百官赴弔出於詔命，則與封説差異耳。……至白居易傳則又有異焉。……若如居易所言，則是太宗殿材所造之寢至元和猶在，開元中不嘗遭火也，特子孫不能保而遂貨鬻之耳。予詳思其理，開元間所火當是殿材之爲正寢者耳，而屋不嘗皆火也，直以清貧之故，子孫盡舉其有而鬻之。居易深探太宗重徵之意，欲其還贖，使事出朝廷，而不出臣下也。至會要所載又異於是，曰：元和四年，上嘉魏徵諫諍，詔訪其故居，則質賣已更數姓，析爲九家矣。上出内庫錢二百萬贖之，以還其家，禁其質賣。據此所記與居易傳略同，當是會要又欲歸美憲宗，不欲出自臣下建請耳。」

〔李師道〕見卷五六與師道詔箋。

【校】

〔子孫〕「子」下宋本、馬本俱脱「孫」字，據那波本補。

〔使還〕「使」，宋本、那波本、盧校俱作「便」。

論王鍔欲除官事宜狀

右，臣竊有所聞，云王鍔見欲除平章事，未知何故，有此商量。臣伏以宰相者，人臣極位，天下具瞻。非有清望大功，不合輕授。王鍔既非清望，又無大功，若加此官，深爲不可。昨日裴均除平章事，内外之議，早已紛然。今王鍔若除，則如王鍔之輩皆生冀望之心矣。若盡與，則典章大壞，又未感恩。若不與，則厚薄有殊，或生怨望。倖門一啓，無可奈何。臣又聞王鍔在鎮日，不卹凋殘，唯務差税。淮南百姓，日夜無憀。五年誅求，百計侵削，錢物既足，部領入朝，號爲羨餘，親自進奉。凡有耳者，無不知之。今若授同平章事，臣恐四方聞之，皆謂陛下得王鍔進奉而與宰相也。臣又恐諸道節度使，今日已後，皆割剥生人，營求宰相。私相謂曰：誰不如王鍔邪？故臣以爲深不可也。其王鍔歸鎮與在朝，伏望並不除宰相。臣尚未知所聞信否，貴欲先事而言。或恐萬一已行，即言之無及。伏惟聖鑒，俯察愚衷。謹具奏聞，謹奏。

【箋】

作於元和三年（八〇八），三十七歲，長安，左拾遺、翰林學士。見陳譜及汪譜。城按：舊書卷一六六白居易傳：「上又欲加河東王鍔平章事，居易諫曰：『宰相是陛下輔臣，非賢良不可當此位，鍔誅剥民財以市恩澤，不可使四方之人謂陛下得王鍔進奉而與之宰相，深無益於聖朝。』乃止。」新傳略同。

〔王鍔〕見卷五七答王鍔陳讓淮南節度使表箋。

〔宰相〕唐節度使帶平章事謂之使相，亦可稱宰相。二老堂詩話：「按唐白樂天集第五十八卷論節度使王鍔除平章事云：『伏以宰相者，人臣極位，天下具瞻，非有清望大功不容輕授。鍔非清望，又無大功，深以爲不可。』此是唐使相亦謂之宰相，故有繫銜大敕之後者。兹乃丞相、相國、宰相三者在使相皆可稱呼之。」

論裴均進奉銀器狀

右，臣伏聞向外傳説，云裴均前月二十六日於銀臺進奉前件銀器。雖未審知虛實，然而物議喧然。既有所聞，不敢不奏。伏以陛下昨因時旱，念及疲人，特降德音，停罷進奉。天意如感，雨澤應期。巷舞途歌，咸呼萬歲。伏自德音降後，天下顒望遵行。未經旬月之間，裴均便先進奉。若誠有此事，深損聖德。臣或慮有人云，裴均所進銀器，發在德音之前，遂勸聖恩，不妨受納。以臣所見，事固不然。臣聞衆議，皆云裴均性本貪殘，動多邪巧。每假進奉，廣有誅求。料其深心，不願停罷。必恐即日修表，倍程進來，欲試朝廷，嘗其可否。何者？前月三日降德音，准諸道進奏院報事例，不過四五日，即裴均合知。至二十六日，進物方到。以此詳察，足見姦情。今若便容，果落邪計。況一處如此，則遠近皆知。臣恐諸道依前，從此不守法度。則是陛下明降制旨，又自棄之，何以制馭四方？何以取信天下？臣反覆思慮，深爲陛下惜之。伏准德音節文，除四節及旨條外，有違越進奉者，其物送納左藏庫，仍委御史臺具名聞奏。若此事果實，則御史臺必准制彈奏，諫官必諫，宰相必論，天下知之，何裨聖政？以臣所見，伏望明宣云：裴均所進銀器雖在德音之前，恐四方不知，宜送左藏庫收納。如此則海内悦服，天下歡心。事出宸衷，美歸聖德。又免至御史諫官奏論之然後有處置。在於事體，深以爲宜。伏願聖心速賜裁斷。謹具奏聞。謹奏。

【箋】作於元和四年（八〇九），三十八歲，長安，左拾遺、翰林學士。見汪譜。

〔裴均〕通鑑卷二三七：「（元和四年四月），山南東道節度使裴均恃有中人之助，於德音後進銀器千五百餘兩。翰林學士李絳、白居易等上言：『均欲以此嘗陛下，願卻之。』上遽命出銀器付度支。既而有旨諭進奏院：『自今諸道進奉，無得申御史臺，有訪問者，輒以名聞。』白居易復以爲言，上不聽。」並參見本卷論于頔裴均狀箋。

【校】

〔便先進奉〕「奉」字，全文作「銀器」二字。

〔何禆〕「禆」，馬本作「俾」，非。據宋本、那波本、全文、盧校改正。

白居易集箋校卷第五十九

奏狀二 凡二十四首

論孫璹張奉國狀

孫璹

右，伏以鳳翔右輔之地，控壓隴、蜀，又近國門，最爲重鎮。承前已來，多擇有功勳德望者爲之節使。昨者，孫璹忽除此官。臣緣素未諳知，不敢輕議可否。及制下之後，甚不愜人心。孫璹雖久從軍，不聞有大功効。自居禁衛，亦無可稱。至於姓名，衆未知有。縱有才略，堪任將帥，猶宜且試於小鎮，不合便授此重藩。豈唯公議之間以爲過當，亦恐同類之内皆生倖心。況今聖政日明，朝綱日舉，每命一官一職，人皆側耳聽之。則除授之間，深宜重慎。今孫璹已受成命，未可遽又改移。待到鳳翔，觀其可否，已後不可不審。伏恐聖聰要知。

【箋】

作於元和四年（八〇九），三十八歲，長安，左拾遺、翰林學士。城按：此卷那波本編在卷四二。

〔孫璹〕通鑑卷二三七：「（元和四年）三月乙酉，以（嚴）綬爲左僕射，以鳳翔節度使李鄘爲河東節度使。」則知孫璹爲李鄘之後任。並參見卷五七與孫璹詔箋。

【校】

〔孫璹〕「璹」，馬本注云：「神六切。」

〔張奉國〕全文作「張輔國」，「輔」下注云：「一作『奉』。」誤，下同。

〔節使〕馬本、全文俱作「節度使」，據宋本、那波本改。

張奉國

右，奉國當徐州用兵之時，已有殊効；及李錡作亂之日，又立大功。忠節赤誠，海内推服。近來將校，少有比倫。已蒙聖恩，授金吾大將軍，以示獎勸。以臣所見，更宜與一方鎮，以感動天下忠臣之志，以摧懾天下姦臣之心。何者？奉國之事，無人不知；方鎮之榮，無人不愛。若奉國更得節度使，天下聞知，人皆爲貪寵榮，誰不争効忠順？萬一若一方有事，一帥負恩，則麾下偏裨，競爲奉國，亂臣賊子，不敢不息。一則明勸忠貞，二則闇銷禍亂。聖人機柄，正在於斯。今奉國聞已有年，亦宜速用。事不可失，臣深惜之。然以奉國未曾爲理人官，恐未可便授大鎮。若近邊次節度有要替處，與奉國最爲得宜。謹具奏聞，謹奏。

【箋】

〔張奉國〕元稹唐故開府儀同三司檢校兵部尚書兼左驍衛上將軍充大内皇城留守御史大夫上柱國南陽郡王贈某官碑文銘：「南陽王姓張氏，諱奉國，本名子良。……大曆末，始以戎服事郭汾陽於邠。建中中，以騎五百討希烈於蔡，遭太夫人喪，號叫請罷，遂克終制。僕射張建封以壽帥移於徐，始以渦口三城授於我。僕射歿而徐師亂，子乘亂以自主。王不忍討，以師二萬歸于潤。德宗異之，詔召至京，授侍御史，復職于浙西，就加御史中丞，又加國子祭酒，是元和之元年也。二年，李錡叛，王擒之以獻，加檢校工部尚書，兼右金吾衛將軍、御史大夫、上柱國，進封南陽郡王，食實封一百五十户，遂錫嘉名。尋遷檢校刑部尚書、充振武麟勝等州節度營田觀察處置等使，復以刑部尚書、兼左金吾衛將軍、御史大夫。歷左龍武統軍、鴻臚卿，就加檢校兵部尚書，轉左驍衛上將軍、充大内皇城留守。以疾薨，壽八十三，特詔贈某官。」又册府元龜卷三七四載張奉國條云：「張奉國本名字（子）良，貞元末爲徐州兵馬使。張愔（愔）之難，子良以其衆千餘奔于浙西，團練使王緯表知兼御史丞，仍厚撫其軍士。衙門右職，子良必兼歷焉。元和二年秋，節度使李錡叛命，遣子良以兵三千收宣州。子良乃典（與）錡甥裴行立乃（及）大將曰（田）少卿、李奉仙等密約圖錡，反戈圍城大呼。錡討（計）窮，縋下。生致闕庭。子良殺其餘黨，遂平浙右。憲宗追赴京師，親自褒慰，擢爲右金吾將軍、兼御史大夫，改名奉國，賜第室良田。」城按：傅沅叔借校袁克文藏宋殘本册府元龜三百七十四卷十八頁有張奉國條，明刊本無。此據古籍整理出版情況簡報第一一二一期轉録青島市博物館藏舊抄本册府元龜。又按：張奉國，舊唐書、新唐書俱無傳，册府元龜此條所記，足與白氏、元氏之文相參證。白氏此兩狀爲元和四年同時作，則奉國自右金吾衛將軍授振武麟勝節度使，必在元和四年三月孫璹授鳳翔節度使之後。據此，則唐方鎮年表卷一繫張奉國於元和三年，失考。又舊唐書穆宗紀：「（長慶二年三月）壬寅，左驍衛上將軍張奉國卒。」則元氏之文亦當作於是年。

【校】

〔摧懾〕「懾」，馬本、全文俱作「攝」，非。據宋本、那波本、盧校改正。

奏所聞狀

向外所聞事宜

右，伏見六七日來向外傳説，皆云有進旨，令宣與諸道進奏院，自今已後，應有進奉，並不用申報御史臺；如有人勘問，便仰録名奏來者。内外相傳，不無驚怪。臣伏料此事，多是虚傳。且有此聞，不敢不奏。伏惟德音：除四節外，非時進奉一切並停，如有違越，仰御史臺察訪聞奏。今若不許報臺，不許勘問，即是許進奉而廢德音也。伏以陛下憂人思理，發自深誠。德音中停罷進奉，最是大節。昨者裴均所進銀器，發在德音之前，猶慮四方不知，將謂容其違越。特令送出外庫，宣報所司。遠近傳呼，聞於道路。此則不獨人心欣躍，感動四方。實亦國史光明，垂示百代。今未踰數月，忽有此消息。臣賀德音之使，未絶於道途；許進奉之聲，已聞於内外。此衆情所以驚愕而不測也。臣昨訪聞，又無明勅。伏料聖意，必無此處分。但恐宣傳之際，或致疑誤，遂令内外，有此流傳。實恐旬月之間，散報諸道。虧損聖政，無甚於斯。若此果虚，即望宣示内外，令知聖旨，使息虚聲。伏願宸衷，速有處分。謹具奏聞。謹奏。

【箋】

作於元和四年（八〇九），三十八歲，長安，左拾遺、翰林學士。城按：通鑑卷二三七：「（元和四年）夏四月，山南東道節度使裴均恃有中人之助，於德音後進銀器千五百餘兩。翰林學士李絳、白居易等上言：『均欲以此嘗陛下，願卻之。』上遽命出銀器付度支。既而有旨諭進奏院：『自今諸道進奉，無得由御史臺，有訪問者，輒以名聞。』白居易復以爲言，上不聽。」可知居易所聞非虚，憲宗深惑於左右之言，外示不受獻，内實欲其來獻也。

〔進旨〕「進旨」應作「進止」。進止爲唐代公牘中習用語。通鑑卷二三一：「（貞元元年七月），……泌曰：辭日奉進止。」胡注：「自唐以來，率以奉聖旨爲奉進止，蓋言聖旨使之進則進，使之止則止也。程大昌曰：今奏劄言取進止，猶言此劄之或留或卻，合稟承可否也。唐中葉遂以處分爲進止，而不曉文義者，習而不察，概謂有旨爲進止。如玉堂宣底所載，凡宣旨皆云有進止者，相承之誤也。」劉禹錫謝賜門戟表：「……本月九日軍器使梁廷專奉宣進止付所司，……」

〔應有〕城按：「應有」即「所有」、「一切」之意。因話録卷一：「召幹事所由於春明門外數里内，應有諸舊職事使藝人，悉搜羅之。」可證。見敦煌變文字義通釋第六篇釋虚字。

【校】

〔容其〕「其」，馬本、全文俱作「有」，非。據宋本、那波本、盧校改正。

〔昨訪聞〕馬本、全文俱作「訪昨聞」，誤。據宋本、那波本、盧校乙轉。

〔奏聞〕「奏」下宋本、那波本俱脱「聞」字。

奏閿鄉縣禁囚狀

虢州閿鄉湖城等縣禁囚事宜

右，伏聞前件縣獄中有囚數十人，並積年禁繫，其妻兒皆乞於道路，以供獄糧。

其中有身禁多年，妻已改嫁者；身死獄中，取其男收禁者。云是度支轉運下，囚禁在縣獄，欠負官物，無可填陪。一禁其身，雖死不放。前後兩遇恩赦，今春又降德音。皆云節文不該，至今依舊囚禁。臣伏以罪坐之刑，無重於死。故殺人者罪止於死，坐贓者身死不徵。今前件囚等，欠負官錢，誠合填納。然以貧窮孤獨，唯各一身，債無納期，禁無休日，至使夫見在而妻嫁，父已死而子囚。自古罪人，未聞此苦。行路見者，皆爲痛傷。況今陛下愛人之心，過於父母。豈容在下有此窮人？古者一婦懷寃，三年大旱；一夫結憤，五月降霜。以類言之，臣恐此囚等憂怨之氣，必能傷陛下陰陽之和也。其囚等人數及所欠官物，并赦文不該事由，臣即未知委細。伏望與宰相商量，兼令本司具事由分析聞奏。如或是實，禁繫不虚，伏乞特降聖慈，發使一時放免。一則使縲囚獲宥，生死皆知感恩。二則明天聽及卑，遠近自無寃滯。事關聖政，不敢不言。臣兼恐度支鹽鐵使下諸州縣禁囚更有如此者，伏望便令續條疏具事奏上。

【箋】

作於元和四年（八〇九），三十八歲，長安，左拾遺、翰林學士。城按：卷二秦中吟歌舞詩云：「豈知閿鄉獄，中有凍死囚。」可與此文相參證。

〔閿鄉縣〕本漢湖縣地。隋開皇三年，改名閿鄉縣，屬陝州。貞觀八年，改屬虢州。見元和郡縣志卷六。

〔湖城縣〕本漢湖縣。至宋加「城」字，爲湖城縣。唐屬虢州。見元和郡縣志卷六。

【校】

〔閿鄉〕「閿」，馬本注云：「無分切。」

〔數十〕宋本、那波本、盧校俱作「十數」。

〔殺人〕「殺」，宋本作「煞」，字同。

論承璀職名狀

承璀充諸軍行營招討處置使

右，緣承璀職名，自昨日來，臣與李絳等已頻論奏。又奉宣令依前定者，臣實深知不可，豈敢順旨便休？伏望聖慈，更賜詳察。臣伏以國家故事，每有征伐，專委將帥，以責成功。近年已來，漸失舊制。始加中使，命爲都監。頃者韓全義討淮西之時，以賈良國爲都監。近日高崇文討劉闢之時，以劉貞亮爲都監。此皆權宜，且爲近例。然則興王者之師，徵天下之兵，自古及今，未有令中使專統領者。今神策軍既不置行營節度使，即承璀便是制將。又充諸軍招討處置使，即承璀便是都統。豈有制將、都統而使中使兼之？臣恐四方聞之，必輕朝庭；四夷聞之，必笑中國；王承宗聞之，必增其氣。國史記之，後嗣何觀？陛下忍令後代相傳，云以中官爲制將、都統，自陛下始？伏乞聖慮，以此思之。臣又兼恐劉濟、茂昭及希朝、從史乃至諸道將校，皆恥受承璀指麾。心既不齊，功何由立？此是資承宗之計而挫諸將之勢也。伏乞聖慮又以此思之。臣伏以陛下自春宫以來，則曾驅使承璀。歲月既久，恩澤遂深。望陛下念其勤勞，貴之可也；陛下憐其忠赤，富之可也。至於軍國權柄，動關於治亂；朝廷制度，出自於祖宗。陛下寧忍徇下之情而自隳法制，從人之欲而自損聖明？何不思於一時之間，而取笑於萬代之後？今臣忘身命，瀝肝膽，爲陛下痛言者，非不知逆耳，非不知危身。但以螻蟻之命至輕，社稷之計至重。伏乞聖慮又以此思之。陛下必不得已，事須用之，即望改爲都監，且徇舊例。雖威權尚重，而制度稍存。天下聞之，不甚驚聽。如蒙允許，伏望速宣與中書，改爲諸軍都監。臣不勝憂迫懇切彷徨之至。

【箋】作於元和四年（八〇九），三十八歲，長安，左拾遺、翰林學士。見陳譜及汪譜。舊書卷一六六白居易傳：「王承宗拒命，上令神策中尉吐突承璀爲招討使，諫官上章者十七八，居易面論，辭情切至。既而又請罷河北用兵，凡數千言，皆人之難言者，上多聽納，唯諫承璀事切，上頗不悦，謂李絳曰：『白居易小子是朕拔擢致名位，而無禮於朕，朕實奈何！』絳對曰：『居易所以不避死亡之誅，事無巨細必言者，蓋酬陛下特力拔擢耳，非輕言也。陛下欲開諫諍之路，不宜阻居易言。』上曰：『卿言是也。』繇是多見聽納。」

〔承璀〕吐突承璀。見卷五六與承璀詔箋。

〔韓全義〕貞元十五年冬，德宗用全義爲蔡州四面行營招討使，以討吴少誠。全義將略非所長，能以巧佞財賄結中貴人，師之進退悉決於監軍，屢爲吴少誠所敗。見舊書卷一六二、新書卷一四一本傳。

〔賈良國〕舊書卷一六二韓全義傳：「（貞元）十六年五月，遇賊於溵水南廣利城，旗鼓未交，諸軍大潰，爲賊所乘。全義退保五樓，賊對壘相望。潰兵未集，乃與監軍賈英秀、賈國良等保溵水縣。」城按：各本白集俱作「良國」，新書卷一一九白居易傳亦作「良國」，與舊傳異。

〔高崇文〕元和元年，以左神策軍行營節度使討平劉闢有功，授劍南西川節度使。見舊書卷一五一、新書卷一七〇本傳。

〔劉貞亮〕見卷五八論太原事狀三件箋。

【校】

〔題〕「璀」，馬本注云：「取猥切。」

〔何觀〕馬本作「觀之」，非。據宋本、那波本、全文改正。

論元稹第三狀

監察御史元稹貶江陵府士曹參軍

右，伏緣元稹左降事宜，昨李絳、崔羣等再已奏聞，至今未蒙宣報。伏恐愚誠未懇，聖慮未迴。臣更細思，事有不可。所以塵黷，至於再三。臣内察事情，外聽衆議。元稹左降不可者三。何者？元稹守官正直，人所共知。自授御史已來，舉奏不避權勢，只如奏李公佐等之事，多是朝廷親情。人誰無私？因以挾恨。或假公議，將報私嫌。遂使誣謗之聲，上聞天聽。臣恐元稹左降已後，凡在位者每欲舉事，先以元稹爲戒。無人肯爲陛下當官執法，無人肯爲陛下嫉惡繩愆。内外權貴，親黨縱横，有大過大罪者，必相容隱而已，陛下從此無由得知。其不可者一也。昨者元稹所追勘房式之事，心雖奉公，事稍過當。既從重罸，足以懲違。況經謝恩，旋又左降。雖引前事，以爲責詞，然外議諠諠，皆以爲元稹與中使劉士元争廳，自此得罪。至於争廳事理，已具前狀奏陳。況聞劉士元踏破驛門，奪將鞍馬，仍索弓箭，嚇辱朝官。承前已來，未有此事。今中官有罪，未見處置；御史無過，却先貶官。遠近聞知，實損聖德。臣恐從今已後，中官出使，縱暴益甚。朝官受辱，必不敢言。縱有被淩辱毆打者，亦以元稹爲戒，但吞聲而已。陛下從此無由得聞。其不可者二也。臣又訪聞：元稹自去年已來，舉奏嚴礪在東川日枉法收没平人資産八十餘家，又奏王紹違法給券，令監軍神柩及家口入驛。又奏裴玢違勑旨徵百姓草，又奏韓臯使軍將封杖打殺縣令。如此之事，前後甚多。屬朝廷法行，悉有懲罰。計天下方鎮，皆怒元稹守官。今貶爲江陵判司，即是送與方鎮，從此方便報怨，朝廷何由得知？臣聞德宗時有崔善貞密告李錡必反，德宗不信，送與李錡。李錡大怒，遂掘坑縱火，燒殺崔善貞。未數年李錡果反，至今天下爲之痛心。臣恐元稹左降後，方鎮有過，無人敢言，皆欲惜身，永以元稹爲戒。如此則天下有不軌不法之事，陛下無由得知。此其不可者三也。若無此三不可，假如朝廷誤左降一御史，蓋是小事。臣何敢煩黷聖聽至于再三乎？誠以所損者微，所關者大。以此思慮，敢不極言？陛下若以臣此言爲忠，又未能别有處置。必不得已，則伏望且令追制，改與一京司閑官，免令元稹却事方鎮。此乃上裨聖政，下愜人情。伏望細察事情，斷在聖意，謹具奏聞。謹奏。

【箋】　作於元和五年（八一〇），三十九歲，長安，左拾遺、翰林學士。見陳譜。城按：舊書卷一六六白居易傳：「居易與河南元稹相善，同年登制舉，交情隆厚。稹自監察御史謫爲江陵府士曹掾，翰林學士李絳、崔羣上前面論稹無罪。居易累疏切諫曰：『臣昨緣元稹左降，……以此思慮，敢不極言。』疏入不報。」通鑑卷二三八：「（元和五年正月），河南尹房式有不法事，東臺監察御史元稹奏攝之，擅令停務，朝廷以爲不可，罰一季俸，召還西京。至敷水驛，有内侍後至，破驛門呼罵而入，以馬鞭擊稹傷面。上復引稹前過，貶江陵士曹。翰林學士李絳、崔羣言稹無罪。白居易上言：『中使陵辱朝士，中使不問而稹先貶，恐自今中使出外益暴横，人無敢言者。又，稹爲御史，多所舉奏，不避權勢，切齒者衆，恐自今無人肯爲陛下當官執法，疾惡繩愆，有大姦猾陛下無從得知。』上不聽。」

〔元稹〕見卷一贈元稹詩箋。

〔房式〕〔劉士元〕元和五年，元稹爲東臺監察御史，會河南尹房式爲不法事，稹擅令停務，既飛表奏聞，罰式一月俸，仍召稹還京。宿敷水驛，與内官劉士元争廳，士元以箠擊稹傷面。執政以稹年少後輩，務作威福，貶爲江陵府士曹參軍。見舊書卷一六六元稹傳。城按：新傳略同，惟「劉士元」作「仇士良」。趙翼二十二史札記及吕思勉隋唐五代史均謂仇士良、劉士元同與元稹争廳。舊書白居易傳亦作「劉士元」，雖當以「劉士元」爲正，但仇士良乃吐突承璀之同黨，新書元稹傳所記亦未必無據。

〔嚴礪〕元和四年，監察御史元稹奉使東蜀，劾奏故劍南東川節度使嚴礪違制擅賦，時礪已死，七州刺史皆罰俸。稹雖舉職，而執政有與礪厚者惡之，使還，令分務東臺。見舊書卷一六六、新書卷一七四元稹傳。

〔王紹〕〔韓皐〕舊書卷一六六元稹傳：「浙西觀察使韓皐封杖決湖州安吉令孫澥，四日內死。徐州監軍使孟昇卒，節度使王沼（紹）傳送昇喪柩還京，給券乘驛，仍於郵舍安喪柩，稹並劾奏以法。」新書卷一七四元稹傳：「時浙西觀察使韓皐杖安吉令孫澥，數日死。武寧王紹護送監軍孟昇喪，乘驛，內喪郵中，吏不敢止。……凡十餘事，悉論奏。」元集卷三八有論浙西觀察使封杖決殺縣令事、論轉牒事兩文，即爲論奏韓皐、王紹而作。

〔裴玢〕山南西道節度使裴玢於兩税之外，每年擅令百姓供驛草四萬六千七百七十七圍（每圍重二十斤），元稹有彈奏山南西道兩税外草狀論其事。

〔崔善貞〕舊書卷一百十二李國貞傳：「錡恃恩驕恣，有淛西人布衣崔善貞詣闕上封，論錡罪狀，而德宗械送賜錡，錡遂坑殺善貞，天下切齒。」

【校】

〔李公佐〕舊唐書白居易傳作「李佐公」。

〔舉事〕舊唐書白居易傳作「舉職」。

〔内外權貴親黨縱横有大過大罪者〕舊唐書白居易傳作「内外權貴親黨縱有大過大罪者」十三字。

〔昨者〕舊唐書白居易傳作「昨」。

〔奉公〕舊唐書白居易傳作「徇公」。

〔自此〕舊唐書白居易傳作「因此」。

〔收没〕舊唐書白居易傳作「没入」。

〔王紹〕舊唐書白居易傳作「王沼」。

〔裴玢〕「玢」，馬本注云：「卑民切。」

〔方便〕「便」，馬本、全文俱作「鎮」，非。據宋本、那波本、盧校改正。

〔臣聞〕「臣」下全文有「伏」字。

〔崔善貞〕此下舊唐書白居易傳有「者」字。

〔未數年〕此上舊唐書白居易傳有「曾」字。

〔左降〕舊唐書白居易傳作「貶官」。

〔者微〕「微」，舊唐書白居易傳作「深」。

〔京司〕「司」，馬本、全文俱作「師」，非。據宋本、那波本、盧校改正。

請罷兵第二狀 五月十日進。

請罷恒州兵事宜

右，緣討伐恒州事宜，前者已具奏聞。此事至大至切，臣不合一奏便休。伏願聖聰，再賜詳省。臣伏以河北事體，本不合用兵，既已用兵，亦希萬一。所以人意或望成功。今看事勢，保必無望。何者：陛下本用兵之初，第一倚望承璀，第二准擬希朝、茂昭。今承璀自去已來，未敢苦戰，已喪大將，先挫軍威，至今與從史兩軍，入賊界下營未得。從史雖經接戰，與賊勝負略均。況奏報之間，又事恐非實，遷延進退，貴引日時。不唯意在逗留，兼是力難支敵。希朝、茂昭數月已來，方入賊界，據所奏，到賊新市城一鎮便過不得。又奏，深澤縣今却被賊打破。則其進討之勢，想亦可知。劉濟親領全軍，分圍樂壽，又奏，賊城堅守，卒不易攻。師道、季安元不可保，今看情狀，似相計會，各收一縣，便不進軍。如此事由，陛下具見。據其去就，豈有成功？未審聖心何如，更有所望？以臣愚見，速須罷兵。若又遲疑，其害有四。可爲陛下痛惜者二，可爲陛下深憂者二。何則？若保有成功，即不論用度多少；既的知不可，即不合虛費貲糧。悟而後行，事亦非晚。今遲校一日有一日之費，更延旬月，所費滋多。

終須罷兵，何如早罷？臣伏見陛下比來愛人省用，發自深心。至於聖躬，每事節儉。今以府庫錢帛，百姓脂膏，資助河北諸侯，轉令富貴强大。臣每念此，不勝憤歎。此其爲陛下痛惜者一也。臣伏恐河北諸將，見吴少陽已受制命，必引事例輕重，同詞請雪承宗。若章表繼來，即議無不許。請而後捨，模樣可知。轉令承宗膠固同類。如此則與奪皆由鄰道，恩信不出朝廷。實恐威權盡歸河北。臣每念此，實所疚心。其爲陛下痛惜者二也。今天時已熱，兵氣相蒸。至於飢渴疲勞，疫疾暴露，衣甲暑濕，弓箭瘡痍。上有赤日，前有白刃。驅以就戰，人何以堪？縱不惜身，亦難忍苦。況神策官健又最烏雜，以城市之人，例皆不慣如此，忽思生路，或有奔逃。一人若逃，百人相扇。一軍若散，諸軍必摇。事忽至此，悔將何及？此其爲陛下深憂者一也。臣伏聞迴鶻、吐蕃皆有細作，中國之事，小大盡知。今聚天下之兵，唯討承宗一賊，自冬及夏，都未立功。則兵力之强弱，資費之多少，豈宜使西戎北虜一一知之？忽見利生心，承虚入寇，以今日之勢力，可能救其首尾哉？兵連禍生，何事不有？萬一及此，實關安危。臣每思之，憂入骨髓。此其爲陛下深憂者二也。伏惟詳臣此狀，察臣此心。審賜裁量，速有處分。如此則是陛下社稷宗廟之福，不獨天下幸甚。謹具奏聞。

【箋】

作於元和五年(八一〇),三十九歲,長安,左拾遺、翰林學士。見陳譜。通鑑卷二三八:「(元和五年三月己未),諸軍討王承宗者久無功,白居易上言,以爲:『河北本不當用兵,……此其爲陛下深憂者二也。』」宋本、馬本題下原注云:「五月十日進。」城按:此狀通鑑附三月下,則知「五」必「三」之訛,蓋「五」「三」形近易誤。舊書卷十四憲宗紀:「(元和五年四月十五日)甲申,鎮州行營招討使吐突承璀執昭義節度使盧從史,載從史送京師。」使此狀上於五月十日,則後於從史被執幾一月,必不致有「從史雖經接戰,與賊勝負略均,況奏報之間,又事恐非實,遷延進退,貴引日時,不唯意在逗留,兼足力難支敵」等揣猜之詞。通鑑考異謂「五月」作「四月」,亦非。

〔恒州〕見卷五六與恒州節度下將士書箋。

〔希朝〕范希朝。見卷五六與希朝詔箋。

〔茂昭〕張茂昭。見卷五六與茂昭書箋。

〔從史〕盧從史。見卷五六與從史詔箋。

〔新市城〕通鑑卷二三八「希朝、茂昭至新市鎮,竟不能過」胡注:「新市,漢縣名,屬中山郡。唐初,新市鎮屬觀州,武德五年廢州,并廢新市爲鎮,屬九門縣。」

〔劉濟〕見卷五六與劉濟詔箋。

〔師道〕李師道。見卷五六與師道詔箋。

〔季安〕田季安。見卷五六與季安詔箋。
〔吴少陽〕見卷五四授吴少陽淮西節度留後制箋。

【校】

〔題〕此下那波本、全文俱無注。
〔保有〕「保」，馬本、全文俱作「果」，非。據宋本、那波本、盧校改正。
〔此其爲〕「其爲」，宋本、那波本俱作「所謂」，非。

請罷兵第三狀 六月十五日進。

請罷恒州兵馬事宜

右，臣所請罷兵，前後已頻陳奏。今日事勢，又更不同。比來日月漸深，憂惶轉甚。若不極慮，若不切言，是臣懼罪惜身，上負陛下。伏希聖鑒，憐察血誠，知臣心如此，更詳此狀。臣伏以行營近日事體，陛下一一具知。師道令收棣州，至今竟未奉詔。至於表章詞意，近者亦甚乖宜。季安等心元不可測，與賊計會，各收一空縣而已，相顧拱手便休。聞昨者澤潞潰散健兒，其間有入魏博却投邢州者，季安追捉，並按軍令。昨所與詔，都不禀承。據此情狀，略無形迹。但恐今日已後，此輩無不辦爲。又比來所望有功，只在南北兩道。今北道希朝等屯軍向欲半年，過新市一鎮未得。茂昭又稱兵少，特地方請加兵。則南道勢力，今亦可見。北道承璀，竟未立功，元陽新到邢州，又奏兵數至少，請諸軍兵馬，議不可抽。假使承璀等竭力盡忠，終恐不副聖意。據此事勢，萬無成功。陛下猶未罷兵，不知更有何所待？臣伏恐劉濟近日情似盡忠，今忽罷兵，慮傷其意。以臣所見，理固不然。劉濟大姦過於羣輩，外雖似順，中不可知。有功無功，進退獲利。初聞罷討，或可有詞，見雪恒州，必私懷喜。何則？與承宗本末之勢同也。假令劉濟實忠實盡，陛下難阻其心，猶須計量重輕，捨小圖大。豈緣劉濟一人惆悵，而不顧天下遠圖？況今事情又不至此。伏望聖意，斷之不疑。臣昨者以軍久無功，時又漸熱，人不堪命，慮有奔逃。前狀之中，已具陳奏。今果聞神策所管徐泗、鄭滑兩道兵馬，各有言語，似少不安。臣自聞之，不勝憂切。一軍若不寧帖，必扇諸軍之心。自此動揺，何慮不有？事忽至於此者，則陛下求不罷討得乎？一種罷兵，何如早罷？必待事不得已然後罷之，只使陛下威權轉銷，天下模樣更惡。如此事勢，皆在目前。只合逆防，不合追悔。今盧從史已歸罪左降，王承宗又乞雪表來，元陽方再整本軍，劉濟且引兵欲進。因此事勢，正可罷兵。赦既有名，罷猶有勢。若又此時不罷，臣實不測聖心。臣伏料陛下去年初鋭意用兵之時，必謂討承宗如討劉闢、李錡，兵合之後，坐見誅擒。豈料遷延經年如此？然則始謀必剋，猶不可知。後事轉難，更何所望？至於竭府庫以富河北諸將，虛中國以使戎狄生心，可爲深憂，可爲痛惜，已具前奏，不敢再陳。況今日已前，所惜者威權財用；今日已後，所憂者治亂安危。國家有天下二百年，陛下承宗社十一葉。豈得以小忿而忘國家大計？豈得以小恥而忘宗社遠圖？伏願聖心以此爲慮。臣前後已獻三狀，不啻千言。詞既繁多，語亦懇切。陛下若以臣所見非是，所言非忠，況又塵黷不休，臣即合便得罪。若以臣所見爲是，所言爲忠，則陛下何忍知是不從，知忠不納？不然，則臣合得罪。不然，則陛下罷兵。伏望讀臣此狀一二十遍，斷其可否，速賜處分。臣不勝負憂待罪，懇迫兢惶之至。謹奏。

【箋】

作於元和五年（八一〇），三十九歲，長安，京兆户曹參軍、翰林學士。通鑑卷二三八：「（元和五年）六月甲申，白居易復上奏，以爲：『臣比請罷兵，今之事勢，又不如前，不知陛下復何所待！』是時，上每有軍國大事，必與諸學士謀之。」

〔元陽〕孟元陽。見卷五六與元陽詔箋。

【校】

〔題〕此下那波本、全文俱無注。

〔北道〕「北」，馬本、全文俱作「師」，據宋本、那波本改。

〔與承宗〕「與」，馬本、全文俱作「於」，非。據宋本、那波本、盧校改正。

〔昨者〕「者」，馬本、全文俱作「日」，非。據宋本、那波本改正。又盧校作「昨日者」，亦非。

〔臣所見〕「臣」上那波本脱「若以」二字。

〔速賜〕「賜」，宋本、那波本俱作「則」。

〔兢惶〕「兢」，馬本作「競」，非。據宋本、那波本、全文、盧校改。

論嚴綬狀

奉宣令依中書狀撰制除嚴綬江陵節度使

右，臣伏以趙宗儒衆稱清介有恒，嚴綬衆稱怯懦無恥。二人臧否優劣相懸。宗儒自到江陵，雖無殊政，亦聞清浄，境内頗安。縱要改移，即合便擇勝宗儒者。且嚴綬在太原之事，聖聰備聞。天下之人，以爲談柄。陛下罷其節制，追赴朝廷。至今人情以爲至當。今忽再用，又替宗儒。臣恐制書下後，無不驚歎。兼邪人得計，正人憂疑，大乖羣情，深損朝政。臣前後所奉宣撰制，若非甚不可者，亦不敢切論。今此除授，實甚不可。伏望聖意，更賜裁量。其制未敢便撰，伏待聖旨。謹奏。

【箋】

作於元和六年（八一一），四十歲，長安，京兆户曹參軍、翰林學士。

〔嚴綬〕見卷五八論太原事狀箋。

〔趙宗儒〕舊書卷十四憲宗紀：「（元和六年四月己卯），以前荆南節度使趙宗儒爲刑部尚書。」同書又云：「（元和六年三月）丁未，以檢校右僕射嚴綬爲江陵尹、荆南節度使。」則知宗儒爲嚴綬之前任。

【校】

〔奉宣撰制〕「奉」，馬本作「奏」，非。據宋本、那波本、全文改正。

論孟元陽狀

奉宣令依中書狀撰制除孟元陽右羽林軍統軍仍封趙國公食邑三千户

右，臣伏以孟元陽澱水有功，河陽有政。自到澤潞，戎事頗修。但以老年，事須與替。比諸流輩，事迹不同。今所除官，合加優獎。昨者范希朝在太原日，昏耄不理，人情共知。及除統軍，衆猶謂屈。今元陽事迹不同希朝，又除統軍，恐似更屈。雖加封爵，悉是虚名。況元陽功効忠勤，天下有數。今以無能者一例除改，無所旌別，臣恐今日已後，無以勸人。以臣所見，若改除金吾大將軍，輕重之間，實爲得所。只如柳惟晨、李簡之輩，有何功業，合比元陽？猶居此官，動逾年歲。伏望聖慈，以此裁量。其制未敢依中書狀便撰，謹具奏聞，伏待聖旨。謹奏。

【箋】

作於元和六年（八一一），四十歲，長安，京兆户曹參軍、翰林學士。

〔孟元陽〕舊書卷十四憲宗紀：「（元和五年四月壬申），以河陽節度使孟元陽爲潞州長史、昭義軍節度、澤潞磁邢洺觀察使。……（元和六年）三月乙未朔，以河南尹郗士美檢校工部尚書、兼潞府長史、昭義軍節度使。」則知士美即元陽之後任，元陽入朝亦在此時。

【校】

〔溵水〕「溵」，馬本、全文俱訛作「激」，據宋本、那波本、盧校改正。

謝官狀

新授將仕郎守左拾遺翰林學士臣白居易
新授朝議郎守尚書庫部員外郎翰林學士雲騎尉臣崔羣

右，臣等伏奉恩制除前件官，今日守謙奉宣進旨，特加慰諭，并賜告身者。聖慈曲被，寵命猥加。俯以拜恩，跪而受賜，蹈舞離次，驚惶失圖。伏以郎吏諫官，古今所重，位當星象，職在箴規。皆須問望清方，行實端慤，然可以佐彌綸於草昧，能正其詞，盡獻納於芻言，必直其節。苟輕所選，實忝厥官。臣等學識庸虚，才質愚懦。自居近職，忝冒已深。況超擢榮班，慚惶交至。初授殊常之寵，聞實若驚，再思難報之恩，感而欲泣。唯當奮勵駑鈍，補拾闕遺。中誓赤誠，上酬玄造。俯伏憂愧，若無所容。無任感恩兢惕之至，謹奉狀陳謝以聞。謹奏。

【箋】

作於元和三年（八〇八），三十七歲，長安，左拾遺、翰林學士。

〔白居易〕見卷五八初授拾遺獻書箋。

〔崔羣〕重修承旨學士壁記：「崔羣，元和二年十一月六日，自左補闕充。三年四月二十八日，加庫部員外郎。」

〔守謙〕中人梁守謙。舊書卷一八四宦官王守澄傳：「……守澄與中尉馬進潭、梁守謙、劉承偕、韋元素等定册立穆宗皇帝。」

【校】

〔題〕英華作「謝官告狀」。

〔進旨〕「旨」，英華作「止」，注云：「集作『旨』。」

〔星象〕「星」，英華作「辰」，注云：「集作『星』。」

〔問望〕「問」，英華作「聞」，注云：「集作『問』。」

〔草昧〕「昧」，英華作「奏」，注云：「集作『昧』。」

〔憂愧〕英華作「愧畏」，注云：「集作『憂愧』。」

奏陳情狀　元和五年四月二十六日進。

翰林學士將仕郎守左拾遺臣白居易

右，今日守謙奉宣聖旨，以臣本官合滿，欲議改轉，知臣欲有陳露，令臣將狀來者。臣有情事，不敢不言。伏希聖慈，俯察愚懇。臣母多病，臣家素貧。甘旨或虧，無以爲養；藥餌或闕，空致其憂。情迫於中，言形於口。伏以自拾遺授京兆府判司，往年院中曾有此例。資序相類，俸禄稍多。儻授此官，臣實幸甚。則及親之禄，稍得優豐；荷恩之心，不勝感激。輒敢塵黷，無任兢惶。謹具奏陳，伏待聖旨。

【箋】

作於元和五年（八一〇），三十九歲，長安，左拾遺、翰林學士。城按：舊書卷一六六白居易傳：「（元和）五年，當改官，上謂崔羣曰：『居易官卑俸薄，拘於資地，不能超等，其官可聽自便奏來。』居易奏曰：『臣聞姜公輔爲内職，求爲京府判司，爲奉親也。臣有老母，家貧養薄，乞如公輔例。』於是除京兆府户曹參軍。」與此文小異。

【校】

〔題〕此下那波本、全文俱無注。

〔伏待〕「待」，宋本作「在」，非。

謝官狀 元和五年五月六日進。

新授京兆府户曹參軍翰林學士臣白居易

右，伏奉恩制除臣前件官，今日守謙奉宣聖旨，特加慰諭，兼賜告身者。俯傴拜恩，怵惕受命。戰越跼迹，驚惶失容。蹈舞屏營，不知所據。臣叨居近職，已涉四年。自顧庸昧，無裨明聖。塵忝歲久，憂慚日深。況於官禄之間，豈敢有所選擇？但以位卑俸薄，家貧親老。養闕甘馨之費，病乏藥石之資。人子之心，有所不足。昨蒙聖念，雖許陳情；敢望天恩，遽從所欲。況前件官位望雖小，俸料稍優，臣今得之，勝登貴位。此皆皇明俯察，玄造曲成。念臣爲子之誠，賜臣及親之禄。臣所以撫心知愧，因事吐誠。烏鳥私情，得盡歡於展養；犬馬微力，誓効死以酬恩。榮幸不止於一身，感戴實深於萬品。無任荷恩抃躍之至。

【箋】

作於元和五年（八一〇），三十九歲，長安，京兆户曹參軍、翰林學士。見陳譜。

〔白居易〕重修承旨學士壁記：「（元和）五年五月五日，改京兆府户曹參軍，依前充。」

〔俸料稍優〕按唐制，外官較朝官俸禄爲厚。

【校】

〔題〕此下那波本、全文俱無注。

〔臣白居易〕「白」上各本俱脱「臣」字，據英華補。

〔俯偪〕「偪」，英華作「僂」，注云：「集作『偪』。」

〔踴迹〕英華作「踴躇」。
〔天恩〕「恩」，英華作「慈」，注云：「集作『恩』。」
〔稍優〕「稍」，英華作「則」，注云：「集作『稍』。」
〔皇明〕「皇」下英華注云：「集作『聖』，非。」
〔之誠〕「誠」，英華作「心」，注云：「集作『誠』。」

謝蒙恩賜設狀

右，今日守謙奉宣聖旨，以臣初入院，特賜設者。臣生長窮賤，才質孱微。草野鄙夫，風塵走吏。豈期聖造，選在禁闈？煦以天慈，賜以御食。臣所以凌兢受命，俯伏荷恩，心魂不寧，手足無措。況樽開九醞，饌列八珍。惠過加籩，榮優置醴。金罍引滿，將王澤而共深；玉饌屬厭，與聖德而俱飽。終食且歎，捫心自驚。戰汗慚惶，隕越于下。謹奉狀陳謝以聞。謹奏。

【箋】
作於元和二年（八〇七），三十六歲，長安，盩厔尉、翰林學士。
〔賜設〕即賜食。洪遵翰苑遺事引朱勝非秀水閑居録：「唐制：翰林學士初入院，賜設并衣服。中和節賜紅牙銀寸尺。上巳重陽并賜宴曲江。清明賜新火。夏賜冰。臘日賜口脂及紅雪澡豆。歲前賜曆日。有所修撰，則賜茶果酒脯，策試程文則賜設并匹帛。社日賜酒、蒸餅、䭔餅等。事見唐人文集。」并參見本卷謝賜設及匹帛狀箋。

【校】

〔題〕英華作「謝賜設狀」。

〔賜以御食〕英華作「賜之豐食」。注云：「集作『賜以御食』。」

〔饌列〕「饌」，英華作「筵」，注云：「集作『饌』。」

〔王澤〕英華作「皇澤」。

謝恩賜衣服狀

右，今日守謙奉宣聖旨，以臣初入院，特賜衣服者。臣自入禁司，纔經旬月，未陳薄效，累受殊私。況前件衣服等，獻自遠方，降從御府。既鮮華而駭目，亦輕煖而便身。臣實何人，堪此榮賜？臣必擬秘藏篋笥，傳示子孫。何則？顧陋質而懷慚，貌非稱服；撫微軀而荷寵，力不勝衣。因物感恩，無任愧懼。謹奉狀。

【箋】

作於元和二年（八〇七），三十六歲，長安，盩厔尉、翰林學士。

【校】

〔未陳〕「陳」，英華作「申」，注云：「集作『陳』。」

三月三日謝恩賜曲江宴會狀

右，今日伏奉聖恩賜臣等於曲江宴樂，并賜茶果者。伏以暮春良月，上巳嘉辰。獲侍宴於内庭，又賜歡於曲水。蹈舞踴地，歡呼動天。況妓樂選於内坊，茶果出於中庫。榮降天上，寵驚人間。臣等謬列近司，猥承殊澤。捧觴知感，終宴懷慚。肉食無謀，未展涓埃之効；素飡有愧，難勝醉飽之恩。以此兢惶，未知所報。謹奉狀陳謝以聞。謹奏。

【箋】

作於元和二年（八〇七）至元和六年（八一一），長安。

〔曲江宴會〕劇談録卷下：「曲江池本秦世隑洲，開元中疏鑿，遂爲勝境。其南有紫雲樓、芙蓉苑，其西有杏園、慈恩寺，花卉環周，烟水明媚，都人遊玩，盛於中和、上巳之節，綵幄翠幬，匝於堤岸，鮮車健馬，比肩擊轂。上巳節賜宴臣僚，京兆府大陳筵席。長安、萬年兩縣以雄盛相較，錦繡珍玩無所不施。百辟會於山亭，恩賜太常及教坊聲樂，池中備綵舟數隻，唯宰相、三使、北省官與翰林學士登焉。每歲傾動皇州，以爲盛觀。」並參見本卷謝蒙恩賜設狀箋。

【校】

〔題〕「宴會」，英華作「宴樂」。

〔上巳〕英華作「元巳」。

〔獲侍〕「獲」，英華作「已」，注云：「集作『獲』。」

〔殊澤〕「澤」，英華作「渥」，注云：「集作『澤』。」

〔涓埃〕「涓」，馬本訛作「消」，據宋本、那波本、英華、全文、盧校改正。

九月九日謝恩賜宴曲江會狀

右，臣今日伏奉進旨，賜臣等於曲江宴會，特加宣慰，并賜酒脯等者。伏以重陽令節，大有豐年。賜宴於無事之朝，追歡於最勝之地。況天廚酒脯，御府管絃。寵賜忽降於寰中，慶幸實生於望外。仍加慰諭，曲被輝華。臣等各以凡才，同參密職。幸偶休明之日，多承飫賜之恩。樂感形骸，歡容動而成舞；澤均草木，秋色變以爲春。徒激丹心，豈報玄澤？謹奉狀。

【箋】

作於元和二年（八〇七）至元和六年（八一一），長安。

【校】

〔題〕英華作「九月九日謝恩賜曲江宴會狀」。

〔臣今〕「今」上英華無「臣」字。城按：「臣」字衍。

〔澤均〕「澤」，英華作「榮」，注云：「集作『澤』。」

〔奉狀〕此下英華有「陳謝以聞謹奏」六字。

臘日謝恩賜口蠟狀

右，今日蒙恩賜臣等前件口蠟及紅雪澡豆等，仍以時寒，特加慰問者。伏以時逢臘節，候屬祁寒。豈意聖慈，不忘微賤，念嚴凝而加之煦嫗，慮皸瘃而潤以脂膏。喜氣動中，歡容發外。挾纊之恩所勉，和則體舒；不龜之澤既霑，感而手舞。臣等省躬懷愧，因物諭情。豈止飲德瑩心，唯驚寵賜；必擬澡身勵節，以答鴻私。感躍之誠，倍萬恒品。謹具奏聞。謹奏。

【箋】

作於元和二年（八〇七）至元和六年（八一一），長安。

〔口蠟〕即口脂。劉禹錫謝曆日面脂口脂表云：「……兼賜臣墨詔及貞元十七年新曆一軸，臘日面脂口脂紅雪紫雪，并金花銀合二，含稜合二。……」城按：口脂爲唐制常賜之物，丹鉛總録徵引頗詳，其卷二一云：「杜子美臘日詩：『口脂面藥隨恩澤，翠管銀罌下九霄。』唐制臘日宣賜脂藥。李嶠有謝賜口脂表云：『青牛帳裏，未輟爐香；朱鳥窗前，新調鉛粉。揉之以辛夷甲煎，然之以桂火蘭蘇。』令狐楚表云：『雪散凝紅紫之名，香膏蘊蘭蕙之氣。合自金鼎，貯于雕奩。』劉禹錫有代謝賜表云：『宣奉聖旨，賜臣臘日口脂面脂，紫雪紅雪。雕奩既開，珍藥斯見。膏凝雪瑩，含液騰芳。』可補杜詩注之遺。」

【校】

〔題〕英華作「臘日謝賜口脂狀」，「脂」下注云：「集作『蠟』。」

〔慰問者〕「問」下馬本脱「者」字，據宋本、那波本、全文、盧校補。

〔皸瘃〕馬本「皸」下注云：「規倫切。」「瘃」下注云：「之文切。」

〔喜氣〕「喜」，英華作「嘉」，注云：「集作『喜』。」

〔所勉〕英華作「甫及」，注云：「集作『所勉』。」

〔瑩心〕「瑩」，馬本、全文俱作「縈」，據宋本、那波本、英華、盧校改。

〔唯驚〕「唯」，英華作「空」，注云：「集作『唯』。」

中和日謝恩賜尺狀

右，今日奉宣賜臣等紅牙銀寸尺各一者。伏以中和屆節，慶賜申恩。當晝夜平分之時，頒度量合同之令。況以紅牙爲尺，白銀爲寸。美而有度，焕以相宣。逮下明忖度之心，爲上表裁成之德。慶澤所及，歡心畢同。臣等塵忝日深，寵錫歲至。雖恩光下濟，咫尺之顔不違，而尸素内慚，分寸之功未効。捧受愧畏，倍萬恒情。謹具奏聞，謹奏。

【箋】

作於元和二年（八〇七）至元和六年（八一一），長安。

〔賜尺〕見本卷謝蒙恩賜設狀箋。

【校】

〔題〕英華作「中和節謝賜尺狀」。

〔臣等〕此下英華有「前件」二字。

〔屆節〕「屆」，英華作「戒」，注云：「集作『屆』。」

〔白銀〕「銀」，英華作「金」，注云：「集作『銀』。」

謝清明日賜新火狀

右，今日高品官唐國珍就宅宣旨賜臣新火者。伏以節過藏煙，時當改火。助和氣以發滯，表皇明以燭幽。臣顧以賤微，荷兹榮耀。就賜而照臨第宅，聚觀而光動里閭。降實自天，非因榆柳之燧，仰之如日，空傾葵藿之心。徒奉恩輝，豈勝欣戴？

【箋】

作於元和二年（八〇七）至元和六年（八一一），長安。

〔新火〕李肇翰林志：「每歲内賜春服物三十匹，暑服三十匹，緜七屯。寒食節，料物三十匹、酒、飴、杏酪粥、屑肉啖。清明，火。二社，蒸饌。端午，衣一副、金花銀器一事、百索一軸、青團鏤竹大扇一柄、角糉。三服，粆蜜。重陽，酒、餹、粉糕。冬至，歲酒、兔、野雞。」并參見本卷謝蒙恩賜設狀箋。

【校】

〔題〕英華作「清明謝賜衣狀」。

〔節過〕英華作「節遇」。

謝恩賜冰狀

右，今日奉宣旨賜臣等冰者。伏以頒冰之儀，朝廷盛典。以其非常之物，用表特異之恩。況春羔之薦時，始因風出；當夏蟲之疑日，忽自天來。煩暑迎消，涼飇隨至。受此殊賜，臣何以堪？欣駭慚惶，若無所措。但飲之慄慄，常傾受命之心，捧之兢兢，永懷履薄之戒。以斯惕厲，用答皇慈。謹奉狀陳謝以聞。

【箋】

約作於元和二年（八〇七）至元和六年（八一一），長安。

【校】

〔題〕英華作「謝賜冰狀」。

〔涼飇〕「涼」，英華作「清」，注云：「集作『涼』。」

〔皇慈〕「慈」，英華作「恩」，注云：「集作『慈』。」

謝賜新曆日狀

右，今日蒙恩賜臣等前件新曆日者。臣等拜手蹈舞，鞠躬捧持。開卷授時，見履端之有始；披文閱處，知御曆之無窮。慶賀既深，感戴無極。謹奉狀陳謝。

【箋】

作於元和二年（八〇七）至元和六年（八一一），長安。

〔新曆日〕劉禹錫有謝曆日面脂口脂表、李中丞謝鍾馗曆日表、杜相公謝鍾馗曆日表，可知曆日亦唐制常賜之物。

謝恩賜茶果等狀

右，今日高品杜文清宣進旨，以臣等在院，修撰制問，賜茶果梨脯等。曲蒙聖念，特降殊私。慰諭未終，錫賚旋及。臣等慚深曠職，寵倍驚心。述清問以修詞，言非盡意；仰皇慈而受賜，力豈勝恩？徒激丹誠，詎酬玄造？

【箋】作於元和二年(八〇七)至元和六年(八一一),長安。

【校】〔題〕英華作「謝賜茶果等狀」。

〔進旨〕「旨」,英華作「止」,注云:「集作『旨』。」城按:英華作「止」是。

〔茶果梨脯等〕英華作「茶脯梨果者」,注云:「集作『茶果梨脯等』。」

〔詎酬〕「詎」,英華作「庶」,注云:「集作『詎』。」

〔玄造〕「造」下英華有「無任欣戴抃躍之至」八字。

謝賜設及匹帛狀

右,今日高品劉全節奉宣進旨,以臣等在院覆策畢,特加慰問,并賜設及匹帛者。臣等職在掌文,詔令考策,雖竭鄙昧,猶懼闕遺。豈意皇鑒下臨,聖慈曲至,惠加賜食,榮及承筐。寵厚縑緗,仰難勝於玄貺;恩深醉飽,退有愧於素餐。徒積慚惶,何酬慶賜?

【箋】

作於元和二年（八〇七）至元和六年（八一一），長安。

〔賜設〕即賜食。劉禹錫有爲杜相公謝就宅賜食狀云：「……右高品某奉宣聖旨，賜臣食者，出自大官，飫於私第。」蓋唐制如此。

【校】

〔進旨〕「旨」，英華作「止」，注云：「集作『旨』。」城按：英華作「止」，是。

〔慶賜〕此下英華有無任感戴屏營之至」八字。

社日謝賜酒餅狀

右，今日蒙恩賜臣等酒及蒸餅鐶餅等。伏以時唯秋社，慶屬年豐。頒上尊之酒漿，賜太官之餅餌。既非舊例，特表新恩。空荷皇慈，豈伸丹慊？謹奉狀陳謝。

【箋】

作於元和二年（八〇七）至元和六年（八一一），長安。

【校】

〔陳謝〕宋本、那波本俱無此二字。

白居易集箋校卷第六十

奏狀三　凡七首

論重考科目人狀

今年吏部應送科目及平判人所試文書等

右，臣等奉中書門下牒，稱奉進旨，令臣等重考定聞奏者。臣等竊有所見，不敢不奏。伏以今年吏部科第，不置考官，唯遣尚書侍郎二人考試。吏部事至繁劇，考送固難精詳，所送文書未免瑕病，臣等若苦考覆，退者必多。韓皐累朝舊臣，伏料陛下不能以小事致責。臣等又以朝廷所設科目，雖限文字，其間收採，兼取人材。今吏部只送十人，數且非廣，其中更重黜落，亦恐事體不弘。以臣所見，兼請不考。已得者不妨儌倖，不得者所勝無多。貴收人材，務存大體。伏乞以臣等此狀宣付宰臣，重賜裁量。伏聽進旨。

元和十五年十二月十三日重考定科目官、將仕郎、守尚書司門員外郎臣白居易等狀奏。

重考定科目官、將仕郎、守尚書祠部員外郎、上護軍臣李虞仲。

【箋】

作於元和十五年（八二〇），四十九歲，長安，司門員外郎。城按：此卷那波本編在卷四三。

〔韓皋〕舊書卷一二九韓皋傳：「（元和十五年）十二月，以銓司考科目人失實，與刑部侍郎、知選事李建罰一月俸料。」白氏此文所指當即此事。

〔李虞仲〕見卷四八李虞仲可兵部員外郎崔戎可户部員外郎制箋。

【校】

〔元和十五年以下五十九字〕全文無。

舉人自代狀

中書省朝議郎權知尚書兵部郎中騎都尉楊嗣復

右，臣伏准建中元年正月五日勅，文武常參官上後三日舉一人自代者。伏以前件官有辯政之學，有體要之文。文可以掌王言，學可以待顧問。名實相副，輩流所推。選備侍臣，參知制命。酌其宜稱，誠合在先。臣既諳詳，輒舉自代。謹具聞薦，伏聽勅旨。

長慶元年正月四日，新授朝議郎、守尚書主客郎中、知制誥臣白居易狀奏。

【箋】

作於長慶元年（八二一），五十歲，長安。舊書卷十六穆宗紀：「（元和十五年十二月）丙申（二十八日），以司門員外郎白居易爲主客郎中、知制誥。」

〔楊嗣復〕元和末，自禮部員外郎遷兵部郎中。見舊書卷一七六本傳。

〔建中元年……勅〕舊書卷十二德宗紀：「（建中元年正月）辛未（五日）……常參官、諸道節度觀察防禦等使、都知兵馬使、刺史、少尹、畿赤令、大理司直評事等授訖，三日内於四方館上表，讓一人以自代。其外官委長吏附送其表。……」

【校】

〔長慶元年以下二十九字〕全文無。

論重考試進士事宜狀

右，臣等伏料自欲重試進士已來，論奏者甚衆。伏計煩黷聖聽之外，必以爲或親或故，同爲黨庇。臣今非不知此，但以避嫌事小，隱情責深，所以冒犯天威，不敢不奏。伏希聖鑒，試詳臣言。伏以陛下慮今年及第進士之中，子弟得者僥倖，平人落者受屈，故令重試重考，此乃至公至平。凡是平人，孰不慶幸？況臣等才識淺劣，謬蒙選充考官，自受命已來，夙夜惶懼，實憂愚昧，不副天心。敢不盡力竭誠，苦考得失？其間瑕病，纖毫不容，猶期再三，知臣懇盡。然臣等別有愚見，上裨聖聰，反覆思量，輒敢密奏。伏准禮部試進士，例許用書策，兼得通宵。得通宵則思慮必周，用書策則文字不錯。昨重試之日，書策不容一字，木燭只許兩條。迫促驚忙，幸皆成就。若比禮部所試，事校不同。雖詩賦之間，皆有瑕病；在與奪之際，或可矜量。儻陛下垂仁察之心，降特達之命，明示瑕病，以表無私，特全身名，以存大體。如此則進士等知非而愧恥，其父兄等感激而戴恩。至於有司，敢不懲革？臣等皆蒙寵擢，又忝職司。實願裨補聖明，敢不罄竭肝膽？謹具奏聞，伏待聖裁。謹奏。

長慶元年四月十日重考試進士官、朝議郎、守尚書主客郎中、知制誥臣白居易等奏。

重考試進士官、朝散大夫、守中書舍人、上輕車都尉臣王起。

【箋】作於長慶元年（八二一），五十歲，長安，主客郎中、知制誥。城按：長慶元年，錢徽爲禮部侍郎試進士，時宰相段文昌出鎮蜀川，故刑部侍郎楊憑子渾之以家藏書畫獻文昌求致進士第。文昌將發，面托錢徽，繼以私書保薦。翰林學士李紳亦托舉子周漢賓於徽。及榜出，渾之、漢賓皆不中選，而李宗閔婿蘇巢及汝士季弟殷士俱及第，文昌、李紳大怒，遂以其事面奏穆宗，言徽所放進士鄭朗等十四人皆子弟藝薄，不當在選中。遂命中書舍人王起、主客郎中知制誥白居易於子亭重試，内出題目孤竹管賦、鳥散餘花落詩，而十人不中選。尋貶徽爲江州刺史。見舊書卷一六八錢徽傳。舊書卷十六穆宗紀：「（長慶元年三月）己未（二十三日），……勑今年錢徽下進士及第鄭朗等一十四人，宜令中書舍人王起、主客郎中知制誥白居易等重試以聞。」陳譜略同舊傳，謂居易此文之意「大抵欲從寬也」，所論良是。又按：陳寅恪唐代政治史述論稿中篇第九〇頁謂居易係牛

僧孺之黨，岑仲勉隋唐史卷下第四〇四頁辨陳氏之非，謂「長慶元年，白爲進士重試官，將宗閔壻

蘇巢落下，與主張用兵之裴度親善，顯不能列於牛黨」，其説亦是，實則居易依違於牛、李之間，關

係至爲錯綜複雜，由此狀可知其初意本不欲開罪任何一方也。

鼎未開。〔書策〕〔木燭〕程大昌考古篇卷七：「唐人嘗有題詩試闈者曰：『三條燭盡鐘初動，九轉丹成

殘月漸低人擾擾，不知誰是謫仙才。』讀此知其爲夜試矣。而未知自夜以始抑通晝夜也。

白樂天集長慶元年重考試進士事宜狀：『伏準禮部試進士例許用書策兼得通宵，得通宵則思慮

精，用書策則文字不錯。然(昨)重試之日，書策不容一字，木燭只許兩條，迫促驚忙，幸皆成就，與

禮部所試不同，縱有瑕病，或可矜量。』其曰通宵，則知自晝達夜。前詩言盡三燭，而此止得兩燭，

皆可略存唐制也。」城按：士人懷挾號曰書策。容齋三筆卷十唐夜試進士云：「唐進士入舉場得

用燭，故或者以爲自平旦至通宵。劉虛白有『二十年前此夜中，一般燈燭一般風』之句及三條燭盡

之説。按舊五代史選舉志云：長興二年，禮部貢院奏當司奉堂帖夜試進士有何條格者，勑旨：秋

來赴舉，備有常程；夜後爲文，曾無舊制。王道以明規是設，公事須白晝顯行。其進士並令排門

齊入就試，至閉門時試畢，内有先了者，上歷晝時旋令先出。其入策亦須晝試，應諸科對策，並依

此例。則晝試進士，非前例也。清泰二年，貢院又請進士試雜文，並點門入省，經宿就試。至晉開

運元年，又因禮部尚書知貢舉竇正固奏：自前考試進士，皆以三條燭爲限，並諸色舉人有懷藏書

册，不令就試。未知於何時復有更革？白樂天集中奏狀云：進士許用書册，兼得通宵。但不明言

入試朝暮也。」羅大經鶴林玉露補遺、吴旦生歷代詩話卷五三、汪琜松烟小録卷六、俞樾茶香室叢鈔卷七俱引此條，内容略同。

【校】

〔非不知此〕「知」下馬本、全文俱脱「此」字，據宋本、那波本、盧校補。

〔此乃〕「乃」上馬本、全文俱脱「此」字，據宋本、那波本、盧校補。

〔長慶元年以下五十六字〕全文無。

讓絹狀 長慶元年八月十三日進。

恩賜田布與臣人事絹五百匹

右，田布以臣宣諭進旨，敬命荷恩，遂與臣前件絹。臣不敢受，尋以奏陳。昨日中使第五文岑就宅奉宣，令臣受取者。臣已當時進狀陳謝訖。感戴聖恩，昨日不敢不謝。酌量事理，今日不敢不言。臣家素貧，非不要物。但以昨者陛下遣臣宣諭田布，不同常例。田布今日之事，不同諸家。何者？未報父讎，未雪國恥，凡人有物，猶合助之。況取其財，有所不忍。又昨除田布魏博節度制中誡云：一飯之飽，必均於士卒；一毫之費，必用於戈矛。今以五百匹絹與臣，臣若便受，則是有違制命，不副天心。臣又以凡節將之臣，發軍討叛，大費雖資於公給，小用亦藉其家財。今陛下方欲使田布誓心報雠，捐軀殺賊。伏料宣諭慰問，使者道路相望。若奉使之人悉須得物，臣恐鎮州賊徒未殄，田布財産已空。欲救將來，乞從臣始。此則求田布物者必息，而田布感聖渥倍深。責其成功，必有可望。臣食國家之厚禄，居陛下之清官，每月俸錢，尚慚尸素，無名之貨，豈合苟求？伏願天鑒照臨，知臣不是飾讓。臣又非不知如此小事，不合塵黷尊嚴，心實不安，不敢不奏。其前件絹臣尋已却還田布，伏乞聖慈許臣不取，仍望宣示田布，令知聖恩。謹録奏聞，伏待進旨。

【箋】

作於長慶元年（八二一），五十歲，長安，主客郎中、知制誥。

〔田布〕新書卷一一九白居易傳：「俄轉中書舍人。田布拜魏博節度使，命持節宣諭，布遺五百縑，詔使受之。辭曰：布父雠國恥未雪，人當以物助之，乃取其財，誼不忍。方諭問旁午，若悉有所贈，則賊未殄，布貲竭矣。詔聽辭餉。」城按：田布於長慶元年八月乙亥（十二日）起復授魏博節度使，居易於長慶元年十月壬午（十九日）正授中書舍人，持節宣諭時猶是主客郎中、知制誥，新傳所記誤。并參見卷四九田布贈右僕射制箋。

【校】

〔題〕此下全文無小注。

〔宣諭〕「諭」，馬本、全文俱作「慰」，據宋本、那波本、盧校改。

〔其財〕「財」，馬本訛作「才」，據宋本、那波本、全文改正。

〔之清官〕「清」上宋本、那波本俱無「之」字。

論左降獨孤朗等狀 長慶元年十二月十一日奏。

都官員外郎史館修撰獨孤朗可富州刺史起居舍人温造可朗州刺史司勳員外郎李肇可澧州刺史刑部員外郎王鎰可郢州刺史

右，今日宰相送詞頭，左降前件官如前，令臣撰詞者。臣伏以李景儉因飲酒醉詆忤宰相，既從遠貶，已是深文。其同飲四人又一例左降。臣有所見，不敢不陳。伏以兩省史館，皆是近署，聚飲致醉，理亦非宜。然皆貶官，即恐太重。況獨孤朗與李景儉等皆是僚友，旦夕往來，一飯一飲，蓋是常事。景儉飲散之後，忽然醉發，自猶不覺，何況他人？以此矜量，情亦可恕。臣又見貞元之末，時政嚴急，人家不敢歡宴，朝士不敢過從。衆心無憀，以爲不可。自陛下臨御，及此二年，聖慈寬和，天下欣戴。

臣恐此詔或下，衆情不免驚憂。兼恐朝廷官寮，從此不敢聚會。四方諸遠，不知事由，奔走流傳，事體非便。伏惟宸鑒，更賜裁量。免至貶官，各令罰俸。感恩知失，亦足戒懲。臣不揆惷愚，輒敢塵黷。豈不懼罪？豈不惜身？但緣進不因人，出於聖念，自忠州刺史累遷中書舍人，已涉二年，一無裨補。夙夜慚惕，實不自安。前後制勅之間，若非甚不可者，恐煩聖聽，多不備論。今者所見若又不奏，是圖省事，有負皇恩。伏希天慈，以此詳察，知臣所奏不是偶然。其獨孤朗等四人出官詞頭，臣已封訖，未敢撰進，伏待聖旨。

【箋】

作於長慶元年（八二一），五十歲，長安，中書舍人。舊書卷十六穆宗紀：「（長慶元年十二月戊寅），貶員外郎獨孤朗韶州刺史，起居舍人溫造朗州刺史，司勳員外郎李肇澧州刺史，刑部員外郎王鎰郢州刺史，坐與李景儉於史館同飲，景儉乘醉見宰相謾罵故也。兵部郎中知制誥馮宿、庫部郎中知制誥楊嗣復各罰一季俸料，亦坐與景儉同飲，然先起，不貶官。」城按：舊紀「戊寅」爲十二月十五日，此狀云「長慶元年十二月十一日」，蓋居易封還詞頭而後來卒於黜降也。

〔獨孤朗〕獨孤郁之弟。舊書卷一六八獨孤郁傳：「（元和）十五年兼充史館修撰，遷都官員外郎。長慶初，諫議大夫李景儉於史館飲酒，憑醉謁宰相，語辭侵侮，朗坐同飲，出爲漳州刺史。」

新傳略同。李翺有獨孤朗墓誌，元稹有獨孤朗授尚書都官員外郎制。城按：李翺獨孤朗墓誌、舊紀俱作「韶州」，疑舊傳作「漳州」誤。又此狀作「富州」，當係先貶富州，詞頭封還後又改韶州也。

〔富州〕富州開江郡，屬嶺南道。見舊書卷四一地理志。

〔温造〕舊書卷一六五、新書卷九一有傳。城按：造坐與李景儉飲酒貶朗州事已見前箋。參見卷四九温造可起居舍人充鎮州四面宣慰使制、卷五〇李肇可中散大夫郢州刺史王鎰朗州刺史温造可朝散大夫三人同制箋。又劉集外五有寄朗州温右史曹長詩，即作於造貶朗州後。

〔朗州〕見卷五〇李肇可中散大夫郢州刺史王鎰朗州刺史温造可朝散大夫三人同制箋。

〔李肇〕見卷五〇李肇可中散大夫郢州刺史王鎰朗州刺史温造可朝散大夫三人同制箋。

〔澧州〕澧州澧陽郡，屬江南西道。見舊書卷四〇地理志。

〔王鎰〕見卷二〇郢州贈别王八使君詩箋。並參見卷五〇李肇可中散大夫郢州刺史王鎰朗州刺史温造可朝散大夫三人同制箋。

〔郢州〕見卷二〇郢州贈别王八使君詩箋。

〔詞頭〕據以草擬制書之文件。洪遵翰苑遺事引王寓玉堂賜筆硯記：「少頃，御藥入院，以客禮見，探懷出御封，屏吏啓緘，即詞頭也。」白氏草詞畢遇芍藥初開……作成十六韻詩（卷十九）云：「罷草紫泥詔，起吟紅藥詩。詞頭封送後，花口拆開時。」又中書寓直詩（卷十九）云：「病對詞頭慚彩筆，老看鏡面愧華簪。」城按：封還詞頭乃當政令未頒之際，如卷五九論嚴綬狀，論孟元陽狀，則與諫官徒作事後争論者，爲效迥異。

【校】

〔澧州〕「澧」，宋本、馬本俱訛作「灃」，據那波本、全文改正。

〔題〕此下全文無注。

論行營狀

應緣鎮州行營利害事宜，謹具如後。

一請專委李光顔東面討逐委裴度四面臨境招諭事

右，臣等伏見自幽、鎮有事已來，詔太原、魏博、澤潞、易定、滄州等五道節度，各領全軍。又徵諸道兵馬計七八十萬，四面圍繞，已逾半年。王師無功，賊勢猶盛，弓高已失，深州甚危者。豈不以兵數太多，反難爲用，節將太衆，則心不齊，莫肯率先，遞相顧望？又以朝廷賞罰近日不行，未立功者或先封官，已敗衄者不聞得罪。既無懲勸，以至遷延。若不改張，必無所望。今李光顔既除陳許節度，盡領本軍。伏請抽諸道勁兵，通前約與三四萬人，從東速進，開弓高糧路，合下博諸軍，解深、邢重圍，與元翼合勢。令裴度領太原全軍，兼招討舊職，四面壓境，觀釁而動。若乘虛得便，即令同力剪除；若戰勝賊窮，亦許受降納款。如此則鎮州夾攻以分其力，招諭以動其心，未及誅夷，自生變改。况光顔久諳戰陣，素有威名；裴度爲人，忠勇果決。加以明懸賞罸，使其憂責在身，事勢驅之，自須死戰。若比向前模樣，用命百倍相懸，破賊責功，無出於此。况太原興王之地，天下勁兵，今既得人，足當一面。以此計度，無如二人。

【箋】

作於長慶二年（八二二），五十一歲，長安，中書舍人。城按：通鑑卷二四二：「（長慶二年）春正月，丁酉，幽州兵陷弓高。先是，弓高守備甚嚴，中使夜至，守將不内。旦，乃得入，中使大詬怒。賊諜知之，他日，僞遣人爲中使，投夜至城下，守將遽内之，賊衆隨之，遂陷弓高。又圍下博。中書舍人白居易上言，以爲：『自幽、鎮逆命，朝廷徵諸道兵，計十七八萬，四面攻圍，已踰半年，王師無功，賊勢猶盛。弓高既陷，糧道不通，下博、深州，饑窮日急。蓋由節將太衆，其心不齊，莫肯率先，遞相顧望。又，朝廷賞罸，近日不行，未立功者或已拜官，已敗衄者不聞得罪。既無懲勸，以至遷延，若不改張，必無所望。請令李光顔將諸道勁兵約三四萬人從東速進，開弓高糧路，解深、邢重圍，與元翼合勢。令裴度將太原全軍兼招討舊職，西面壓境，觀釁而動。若乘虚得便，即令同力翦除。若戰勝賊窮，亦許受降納款。如此，則夾攻以分其力，招諭以動其心，必未及誅夷，自生變故。又請詔光顔選諸道兵精鋭者留之，其餘不可用者悉遣歸本道，自守土疆。蓋兵多而不精，豈唯虚費衣糧，兼恐撓敗軍陳故也。今既祇留東、西二帥，請各置都監一人，諸道監軍，一時停罷。如此，則衆齊令一，必有成功。又朝廷本用田布，令報父讎，今領全師出界，供給度支，數月已來，都不進討，非田布固欲如此，抑有其由，聞魏博一軍，屢經優賞，兵驕將富，莫肯爲用。況其軍一月之費，計實錢二十八萬緡，若更遷延，將何供給？此尤宜早令退軍者也。若兩道止共留兵六萬，所費無多，既易支持，自然豐足。今事宜日急，其間變故遠不可知。苟兵數不抽，軍費不減，食既不足，衆何以安！不安之中，何事不有！況有司迫於供軍，百端斂率，不許即用度交闕，盡許則人心無憀。自古安危皆繫於此，伏乞聖慮察而念之。』疏奏，不省。」

〔李光顔〕長慶元年十二月，討王廷湊，以鳳翔節度使李光顔爲忠武軍節度使兼深州行營諸軍節度使代杜叔良。見舊書卷一六一李光進傳、卷十六穆宗紀。

〔弓高〕弓高縣。唐屬河北道景州。見舊書卷三九地理志。

〔裴度〕長慶元年八月，鎮州軍亂，殺節度使田弘正，推衙將王廷湊爲留後。十月，以河東節度使裴度充鎮州四面行營都招討使，師久無功。二年三月，除淮南節度使。見舊書卷十六穆宗紀。

【校】

〔七八十萬〕「七」，馬本、全文俱訛作「士」，據宋本、那波本改。城按：通鑑作「十七八萬」。考異云：「白集作七八十萬，計無此數，恐是十七八萬誤耳。」其説是也。

〔敗衄〕「衄」，馬本注云：「女六切。」

一　請抽揀魏博澤潞易定滄州四道兵馬分付光顔事

右，伏請詔光顔於前件四道揀選馬步精鋭者，每軍各取三四千人，並令光顔專統。一則藉其兵力，討襲鎮州。二乃每軍抽人，不爲不用，其餘放去，理亦無妨。况令守疆，亦足展効。或聞澤潞、魏博兵馬同討淮西之時，素諳光顔勤恤將士，必樂爲用，可望成功。今光顔得到下博後，即陳許先有八千人，昨又發三千人，光顔又領鳳翔馬軍一千三百人，加以徐泗、鄭滑、河陽等軍，悉皆勁鋭堪用。况兼魏博等四道所抽兵馬，約有三四萬人，盡付光顔，足以成事。其襄陽、陝府、東都、汝州等道兵馬，仍委光顔揀擇可否，若不堪用，不如放還。豈唯虚費資糧，兼恐撓敗軍陣。今既只留東西二帥，請各置都監一人，諸道兵馬監軍伏請一時停罷。如此則衆齊令一，必有成功。

【箋】

〔魏博〕見卷四八魏博軍將薛之縱等十四人各授官爵制箋。

〔澤潞〕澤潞節度使。治所在潞州，管潞、澤、邢、洺、磁五州。見元和郡縣志卷十五。

〔易定〕易定節度使。治所在定州，管定、易兩州。見元和郡縣志卷十八。

〔滄州〕滄景節度使。治所在滄州，管滄、景二州。見元和郡縣志卷十八。

【校】

〔二帥〕「帥」，馬本訛作「師」，據宋本、那波本、全文、盧校改正。

一請勒魏博等四道兵馬却守本界事

右，伏以朝廷本用田布之意，以弘正遇害，令報父讎。望其感激衆心，先立功効。今領全師出界，供給度支，數月已來，都不進討。非田布固欲如此，抑有其由。或聞魏博一軍累經優賞，兵驕將富，莫肯爲用。況其軍一月之費，計實錢貳拾柒捌萬貫。今天下百計求取，不足充其數月衣糧。若且依前，將何供給？則不如使退守本境，自供給衣糧。省費之間，利害明矣。其澤潞、易定等，雖經接戰，勝負略均。且昭義全軍收臨城一縣不得，則其兵力亦可知矣。滄州新經敗挫，叔良又乏將謀。勢不支任，必無可望。今請魏博等四道各歸本界，嚴守封疆。如此則不獨減無用之兵，亦可以省有限之費。就中，魏博尤要退軍，虛費貲糧，最可痛惜者也。

【箋】

〔叔良〕杜叔良。舊書卷十六穆宗紀：「（長慶元年十月丙寅），以左領軍衛大將軍杜叔良充深冀諸道行營節度使。」

【校】

〔弘正〕「弘」，全文作「宏」，蓋避清諱改。

〔者也〕宋本、那波本俱無此二字。

一請省行營糧料事

右，伏以行營最切者，豈不以國用將竭，軍費不充，更至春夏已來，實恐計無所出。今若兩道共留六萬，其餘退食本道衣糧，即每月所費僅減其半，一月之用可給兩月。唯供六萬，所費無多。既易支持，自然豐足。責其死戰，敢不盡心？臣以爲當今至切，無過於此。

一請因朱克融授節後速討王庭湊事

右，克融、庭湊同惡相濟，物情事理，斷在不疑。今朝廷特赦克融，新授節鉞。縱終助援，必恐遲疑。當逗留克融之時，是經營庭湊之日。遲則心固，久則計成。三數月間，須有次第。延引入夏，轉難用兵。今正是時，時不可失。以臣等所見，謹具如前。伏以行營今日事宜，真可謂急危極矣。其間變故，遠不可知。但恐如今，救已遲晚。若猶可及，無出於斯。何者？苟兵數不抽，軍費不減，食既不足，衆何以安？不安之中，何事不有？伏料陛下覽臣此狀，必有二疑。一者，以臣等悉是儒生，不諳兵事，縱知誠懇，的未信行。臣亦以此自疑，久未敢奏。今既事切，不敢不言。若攻戰機宜，非臣所習，而軍國利害，雖愚亦知。況察羣情，兼聽衆議。與臣此奏，所見多同。伏望不以臣等儒生輕而不用也。二者，伏恐行營事勢奏報不真，皆云賊徒計日合破。又陛下以制置既久，難於改移。前事若得其宜，即合旋有成績。至今既無次第，安得不務改圖？古人云，收之桑榆，事猶未晚。若因循且過，即救療轉難。臣又切有過憂，敢不盡吐肝肺？實恐軍用不濟，更須百計誅求，日引月加，以至困極。今天下諸色錢内，每貫已抽減三百。茶鹽估價，有司並已增加。水陸關津，四方多請率稅。不許即用度交闕，盡許則人心無憀。自古安危，皆繫於此。伏乞聖慮察而念之，不以重難改移忽於大計也。臣等又憂深州久圍，救兵不至；弓高新陷，糧道未通。下博諸軍，致於窮地。光顔兵少，欲入無由。外即救援不來，内即餱糧罄竭。各求生路，難向死門。無可奈何，忽然奔散。即聖心雖悔，其可及乎！其鑒不遥，在貞元中，韓全義五樓之敗是也。伏望陛下詳臣此狀，思臣此言，若以爲然，速賜裁斷。臣等受恩日久，憂國情深。志在懇切，言無方便。伏望聖鑒，俯察愚衷。無任感激悃款之至。謹同詣延英門進狀以聞，伏聽勑旨。謹奏。

長慶二年正月五日，朝散大夫、守中書舍人、上柱國臣白居易狀奏。

【箋】

〔朱克融〕朱泚之從孫，少爲幽州軍校。長慶元年六月，幽州軍亂，囚節度使張弘靖，推克融總軍務，與王庭湊相呼應，朝廷討之，師久無功。同年十二月，以克融爲平盧節度使。見舊書卷十六穆宗紀、卷一八〇本傳。

〔王庭湊〕見卷五一王庭湊曾祖可贈越州都督……箋。

【校】

〔王庭湊〕舊唐書及新唐書本傳俱作「王廷湊」，是。各本俱誤。

〔長慶二年以下二十六字〕全文無。

論姚文秀打殺妻狀 長慶二年五月十一日奏。

據刑部及大理寺所斷，准律：非因鬭争，無事而殺者，名爲故殺。今姚文秀有事而殺者，則非故殺。據大理司直崔元式所執，准律：相争爲鬭，相擊爲毆，交鬭致死，始名鬭殺。今阿王被打狼籍以致於死，姚文秀撿驗身上一無損傷，則不得名爲相擊。

阿王當夜已死，又何以名爲相爭？既非鬭爭，又蓄怨怒，即是故殺者。右按律疏云：不因争鬬，無事而殺，名爲故殺。此言事者謂争鬬之事，非該他事。今大理刑部所執，以姚文秀怒妻有過，即不是無事。既是有事，因而毆死，則非故殺者。此則唯用無事兩字，不引争鬬上文。如此是使天下之人皆得因事殺人，殺人了，即曰我有事而殺，非故殺也。如此可乎？且天下之人豈有無事而殺人者？足明事謂争鬬之事，非他事也。又凡言鬬毆死者，謂事素非憎嫌，偶相争鬬。一毆一擊，不意而死。如此則非故殺。以其本原無殺心。今姚文秀怒妻頗深，挾恨既久，毆打狼籍，當夜便死。察其情狀，不是偶然。此非故殺，孰爲故殺？若以先因争罵，不是故殺，即如有謀殺人者先引相罵，便是交争。一争之後，以物毆殺了，則曰我因事而殺，非故殺也。又如此可乎？設使因争，理猶不可。況阿王已死，無以辨明。姚文秀自云相争，有何憑據？又大理寺所引劉士信及駱全儒等毆殺人事，承前寺斷不爲故殺，恐與姚文秀事其間情狀不同。假如略同，何妨誤斷？便將作例，未足爲憑。伏以獄貴察情，法須可久。若崔元式所議不用，大理寺所執得行，實恐被毆死者自此長寃，故殺人者從今得計。謹同參酌件録如前。奉勑：姚文秀殺妻罪在十惡，若從宥免，是長兇愚。其律縱有互文，在理終須果斷。宜依白居易狀，委所在決重杖一頓處死。

【箋】

作於長慶二年（八二二），五十一歲，長安，中書舍人。

〔故殺〕唐律疏議卷二名例二：「諸犯十惡、故殺人、反逆緣坐，獄成者，雖會赦猶除名。」疏議曰：「故殺人，謂不因鬬競而故殺者。……」

〔十惡〕唐律疏議卷一名例一：「十惡：一曰謀反，二曰謀大逆，三曰謀叛，四曰惡逆，五曰不道，六曰大不敬，七曰不孝，八曰不睦，九曰不義，十曰内亂。」

【校】

〔阿王〕「阿」，馬本作「門」，據宋本、那波本、全文、盧校改正。

〔足明〕「足」，馬本作「是」，非。據宋本、那波本、全文、盧校改正。

〔則曰〕「則」，宋本、那波本、盧校俱作「即」。

〔故殺人者〕「殺」下馬本、全文俱脱「人」字，據宋本、那波本、盧校補。

〔奉勅以下四十七字〕全文無。

白居易集箋校卷第六十一

奏狀四　表附　凡十七首

爲宰相賀赦表

長慶元年正月，就南郊撰進。

臣某等言：伏奉今日制書大赦天下者，臣與百執事奉揚宣布，與億兆衆蹈舞歡呼。自天降和，率土同慶。臣等誠歡誠抃，頓首頓首。伏惟皇帝陛下，出震御極，建元發號。大明升而六合曉，一氣熏而萬物春。肆眚措刑，滌瑕蕩穢。凡在圓首，納於歡心。矧又祇祀天地，孝享宗廟。蠲減租責，策徵賢良。褒德及先，賞功延嗣。敬賓養老，念舊睦親。生人之積弊盡除，有國之頹綱必舉。況陛下承二百祀鴻業之重，纂十一聖耿光之初。始奉嚴禋，新開寶曆。天下之目專專然觀陛下之動，天下之耳顒顒然聽陛下之言。斯則陛下出一言不終日必達於朝野，舉一事不浹辰必聞於華夷。當疲人求安思理之秋，是陛下敬始慎微之日。苟行一善，則可以動人聽而式歌舞；況具衆美，信足以感人心而致和平。康哉可期，天下幸甚。臣等謬居重位，幸屬鴻休。慚竊股肱，喜深骨髓。歡欣悚躍，倍萬常情。無任鼓舞慶幸之至。

【箋】

作於長慶元年（八二一），五十歲，長安，主客郎中、知制誥。城按：此卷那波本編在卷四四。舊書卷十六穆宗紀：「長慶元年正月己亥朔，上親薦獻太清宮廟。是日，法駕赴南郊，日抱珥，宰臣賀於前。辛丑，祀昊天上帝於圓丘，即日還宮，御丹鳳樓，大赦天下，改元長慶。」

【校】

〔租責〕「責」，馬本、全文俱作「賦」，據宋本、那波本、盧校改。

〔無任〕「任」，宋本訛作「住」。

爲宰相請上尊號第二表

臣某等言：今月二十四日，臣等已陳表章，請上尊號。愚誠雖懇，聖鑒未迴。蹐地跼天，不勝大願。臣等誠惶誠恐，頓首頓首。臣聞大道者無求於物，物尊而不辭；至公者非欲其名，名生而不讓。不讓故與天合德，不辭故率土歸心。斯所謂應乎天而順乎人者也。伏惟皇帝陛下，嗣興一德，統牧萬方。致時俗之和平，納生靈於富壽。金革已偃，銷七十載之厲階；玉燭方調，啓一千年之聖運。天人合應，書軌混同。而鴻名未加，盛典猶缺。華夷失望，史策無光。此誠君上之謙，然亦臣下之罪也。今臣所以上稽天意，下酌人情，再黷皇明，重陳丹慊。臣謹按：書曰：思作睿，睿作聖。又曰：乃聖乃神，乃武乃文。經曰：明王以孝治天下。凡此五者，歷觀列辟，雖甚盛德，莫能兼之。伏以陛下自即大位，及此二年。無巾車汗馬之勞，而坐平鎮、冀；無亡弓遺鏃之費，而立定幽、燕。仁和一薰，獷驁盡化。可不謂睿文乎？削平天下，震耀八荒。北虜求婚以禀命，西戎乞盟而納款，威靈四及，奔走來賓，可不謂神武乎？陛下以萬乘之尊，四海之富，供養長樂，道光化成，推而置之，可塞天地，可不謂孝德乎？故臣等敢冒死稽首上尊號曰睿文神武孝德。伏惟陛下略撝謙之小節，弘祖宗之大猷。惟十一聖在天，豈忘繼其志？以億兆人爲子，寧忍阻其心？特迴宸衷，俯受徽號。在玄功不爲主宰，於盛德有所形容。焕乎大哉！垂裕無極。此實天下之幸甚，非獨臣之幸也。臣等無任誠願懇禱之至。

【箋】

作於長慶元年（八二一），五十歲，長安，主客郎中、知制誥。城按：舊書卷十六穆宗紀：「（長慶元年七月）壬子，羣臣上尊號曰文武孝德皇帝。」花房英樹繫於長慶二年，非。

〔誠惶誠恐〕齊東野語卷十三：「今臣僚上表所稱『誠惶誠恐』及『誠歡誠喜頓首頓首』者，謂之中謝中賀，自唐以來，其體如此。蓋『臣某』以下亦略叙數語，便入此句，然後敷陳其詳。如柳子厚平淮西賀表『臣負罪積釁，違尚書牋表十有四年，懷印曳綬，有社有人』，語意未竟也，其下即云『誠惶誠恐』，蓋以此一句結上數語云爾。」

【校】

〔題〕英華作「代宰相請上尊號第二表。」

〔雖懇〕英華作「懇切」。

〔而順〕「順」上英華無「而」字，注云：「集有『二』字。」

〔俗之〕「之」，英華作「於」，注云：「集作『之』。」

〔富壽〕「富」，英華作「福」，注云：「集作『富』。」全文注云：「一作『福』。」

〔銷七十載之厲階〕英華注云：「一作『鋪七百載之鴻基』。」

〔上稽〕「稽」，英華作「啓」，注云：「集作『稽』。」

〔思作睿睿作聖〕英華作「惟睿作聖」四字，注云：「四字集作『思作睿睿作聖』。」

〔乃武乃文〕馬本倒作「乃文乃武」。城按：書僞古文大禹謨：「乃聖乃神，乃武乃文。」據宋本、那波本、英華、全文乙轉。

〔經曰〕「經」上英華有「又」字。

〔以孝〕「以」上英華有「之」字。

〔自即〕英華作「自臨」。

〔獷驁〕「獷」，馬本注云：「亡猛切。」

〔四及〕「四」，英華作「所」，注云：「集作『四』。」

〔置之〕「置」，英華作「致」，注云：「集作『置』。」

〔孝德〕此下英華有「皇帝」二字。

〔十一聖〕「一」，英華作「二」，是。城按：穆宗前爲高祖、太宗、高宗、武后、中宗、睿宗、玄宗、肅宗、代宗、德宗、順宗、憲宗十二朝。又英華注云：「集作『一』。」

〔幸甚〕「幸」下英華無「甚」字，注云：「集作『甚』字。」

爲宰相讓官表

臣某言：伏奉今日制書，授臣某官同中書門下平章事者。寵擢非次，憂惶失圖。

踏地跼天，不知所措。臣某誠兢誠惕，頓首頓首。臣聞上理陰陽，下平法度，外撫夷狄，内親黎元，使百官各修其職，一物不失其所，此宰相之任也。臣有何功德？有何才能？越次超倫，忽承此命。下乖人望，上紊朝經。致寇速尤，無甚於此。臣謬因文學，忝列班行。先朝乏人，擢居内職。星霜屢改，爵秩驟加。未逾十年，忽登相位。名浮於實，任過其才。豈唯覆餗是憂，實累知人之鑒。況陛下肇開曆數，數致升平。輔弼之臣，尤宜慎擇。臣粗知古今，敢言本末。樞衡要地，初不得人，則理化勞心，終無成日。此所以重陳手疏，再瀝血誠。乞迴此官，别授能者。臣若得請，便不負恩。情見於辭，非敢飾讓。皇天白日，實鑒臣心。無任懇款屏營之至，謹奉表陳讓以聞。

【箋】

作於長慶元年（八二一），五十歲，長安，主客郎中、知制誥。

〔宰相〕疑即杜元穎。城按：元和十五年六月至長慶二年七月，自翰林學士入相者，先後有杜元穎、元稹。稹入翰林在長慶元年二月，不得謂「先朝乏人，擢居内職」。考重修承旨學士壁記云：「杜元穎，元和十二年二月十三日自太常博士充，……長慶元年二月十五日，以本官拜平章事。」則此表當作於此時之後。又文苑英華卷五七四載此文，題下注云「爲微之作」，誤。

【校】

〔題〕英華作「代人讓宰相表」。

〔覆餗〕「餗」，馬本注云：「蘇谷切。」

〔樞衡〕「樞」上英華有「若」字。

〔乞迴〕「迴」，英華作「迥」，誤。

爲宰相賀雨表

臣某言：臣聞聖明在上，刑政叶中，則天地氣和，風雨時若。常聞其語，今見其時。臣某等誠歡誠躍，頓首頓首。臣伏以陰陽氣數，盈縮相隨。去秋多霖，今春少雨。宿麥猶茂，農功未妨。陛下念物憂人，先時戒事。靡神不舉，有感必通。故雲出于山，月離于畢。初灑塵以霢霂，漸破塊而霶霈。圃囿田疇，無不霑足。雨之所致，臣知其由。自上而來，雖因天降；從中而得，實與心期。發於若厲之誠，散作如膏之澤。凡在率土，孰不歡心？臣等位忝鈞衡，職乖燮理。仰陰陽而增懼，顧霖雨而懷慚。無任兢惕之至。

【箋】

作於長慶元年（八二一）至長慶二年（八二二），長安。

爲宰相賀殺賊表

臣某等言：伏承某道逆賊某乙，某月某日已被某殺戮訖。皇靈震耀，兇孽梟夷。率土普天，歡呼鼓舞。臣等誠喜誠忭，頓首頓首。臣聞亂臣賊子，阻兵干紀者，明則有天討，幽則有鬼誅。遲速之間，罔不殲殄。伏惟文武孝德皇帝陛下，君臨八表，子育羣生。合天覆地載之德，順春生秋殺之令。宿寇遺孽，闇然銷亡；四海九州，廓然清晏。逆賊某乙，一介賤隸，兩河叛人。苞藏禍心，竊弄凶器。戕害主帥，虔劉善良。幕燕鼎魚，偷活頃刻。顛木之餘枿，痤疽之遺種。斧斨欲加而先折，鍼石未攻而自潰。不有弔伐，孰知德威？不有妖氛，孰知神算？則天下之心有以知順存逆亡，其猶影響者也。臣伏以某乙既以斬首，某乙將何保身？若不乞降，即應生變。輔之或在，車則相依；皮既不存，毛將安附？况我乘破竹，彼繼覆車。止戈之期，翹足可待。無任喜慶忭躍之至。

【箋】作於長慶元年（八二一）至長慶二年（八二二），長安。

【校】

〔某乙〕「乙」，馬本作「一」，非，據宋本、那波本、全文、盧校改正。下同。英華作「年」。

〔誠忭〕「忭」，宋本、盧校俱作「忭」。下同。

〔孝德〕「孝」下馬本、全文俱脱「德」字，據宋本、那波本、盧校補。城按：文武孝德皇帝爲唐穆宗之稱號。

〔主帥〕英華作「主師」，非。

〔虔劉〕此下英華注云：「一作『剽掠』。」

〔頃刻〕宋本、那波本俱作「頃剋」。英華作「頃刻」，下有「所謂」二字。

〔餘枿〕「枿」，馬本注云：「呼罪切。」

〔痤疽〕「痤」，馬本注云：「才何切。」「疽」，馬本注云：「子余切。」

〔斧斨〕英華作「重斧」。又「斨」，馬本注云：「千羊切。」

〔之心〕此上英華有「之耳將來」四字，注云：「集無此四字。」

〔生變〕英華作「生縛」。

〔車則〕英華作「車即」。

賀雲生不見日蝕表 爲宰相作。

臣某等言：臣聞堯、湯之逢水旱，陰陽定數也；宋景之感熒惑，天人相應也。蓋天地大統，不能無災；皇王至誠，可以銷慝。嘗聞此說，今偶其時。臣等誠欣誠幸，頓首頓首。伏見司天臺奏：今月一日太陽虧者。陛下舉舊章，下明詔，避正殿，降常服。禮行於己，心禱于天。天且不違，物寧無應？況正陽月朔，亭午時中。和氣周流，密雲布護。蒙然暫蔽，赫矣復明。屏翳朝隮，但驚若煙之涌；曜靈晝掩，不見如月之初。所謂誠至於中而感通於上者也。臣等敢不再陳事理，重考徵祥？三光忌盈，必有時蝕；萬物莫覩，與無災同。慶生交感之間，喜浹照臨之内。雖卿雲五色，瑞景再中，除沴致祥，曾何足比？百辟伏賀，萬人仰觀。事彰天鑒孔明，道配日新其德。臣等幸遭昌運，謬荷殊私。皆乏濟時之才，同居待罪之地。日月薄蝕，自慚燮理無功；山川出雲，實賴聖明有感。感賀忻戴，倍萬常情。無任抃躍竦踴之至。

【箋】

作於長慶二年（八二二），五十一歲，長安，中書舍人。城按：舊書卷十六穆宗紀：「（長慶二年)夏四月辛酉朔,日有蝕之。」當即此表所指。此時之宰相爲元稹、杜元穎、裴度。

【校】

〔題〕全文無「爲宰相作」小注。

〔某等言〕「言」上馬本、全文俱衍「謹」字,據宋本、那波本、盧校改正。

〔抃躍〕「抃」,那波本、全文俱作「忭」。

爲崔相陳情表

臣植言:臣有情事,久未敢言。今輒陳露,伏增戰灼。臣亡父某官、亡妣某氏,是臣本生;亡伯某官某贈某官,臣今承後。建中初,德宗皇帝念臣亡伯位高無後,以猶子之義,命臣繼紹,仍賜臣名。嗣襲雖移,孝思則在。上荷君命,永承繼絶之宗;中奪私恩,遂阻劬勞之報。歲月曠久,情禮莫申。自去年已來,累有慶澤。凡在朝列,再蒙追榮。或有陳乞,皆許迴授。况臣猥當寵擢,謬陟台階。爵禄之榮,實有踰於同輩;顯揚之命,獨未及於先人。歛泣茹悲,哀慚兩極。臣今請以在身官秩,并前後合叙勳封,特乞聖慈,迴充追贈。儻允所請,無幸於斯。則臣烏鳥之心,猶再生而展養;犬馬之力,誓萬死以酬恩。踏地仰天,不勝感咽。披陳誠懇,煩黷宸嚴。無任惶懼激切之至，謹奉表陳露以聞。

【箋】

作於長慶元年（八二一），五十歲，長安。花房英樹繫於長慶二年，疑非。

〔崔相〕崔植。崔佑甫□□□元和十五年八月，自御史中丞拜中書侍郎、同中書門下平章事。長慶二年二月，罷爲刑部尚書。見舊書卷十六穆宗紀、舊書卷一一九、新書卷一四二本傳。

【校】

〔永承〕「永」，英華作「俾」，注云：「集作『永』。」

〔之心〕此下英華注云：「集作『微』。」

忠州刺史謝上表　元和十四年三月二十八日。

臣某言：臣以去年十二月二十日伏奉勅旨，授臣忠州刺史，以今月二十八日到本州，當日上訖。殊恩特獎，非次昇遷。感戴驚惶，隕越無地。臣誠喜誠懼，頓首頓首。臣性本疏愚，識惟褊狹。早蒙採録，擢在翰林。僅歷五年，每知塵忝；竟無一事，上答聖明。及移秩宫寮，卑冗疏賤。不能周慎，自取悔尤。猶蒙聖慈，曲賜容貸。

尚加禄食，出佐潯陽。一志憂惶，四年循省。晝夜寢食，未嘗敢安。負霜枯葵，雖思向日；委風黄葉，敢望需春？豈意天慈，忽加詔命。特從佐郡，寵授專城。喜極魂驚，感深泣下。方今淮蔡底定，兩河乂寧。臣得爲昇平之人，遭遇已極；況居符竹之寄，榮幸實多。誓當負刺慎身，履冰厲節。下安凋瘵，上副憂勤。未死之間，期展微効。跼身地遠，仰首天高。蟻螻之誠，伏希憐察。無任感激懇款彷徨之至，謹遣某官某乙奉表陳謝以聞。臣某誠惶誠恐，頓首頓首。謹言。

【箋】

作於元和十四年（八一九），四十八歲，忠州，忠州刺史。城按：唐制，非節度、觀察州，則刺史只有謝上一表，此後即不得上表。白氏杭、蘇兩州均有謝上表。併參見自江州至忠州（卷十一）、初到忠州登東樓寄萬州楊八使君（卷十一）、自江州司馬授忠州刺史仰荷聖澤聊書鄙誠（卷十七）等詩。

〔忠州〕參見卷十一自江州至忠州詩箋。

【校】

〔題〕此下小注宋本、那波本、英華俱在文末。全文無注。

〔二十日〕英華作「十二日」。

〔特奬〕「特」，英華作「收」，注云：「一作『時』。」

〔昇遷〕英華作「遷榮」，注云：「集作『昇遷』。」

〔一事〕英華作「一字」。

〔寢食〕「寢」，宋本、馬本、那波本俱作「飲」，非。據英華、全文改正。

〔厲節〕「厲」，英華作「勵」。

〔某乙〕「乙」，馬本作「一」，非。據宋本、那波本、英華、全文、盧校改正。

賀平淄青表 元和十四年四月九日。

臣某言：伏見二月二十二日制書，逆賊李師道已就梟戮者。皇靈有截，睿算無遺。妖氛廓清，遐邇慶幸。臣某誠歡誠喜，頓首頓首。臣聞亂常干紀，天殛神誅。李師道苞藏禍心，暴露逆節。罪盈惡稔，衆叛親離。未勞師徒，自取擒戮。伏惟睿聖文武皇帝陛下，文經天地，武定華夷。凡是猖狂，無不誅剪。兩河清晏，四海會同。昇平之風，實自此始。臣名參共理，職忝分憂。抃舞歡呼，倍萬常品。守官有限，不獲稱慶闕庭。無任慶快踴躍之至。謹具奏聞，謹奏。

【箋】

作於元和十四年(八一九),四十八歲,忠州,忠州刺史。

〔淄青〕淄青節度使。管鄆、兗、青、齊、曹、濮、密、海、沂、萊、淄、登十二州,治所在鄆州。見元和郡縣志卷十。

〔李師道〕舊書卷十五憲宗紀:「(元和十四年二月)壬戌,田弘正奏:今月九日,淄青都知兵馬使劉悟斬李師道并男二人首請降,師道所管十二州平。」並參見卷五八論魏徵舊宅狀箋。

【校】

〔題〕英華「表」下有「一首」二字。題下小注宋本、那波本俱在文末。

〔頓首〕英華無後「頓首」二字。

〔睿聖文武皇帝〕「皇」上英華無「睿聖文武」四字。

〔誅剪〕「誅」,馬本訛作「殊」,據宋本、那波本、英華、全文、盧校改正。

〔此始〕「此」,英華作「玆」,注云:「集作『沃』。」

〔常品〕英華作「恒品」。

〔守官〕英華作「官守」。

〔之至〕此下英華無「謹具」等六字。

賀上尊號後大赦天下表

臣某言：伏奉七月十三日制書，大赦天下。跪捧宣布，蹈舞歡呼。自天降休，率土同慶。中謝臣聞玄功盛德，非鴻名不能形容；物厲人疵，非皇澤不能滌蕩。自非上聖，莫能兼之。伏惟元和聖文神武法天應道皇帝陛下，纂承大業，子育羣生。信及豚魚，威殲梟獍。削平寰海，混一車書。億兆一心，願崇大號。從人欲而俯膺盛禮，賜時和而廣洽皇恩。蠲減賦租，收拔淹滯。命黜陟而別能否，開諫議而策賢良。宿弊必除，舊章咸舉。帝王能事，盡集於今。凡在生靈，孰不幸甚？臣謬當委擢，職在頒條。抃躍之誠，倍萬常品。限以守官，不獲稱慶闕庭。無任慶抃之至。

【箋】

作於元和十四年（八一九），四十八歲，忠州，忠州刺史。城按：舊書卷十五憲宗紀：「（元和十四年七月）辛巳（五日），羣臣上尊號曰元和聖文神武法天應道皇帝，是日御宣政殿受册，禮畢，御丹鳳樓，大赦天下。」

【校】

〔梟獍〕「獍」，宋本、那波本、盧校俱作「鏡」。城按：梟獍亦作梟鏡。

杭州刺史謝上表 長慶二年。

臣某言：去七月十四日蒙恩除授杭州刺史。屬汴路未通，取襄、漢路赴任。水陸七千餘里，晝夜奔馳，今月一日到本州，當日上任訖。上分憂寄，内省庸虛。仰天戴恩，跼地失次。臣某中謝臣謬因文學，忝廁班行。自先朝黜官已來，六年放棄；逢陛下嗣位之後，數月徵還。生歸帝京，寵在郎署。不踰年擢知制誥，未周歲正授舍人。出泥登霄，從骨生肉。唯有一死，擬將報恩。旋屬方隅不寧，朝廷多事。當陛下旰食宵衣之日，是微臣輸肝寫膽之時。雖進獻愚衷，或期有補；而退思事理，多不合宜。臣猶自知，況在天鑒。忝非土木，如履冰泉。合當鼎鑊之誅，尚忝藩宣之寄。才小官重，恩深責輕。欲答生成，未知死所。唯當夙興夕惕，焦思苦心。恭守詔條，勤卹人庶。下蘇凋瘵，上副憂勤。萬分之恩，莫酬一二。仰天舉首，望闕馳心。葵藿之志徒傾，螻蟻之誠難達。無任感恩激切之至，謹奉表稱謝以聞。

【箋】作於長慶二年（八二二），五十一歲，杭州，杭州刺史。城按：舊書卷十六穆宗紀：「（長慶二年七月)壬寅(十四日),出中書舍人白居易爲杭州刺史。」陳譜長慶二年壬寅:「十月一日到任,有謝上表。」參見長慶二年七月自中書舍人出守杭州路次藍溪作(卷八)、初罷中書舍人(卷二〇)等詩。

【校】

〔題〕此下小注宋本、英華俱在文末。那波本、全文俱無注。

〔去七月十四日〕「去」下馬本、英華俱有「年」字,衍。城按:唐人謝上表書除授之年月上均加一「去」字,即過去之意。據宋本、那波本改正。

〔今月〕「今」上英華有「以」字。

〔上任〕英華無「任」字,注云:「集有『任』字。」

〔上分憂寄〕英華作「外憂重寄」,注云:「集作『上分憂寄』。」

〔戴恩〕「戴」,全文作「感」,注云:「一作『戴』。」

〔跼地〕「跼」,英華作「蹈」,注云:「集作『跼』。」

〔臣某〕此下英華有「誠感誠懼頓首頓首」八字。無「中謝」小注。那波本「某」下無注。

〔忝廁〕「忝」下英華無「廁」字,注云:「集作『忝廁』。」

〔班行〕「班」,英華作「斑」。

〔帝京〕「京」,英華作「鄉」,注云:「集作『京』。」

〔方隅〕英華作「邊隅」，「邊」下注云：「集作『方』。」

〔或期〕「或」，英華作「敢」，注云：「集作『或』。」

〔如履〕「如」，英華作「若」，注云：「集作『如』。」

〔藩宣〕「宣」，英華作「條」，注云：「集作『宣』。」

〔人庶〕「庶」，英華作「隱」，注云：「集作『庶』。」

〔莫酬〕「莫」，英華作「冀」，注云：「一作『莫』。」

〔激切〕「激」，英華作「懇」，注云：「一作『激』。」

爲宰相謝恩賜酒脯餅果等狀

右，中使某奉宣聖旨，賜臣等前件物等。俯僂受賜，竦躍荷恩。天酒來以分甘，御羞降而示惠。臣等省躬知感，因物言情。寵過加籩，懼多尸素之責；榮同置醴，慚無麴蘖之功。徒瀝丹誠，豈酬玄造？

【箋】作於長慶元年（八二一）至長慶二年（八二二），長安。

【校】

〔物等〕「物」，英華作「酒脯」，注云：「二字集作『物』。」

〔御羞〕「羞」，英華作「餚」，注云：「集作『羞』。」

〔麴糵〕「糵」，馬本訛作「蘗」，據宋本、那波本、英華、全文、盧校改正。

爲宰相謝恩賜吐蕃信物銀器錦綵等狀

右，臣等材愧庸虚，職叨輔弼。遇天下削平之日，當西戎即叙之時。遂使殊方，致兹遠物。此皆率由玄化，感慕皇風。人臣既絶外交，問遺敢言己有？今蒙重賜，益荷聖慈。況來自外夷，知德廣之所及；降從中旨，仰恩深而不勝。感戴慚惶，倍萬常品。

【箋】

作於長慶元年（八二一）至長慶二年（八二二），長安。

【校】

〔敢言〕「言」，英華作「爲」，注云：「集作『言』。」

〔慚惶〕英華作「悚惶」。

〔常品〕英華作「恒品」。

爲段相謝恩賜設及酒脯等狀

伏蒙聖慈，特加寵錫。珍羞出於内府，旨酒降於上尊。捧戴歡榮，不知所措。臣久叨台鼎，新忝節旄。勤勞無展於股肱，醉飽有慚於口腹。

【箋】

作於長慶元年（八二一），五十歲，長安，主客郎中、知制誥。

〔段相〕段文昌。元和十五年正月，拜中書侍郎、同平章事。長慶元年二月，出爲劍南西川節度使。見舊書卷十六憲宗紀、卷一六七段文昌傳。

爲段相謝借飛龍馬狀

伏以出從内廐，行及中塗。假飛龍之駿駒，代跛鼈之蹇步。執鞭拜命，借馬喻身。取其戀主之心，以表爲臣之節。恩深易感，情懇難陳。

【箋】

作於長慶元年（八二一），五十歲，長安，主客郎中、知制誥。

〔段相〕段文昌。見前箋。

〔飛龍〕飛龍厩。在長安大明宮玄武門外。雍録卷八飛龍厩：「後苑有驥德院，禁馬所在。韋后入飛龍厩爲衛士斬首，蓋自玄武門出宮入厩也。」

【校】

〔難陳〕此下英華、全文俱有「竦踴之誠倍百羣品」八字。

爲段相謝手詔及金刀狀

詔賜累加，慚惶交集。寵來天上，感動人間。且金蘊其堅，奉之而永貞王度；刀宣其利，操之而遠耀天威。豈唯佩作身榮，實可藏爲家寶。况臣望闕漸遠，受恩轉多。比堅而報國有時，効死而殺身無地。

【箋】

作於長慶元年（八二一），五十歲，長安，主客郎中、知制誥。

〔段相〕段文昌。見前箋。

爲宰相謝官表 爲微之作。

臣某言：伏奉今月日制書，授臣守本官同中書門下平章事者。殊常之命，非望之恩。出自宸衷，加於凡陋。竦駭震越，不知所爲。中謝臣伏准近例，宰相上後合獻表陳謝。臣今所獻，與衆不同。伏惟聖慈，特賜留聽。臣伏聞玄宗即位之初，命姚元崇爲宰相，元崇欲救時弊，獻事十條，未得請間，不立相位。玄宗明聖，盡許行之，遂致太平，實由於此。陛下視今日天下何如開元天下？微臣自知才用亦遠不及元崇。若又僶俛安懷，因循保位，不惟恩德是負，實亦軍國可憂。臣欲候坐對時，便陳當今切事，下救時弊，上酬君恩。臣之誓心，爲日久矣。陛下許行則進，不許則退。進退之分，斷之不疑。敢於事前，先此陳啓。況臣才本庸淺，遭遇盛明。天心自知，不因人進。擢居禁署，訪以密謀。恩獎太深，讒謗並至。雖内省行事，無所愧心；然上黷宸聽，合當死責。豈意憐察，曲賜安全。螻蟻之生，得自兹日。今越流輩，授以台衡。拔於萬死之中，致在九霄之上。捫心撫己，審分量恩。陛下猶不以衆人之心待臣，臣豈敢以衆人之心事上？皇天白日，實鑒臣心。得獻前言，雖死無恨。無任感恩懇款之至。

【箋】

作於長慶二年（八二二），五十一歲，長安，中書舍人。

〔微之〕元稹。舊書卷十六穆宗紀：「（長慶二年二月辛巳），以工部侍郎元稹守本官同平章事。」

【校】

〔題〕英華作「代人謝平章事」，注云：「長慶二年。」

〔臣某言〕「某」，英華作「稹」。

〔所爲〕「爲」下英華有「誠惶誠恐頓首頓首」八字。那波本、英華俱無「中謝」小注。

〔玄宗〕「玄」，全文作「元」，蓋避清諱，下同。

〔不及〕「及」，英華作「逮」，注云：「集作『及』。」

〔安懷〕英華作「懷安」，是。

〔候坐〕「坐」上英華有「侍」字，注云：「集無『侍』字。」

〔庸淺〕英華作「庸賤」。

〔盛明〕英華作「聖明」，全文作「盛朝」。

〔無所愧心〕英華作「無愧於心」，「於」下注云：「集作『所愧』。」

〔宸聽〕「聽」，英華作「嚴」，注云：「一作『聽』。」

〔得自茲日〕英華作「得到今日」，「今」下注云：「集作『自茲』。」

〔今越〕英華作「超越」。

〔致在〕「致」，英華作「置」，注云：「集作『致』。」

〔九霄〕「霄」，英華作「天」，注云：「集作『霄』。」

〔撫己〕英華作「揣己」。

〔之至〕此上英華有「屏營」二字。「至」下英華、全文俱有「謹奉表陳謝以聞臣某誠惶誠恐頓首頓首謹言」十九字。

白居易集箋校卷第六十二

策林一　凡二十二道

策林序

元和初，予罷校書郎，與元微之將應制舉。退居於上都華陽觀，閉户累月，揣摩當代之事，構成策目七十五門。及微之首登科，予次焉。凡所應對者，百不用其一二，其餘自以精力所致，不能棄捐，次而集之，分爲四卷，命曰策林云耳。

【箋】作於元和元年（八〇六），三十五歲，長安。城按：此卷那波本編在卷四五。白氏代書詩一百韻寄微之詩（卷十三）原注云：「元和元年，同登制科，微之拜拾遺，予授盩厔尉。」李商隱唐刑部尚書致仕贈尚書右僕射太原白公墓碑銘並序：「(元和)元年，對憲宗詔策語切，不得爲諫官，補盩厔尉。」舊書卷一六六白居易傳：「元和元年四月，憲宗策試制舉人，應才識兼茂明於體用科，策入第四等，授盩厔尉。」通鑑卷二三七：「(元和元年四月)丙午，策試制舉之士，於是校書郎元稹、監察御史獨孤郁、校書郎下邽白居易、前進士蕭俛、沈傳師出焉。」又按：策林即當時赴試所用之懷挾。俞文豹吹劍録四録云：「樂天同元稹編制科策林七十五門，即懷挾也。淳祐七年殿試，上訝士人入遲，左右言：尚書鄭起潛建議搜懷挾，上曰：非所以待士。詔勿搜，後半入者幸而免。」並參見卷六〇論重考試進士事宜狀箋。

〔華陽觀〕見卷十三春題華陽觀詩箋。

〔策目七十五門〕卷十三代書詩一百韻寄微之云：「攻文朝矻矻，講學夜孜孜。策目穿如札，毫鋒鋭若錐。」

【校】

〔策林一〕此下馬本、全文俱有「有序」二字，據宋本、那波本、盧校改。

〔策林序〕馬本、全文俱無此三字，據宋本、那波本、盧校增。

〔構成〕「構」，宋本作「犯御名」。全文作「搆」。

一、策頭 二道

臣伏見漢成帝以朱雲庭辱張禹，令持下殿，雲攀檻，檻折，成帝容之。後嘗理檻，帝命勿易，以旌直臣。臣每覽漢史至此，未嘗不三復而嘆息也。豈不以臣不愛死，雖鄰於死而必諫乎？君能納諫，雖折其檻而必容乎？不然，何雲之竭忠也如此？而帝之見容也又如此？伏惟陛下，以至誠化萬國，以至明臨兆人。故數年之間，仍降詔旨；四海之内，累徵賢良。思酌下言，樂聞上失。諭以旁求之意，詢以無隱之辭。是則陛下納諫之旨，遠出於漢朝；微臣獻言之罪，不虞於折檻矣。況清問之下，條對之中，苟言有可觀，策有可取，陛下必光揚其名氏，優崇其爵秩，與夫勿易折檻以旌直臣之意又相萬也。賤臣得不有犯無隱以副陛下納諫之旨乎？殫思極慮以盡微臣獻言之道乎？唯以直辭，昧死上對。

臣生也幸，沐聖朝垂覆育之惠，當陛下無忌諱之日，斯則朝聞夕死足矣。而況於充賦王庭者乎？伏念庸虚，謬膺詔選。誠不足以明辨體用，對揚德音。欲率爾而言，適足重小臣狂簡之過；若默默而退，又何以副陛下虚求之心？是以窺玉旒，讀金策，慚惶僶俛，不知所裁者久矣。然以愚慮之中，千或一得。而往古之成敗，耳或妄有所聞；當今之得失，目或妄有所見。進不敢希旨，退不敢隱情。唯以直言，昧死上對。

【校】

〔題〕此下小注「二道」，馬本訛作「一道」，據宋本、那波本改正。全文無「二道」注。

〔後當〕「當」當作「當」。

〔鄰於〕馬本、全文俱作「憐其」，非。據宋本、那波本改正。

〔默默〕宋本、那波本、盧校俱作「默然」。

二、策項 二道

臣聞：人無常心，習以成性。國無常俗，教則移風。故億兆之所趨，在一人之所執。是以恭默清净之政立，則復朴保和；貴德賤財之令行，則上讓下競。恕己及物之誠著，則蒼生可致於至理；養老敬長之教洽，則皇化可升於太寧。由是言之，蓋人之在教，若泥金之在陶冶；器之良窳，由乎匠之巧拙；化之善否，繫乎君之作爲。伏惟陛下慎而思之，勤而行之，則太平之風，大同之俗，可從容而馴致矣。

臣聞：教無常興，亦無常廢。人無常理，亦無常亂。蓋興廢理亂，在君上所教而已。故君之作爲爲教興廢之本，君之舉措爲人理亂之源。若一出善言，則天下之人獲其福；一違善道，則天下之人罹其殃。若一肆其心，而事有以階於亂；一念於德，而邦有以漸於興。交應之間，實猶影響。今陛下以懋建皇極爲先，則大化不得不流矣；以欽若前訓爲本，則大樸不得不復矣；以緝熙庶績爲念，則五刑不得不措矣；以祗奉宗廟爲心，則五教不得不敷矣。而尚有未流、未措、未復、未敷之問，自懋建已下，皆疊策問中事。此乃陛下勞謙之德太過，故不自見其益也；求理之心太速，故不自見其功也。臣何足以知之？然臣聞有始有卒者，其惟聖人乎！此言王者行道非始之難，終之實難也。陛下又能終之，則太平之風，大同之俗，如指掌耳。豈止化流、樸復、刑措、教敷而已哉？

【校】

〔題〕此下全文無「二道」注。

〔下競〕「競」，馬本、全文俱作「兢」，非。據宋本、那波本、盧校改正。

〔之問〕此下那波本、全文俱無注。

三、策尾 三道

臣鄙人也，生仁壽之代，沐文明之化。始以進士舉及第，又以拔萃選授官。臣之名既獲貳成，君之禄已受一命。雖天地不求仁於蒭狗，而畎澮思委潤於滄溟。惓惓之誠，蓄之久矣。幸遇陛下發旁求之詔，垂下濟之恩，詳延謨猷，親覽條對。逢不諱之日，雖許極言；當無過之朝，不知所述。無裨清問，有負皇明。仰冒宸嚴，伏待罪戾。謹對。

臣幸逢昭代，得列明庭。慚無嘉言，以充清問。輒罄狂瞽，惟陛下擇之！謹對。

臣生聖代三十有五年，蒙陛下子育之恩，覩陛下升平之化。謬膺詔選，充賦天庭。安足親承德音，條對清問？逢旁求之日，雖許直言；當已理之朝，將何極諫？塵黷聖鑒，俯伏待罪。謹對。

【校】

〔題〕「策尾」，馬本倒作「尾策」，據宋本、那波本、全文乙轉。又全文無「三道」注。

四、美謙讓　總策問中事，連贊美之。

臣聞：王者之有天下也：自謂之理，非理也；自謂之亂，非亂也；自謂之安，非安也；自謂之危，非危也。何者？蓋自謂理且安者，則自驕自滿，雖安必危。自謂亂且危者，則自戒自强，雖亂必理。理之又理，安之又安，則盛德大業，斯不遠矣。伏惟陛下嗣建皇極，司牧蒼生。夙興以憂人，夕惕而修己。以今日之理，陛下視朝廷未以爲理；以今日之安，陛下視海内未以爲安。而又思酌下言，樂聞上失。弊無不革，利無不興。今則嚴禋郊廟，猶謂敬之不至；愛養黎庶，猶謂惠之不弘；省罷進獻，猶憂人之困窮；蠲免逋租，猶慮農之勤匱；搜揚俊乂，猶畏賢之遺逸；滌蕩罪戾，猶念獄之非辜。底定兵戈，猶懼其未戢；懷柔夷狄，猶恐其未賓。大化參乎陰陽，猶慚之以寡德；重光並乎日月，猶讓之以不明。斯乃陛下勞謙之心，合天運之不息也；勤卹之德，合地道之無疆也。如臣者何所知焉？何所述焉？伏以聖聰，貴聞庶議，苟有愚見，敢不極諫？

【校】

〔總策問中事連贊美之〕全文無此九字。

五、塞人望歸衆心　在慎言動之初。

夫欲使人望塞、衆心歸者，無他焉，在陛下慎初之所致耳。臣聞天子動則左史書之，言則右史書之。言動不書，非盛德也。書而不法，後嗣何觀焉？若王者言中倫，動中度，則千里之外應之，百代之後歌之，況其邇者乎？若言非宜，動非禮，則千里之外違之，百代之後笑之，況其邇者乎？是以古之天子，口不敢戲言，身不敢妄動。動必三省，言必再思。況陛下初嗣祖宗，新臨兆庶。臣伏見天下之目專專然以觀陛下之動也，天下之耳顒顒然以聽陛下之言也。則陛下出一言不終日而達於朝野，動一事不浹辰而聞於華夷。蓋是非之聲，無翼而飛矣；損益之名，無脛而走矣。陛下得不慎之哉？伏惟觀於斯，察於斯，使一言一動無所苟而已矣。言動不苟，則天下之望塞焉，天下之心歸焉。

六、教必成化必至 在敬其終。

問：先王之教，布在方策，事雖易舉，政則難成。豈文之空垂，將行之未至？思臻其極，佇質所疑。

夫欲使政必成，化必至者，無他焉。在陛下敬始慎終之所致耳。臣聞：先王之訓，不徒言也；先王之教，不虛行也。淺行之則小理，深行之則大和。淺深小大之應，其猶影響矣。然則天下至廣，王化至大，增減損益，難見其形。是以政之損者，雖不見其日損，必有時而亂也；教之益者，雖不見其日益，必有時而理也。陛下但推其誠，勤其政，慎其始，敬其終，日用而不知，自臻其極。此先王終日所行者也。不可月會其教化之深淺，歲計其風俗之厚薄焉。臣又聞易曰：「聖人久於其道而天下化成。」詩曰：「靡不有初，鮮克有終。」此言王者之教待久而成也，王者之化待終而至也。陛下誠能久而終之，則何慮政不成而化不至乎？

【校】

〔題〕英華作「政必成化必至」。城按：據本文，英華是。

〔方策〕「策」，英華作「册」。

〔夫欲〕「夫」上英華有「對」字。

〔王者之教〕「教」，英華注云：「當作『政』。」

〔陛下誠能久而終之〕英華作「陛下誠而久之敬而終之」十字，注云：「八字集作『誠能久而終之』。」

七、不勞而理 在順人心立教。

問：方今勤卹憂勞，夙夜不怠，而政教猶缺，懲勸未行，何則？上古之君無爲而理，令不嚴而肅，教不勞而成，何施何爲，得至於此？

臣請以三、五之道言之。臣聞：三皇之爲君也無常心，以天下心爲心；五帝之爲君也無常欲，以百姓欲爲欲。順其心以出令，則不嚴而理；因其欲以設教，則不勞而成。故風號無文而人從，刑賞不施而人服。三、五所以無爲而天下化者，由此道也。後代反是，故不及者遠焉。臣請以三代已後之事言之。臣聞後代之天下，三、五之天下也；後代之人，三、五之人也；後代之位，三、五之位也。居其位，得其人，有其天下，而不及三、五者，何哉？臣竊驚怪之，然亦粗知其由矣。豈不以己心爲心，抑天下以奉一人之心也；以己欲爲欲，咈百姓以從一人之欲也。苟或心與道未合，政與欲並行，得失交争，利害相半。如此則雖宵衣旰食，勞體勵精，纔可以致小康，不足以弘大道。故出令而吏或犯，設教而人敢違，刑雖明而寡懲，賞雖厚而鮮勸。此由捨人而從欲，是以勤多而功少也。伏惟陛下去彼取此，執古御今，以三、五之心爲心，則政教何憂乎不洽？以億兆之欲爲欲，則懲勸何畏乎不行？政教洽，則不殷憂而四海寧；懲勸行，則不勤勞而萬人化。此由捨己而從衆，是以事半而功倍也。臣又聞太宗文皇帝嘗曰：朕雖不及古，然以百姓心爲心。臣以爲致貞觀之理者，由斯一言始矣。伏願陛下從而鑑之，嗣而行之，則天下幸甚，天下幸甚！

【校】

〔臣請〕「臣」上英華有「對」字。

〔無文〕「文」，英華作「聞」。

〔天下化〕「化」，英華作「理」。

〔政與欲〕「欲」，馬本、全文俱作「時」，非。據宋本、那波本、盧校改正。

〔以弘〕「弘」，全文作「宏」，蓋避清諱改。

〔從欲〕「欲」，英華作「己」。

〔一言始矣〕「矣」，英華作「也」，注云：「集作『矣』。」

八、風行澆朴 由教不由時。

問：**眂**俗之理亂，風化之盛衰，何乃得於往而失於來，薄於今而厚於古？或曰：興替之道，執在君臣。又云：澆朴之風，繫於時代。二説相反，其誰可從？

臣聞：代之澆漓，人之朴略，由上而不由下，在教而不在時。蓋政之臧否定於中，則俗之厚薄應於外也。何以驗覈？伏請以周、秦以降之事言之。臣聞：周德寖衰，君臣凌替，蠶食瓜割，分爲戰國。秦氏得之，以暴易亂，曾未旋踵，同歸覆亡。炎漢勃興，奄有四海。僅能除害，未暇化人。迨于文帝、景帝，始思理道。躬行慈儉，人用富安。禮讓自興，刑罰不試。升平之美，鄰於成、康。載在漢書，陛下熟聞之矣。降及魏、晉，迄于梁、隋，喪亂弘多，殆不足數。我高祖始建區夏，未遑緝熙。迨于太宗、玄宗，抱聖神文武之姿，用房、杜、姚、宋之佐。謀猷啓沃，無怠於心；德澤施行，不遺於物。所以刑措而百姓欣戴，兵偃而萬方悦隨。近無不安，遠無不服。雖成、康、文、景，無以尚之。載在國史，陛下熟知之矣。然則周、秦之亂極矣，及文、景繼出而昌運隨焉。梁、隋之弊甚矣，及二宗嗣興而王道融焉。若謂天地生成之德漸衰，家國君臣之道漸喪，則當日甚一日，代甚一代，不應衰而復盛，澆而復和，必不爾者。何乃清平朴素之風，薄於周、秦之交，而厚於文、景之代耶？順成和動之俗，喪於梁、隋之際，而獨興於貞觀、開元之年耶？由斯言之，不在時矣。故魏徵有云：「若言人漸澆訛，不反質樸，至今應爲鬼魅，寧可復得而教化耶？」斯言至矣，故太宗嘉之。又按禮記曰：「教者人之寒暑也，事者人之風雨也。」此言萬民之從王化，如百穀之委歲功也。若寒暑以時，則禾黍登而菽麥熟；若風雨不節，即稂莠植而秕稗生。故教化優深，則謙讓興而仁義作；刑政偷薄，則訛僞起而姦宄臻。雖百穀在地，成之者天也；雖萬人在下，化之者上也。必欲以涼德弊政，嚴令繁刑，而求仁義行，姦宄息；亦猶飄風暴雨，愆陽伏陰，而望禾黍豐，稂莠死。其不可也亦甚明矣。故曰：堯、舜率天下以仁，比屋可封；桀、紂率天下以暴，比屋可戮。斯則由上在教之明驗也。伏惟聖心無疑焉。

【校】

〔題〕「風行」，英華作「風化」。

〔在君臣〕「在」，英華作「於」，注云：「集作『在』。」

〔澆漓〕宋本、那波本、盧校俱作「澆醨」。城按：澆漓亦作澆醨。

〔始思〕「始」，英華作「勤」，注云：「集作『始』。」

〔弘多〕「弘」，全文作「宏」，蓋避清諱改。

〔始建〕「建」，英華作「造」，注云：「集作『建』。」

〔不服〕宋本、那波本俱作「不伏」。

〔而厚〕「而」下英華有「復」字。

〔謙讓〕「謙」，宋本、那波本俱作「廉」。

〔以仁〕宋本、盧校俱作「以義」。

九、致和平復雍熙 在念今而思古也。

問：今欲感人心於和平，致王化於樸厚，何思何念，得至於斯？

臣聞：政不念今，則人心不能交感。道不思古，則王化不能流行。將欲感人心於和平，則在乎念今而已。伏惟陛下：知人安之至難也，則念去煩擾之吏；愛人命之至重也，則念黜苛酷之官；恤人力之易罷也，則念省修葺之勞；憂人財之易匱也，則念減服御之費；懼人之有餒也，則念薄麥禾之税；畏人之有寒也，則念輕布帛之征；慮人之有愁苦也，則念節聲樂之娱；恐人之有怨曠也，則念損嬪嬙之數。故念之又念之，則人心交感矣；感之又感之，則天下和平矣。將欲致王化於雍熙，則在乎思古而已。伏惟陛下：仰羲、軒之道也，則思興利而除害；侔唐、虞之聖也，則思明目而達聰；師夏禹之德也，則思泣辜而恤人；法殷湯之仁也，則思祝網而愛物；鑒漢之盛也，則思罷露臺而海内流化；觀周之興也，則思葬枯骨而天下歸心；弘貞觀之理也，則思聞房、杜之讜議以致升平；嗣開元之政也，則思得姚、宋之嘉謀而臻富壽。故思之又思之，則王澤流行矣；行之又行之，則天下雍熙矣。

【校】

〔題〕英華作「致平和復雍熙」。

〔臣聞〕「臣」上英華有「對」字。

〔愁苦也〕此下各本俱脱「則念節聲樂之娱恐人之有怨曠也」十四字，據英華增。

〔弘貞觀〕「弘」，全文作「宏」，蓋避清諱改。

〔房杜〕「杜」，英華作「魏」。

〔王澤〕「澤」，英華作「化」，注云：「一作『澤』。」

十、王澤流人心感 在恕己及物。

夫欲使王澤旁流，人心大感，則在陛下恕己及物而已。夫恕己及物者無他，以心度心，以身觀身，推其此爲以及天下者也。故己欲安則念人之重擾也，己欲壽則念人之嘉生也，己欲逸則念人之憚勞也，己欲富則念人之惡貧也，己欲温飽則念人之凍餒也，己欲聲色則念人之怨曠也。陛下念其重擾，則煩暴之吏退矣；念其嘉生，則苛虐之官黜矣；念其憚勞，則土木之役輕矣；念其惡貧，則服御之費損矣；念其凍餒，則布帛麥禾之税輕矣；念其怨曠，則妓樂嬪嬙之數省矣。推而廣之，念一知十。蓋聖人之道也，始則恕己以及人，終則念人而及己。故恕之又恕之，則王澤不得不流矣；念之又念之，則人心不得不感矣。澤流心感而天下不太平者，未之聞也。

【校】

〔此爲〕英華作「所爲」。

〔苛虐之官〕英華作「苛酷之吏」。

〔損矣〕英華作「省矣」。

〔麥禾〕英華作「禾麥」。

〔輕矣〕英華作「息矣」。

〔省矣〕英華作「減矣」。

〔及己〕「及」，英華作「反」。

十一、黄老術 在尚寬簡，務清净；則人儉朴，俗和平。

夫欲使人情儉朴，時俗清和，莫先於體黄、老之道也。其道在乎尚寬簡，務儉素，不眩聰察，不役智能而已。蓋善用之者，雖一邑一郡一國，至于天下，皆可以致清净之理焉。昔宓賤得之，故不下堂而單父之人化；汲黯得之，故不出閤而東海之政成。

曹參得之，故獄市勿擾而齊國大和；漢文得之，故刑罰不用而天下大理。其故無他，清淨之所致耳。故老子曰：「我無爲而人自化，我好静而人自正，我無事而人自富，我無欲而人自樸。」此四者皆黄、老之要道也。陛下誠能體而行之，則人儉朴而俗清和矣。

【校】

〔而齊〕「齊」上宋本、那波本俱脱「而」字。

十二、政化速成 由不變禮，不易俗。

夫欲使政化速成，則在乎去煩擾，弘簡易而已。臣請以齊、魯之事明之。臣聞：伯禽之理魯也，變其禮，革其俗，三年而政成；太公之理齊也，簡其禮，從其俗，五月而政成。故周公歎曰：「夫平易近人，人必歸之。魯後代其北面事齊矣。」此則煩簡遲速之効明矣。伏惟陛下鑒之。

【校】

〔弘簡〕全文作「師簡」。

十二、號令　令一則行，推誠則化。

問：號令者，所以齊其俗，一其心，故聖人專之慎之。然則號令既出而俗猶未齊者，其故安在？令既行而心猶未一者，其失安歸？欲使下令如風行，出言如響應，導之而人知勸，防之而人不踰，將致於斯，豈無其要？

臣聞：王者發號施令，所以齊其俗，一其心。俗齊則和，心一則固。人於是乎可任使也。傳曰：「人心不同，如其面焉。」故一人一心，萬人萬心，若不以令一之，則人人之心各異矣。於是積異以生疑，積疑以生惑。除亂莫先乎令者也，故聖王重之。然則令者出於一人，加於百辟，被于萬姓，漸于四夷，如風行，如雨施，有往而無返也。其在周易，渙汗之義，言號令如汗，渙然一出而不可復也，故聖王慎之。然則令既出而俗猶未齊者，由令不一也。非獨朝出夕改，晨行暮止也。蓋謹於始，慢於終，則不一也。張於近，弛於遠，則不一也。急於賤，寬於貴，則不一也。行於疏，廢於親，則不一也。且人之心猶不可以不一而理，況君之令其可二三而行者乎？然則令既一而天下之心猶未悅隨者，由上之不能行於己、推於誠者也。凡下之從上也，不從口之言，從上之所好也；不從力之制，從上之所爲也。蓋行諸己也誠，則化諸人也深。若不推之於誠，雖三令五申而令不明矣；苟不行之於己，雖家至日見而人不信矣。聖王知其如此，故以禮自修，以法自理。慎其所好，重其所爲。有諸己者而後求諸人。責於下者必先禁於上。是以推之而往，引之而來，導之斯行，禁之斯止。使天下之心顒顒然唯望其令、聽其言而已。故言出則千里之外應如響，令下則四海之内行如風。故曰：禁勝於身，則令行於人者矣。又曰：下令如流水發源。蓋是謂也。如此則何慮乎海内之令不如身之使臂，臂之使指者哉？

【校】

〔號令既出〕「令」上英華注云：「集無『號』字。」

〔令既行〕「行」，英華作「下」，注云：「集作『行』。」

〔臣聞〕「臣」上英華有「對」字。

〔發號施令〕宋本、那波本俱作「發施號令」。

〔如汗渙然〕馬本、全文俱作「如渙汗然」，非。據宋本、那波本、英華、盧校乙轉。

〔令不一也〕此下英華有「不一者」三字。

〔下之從上〕「下」下馬本、全文俱脱「之」字，據宋本、那波本、英華、盧校增。

〔化諸人也〕此下英華有「速求諸己也至則感諸人也」十一字。

〔明矣〕「矣」，英華作「也」。

〔家至日見〕馬本作「家至户曉」，據宋本、那波本、英華、盧校改。全文作「家喻户曉」。

〔信矣〕「矣」，英華作「也」。

〔導之〕「導」，馬本訛作「道」，據宋本、那波本、英華、全文、盧校改正。

〔之心〕「心」，英華作「人」，注云：「集作『心』。」

〔發源〕「發」，英華作「之」，注云：「集作『發』。」

十四、辨興亡之由　由善惡之積。

問：萬姓親怨之由，百王興亡之漸，將獨繫於人乎，抑亦繫於君乎？

臣觀前代邦之興，由得人也；邦之亡，由失人也。得其人，失其人，非一朝一夕之故，其所由來者漸矣。天地不能頓爲寒暑，必漸於春秋；人君不能頓爲興亡，必漸於善惡。善不積，不能勃焉而興；惡不積，不能忽焉而亡。善與惡，始繫於君也；興與亡，終繫於人也何則？君苟有善，人必知之。知之又知之，其心歸之。歸之又歸之，則載舟之水由是積焉。君苟有惡，人亦知之。知之又知之，其心去之。去之又去之，則覆舟之水由是作焉。故曰：至高而危者君也，至愚而不可欺者人也。聖王知其然，故則天上不息之道以修己，法地下不動之德以安人。修己者慎於中也，慄然如履春冰；安人者敬其下也，懔乎若馭朽索。猶懼其未也。加以樂人之樂，人亦樂其樂；憂人之憂，人亦憂其憂。樂同於人，敬慎著於己。如是而不興者，反是而不亡者，自生人已來未之有也。臣愚以爲百王興亡之漸，在於此也。

【校】

〔臣觀〕「臣」上英華有「對」字。

〔惡人〕「惡」，英華作「不善」，注云：「二字集作『惡』。」

〔作焉〕「作」，英華作「積」。

〔聖王〕英華作「聖人」。

〔故則〕「則」，英華作「法」。

〔天上〕英華作「上天」。

〔地下〕英華作「下地」。

〔春冰〕英華作「薄冰」。

〔不興者〕「興」下英華無「者」字。

十五、忠敬質文損益

問：忠敬質文，百代循環之教也。五帝何爲而不用，三王何故而相承？將時有同異耶？道有優劣耶？又三代之際，損益不同，所祖三才，其義安在？豈除舊布新，務於相反相異乎？復扶衰救弊，其道不得不然乎？又國家祖述五帝，憲章三代，質文忠敬，大備于今。而尚人鮮朴而忠，俗多利而巧。欲救斯弊，其道如何？

臣聞：步驟殊時，質文異制。五帝以道化，三王以禮教。道者無爲，無爲故無失，無失故無革。是以唐、虞相承，無所改易也。禮者有作，有作則有弊，有弊則有救。故殷、周相代，有所損益也。損益之教，本乎三才，夏之教尚忠，忠本於人，人道以善教人，忠之至也。故曰：忠者，人之教也。忠之弊，其民野，救野莫若敬，故殷之教尚敬。敬本於地，地道謙卑，天之所生，地敬養之，故曰：敬者，地之教也。敬之弊，其人詭。救詭莫若文，故周之教尚文。文本於天，天道垂文，而人則之。故曰：文者，天之教也。文之弊，其人僿，救僿莫若忠。然則三王之所祖不同者，非欲自異而相反也。蓋扶衰救弊，各隨其運也。運苟有異，教亦不同。雖忠與敬各繫於時，而質與文俱致於理。標其教則殊制，臻其極則同歸。亦猶水火之相形，同根於冥化，共濟於人用也；寒暑之相代，同本於元氣，共成於歲功也。三王之道亦如是焉。我國家欽若五帝，憲章三代。典謨不易之道，祖述而大用；忠敬迭救之教，具舉而兼行。可謂文質協和，禮樂明備之代也。然臣聞孔子曰：「殷因於夏禮，周因於殷禮，損益始終，若循環然。其繼周者，百代可知也。」臣觀周之弊也，爵賞黷，刑罰窮。而秦反用刑名，祚因中絕。及漢雜以霸道，德又下衰。迨于魏、晉以還，未有繼而救者。是以周之文弊，今有遺風。故人鮮朴而忠，俗猶利而巧。伏願陛下以繼周爲己任，以行夏爲時宜。稍益質而損文，漸尚忠而救僿。斟酌於教，經緯其人。使瞻前而道繼三王，顧後而光垂萬葉。則盡善之道，大同之風，不專於上古矣。

【校】

〔臣聞〕「臣」上英華有「對」字。

〔其民〕英華作「人」。

〔其人詭救詭〕二「詭」英華俱作「鬼」。

〔相形〕「刑」下英華注云：「集作『盭』。」

〔經緯〕「經」，英華作「曲」。

〔瞻前〕「前」上英華有「其」字，注云：「集無『其』字。」

〔顧後〕「後」上英華有「於」字，注云：「集無『於』字。」

〔專於〕「專」下英華有「美」字。

十六、議祥瑞辨妖災

問：國家將興，必有禎祥；國家將亡，必有妖孽。斯豈國之興滅繫於天地之災祥歟？將物之妖瑞生於時政之昏明歟！又天地有常道，災祥有常應，此必然之理也。何則？桑穀之妖，反爲福於太戊；大鳥之慶，竟成禍於帝辛。豈吉凶或僭在人，將休咎不常其道？儆戒之徵安在？改悔之効何明？又祥必偶聖，妖必應昏。何則？明時不能爲無災，亂代或聞其有瑞。報施之道，何繆濫哉？

臣聞：國家將興，必有禎祥；國家將亡，必有妖孽者，非孽生而後邦喪，非祥出而後國興。蓋瑞不虛呈，必應聖哲；妖不自作，必候淫昏。則昏聖爲祥孽之根，妖瑞爲興亡之兆矣。文子曰：「陰陽陶冶，萬物皆乘人氣而生。」然則道之休明，德動乾坤而感者謂之瑞；政之昏亂，腥聞上下而應者謂之妖。瑞爲福先，妖爲禍始。將興將廢，實先啓焉。然有人君德未及於休明，政不至於昏亂，而天文有異，地物不常。則爲瑞爲妖未可知也。或者天示儆戒之意，以寤君心；俾乎君修改悔之誠，以答天鑒。如此則轉亂爲治，變災爲祥，自古有之，可得而考也。臣聞：高宗不聰，飛雉雊于鼎；宋景有罰，熒惑守於心。及乎懋懿德以修身，出善言而罪己，則昇耳之異自殄，退舍之慶自臻。天人相感，可謂明矣，速矣！且高宗，三代之賢主也，有一德之違，亦謫見于物；宋景，列國之常主也，有一言之感，亦冥應乎天。則知上之鑒下，雖賢王也，苟有過而必知；下之感上，雖常主也，苟有誠而必應。故王者不懼妖之不滅，而懼過之不悛；不懼瑞之不臻，而懼誠之不至。足明休徵在德，吉凶由人矣。失君道者，祥反成妖；悟天鑒者，災亦爲瑞。必然而已矣。抑臣又聞：王者之大瑞，在乎天地泰，陰陽和，風雨時，寒暑節，百穀熟，萬人安，賦役輕，服用儉，兵革偃，刑罰措，賢者出，不肖者退，聲教日被，謳歌日興。此之謂休徵，此之謂嘉瑞也。王者之大妖，在乎兩儀不泰，四氣不和，風雷不時，水旱不節，五穀不稔，百牐不藏，徭役煩，征賦重，干戈動，刑獄作，君子隱，小人見，政令日缺，怨讟日興。此之謂咎徵，此之謂妖孽也。至若一星一辰之瑞，一雲一露之祥，一鳥一獸之妖，一草一木之怪，或偶生於氣象，或偶得於陶鈞，信非休咎之徵，興亡之兆也。何則？隱見出處，亦不于常。明聖之朝，不能無小災小沴；衰亂之代，亦或有小瑞小祥。固未足質帝王之疑，明天地之意耳。

王者但外思其政，内省其身。自謂德之不修，誠之不著，雖有區區之瑞，不足嘉也。自謂政之能立，道之能行，雖有瑣瑣之妖，不足懼也。臣竊謂妖祥廢興之由，實在於此。故雖辭費，不敢不備而言之。

【校】

〔桑穀〕「穀」，宋本作「犯御嫌名」。

〔成禍〕「成」，英華作「有」，注云：「集作『成』。」

〔不常〕「常」，英華作「恒」。

〔爲無災〕「無」上英華無「爲」字，注云：「集有『爲』字。」

〔或聞其有瑞〕「有」上英華無「其」字，注云：「集有『其爲』二字。」

〔報施〕英華作「報應」。

〔繆濫〕「濫」，英華作「盭」，注云：「集作『濫』。」

〔臣聞〕「臣」上英華有「對」字。

〔祥孽〕英華作「災祥」，注云：「集作『祥孽』。」

〔人氣〕「人」，英華作「一」。

〔應者〕「者」上英華有「之」字。

〔禍始〕此下英華注云：「集作『生非』。」

〔實先啓焉〕此下英華注云：「一作『瑞爲福始將興必先示焉妖爲禍始將廢實先啓焉』。」

〔君修〕「君」，英華作「德」，注云：「集作『君』。」

〔雉雊〕「雊」，宋本作「犯御嫌名」。

〔賢主〕「主」，宋本、那波本、英華俱作「王」，非。

〔應乎天〕「乎」，英華作「于」。

〔休徵〕「徵」，英華作「咎」，注云：「集作『徵』。」

〔成妖〕「成」，英華作「爲」。

〔賦役〕「役」，英華作「斂」，注云：「集作『役』。」

〔兵革〕「革」，英華作「甲」，注云：「集作『革』。」

〔風雷〕英華作「風雨」。

〔百牓〕「牓」，英華作「勝」。

〔徭役煩〕「煩」，英華作「繁」，注云：「集作『煩』。」

〔征賦〕「賦」，英華作「税」，注云：「集作『賦』。」

〔政之〕此下英華注云：「川文粹有『不』字。」

〔道之〕此下英華注云：「川文粹有『不』字。」

〔妖祥〕「祥」，英華作「瑞」，注云：「集作『祥』。」

十七、興五福銷六極

問：昔周著九疇之書，漢述五行之志，皆所以精究天人之際，窮探政化之源。然則五福之祥何從而作？六極之沴何感而生？將欲辨行，可明本末。又今人財耗費，既貧且憂；時沴流行，或疾而夭。思欲銷六極，致五福，毆一代於富壽，納萬人於康寧，何所施爲，可致於此？臣聞：聖人興五福，銷六極者，在乎立大中，致大和也。至哉中和之爲德，不動而感，不勞而化。以之守則仁，以之用則神。卷之可以理一身，舒之可以濟萬物。然則和者生於中也，中者生於不偏也，不邪也，不過也，不及也。若人君内非中勿思，外非中勿動，動静進退，皆得其中。故君得其中，則人得其所；人得其所，則和樂生焉。是以君人之心和，則天地之氣和，天地之氣和，則萬物之生和。於是乎三和之氣，訢合絪緼，積爲壽，蓄爲富，舒爲康寧，敷爲攸好德，益爲考終命。其羨者則融爲甘露，凝爲慶雲，垂爲德星，散爲景風，流爲醴泉，六氣叶乎時，七曜順乎軌。迨于巢穴羽毛之物，皆煦嫗而自蕃；草木鱗介之祥，皆叢萃而繼出。夫然者中和之氣所致也。若人君内非中是思，外非中是動，動静進退，不得其中。故君不得其中，則人不得其所；人不得其所，則怨歎興焉。是以君人之心不和，則天地之氣不和；天地之氣不和，則萬物之生不和。於是乎三不和之氣交錯堙鬱，伐爲凶短折，攻爲疾，聚爲憂，損爲貧，結爲惡，耗爲弱。其羡者潛爲伏陰，淫爲愆陽，守爲彗星，發爲暴風，降爲苦雨。四序失其節，三辰亂其行。迨于禨祥卵胎之生，皆夭閼而不遂；木石華蟲之怪，皆糅雜而畢呈。夫然者，不中不和之氣所致也。則天人交感之際，五福六極之來，豈不昭昭然哉？臣伏見比者兵賦未減，人鮮無憂；時沴所加，衆或有疾。德宗皇帝病人之病，憂人之憂，於是救之以廣利之方，悦之以中和之樂。將使易憂爲樂，變病爲和。惠化之恩，莫斯甚也。然臣竊聞：善除害者察其本，善理疾者絶其源。伏惟陛下欲紓人之憂，先念憂之所自；欲救人之病，先思病之所由。知所自以絶之，則人憂自弭也；知所由以去之，則人病自瘳也。然後申之以救療之術，則人易康寧；鼓之以安樂之音，則人易和悦。斯必應疾而化速，利倍而功兼。六極待此而銷，五福待此而作。如是可以陶三才繆盭之氣，發爲休祥；毆一代鄙夭之人，臻乎仁壽。中和之化，夫何遠哉！

【校】

〔辨行可明本末〕英華作「辨明可行本末」。

〔致五福〕「致」，英華作「興」，注云：「集作『致』。」

〔可致於此〕英華作「得至於此也」，注云：「五字集作『可致於此』。」

〔臣聞〕「臣」上英華有「對」字。

〔則仁〕英華作「則人」。

〔不過也〕「也」，盧校作「與」，是。

〔三和〕英華作「三平」。

〔凝爲〕宋本作「疑爲」。城按：「凝」通「疑」。

〔慶雲〕「慶」，英華作「卿」，注云：「集作『慶』。」

〔中和之氣所致〕宋本、那波本俱作「中和所致」。英華作「中和之所致」。

〔三不和〕英華作「三不平」。

〔伐爲〕英華作「代爲」。

〔夭閼〕「閼」，馬本注云：「阿葛切。」

〔糅雜〕英華作「雜糅」，注云：「集作『糅雜』。」

〔衆或〕英華作「重或」。

〔病之所由〕「由」，宋本作「自」，下脱「『知所自』三字。」

〔如是〕「是」，英華作「此」，注云：「集作『是』。」

〔繆濫〕「濫」，英華作「槷」，注云：「集作『濫』。」

〔之化〕此下英華注云：「集作『氣』。」

十八、辨水旱之災明存救之術

問：「狂常雨若，僭常暘若。」此言政教失道，必感於天也。又堯之水九年，湯之旱七年，此言陰陽定數不由於人也。若必繫於政，則盈虛之數徒言；如不由於人，則精誠之禱安用？二義相戾，其誰可從？又問：陰陽不測，水旱無常。將欲均歲功於豐凶，救人命於涷餒，凶歉之歲，何方可以足其食？災危之日，何計可以固其心？將備不虞，必有其要。歷代之術，可明徵焉。

臣聞：水旱之災，有小有大。大者由運，小者由人。由人者，由君上之失道，其災可得而移也。由運者，由陰陽之定數，其災不可得而遷也。然則小大本末，臣粗知之。其小者或兵戈不戢，軍旅有强暴者；或誅罰不中，刑獄有寃濫者；或小人入用，讒佞有得志者；或君子失位，忠良有放棄者；或男女臣妾有怨曠者；或鰥寡孤獨有困死者；或賦斂之法無度焉；或土木之功不時焉。於是乎憂傷之氣，憤怨之心，積以傷和，變而爲沴。古之君人者，逢一災，遇一異，則回視反聽，察其所由。且思乎軍鎮之中，無乃有縱暴者耶？刑獄之中，無乃有寃濫者耶？權寵之中，無乃有不肖者耶？放棄之中，無乃有忠賢者耶？内外臣妾，無乃有幽怨者耶？天下窮人，無乃有困死者耶？賦入之法，無乃有過厚者耶？土木之功，無乃有屢興者耶？若有一於此，則是政令之失而天地之譴也。又洪範曰：「狂常雨若，僭常暘若。」言不信不乂，亦水旱應之。然則人君苟能改過塞違，率德修政，勵敬天之志，虔罪己之心。則雖踰月之霖，經時之旱，至誠所感，不能爲災。何則？古人或牧一州，或宰一縣，有暴身致雨者，有救火反風者，有飛蝗去境者。郡邑之長，猶能感通。況王者爲萬乘之尊，居兆人之上。悔過可以動天地，遷善可以感神明。天地神明尚且不違，而況於水旱風雨蟲蝗者乎？此臣所謂由人可移之災也。其大者則唐堯九載之水，殷湯七年之旱是也。夫以堯之大聖，湯之至仁，于時德儉人和，刑清兵偃，上無狂僭之政，下無怨嗟之聲。而卒有浩浩滔天之災，炎炎爛石之沴。非君上之失道，蓋陰陽之定數矣。此臣所謂由運不可遷之災也。然則聖人不能遷災，能禦災也；不能違時，能輔時也。將在乎廩積有常，仁惠有素。備之以儲蓄，雖凶荒而人無菜色；固之以恩信，雖患難而人無離心。儲蓄者聚於豐年，散於歉歲；恩信者行於安日，用於危時。夫如是，則雖陰陽之數不可遷，而水旱之災不能害。故曰：人强勝天，蓋是謂矣。斯亦圖之在早，備之在先；所謂思危於安，防勞於逸。若患至而方備，災成而後圖，則雖聖人不能救矣。抑臣又聞：古者聖王在上而下不凍餒者，何哉？非家至日見，衣之食之，蓋能均節其衣食之原也。夫天之道無常，故歲有豐必有凶；地之利有限，故物有盈必有縮。聖王知其必然，於是作錢刀布帛之貨，以時交易之，以時斂散之。所以持豐濟凶，用盈補縮。則衣食之費，穀帛之生，調而均之，不啻足矣。蓋管氏之輕重，李悝之平糴，耿壽昌之常平者，可謂不涸之食，不竭之府也。故豐稔之歲，則貴糴而以利農人；凶歉之年，則賤糴以活餓殍。若水旱作沴，則資爲九年之蓄；若兵甲或動，則餽爲三軍之粮。上以均天時之豐凶，下以權地財之盈縮。則雖九年之水，七年之旱，不能害其人、危其國矣。至若禳禱之術，凶荒之政，歷代之法，臣粗聞之。則有雩天地以牲牢，禜山川以圭璧，祈土龍於玄寺，舞羣巫於靈壇。徙市修城，貶食徹樂，緩刑省禮，務嗇勸分，殺哀多婚，弛力舍禁。此皆從人之望，隨時之宜。勤恤下之心，表恭天之罰。但可以濟小災小弊，未足以救大危大荒。必欲保邦邑於危，安人心於困，則在乎儲蓄充其腹，恩信結其心而已。蓋羲、農、唐、虞、禹、湯、文、武皆由此塗而王也。

【校】

〔狂常〕英華作「狂恒」。下同。

〔僭常〕英華作「僭恒」。下同。

〔失道〕英華作「之道」。

〔天也〕英華作「天地」。

〔將欲〕「欲」上英華無「將」字。

〔臣聞〕「臣」上英華有「對」字。

〔强暴者〕「者」下英華有「焉」字。

〔寃濫者〕「者」下英華有「焉」字。

〔有得志者〕「者」下英華有「焉」字。下同。

〔憤怨之心〕「心」，宋本、那波本、英華俱作「誠」。

〔遇一異〕「遇」，宋本、那波本俱作「偶」，英華注云：「集作『偶』。」

〔回視〕「回」，宋本、那波本、英華、盧校俱作「收」。

〔天下〕「下」，宋本、那波本、英華俱作「之」。

〔洪範曰〕「曰」，英華作「云」，注云：「集作『曰』。」

〔不乂〕「乂」，宋本訛作「又」。

〔九載〕「載」，英華作「年」，注云：「集作『載』。」

〔至仁〕英華作「至人」。

〔非君上之失道〕「道」下英華有「也」字，注云：「集無『也』字。」

〔定數矣〕「矣」，英華作「也」，注云：「集作『矣』。」

〔輔時〕「輔」，英華作「轉」，注云：「集作『輔』。」

〔是謂矣〕「矣」，馬本作「爾」，據宋本、那波本改。又英華作「也」，注云：「集作『矣』。」

〔之食〕英華作「之倉」。

〔兵甲〕宋本、那波本俱作「甲兵」。

〔地財〕英華作「地利」，注云：「集作『財』。」

〔禜山川〕「禜」，馬本注云：「爲命切，禳風雨祭。」英華訛作「榮」。

〔勤恤〕「勤」，英華作「見」，注云：「集作『勤』。」

〔大危〕「危」，英華作「困」，注云：「集作『危』。」

〔於困〕「於」，英華作「之」，注云：「集作『於』。」

〔此塗〕「塗」，英華作「道」，注云：「集作『塗』。」

白居易集箋校卷第六十三

策林二 凡十七道

十九、息游惰 勸農桑，議賦税，復租庸，罷緡錢，用穀帛。

問：一夫不田，天下有受其餒者；一婦不蠶，天下有受其寒者。斯則人之性命繫焉，國之貧富屬焉。方今人多游心，地有遺力，守本業者浮而不固，逐末作者蕩而忘歸。夫然，豈懲戒游惰之法失其道耶？將敦勸農桑之教不得其本耶？

臣伏見今之人捨本業、趨末作者，非惡本而愛末，蓋去無利而就有利也。夫人之蚩蚩趨利者甚矣，苟利之所在，雖水火蹈焉，雖白刃冒焉。故農桑苟有利也，雖日禁之人亦歸矣，而況於勸之乎？游惰苟無利也，雖日勸之亦不爲矣，而況於禁之乎？當今游惰者逸而利，農桑者勞而傷。所以傷者，由天下錢刀重而穀帛輕也。所以輕者，由賦斂失其本也。夫賦斂之本者，量桑地以出租，計夫家以出庸，租庸者，穀帛而已。今則穀帛之外又責之以錢。錢者，桑地不生；銅，私家不敢鑄。業於農者何從得之？至乃吏胥追徵，官限迫蹙。則易其所有，以赴公程。當豐歲，則賤糴半價不足以充緡錢；遇凶年，則息利倍稱不足以償逋債。豐凶既若此，爲農者何所望焉？是以商賈大族乘時射利者，日以富豪；田壟罷人望歲勤力者，日以貧困。勞逸既懸，利病相誘。則農夫之心，盡思釋耒而倚市；織婦之手，皆欲投杼而刺文。至使田卒汙萊，室如懸罄。人力罕施，而地利多鬱；天時虛運，而歲功不成。臣常反覆思之，實由穀帛輕而錢刀重也。夫糴甚貴，錢甚輕，則傷人；糴甚賤，錢甚重，則傷農。農傷則生業不專，人傷則財用不足。故王者平均其貴賤，調節其重輕。使百貨通流，四人交利。然後上無乏用，而下亦阜安。方今天下之錢日以減耗。或積於國府，或滯於私家。若復日月徵求，歲時輸納。臣恐穀帛之價轉賤，農桑之業轉傷。十年已後，其弊或甚於今日矣。非所謂平均調節之道也。今若量夫家之桑地，計穀帛爲租庸。以石斗登降爲差，以匹丈多少爲等。但書估價，並免税錢。則任土之利載興，易貨之弊自革。弊革則務本者致力，利興則趨末者迴心。游手於道途市肆者，可易業於西成；

託跡於軍籍釋流者，可返躬於東作。欲其浮惰，其可得乎？加以陛下念稼穡之艱難，則薄斂而人足食矣；念紡績之勤苦，則省用而人豐財矣；念異貨之敗度，則寡欲而人著誠矣；念奇器之蕩心，則正德而人歸厚矣。其興利除害也如彼，又修己化人也如此。是必應之如響答，順之如風行。斯所謂下令於流水之源，繫人於苞桑之本者矣。欲其浮惰，其可得乎？

【箋】

作於元和元年（八〇六），三十五歲，長安。城按：此卷那波本編在卷四六。

【校】

〔游心〕英華作「游惰」。

〔游惰之法〕「之」下英華脱「法」字。

〔臣伏見〕「臣」上英華有「對」字。

〔人之蚩蚩〕「之」下馬本、全文俱脱「蚩蚩」二字，據宋本、那波本、英華、盧校補。

〔賦斂之本〕「之」下英華有「失其」二字。

〔賤糴〕「糴」，那波本、英華作「糶」，下同。

〔懸罄〕英華、全文俱作「懸磬」。城按：「罄」、「磬」字通。

〔甚貴〕英華作「甚重」，注云：「集作『貴』。」

〔所謂〕「所」，馬本、全文俱作「可」，據宋本、那波本、盧校改。

〔匹丈〕各本俱作「匹夫」，據英華改。

〔浮惰〕英華作「游惰」，注云：「集作浮惰。」下同。

〔嚮答〕英華作「谷嚮」，注云：「集作『嚮答』。」

〔得乎〕此下英華有「謹對」二字。

二十、平百貨之價　陳斂散之法，請禁銷錢爲器。

問：今田疇不加闢，而菽粟之估日輕；桑麻不加植，而布帛之價日賤。是以射時利者賤收而日富，勤力穡者輕用而日貧。夫然，豈殖貨斂散之節失其宜耶？將泉布輕重之權不得其要也？

臣聞：穀帛者生於農也，器用者化於工也，財物者通於商也，錢刀者操於君也。君操其一以節其三。三者和鈞，非錢不可也。夫錢刀重則穀帛輕，穀帛輕則農桑困。故散錢以斂之，則下無棄穀遺帛矣。穀帛貴則財物賤，財物賤則工商勞。故散穀以收之，則下無廢財棄物也。斂散得其節，輕重便於時，則百貨之價自平，四人之利咸遂。雖有聖智，未有易此而能理者也。方今關輔之間，仍歲大稔，此誠國家散錢斂穀防儉備凶之時也。時不可失，伏惟陛下惜之。臣又見今人之弊者，由銅利貴於錢刀也。何者？夫官家採銅鑄錢，成一錢破數錢之費也；私家銷錢爲器，破一錢成數錢之利也。鑄者有程，銷者無限。雖官家之歲鑄，豈能勝私家之日銷乎？此所以天下之錢日減而日重矣。今國家行挾銅之律，執鑄器之禁，使器無用銅。銅無利也，則錢不復銷矣。此實當今權節重輕之要也。

【箋】

唐代貨幣，絹帛與銅錢並用，然以絹帛之使用，不若銅錢方便，且久藏易於損壞，故銅錢之勢力恒在絹帛之上，錢刀重而絹帛輕，市肆交易不願收受絹帛。自玄宗開元至憲宗元和間，屢下錢物兼用之制勑，亦未能生效。故元稹錢貨議狀云：「竊見元和以來，初有公私器用禁銅之令，次有交易錢帛兼行之法，近有積錢不得過數之限，每更守尹，則必有用錢不得加除之牓。然而銅器備列于公私，錢帛不兼于賣鬻，積錢不出于牆垣，欺濫遍行于市井。亦未聞鞭一夫，黜一吏，賞一告訐，壞一蓄藏。」蓋自中唐以來，長苦錢荒，用錢遂有除陌加減之習。政府始則禁用銅器，以謀增加錢之數量；繼則維持絹帛之貨幣地位，以謀補助錢量之不足；再次則限制蓄錢，以謀錢之流通于市面。一切措施，皆由錢幣需要增加而起。白氏此文亦主禁用銅器，然亦同歸於無效也。

【校】

〔要也〕英華作「要邪」。

〔今人之弊者〕英華作「日者人之所以弊者」，此下又多「由錢刀重於穀帛也所以重者」十二字。

〔破一錢〕「破」，英華作「銷」，注云：「集作『破』。」

〔日銷乎〕「乎」，英華作「哉」，注云：「集作『乎』。」

〔銅無利也〕「銅」下英華有「既」字。

二十一、人之困窮由君之奢欲

問：近古已來，君天下者皆患人之困，而不知困之由；皆欲人之安，而不得安之術。今欲轉勞爲逸，用富易貧。究困之由，矯其失於既往；求安之術，致其利於將來。審而行之，以康天下。

臣聞：近古已來，君天下者皆患人之困，而不知困之由；皆欲人之安，而不得安之術。臣雖狂瞽，然粗知之。臣竊觀前代人庶之貧困者，由官吏之縱欲也。官吏之縱欲者，由君上之不能節儉也。何則？天下之人億兆也，君者一而已矣。以億兆之人奉其一君，則君之居處雖極土木之功，殫金玉之飾；君之衣食雖窮海陸之味，盡文采之華；君之耳目雖慆鄭、衛之音，厭燕、趙之色；君之心體雖倦畋漁之樂，疲轍跡之遊：猶未合擾於人傷於物。何者？以至多奉至少故也。然則一縱一放而弊及於人者又何哉？蓋以君之命行於左右，左右頒於方鎮，方鎮布于州牧，州牧達于縣宰，縣宰下於鄉吏，鄉吏傳於村胥，然後至於人焉。自君至人，等級若是。所求既衆，所費滋多。則君取其一而臣已取其百矣。所謂上開一源，下生百端者也。豈直若此而已哉？蓋亦君好則臣爲，上行則下効。故上苟好奢，則天下貪冒之吏將肆心焉；上苟好利，則天下聚斂之臣將寘力焉。雷動風行，日引月長。上益其侈，下成其私。其費盡出於人，人實何堪其弊？此又爲害十倍於前也。夫如是，則君之躁静爲人勞逸之本，君之奢儉爲人富貧之源。故一節其情，而下有以獲其福；一肆其欲，而下有以罹其殃。一出善言，則天下之心同其喜；一違善道，則天下之心共其憂。蓋百姓之殃不在乎鬼神，百姓之福不在乎天地。在乎君之躁静奢儉而已。是以聖王之修身化下也，宫室有制，服食有度，聲色有節，畋遊有時。不徇己情，不窮己欲，不殫人力，不耗人財。夫然，故誠發乎心，德形乎身，政加乎人，化達乎天下。以此禁吏，則貪欲之吏不得不廉矣；以此牧人，則貧困之人不得不安矣。困之由，安之術，以臣所見，其在兹乎！

【校】

〔臣聞〕「臣」上英華有「對」字。

〔億兆之人〕「之人」，馬本倒作「人之」，據宋本、那波本、英華、全文乙轉。

〔之味〕英華作「之珍」。

〔盡文采〕英華作「處文彩」。

〔未合〕「合」，馬本、全文俱作「全」，非。據宋本、那波本改正。英華作「至」。

〔至人〕「人」，馬本、全文俱作「臣」，非。據宋本、那波本、英華改正。

〔蓋亦〕「亦」，英華、全文俱無此字。

〔實何堪〕「實」，英華作「亦」。

二十二、不奪人利 議鹽鐵與榷酤，誡厚斂及雜税。

問：鹽鐵之謀，榷酤之法，山海之利，關市之征，皆可以助佐征徭，又慮其侵削黎庶。捨之則乏用於軍國，取之則奪利於生人。取捨之間，孰爲可者？

臣聞：君之所以爲國者，人也；人之所以爲命者，衣食也；衣食之所從出者，農桑也。若不本於農桑而興利者，雖聖人不能也。苟有能者，非利也，其害也。何者？既不自地出，又非從天來，必是巧取於人，曲成其利。利則日引而月長，人則日削而月朘。至使人心窮，王澤竭。故臣但見其害，不見其利也。所以王者不殖貨利，不言有無。耗羨之財不入於府庫，析毫之計不行於朝廷者，慮其利穴開而罪梯構。然則聖人非不好利也，利在於利萬人；非不好富也，富在於富天下。節欲於中，人斯利矣；省用於外，人斯富矣。故唐堯、夏禹、漢文之代，雖薄農桑之税，除關市之征，棄山海之饒，散鹽鐵之利，亦國足而人富安矣。何則？欲節而用省也。秦皇、漢武、隋煬之時，雖入太半之賦，徵逆折之租，建榷酤之法，出舟車之算，亦國乏用而人貧弊矣。何則？欲不節而用不省也。蓋所謂山林不能給野火，江海不能實漏卮。夫利散於下，則人逸而富；利壅於上，則人勞而貧。故下勞則上無以自安，人富則君孰與不足？禮記曰：「人以君爲心，君以人爲體。」詩曰：「愷悌君子，人之父母。」由此而言，未有體勞而心逸者也，未有子富而父貧者也。臣又聞：地之生財，多少有限；人之食利，衆寡有常。若盈於上則耗於下，利於彼則害於此。而王者四海一家，兆人一統，國無異政，家無異風。若奪其利則害生，害不加於人，欲何加乎？若除其害則利生，利不歸於人，欲何歸乎？故奪之也如皮盡於毛下，本或不存；與之也同囊漏於貯中，利將焉往？與奪利害，斷可知焉。是以善爲國者不求非農桑之産，不重非衣食之貨，不用計數之吏，不畜聚斂之臣。聞榷筦之謀，則思侵削于下；見羨餘之利，則念誅求於人，然後德澤流而歌詠作矣。故曰利出一孔者王，利出二孔者强，利出三孔者弱。此明君立國子人者，貴本業而賤末利也。

【校】

〔鹽鐵之謀〕「鐵」，馬本訛作「法」，據宋本、那波本、英華、全文、盧校改正。

〔梯構〕「構」，宋本作「犯御嫌名」四字。

〔斯富〕「斯」，英華作「自」。

〔雖入〕「入」，英華作「收」。

〔散於〕「散」，英華作「通」，注云：「集作『散』。」

〔禮記〕「記」上英華脱「禮」字。

〔臣又聞〕此下英華有「之」字。

〔本或不存與之也同〕宋本、那波本俱作「本或不與存之同也」，誤。

〔之吏〕英華作「之利」。

〔聚斂之臣〕「臣」下各本俱衍「臣」字，據英華、全文改正。

二十三、議鹽法之弊 論鹽商之幸。

臣伏以國家鹽之法久矣，鹽之利厚矣。蓋法久則弊起，弊起則法隳；利厚則姦生，姦生則利薄。臣以爲隳薄之由，由乎院場太多，吏職太衆故也。何者？今之主者，歲考其課利之多少而殿最焉，賞罰焉。院場既多，則各慮其商旅之不來也，故羨其鹽而多與焉；吏職既衆，則各懼其課利之不優也，故慢其貨而苟得焉。鹽羨則幸生，而無厭之商趨矣；貨慢則濫作，而無用之物入矣。所以鹽愈費而官愈耗，貨愈虚而商愈饒。法雖行而姦緣，課雖存而利失。今若減其吏職，省其院場，審貨帛之精麤，謹鹽量之出入。使月有常利，歲有常程。自然鹽不誘商，則出無羨鹽矣；吏不争課，則入無濫貨矣。鹽不濫出，貨不濫入，則法自張而利復興矣。利害之効，豈不然乎？臣又見：自關以東，上農大賈，易其資産，入爲鹽商。率皆多藏私財，别營稗販，少出官利，唯求隸名。居無征徭，行無權税。身則庇於鹽籍，利盡入於私室。此乃下有耗於農商，上無益於筦榷，明矣。蓋山海之饒，鹽鐵之利，利歸於人，政之上也；利歸於國，政之次也。若上既不歸於人，次又不歸於國，使幸人姦黨得以自資，此乃政之疵，國之蠹也。今若剗革弊法，沙汰姦商，使下無僥倖之人，上得析毫之計，斯又去弊興利之一端也。唯陛下詳之。

【箋】

唐代自安史之亂以降，劉晏繼第五琦開發鹽利，財政收入，遂以鹽税爲重心。晏之榷法，不若漢武之於各處遍置鹽官，惟於産鹽處置官，總賣于商人，任商人轉賣於各處。其商人少至之處，則由官置常平鹽倉，遇商人不至而鹽貴時，則減價以糶于民。晏復查禁私鹽，並奏免公鹽商之過境税，以保護公鹽商人之利益，而謀公鹽之暢銷。故至大曆之末，鹽利由四十萬緡增至六百餘萬緡，居天下財賦之半。見新書卷五四食貨志。此篇可與白氏新樂府鹽商婦參看，蓋同一意旨，均爲儒生不達事情之腐論。

【校】

〔臣伏以〕「臣」上英華有「對」字。

〔法隳〕此下英華有「法隳則利厚」五字。

〔利失〕「失」下英華有「矣」字。

〔濫貨〕「貨」，英華作「課」。

〔私室〕「室」，英華作「家」，注云：「集作『室』。」

〔農商〕馬本、全文俱倒作「商農」，據宋本、那波本、英華乙轉。

〔上既〕「上」下馬本、全文俱脱「既」字，據宋本、那波本、英華增。

二十四、議罷漕運可否

問：秦居上腴，利號近蜀，然都畿所理，征賦不充。故歲漕山東穀四百萬斛用給京師。其間水旱不時，賑貸貧乏。今議者罷運穀而收脚價，糴户粟而折税錢。但未知利於彼乎，而害於此乎？

臣聞：議者將欲罷漕運於江、淮，請和糴於關輔，以省其費，以便於人。臣愚以爲救一時之弊則可也，若以爲長久之法則不知其可也。何者？方今自淮以南，逾年旱歉；自洛而西，仍歲豐稔。彼人困於艱食，此穀賤於傷農。困則難於發租，賤則易於乞糴。斯則不便於彼而無害於此矣。此臣所謂救一時之弊則可也。若舉而爲法，循以爲常，臣雖至愚，知其不可。何者？夫都畿者，四方所湊也，萬人所會也，六軍所聚也。雖利稱近蜀之饒，猶未能足其用；雖田有上腴之利，猶不得充其費。況可日削其穀，月朘其食乎？故國家歲漕東南之粟以給焉，時發中都之廩以賑焉，所以贍關中之人，均天下之食，而古今不易之制也。然則用捨利害，可明徵矣。夫賨斂糴之資，省漕運之費，非無利也，蓋利小而害大矣，故久而不勝其害；輓江、淮之租，贍關輔之食，非無害也，蓋害小而利大矣，故久而不勝其利。大凡事之大害者，不能無小利也；事之大利者，不能無小害也。蓋恤小害則大害不去，愛小利則大利不成也。古之明王所以能興利除害者非他，蓋棄小而取大耳。今若恤汎舟之役，忘移穀之用，是知小計而不知大會矣。此臣所謂若以爲長久之法則不知其可也。

【箋】

新書食貨志：「唐都長安，而關中號稱沃野，然其土地狹，所出不足以給京師，備水旱，故常轉漕東南之粟。」據白氏此文即可覘知江、淮漕運關係唐代經濟之重要。

【校】

〔賑貸貧乏〕英華作「賑貧貸乏」。

〔糴户粟〕英華作「和糴粟」。

〔臣聞〕「臣」上英華有「對」字。

〔發租〕「發」，英華作「徵」，注云：「集作『發』。」

〔循以〕「循」，馬本、全文俱作「徇」，非，據宋本、那波本、盧校改正。又英華作「修」。

〔雖利〕「利」，集作「野」，注云：「集作『利』。」

〔不得充其費〕英華作「不能充其用」，注云：「集作『費』。」

〔臣所〕此下英華有「以」字。

二十五、立制度 節財用，均貧富，禁兼并，止盜賊，起廉讓。

問：夫地之利有限也，人之欲無窮也。以有限奉無窮，則必地財耗於僭奢，人力屈於嗜欲。故不足者爲姦爲盜，有餘者爲驕爲濫。今欲使食力相充，財欲相稱，貴賤別而禮讓作，貧富均而廉恥行。作爲何方，可至於此？

臣聞：天有時，地有利，人有欲，能以三者與天下共者，仁也，聖也。仁聖之本，在乎制度而已。夫制度者，先王所以下均地財，中立人極，上法天道者也。且天之生萬物也，長之以風雨，成之以寒燠；聖人之牧萬人也，活之以衣食，濟之以器用。若風雨淫，寒燠甚，則反傷乎物之生焉；若衣食奢，器用費，則反傷乎人之生焉。故作四時八節，所以時寒燠，節風雨，不使之過差爲沴也；聖人制五等十倫，所以倫衣食，等器用，不使之踰越爲害也。此所謂法天而立極者也。然則地之生財有常力，人之用財有常數。若羨於上則耗於下也，有餘於此則不足於彼也。是以地力人財皆待制度而均也，尊卑貴賤皆待制度而別也。大凡爵禄之外，其田宅棟宇車馬僕御器服飲食之制暨乎賓婚祠葬之度，自上而下皆有數焉。若不節之以數，用之以倫，則必地力屈於僭奢，人財消於嗜欲，而貧困凍餒，姦邪盜賊盡生於此矣。聖王知其然，故天下奢則示之以儉，天下儉則示之以禮，俾乎貴賤區别，貧富適宜。上下無羨耗之差，財力無消屈之弊，而富安温飽，廉耻禮讓，盡生於此矣。然則制度者，出於君而加於臣，行於人而化於天下也。是以君人者莫不唯欲是防，唯度是守。守之不固則外物攻之。故居處不守其度，則峻宇崇臺攻之；飲食不守其度，則殊滋異味攻之；衣服不守其度，則奇文詭製攻之；視聽不守其度，則姦聲豔色攻之；喜怒不守其度，則僭賞淫刑攻之；玩好不守其度，則妨行之貨、蕩心之器攻之；獻納不守其度，則讒諂之言、聚斂之計攻之；道術不守其度，則不死之方、無生之法攻之。夫然，則安得不内固其守，甚於城池焉；外防其攻，甚於寇戎焉？將在乎寢食起居，必思其度；思而不已，則其下化之。詩曰：「儀刑文王，萬邦作孚。」此之謂矣。

【校】

〔夫地〕英華作「天地」。

〔爲濫〕英華作「爲淫」。

〔臣聞〕「臣」上英華有「對」字。

〔倫衣食〕「倫」下英華注云：「一作『制』。」

〔賓婚〕「賓」，馬本、全文俱作「嬪」，據宋本、那波本改。

〔以倫〕「以」下英華注云：「一作『有』。」

〔寇戎〕英華作「寇賊」。

〔此之謂矣〕「矣」，英華作「也」，注云：「集作『矣』。」

二十六、養動植之物　以豐財用，以致麟鳳龜龍。

臣聞：天育物有時，地生財有限，而人之欲無極。以有時有限奉無極之欲，而法制不生其間，則必物暴殄而財乏用矣。先王惡其及此，故川澤有禁，山野有官，養之以時，取之以道。是以豺獺未祭，罝網不布於野澤；鷹隼未擊，矰弋不施於山林。昆蟲未蟄，不以火田；草木未落，不加斤斧。漁不竭澤，畋不合圍。至於麛卵蚳蝝，五穀百果不中殺者，皆有常禁。夫然，則禽獸魚鼈不可勝食矣，財貨器用不可勝用矣。臣又觀之，豈直若此而已哉？蓋古之聖王，使信及豚魚，仁及草木，鳥獸不狘，胎卵可窺，麟鳳効靈，龜龍爲畜者，亦由此塗而致也。

【校】

〔生財〕「財」，英華作「物」，注云：「集作『財』。」

〔蚿蝝〕「蚿」，宋本、那波本、英華、全文俱作「蚳」。馬本注云：「胡臼切，百足蟲，似蜈蚣而小，能毒人。」「蝝」，馬本注云：「于權切，螽蝗之類。」

〔百果〕「果」，英華作「草」，注云：「集作『果』。」

〔器用〕「用」，英華作「物」，注云：「集作『用』。」

〔不㺃〕「㺃」，馬本注云：「呼決切，驚走貌。」英華作「㺔」。

二十七、請以族類求賢

問：自古以來，君者無不思求其賢，賢者罔不思効其用。然兩不相遇，其故何哉？今欲求之，其術安在？

臣聞：人君者無不思求其賢，人臣者無不思効其用。然而君求賢而不得，臣効用而無由者，豈不以貴賤相懸，朝野相隔，堂遠於千里，門深於九重？雖臣有慺慺之誠，何由上達？雖君有孜孜之念，無因下知。上下茫然，兩不相遇。如此則豈唯賢者不用，矧又用者不賢。所以從古已來，亂多而理少者，職此之由也。臣以爲求賢有術，辨賢有方。方術者，各審其族類，使之推薦而已。近取諸喻，其猶綫與矢也。綫因針而入，矢待弦而發。雖有綫矢，苟無針弦，求自致焉，不可得也。夫必以族類者，蓋賢愚有貫，善惡有倫。若以類求，必以類至。此亦由水流濕，火就燥，自然之理也。何則？夫以德義立身者，必交於德義，不交於險僻。以正直克己者，必用於正直，不用於頗邪。以貪冒爲意者，必比於貪冒，不比於貞廉。以悖慢肆心者，必狎於悖慢，不狎於恭謹。何者？事相害而不相利，性相戾而不相從。此乃天地常倫，人物常理，必然之勢也。則賢與不肖以此知之。伏惟陛下欲求而致之也，則思因針待弦之勢；欲辨而别之也，則察流濕就燥之徒。得其勢，必彙征而自來；審其徒，必羣分而自見。求人之術，辨人之方，於是乎在此矣。

【校】

〔然兩不相遇〕「然」，英華作「君賢」二字。

〔求之〕此下英華有「辨之」二字，注云：「集無二字。」

〔其用〕此下馬本脱「然兩不相遇其故何哉今欲求之其術安在（下别提行）臣聞人君者無不思求其賢人臣者無不思効其用」三十七字，據宋本、那波本、盧校補。英華「臣」上有「對」字。

〔無由〕「由」下馬本、全文俱脱「者」字，據宋本、那波本、英華、盧校補。

〔有慺〕「慺」，馬本注云：「盧侯切。又音閭。」

〔矢也〕「也」，英華作「乎」。

〔夫以〕英華作「人以」。

〔用於〕「用」，英華作「朋」，注云：「集作『用』。」下同。

〔相利〕「利」，英華作「習」，注云：「集作『利』。」

〔必羣分〕「必」，英華作「則」，注云：「集作『必』。」

〔求人之術〕英華作「求之於術」。

〔辨人之方〕英華作「辨之於方」。

〔在此〕英華「在」下無「此」字，注云：「集有『此』字。」

二十八、尊賢　請厚禮以致大賢也。

問：國家歲貢俊造，日求賢良，何則所得者率尋常之才，所來者非師友之佐？豈時無大賢乎？將求之不得其道乎？

臣聞：致理之先，先於行道。行道之本，本於得賢。得賢之由，由乎審禮。若禮之厚薄定於此，則賢之優劣應於彼。故黜位而朝，西面而事，則師之才至矣。先之以身，下之以色，則友之才至矣。展皮弊之禮，盡揖讓之儀，則大臣之才至矣。南面而坐，使者先焉，則左右之才至矣。憑几據杖，以令召焉，則廝役之才至矣。是以得師者帝，得友者王，得大臣者霸，得左右者弱，得廝役者亂。然則求師而得友，求友而得臣者有矣；未有求臣而得友，求友而得師者也。是故圖帝而成王，圖王而成霸者有矣；未有圖霸而成王，圖王而成帝者也。夫以夷吾之賢，爲不可召之臣，桓公所以霸齊也；孔明之才，爲非屈致之士，劉氏所以圖蜀也。夫欲霸一國，圖一方，猶審其禮、行其道焉。況開帝王之業，垂無疆之休，苟無尊賢之風，師友之佐，則安能弘其理，恢其化乎？國家有天下二百年，政無不施，德無不備。唯尊賢之禮，未與三代同風。陛下誠能行之，則盡美盡善之事畢矣。

【校】

〔俊造〕「造」，英華作「逸」，注云：「集作『造』。」

〔臣聞〕「臣」上英華有「對」字。

〔致理〕英華作「政禮」。

〔故黜位〕「故」，英華作「有」，注云：「集作『故』。」

〔據杖〕「杖」，英華作「床」。

〔桓公〕「桓」，宋本作「淵聖御名」。

〔況開〕英華作「況於聞」。

〔弘其〕「弘」，全文作「宏」，蓋避清諱改。

〔盡美盡善〕英華作「盡善盡美」。

二十九、請行賞罰以勸舉賢

問：頃者累下詔旨，令舉所知。獻其狀莫匪賢能，授以官罕聞政績。將人不易知耶？將容易其舉耶？

臣伏見頃者德宗皇帝頒下詔旨，令舉所知。自是内外百寮，歲有聞薦。有司各詳其狀，咸命以官。語其數誠得多士之名，考其才或非盡善之實。何則？得賢由舉擇慎審，慎審由賞罰必行。自十年以來，未聞有司以得所舉賞一人，以失所舉罪一人。則内外之薦，恐未專精；出處之賢，或有違濫。斯所以令陛下尚有未得賢之歎也。伏惟申命所舉，深詔有司，量其短長之材，授以大小之職。然後明察臧否，精考殿最。得人者行進賢之賞，謬舉者坐不當之辠。自然上下精詳，遠近懲勸。謹關梁以相保，責轅輪以相求。俾夫草靡風行，達于天下。天下之耳盡爲陛下聽，天下之目盡爲陛下視。明其視則舉不失德，廣其聽則野無遺賢。而後官得其才，事得其序。

如此則陛下但凝神端拱而天下理矣。

【校】

〔臣伏見〕「臣」上英華有「對」字。

〔違濫〕「違」，英華作「遺」，注云：「集作『違』。」

〔令陛下〕「令」，英華作「合」。

〔大小〕宋本、那波本、英華、盧校俱作「小大」。

〔不當之臯〕「臯」，馬本、那波本、英華、全文俱作「辜」，非，據宋本、盧校改正。

〔相求〕「求」，英華作「承」，注云：「集作『求』。」

〔達于天下〕「天下」，馬本、全文俱作「上下」，據宋本、那波本、英華、盧校改。

三十、審官 量才授職則政成事舉。

問：官既備而事未舉，才既用而政未成。將欲正之，其失安在？

臣聞：夫官既備而事未舉，才既用而政未成者，由官與才不相得也。且官有小大繁簡之殊，才有短長能否之異。稱其任則政立，枉其能則事乖。故先王立庶官而後求人，使乎各司其局也；辨衆才而後入仕，使乎各盡其能也。如此，則官雖省，才雖半，可得而理矣。若以短任長，以大授小。委其不可而望其可，强其不能而責其能。如此則官雖能，才雖倍，無益於理矣。故曰：任小能於大事者，猶狸搏虎而刀伐木也；屈長才於短用者，猶驥捕鼠而斧剪毛也。所不相及，豈不宜哉？王者誠能量衆才之短長，審庶官之小大。俾操鑿枘者無圓方之謬，備輪轅者適曲直之宜。自然人盡其能，職修其要，彝倫日叙，庶績日凝。又何患乎事不舉而政未成哉？

【校】

〔政未成〕此下馬本、全文俱脱「將欲正之其失安在（下别提行）臣聞夫官既備而事未舉才既用而政未成」二十五字，據宋本、那波本、英華、盧校補。

〔屈長才〕「屈」，馬本、全文俱作「展」，非。據宋本、那波本、盧校改正。

〔鑿枘〕「枘」，馬本注云：「如税切。」

三十一、大官乏人　由不慎選小官也。

問：國家台衮之材，臺省之器，胡然近日稍乏其人？將欲救之，其故安在？

臣伏見國家公卿將相之具選於丞郎給舍，丞郎給舍之材選於御史遺補郎官。御史遺補郎官之器選於秘著校正畿赤簿尉。雖未盡是，十常六七焉。然則畿赤之吏，不獨以府縣之用求之；秘著之官，不獨以校勘之用取之。其所責望者乃丞郎之椎輪，公卿之濫觴也。則選用之際，宜得其人。臣竊見近日秘著校正，或以門地授；畿赤簿尉，唯以資序求。未商較其器能，不研覈其才行。至使頃年已來，臺官空不知所取，省郎闕不知所求。豈直乏賢？誠亦廢事。且以資序得者，僅能參於簿領；以門地進者，或未任於鉛黄。臣恐台袞之才，臺省之器，十年已後，稍乏其人。又頃者有司懲趨競之流，塞儌倖之路，俾進士非科第者不授校正，校正欠資考者不署畿官。立而爲文，權以救弊。蓋以一時之制，非可久之術。今者有司難於掄材，易於注擬，因循勿改，守以爲常。至使兩畿之中，數縣之外，雖資序皆當其任，而名實莫得而聞。故每臺省缺員，曾莫擬議。則守文之弊，一至於斯。伏願思以後艱，革其前失。廣丞郎椎輪之本，疏公卿濫觴之源。如此則良能之材必足用矣，要劇之職不乏人矣。

【校】

〔臣伏見〕「臣」上英華有「對」字。

〔十常六七〕英華作「十恒八九」。

〔椎輪〕「椎」，馬本、英華俱訛作「推」，據宋本、那波本、全文改正。

〔未商〕「未」，馬本作「不」，據宋本、那波本、英華改。英華作「未商」，「未」下注云：「集作『不』。」

〔豈直〕此下英華注云：「集作『唯』。」

〔之器〕「器」，宋本、那波本、英華俱作「具」。

〔後艱〕「艱」，馬本、全文俱作「難」，非，據宋本、那波本、英華、盧校改正。

三十一、議庶官遷次之遲速

問：先王建官，升降有制，遷次有常，此經久之道也。或云：賞善罰惡者不踰時月。又曰：爲官吏者可長子孫。豈今古之制殊乎？不然，何遲速之異如此也？今欲速遷而勸善，恐誘躁求之心；將令久次而望功，慮興滯用之歎。疾徐之制，何以爲中？

臣聞：孔子曰：「苟有用我者，三年而有成。」舜典曰：「三載考績，三考黜陟幽明。」雖聖賢爲政，未及三年，不能成也；雖善惡難知，不過九載，必自著也。由此而論，爲官吏者不可速遷也，不可久次也。若未三年而遷，則政未立，績未成。且躁求之心生，而馴致之化廢矣；若過九載而不轉，則明不陟，幽不黜，而勸善之法缺，懲惡之典隳矣。大凡内外之官，其略如此。然則最與天子共理者，莫先於二千石乎！臣竊見近來諸州刺史，有未兩考而遷者。豈爲善成政之速速於聖賢耶？將有司考察之不精耶？不然，何遷之遽也？又有踰一紀而不轉者。豈善惡未著，莫得而知耶？將有司遺忘而不舉耶？不然，何轉之遲也？臣伏見順宗皇帝詔曰：「凡内外之職，四考遞遷。」斯實革今之弊，行古之道也。然臣猶以爲吏能有聞者，既以四考遷之；政術無取者，亦宜四考黜之。將欲循其名，辨其實，則在陛下獎糾察之吏，督考課之官，使别其否臧，明知白黑。仍命曰：雖久次者不得逾於四載，雖速遷者亦待及於三年。此先王較能之大方，致理之要道也。伏惟陛下試垂意而察焉。

【校】

〔題〕英華「次」下無「之」字。

〔有常〕「常」，英華作「恒」。

〔臣聞〕「臣」上英華有「對」字。

〔而勸善之〕「而」，馬本、全文俱作「且」，據宋本、那波本、英華、盧校改正。

〔懲惡〕「懲」上馬本、全文俱衍「而」字，據宋本、那波本、英華、盧校改正。

〔近來〕英華作「比來」。

〔善成政〕「善」下英華無「成」字，注云：「集作『成』。」

〔豈善惡〕「善」上宋本、那波本俱脱「豈」字。

三十三、革吏部之弊

問：吏部之弊，爲日久矣。今吏多於員，其故何因？官不得人，其由何在？姦僞日起，其計何生？馳騖日滋，其風何自？欲使吏與員而相得，名與實而相符，趨競巧濫之弊銷，公平政理之道長。妍蚩者不能欺於藻鏡，錙銖者不敢詐於銓衡。豈無良謀，以救其弊？

臣伏見吏部之弊，爲日久矣。時皆共病，不知其然。臣請備而言之。臣聞：古者計户以貢士，量官而署吏，故官不乏吏，士不乏官，士吏官員，必相參用。今則官倍於古，吏倍於官，入色者又倍於吏也。此由每歲假文武而筮仕者衆，冒資蔭而出身者多。故官不得人，員不充吏。是以争求日至，姦濫日生。斯乃爲弊之一端也。臣又聞：古者州郡之吏，牧守選而舉之。府寺之寮，公卿辟而署之。其餘者乃歸有司。有司所領既少，則所選必精。此前代所以得人也。今則内外之官，一命已上，歲羨千數，悉委吏曹。吏曹案資署官，猶懼不給。則何暇考察名實，區别否臧者乎？至使近代以來，寖而成弊。真僞争進，共徵循資之書；賢愚莫分，同限停年之格。才能者淹滯而不振，巧詐者因緣以成姦。此又爲弊之一端也。今若使内外師長者各選其人，分署其吏，則庶乎官得其才矣；使諸色入仕者量省其數，或間以年，則庶乎士不乏官矣。官得其才，則公平政理之道所由長也；士不乏官，則趨競巧濫之弊所由消也。矧又減銓衡之偏重，則力不撓而易平矣；分藻鏡之獨鑒，則照不疲而易明矣。與夫千品折於一面，百職斷於一心，功相萬也。得失相懸，豈不遠矣！臣以爲芟煩剗弊，莫尚於斯。

【校】

〔臣伏見〕「臣」上英華有「對」字。

〔日至〕「至」，英華作「進」，注云：「集作『至』。」

〔千品〕「千」，英華作「羣」，注云：「集作『千』。」

三十四、牧宰考課 議殿最未精又政不由己。

問：今者勤恤黎元之隱，精求牧宰之材，亦既得人，使之爲政。何則撫字之方，尚未副我精求之旨；疲困之俗，尚未知我勤恤之心？豈才未稱官，將人不求理？備陳其故，以革其非。

臣聞：王者之設庶官，無非共理者也。然則庶官之理同歸，而牧宰之用爲急。蓋以邦之賦役，由之而後均；王之風教，由之而後行。人之性命繫焉，國之安危屬焉。故與夫庶官之寄，輕重不可齊致也。臣伏見陛下勤恤黎元之心至矣，慎擇牧宰之旨深矣。然而黎元之理，尚未副陛下勤恤之心；牧宰之政，尚未稱陛下慎擇之旨。非人不求理，非才不稱官。以臣所窺，粗知其由矣。臣聞：賢者爲善，不待勸矣。何哉？性不忍爲惡耳。愚者爲不善，雖勸而不遷也。何哉？性不能爲善耳。賢愚之間，謂之中人。中人之心，可上可下。勸之則遷於善，捨之則陷於惡。故曰：懲勸之廢也，推中人而墜於小人之域；懲勸之行也，引中人而納諸君子之塗。是知勸沮之道，不可一日無也。況天下牧宰，中人者多。去惡遷善，皆得勸沮。伏以方今殿最之法甚備，黜陟之令甚明。然則就備之中，察之者未甚精也；就明之中，奉之者未甚行也。未甚精，則臧否同貫；未甚行，則善惡齊驅。雖有和璞之真，不能識也；雖有齊竽之濫，何由知之？如此則豈獨利淫，亦將失善。善苟未勸，淫或未懲，欲望副陛下勤恤之心，稱陛下慎擇之旨，或恐難矣。臣又請以古事驗之。臣聞唐、虞之際也，敷求俊乂，而四凶見用；及三考黜陟，而四罪乃彰。則知雖至明也，尚或迷真僞之徒；雖至聖也，不能去考察之法。故其法張則變曲爲直，如蓬生於麻也；其法弛則變香爲臭，使蘭化爲艾也。且聖人之爲理，豈盡得賢而用之乎？豈盡知不肖而去之乎？將在夫秉其樞，操其要，刬邪爲正，削觚爲圓。能使善之必遷，不謂善之盡有；能使惡之必改，不爲惡之盡無。成此功者無他，懲勸之所致也。則考課之法，其可輕乎？

臣又見當今牧宰之内，甚有良能。委之理人，亦足成政。所未至者，又有其由。臣聞：牧宰古者五等之國也，於人有父母之道焉，於吏有君臣之道焉。所宜弛張擧措由其心，威福賞罰懸於手。然後能鎮其俗，移其風也。今縣宰之權受制於州牧，州牧之政取則於使司。迭相拘持，不敢專達。雖有政術，何由施行？況又力役之限，賦斂之期，以用之費省爲求，不以人之貧富爲度；以上之緩急爲節，不以下之勞逸爲程。縣畏于州，州畏于使，雖有仁惠，何由撫綏？此猶束舟檝而望濟川，絆騏驥而求致遠。臣恐龔、黄、卓、魯復生於今日，亦不能爲理矣。

【校】

〔何則〕英華作「何以」。

〔臣聞〕「臣」上英華有「對」字。

〔王之〕英華作「上之」。

〔賢者〕「賢」上英華有「古之」二字。

〔皆得〕英華作「皆待」。

〔和璞之真〕「真」，馬本、全文俱作「貞」，據宋本、那波本、英華改。

〔欲望副〕英華作「欲副」二字。

〔不爲惡〕「爲」，英華作「謂」。

〔無他〕「無」，英華作「非」，注云：「集作『無』。」

〔移其風〕「風」，英華作「化」。

〔此猶〕宋本、那波本俱作「此由」。城按：「猶」、「由」字通。

三十五、使百職修皇綱振　在乎革慎默之俗。

夫百職不修，萬事不舉，皇綱弛而不振，頽俗蕩而不還者，由君子讜直之道消，小人慎默之道長也。臣伏見近代以來，時議者率以拱默保位者爲明智，以柔順安身者爲賢能，以直言危行者爲狂愚，以中立守道者爲凝滯。故朝寡敢言之士，庭鮮執咎之臣。自國及家，寖而成俗。故父訓其子曰：無介直以立仇敵。兄教其弟曰：無方正以賈悔尤。識者腹非而不言，愚者心競而是効。至使天下有目者如瞽也，有耳者如聾也，有口者如含鋒刃也。慎默之俗，一至於斯。此正士直臣所以退藏而長太息也。豈直若此而已哉？蓋慎默積於中，則職事廢於外。强毅果斷之心屈，畏忌因循之性成。反謂率職而舉正者不達於時宜，當官而行法者不通於事變。是以殿最之文雖書而不實，黜陟之法雖備而不行。欲望善者勸，惡者懲，百職修，萬事舉，不可得也。然臣以爲歷代之頹俗，非國朝不能革也；國朝之皇綱，非陛下不能振也。革振之術，臣粗知之。何者？夫人之蚩蚩，唯利是務。若利出於慎默，則慎默之風大起；若利出於讜直，則讜直之風大行。亦猶冬月之陽，夏日之陰，不召物自歸之者。無他，温涼之利所在故也。伏惟陛下以至公統天下，以至明御羣臣。使情僞無所逃，言行無所隱。有若讜直强毅舉正彈違者，引而進之；有若慎默畏忌吐剛茹柔者，推而遠之。使此有利彼無利，安得不去彼取此乎？斯所謂俾人日從善遠罪而不自知也。如此則百職修，萬事舉，皇綱振，頹俗移。太平之風由斯而致矣。

【校】

〔至使〕「至」，英華作「致」。

〔冬月〕宋本、那波本、英華俱作「冬日」。

〔召物〕此下英華有「而物」二字。

〔從善〕宋本作「徙善」，非。

白居易集箋校卷第六十四

策林三　凡十九道

三十六、達聰明致理化

夫欲達聰明，致理化，則在乎奉成式，不必乎創新規也。臣聞：堯之所以神而化者，聰明文思也；舜之所以聖而理者，明四目、達四聰也。蓋古之理化皆由聰明出也。自唐、虞以降，斯道寖衰；秦、漢以還，斯道大喪。上不以聰接下，下不以明奉上，聰明之道既阻於上下，則詭僞之俗不得不流於内外也。國家承百王已弊之風，振千古未行之法。於是始立匭使，始加諫員，始命待制官，始設登聞鼓。故遺補之諫入，則朝廷之得失所由知也；匭使之職舉，則天下之壅蔽所由通也；待制之官進，則衆臣之謀猷所由展也；登聞之鼓鳴，則羣下之寃濫所由達也。此皆我列祖所創，累聖所奉，雖堯、舜之道無以出焉。故貞觀之大和，開元之至理，率由斯而馴致矣。自貞元以來，抗疏而諫者，留而不行；投書於匭者，寢而不報；待制之官，經時而不見於一問；登聞之鼓，終歲而不聞於一聲。臣恐衆臣之謀猷或未盡展，朝廷之得失或未盡知，壅蔽者有所未通，寃濫者有所未達。今幸當陛下踐祚體元之始，施令布和之初。則宜申明舊章，條舉廢事。使列聖之述作不墜，陛下之聰明惟新。以初爲常，今其時矣。時不可失，惟陛下惜而行之。則堯、舜之化，祖宗之理，可得而致矣。臣故曰：達聰明，致理化，在乎奉成式，不必乎創新規也。

【箋】

作於元和元年（八〇六），三十五歲，長安。城按：此卷那波本編在卷四七。

【校】

〔大和〕「大」，馬本、英華、全文俱作「太」。據宋本、那波本改。

〔條舉〕「條」，英華作「修」，注云：「集作『條』。」

〔惜而〕英華作「措而」。

〔堯舜之化〕「化」下英華注云：「一作『風』。」

三十七、決壅蔽 在不使人知所欲。

臣聞：國家之患，患在臣之壅蔽也。壅蔽之生，生於君之好欲也。蓋欲見於此，則壅生於彼。壅生於彼，則亂作其間。歷代有之，可略言耳。昔秦二代好佞，趙高飾諂諛之言以壅之；周厲好利，榮夷公陳聚斂之計以壅之；殷辛好音，師涓作靡靡之樂以壅之；周幽好色，褒人納豔妻以壅之；齊桓好味，易牙蒸首子以壅之。雖所好不同，同歸於壅矣。所壅不同，同歸於亂也。故曰：人君無見其意，將爲下餌。蓋謂此矣。然則明王非無欲也，非無壅也，蓋有欲則節之，有壅則決之。節之又節之，以至於無欲也；決之又決之，以至於無壅也。其所以然者，將在乎静思其故，動防其微。故聞甘言，則慮趙高之諛進於側矣；見厚利，則慮榮夷公之計陳於前矣；聽新聲，則慮師涓之音誘於耳矣；顧豔色，則慮褒氏之女惑於目矣；嘗異味，則慮易牙之子入於口矣。夫如是，安得不晝夜慮之，寤寐思之，立則見其參於前，行則想其隨於後。自然兢兢業業，日慎一日。使左不知其所欲，右不知其所好，雖欲壅蔽，其可得乎？此明王節欲決壅之要道也。

【校】

〔臣聞〕「臣」上英華有「對」字。

〔壅蔽之生生於君〕英華作「壅蔽之由由生於君」，注云：「集作『壅蔽之生生於君』。」

〔諂諛〕「諂」，那波本誤作「謟」。

〔齊桓〕「桓」，宋本作「淵聖御名」。

〔壅矣〕英華、全文俱作「壅也」，英華注云：「集作『矣』。」

〔所以然者〕宋本、那波本、英華俱作「所然者」，盧校：「舊皆無『以』字。」

三十八、君不行臣事 委任宰相。

臣聞：建官施令者，君所執也；率職知事者，臣所奉也。臣行君道則政專，君行臣道則事亂。專與亂，其弊一也。然則臣道者，百職至衆，萬事至繁，誠非一人方寸所能盡也。故王者但操其要、擇其人而已。將在乎分務於羣司，各令督責其課，受成於宰相，不以勤倦自嬰，然後謹殿最而賞罰焉，審幽明而黜陟焉。則萬樞之要畢矣。故失君道者，雖多夕惕若厲之慮，而彝倫未必序也；行臣事者，雖多日昃不食之勤，而庶績未必凝也。得其要，逸而有終；非其宜，勞而無功故也。臣又聞：坐而論道，三公之任也；作而行之，卿大夫之職也。故陳平不肯知錢穀，邴吉不問死傷者，此有司之職也，非宰相之任也。夫以宰相尚不可侵有司之職，況人君可侵宰相之任乎？可侵百執事之事乎？臣又聞：宰相之任者，上代天工，下執人柄，羣職由之而理亂，庶政由之而弛張。君之心膂待宰相而啓沃，君之耳目待宰相而聰明。設其位，不可一日非其人；得其人，不可一日無其寵。疑則勿用，用則勿疏。然後能訢合其心，馴致其道。蓋先王所以端拱凝旒而天下大理者，無他焉。委務於有司也，仰成於宰相也。

【校】

〔臣聞〕「臣」上英華有「對」字。

〔施令〕「施」，英華作「分」。

〔其課〕英華作「考課」。

〔日昃〕「昃」，宋本、馬本、那波本俱作「吴」，非，據英華、全文改正。

〔不肯〕「不」下英華無「肯」字。

〔非其人〕「非」，英華作「無」。

三十九、使官吏清廉 在均其禄厚其俸。

臣聞：爲國者皆患吏之貪，而不知去貪之道也；皆欲吏之清，而不知致清之由也。臣以爲去貪致清者，在乎厚其禄，均其俸而已。夫衣食闕於家，雖嚴父慈母不能制其子，况君長能檢其臣吏乎？凍餒切於身，雖巢、由、夷、齊不能固其節，况凡人能守其清白乎？臣伏見今之官吏所以未盡貞廉者，由禄不均而俸不足也。不均者，由所在課料重輕不齊也；不足者，由所在官長侵刻不已也。其甚者，則有官秩等而禄殊，郡縣同而俸異。或削奪以過半，或停給而彌年。至使衣食不充，凍餒並至。如此，則必冒白刃，蹈水火而求私利也。况可使撫人字物，斷獄均財者乎？夫上行則下從，身窮則心濫。今官長日侵其利而望吏之不日侵於人，不可得也。蓋所謂渴馬守水，餓犬護肉，則雖日用刑罰不能懲貪而勸清必矣。陛下今欲革時之弊，去吏之貪，則莫先於均天下課料重輕，禁天下官長侵刻。使天下之吏温飽充於内，清廉形於外，然後示之以恥，糾之以刑。如此則縱或爲非者，百無一二也。

【校】

〔題〕此下注「俸」下馬本、全文俱衍「也」字，據宋本、那波本、盧校改正。又全文無「在」字。

〔臣聞〕「臣」上英華有「對」字。

〔其利〕英華作「其吏」。

〔一二也〕「也」，英華作「矣」，注云：「集作『也』。」

四十、省官併俸減使職

臣聞：古者計人而置官，量賦而制禄。故官之省置，必稽人户之衆寡；禄之厚薄，必稱賦入之少多。俾乎官足以理人，人足以奉吏。吏有常禄，財有常征。財賦吏員，必參相得者也。頃以兵戎屢動，荒沴荐臻；户口流亡，財征減耗。則宜量其官而省之，併其禄而厚之。故官省則事簡，事簡則人安；禄厚則吏清，吏清則俗阜。而天下所由理也。然則知清其吏而不知厚其禄，則飾詐而不廉矣；知厚其禄而不知省其官，則財費而不足矣；知省其官而不知選其能，則事壅而不理矣。此三者迭爲表裏，相須而成者也。伏惟陛下詳而行之。臣又見兵興以來，諸道使府或因權宜而置職，一置而不停；或因暫勞而加俸，一加而無減。至使職多於郡縣之吏，俸優於臺省之官，積習生常，煩費滋甚。今若量其職員，審其禄秩，使衆寡有常數，厚薄得其中。故禄得其中，則費不廣而下無侵削之患矣；職有常數，則事不煩而人無勞擾之弊矣。此又利害相懸遠者，伏惟陛下念而救之。

【校】

〔省置〕「置」，馬本作「制」，非。據宋本、那波本、英華、全文改正。

〔少多〕英華作「多少」。

〔不知選〕「知」，英華作「能」。

〔衆寡〕英華作「多寡」。

〔得其中〕此下英華脱「故禄得其中」五字。

四十一、議百司食利錢

臣伏見百司食利，利出於人。日給而經費有常，月徵而倍息無已。然則舉之者無非貧户，徵之者率是遠年。故私財竭於倍利，官課積於逋債。至使公食有闕，人力不堪。弊既滋深，法宜改作。且王者惡言求利，患在不均。况天下之錢一也，謂之曰利，曷若謂之曰征乎？取之於寡，曷若取之於衆乎？今若日計其費，歲會其用，舉爲定數，命曰食征。隨兩税以分征，使萬民而均出。散之天下，其數幾何？故均之於衆，則貧户無倍息之弊矣；入之有程，則公食無告闕之慮矣。公私交便，其在兹乎！

【校】

〔月徵〕「月」，英華作「日」。

〔倍利〕「利」，英華作「稱」，注云：「集作『相』，非。」

〔積於〕英華作「積爲」。

〔故均之〕「均」上馬本、全文俱脱「故」字，據宋本、那波本、盧校增。

〔兹乎〕「乎」下宋本衍「此」字。

四十二、議百官職田

臣伏以職田者，職既不同，田亦異數。内外上下，各有等差。此亦古者公田稍食之制也。國家自多事已來，厥制不舉。故稽其地籍，而田則具存。考以户租，而數多散失。至有品秩等，官署同，廩禄厚薄之相懸近乎十倍者矣。今欲辨内外之職，均上下之田，不必乎創新規，其在乎舉舊典也。臣謹按：國朝舊典，量品而授地，計田而出租。故地之多少必視其品之高下，租之厚薄必視其田之肥墝。如此則沃瘠齊而户租均，等列辨而禄食足矣。今陛下求其典而典存焉，索其田而田在焉。誠能申明舉而行之，則前弊必自革矣。

【校】

〔量品〕英華作「因品」。

〔視其田〕全文作「視乎田」。

四十三、議兵 用捨、逆順、興亡。

問：傳曰：「誰能去兵？兵之設久矣。」又曰：「先王耀德不觀兵。」二者古之明訓也。然則君天下者廢而不用，且涉去兵之非；資以定功，又乖耀德之美。去就之理，何者得中？

又問：兵不妄動，師必有名。議之者頗辨否臧，用之者多迷本末。故有一戎而業成王霸，一戰而禍及危亡。興滅之由何申？逆順之要安在？

臣聞：天下雖興，好戰必亡；天下雖安，忘戰必危。不好不忘，天下之王也。祭公曰：「先王耀德不觀兵。」老子曰：「兵者不祥之器，不得已而用之。」斯則不好之明訓也。傳曰：「誰能去兵？兵之設久矣。」又周定天下，偃武修文，猶立司馬之官，六軍之衆，以時教戰。斯又不忘之明訓也。然則君天下者不可去兵也，不可黷武也。在乎用之有本末，行之有逆順。逆順之要，大略有三，而兵之名隨焉。夫興利除害，應天順人，不爲名尸，義然後動，謂之義兵。相時觀釁，取亂侮亡，不爲禍先，敵至而應，謂之應兵。恃力宣驕，作威逞欲，輕人性命，貪人土田，謂之貪兵。兵貪者亡，兵應者强，兵義者王。王之兵無敵於天下也，故有征無戰焉。强之兵先弱敵而後戰也，故百戰百勝焉。亡之兵先自敗而後戰也，故勝與不勝同歸於亡焉。然歷代君臣，惑於本末。聞王者之無敵則思耀武，是獲一兔而欲守株也；見亡者之自敗則思弭兵，是因一咽而欲去食也。曾不知無敵者根於義，自敗者本於貪。而欲歸咎於兵，責功於武，不其惑歟！興廢之由，逆順之要，昭然可見。唯陛下擇之。

【校】

〔之非〕「非」，英華作「罪」。

〔興滅之由何申〕「之由何申」，馬本、全文俱作「之迹何由」，英華作「之數何由」。據宋本、那波本改。

〔臣聞〕「臣」上英華有「對」字。

〔周定〕「定」，英華訛作「走」。

〔名尸〕「尸」，馬本、全文俱作「先」，據宋本、那波本改。英華作「師」。

〔王之兵〕「王」下英華有「者」字。

〔强之兵〕「强」下英華有「者」字。

〔亡之兵〕「亡」下英華有「者」字。

四十四、銷兵數　省軍費，在斷召募，除虛名。

臣伏見自古以來，軍兵之衆，資糧之費，未有如今日者。時議者皆患兵之衆，而不知衆之由；皆欲兵之銷，而不得銷之術。故散之則軍情怨而戎心啓，聚之則財用竭而人力疲。爲日既深，其弊亦甚。臣以爲銷兵省費者，在乎斷召募，去虛名而已。伏以貞元軍興以來，二十餘年，陛下念其勞効，固不可散棄；幸以時無戰伐，又焉用增加？臣竊見當今募新兵，占舊額，張虛簿，破見糧者，天下盡是矣。斯則致衆之由，積費之本也。今若去虛名，就實數，則一日之内十已減其二三矣。若使逃不補，死不填，則十年之間又十減其三四矣。故不散棄之，則軍情無怨也；不增加之，則兵數自銷也；去虛就實，則名不詐而用不費也。故臣以爲銷兵之方，省費之術，或在於此。唯陛下詳之。

【校】

〔題〕此下注全文無「在」字。

〔又十減其三四〕宋本、那波本、盧校俱作「十又銷其三四」。全文作「十又減其三四」。

四十五、復府兵置屯田 分兵權，存戎備，助軍食。

夫欲分兵權，存戎備，助軍食，則在乎復府兵置屯田而已。昔高祖始受隋禪，太宗既定天下，以爲兵不可去，農不可廢。於是當要衝以開府，因隙地以營田。府有常官，田有常業。俾乎時而講武，歲以勸農。分上下之番，遞勞逸之序。故有虞則起爲戰卒，無事則散爲農夫。不待徵發，而封域有備矣；不勞饋餉，而軍食自充矣。此亦古者尉候之制，兵賦之義也。況今關畿之内，鎮壘相望，皆仰給於縣官，且無用於戰伐。若使反兵於舊府，興利於廢田。張以簿書，頒其廩積。因其卒也，安之以田宅；因其將也，命之以府官。始復於關中，稍置於天下。則兵權漸分，而屯聚之弊日銷矣；戎備漸修，而訓習之利日興矣；軍食漸給，而飛輓之費日省矣。一事作而三利立，唯陛下裁之。

【校】

〔之番〕全文作「之等」。

四十六、選將帥之方

臣聞：君明則將賢，將賢則兵勝。故有不能理兵之將，而無不可勝之兵；有不能選將之君，而無不可得之將。是以君功見於選將，將功見於理兵者也。然則選將之術在乎因人之耳而聽之，因人之目而視之，因人之好惡而取捨之。故明王選將帥也訪于衆，詢于人。若十人愛之，必十人之將也；百人悦之，必百人之將也；萬人伏之，必萬人之將也。臣以爲賢愚之際，優劣之間，以此而求，十得八九矣。

【校】

〔臣聞〕「臣」上英華有「對」字。

〔然則〕二字英華作「然」。

〔而聽之〕「聽」上英華無「而」字。

〔而視之〕「視」上英華無「而」字。

〔而取捨之〕英華作「而取之捨之」。

〔明王〕「王」下英華有「之」字。

〔愛之〕此下英華無「必」字。

〔悦之必〕英華作「愛之」二字。

〔百人之將也〕此下英華有「千人悦之必千人之將也」十字。

四十七、御功臣之術

臣聞：明王之御功臣也，量其功而限之以爵，審其罪而糾之以法。限之以爵，故爵加而知榮矣；糾之以法，故法行而知恩矣。恩榮並加，畏愛相濟。下無貳志，上無疑心。此明王所以念功勞而全君臣之道也。若不限之以爵，則無厭之心生矣，雖極人臣之位而不知榮也；若不糾之以法，則不忌之心啓矣，雖竭人主之寵而不知恩也。恩榮不知，畏愛不立，而望奉上之心盡，念功之道全，或難矣。故傳曰：「報者倦矣，施者未厭。」此由爵無限而法不行使之然也。唯陛下察之。

【校】

〔臣聞〕「臣」上英華有「對」字。

〔心啓〕「啓」，英華作「起」。

〔或難〕「或」下英華有「恐」字。

四十八、禦戎狄　徵歷代之策，陳當今之宜。

問：戎狄之患久矣，備禦之略多矣。故王恢陳征討之謀，賈生立表餌之術，婁敬興和親之計，晁錯建農戰之策。然則古今異道，利害殊宜。將欲採之，孰爲可者？又問：今國家北虜款誠，南夷請命，所未化者其唯西戎乎！討之則疲頓師徒，捨之則侵軼邊鄙。許和親則啓貪而厚費，約盟誓則飾詐而不誠。今欲遏彼虔劉，化其桀驁，來遠人於朔漠，復舊土於河、湟。上策遠謀，備陳本末。

臣聞：戎狄者，一氣所生，不可剪而滅也。五方異族，不可臣而畜也。故爲侵暴之患久矣，而備禦之略亦多矣。考其要者，大較有四焉。若乃選將練兵，長驅深入之謀，自王恢始。建以三表，誘以五餌之術，自賈誼始。厚以賂遺，結以和親之計，自婁敬始。徙人實邊，勸農教戰之策，自晁錯始。然則用王恢之謀，則殫財耗力，罷竭生人，禍結兵連，功不償費。故漢武悔焉而下哀痛之詔也。用賈誼之術，則羌胡之耳目心腹雖誘而荒矣，而華夏之財力風教亦隨而弊矣。故漢文知其不可而不行也。用婁敬之計，則啓寵納侮，厚費偷安。雖侵略之患暫寧，而和好之約屢背。故漢氏四代爲匈奴所欺也。用晁錯之策，則邊人有安土之患，未免攻戰之勞。匈奴無得志之虞，亦絶歸心之望。故漢武猶病之，有廣武之役也。是以討之以兵，不若誘之以餌。誘之以餌，不若和之以親。和之以親，不若備之有素。斯皆前代已驗之事，可覆而視也。以今參古，棄短取長，亦可擇而用焉。然臣終以爲近算淺圖，非帝王久遠安邊之上策。何者？臣觀前代，若政成國富，德盛人安，則雖六月有北伐之師，不足憂也；若政缺國貧，德衰人困，則雖一時無南牧之馬，不足慶也。何則？國富則師壯，師壯則令嚴；人安則心固，心固則思理。如此久久，則天子之守不獨在於諸侯，將在於四夷矣。則暫雖有事，何足憂焉？若國貧則師弱，師弱則不虞；人困則心離，心離則思亂。如此久久，則天子之憂不獨在於邊陲，或在於蕭牆矣。則暫雖無事，何足慶焉？蓋古之王者，慶在本而不在末，憂在此而不在彼也。今國家柔中懷外，近悦遠來。北虜嚮風，南蠻底貢。所未化者，其餘幾何？伏願陛下：畜之如犬羊，視之如蜂蠆。不以士馬强而才力盛，恃之而務戰争；不以亭障静而煙塵銷，輕之而去守備。但且防其侵軼，遏其虔劉，去而勿追，來而勿縱而已。然後略四子之小術，弘三王之大猷。以政成德盛爲圖，以人安師壯爲計。故德盛而日聞則服，服必懷柔；師壯而時動則威，威必震讋。夫然可以不縻財用，不煩師徒，不盟誓而外服，不和親而内附。如此則四海之内，五年之間，要荒未服之戎，必匍匐而來；河、隴已侵之地，庶從容以歸。上策遠謀，不出於此矣。

【校】

〔陳征討〕「陳」，英華作「呈」。

〔約盟〕「約」，英華作「要」。

〔桀驁〕英華作「桀勁」。

〔臣聞〕「臣」上英華有「對」字。

〔要者〕「者」，馬本、全文俱作「旨」，據宋本、那波本、英華、盧校改。

〔殫財〕「殫」，宋本訛作「彈」。

〔悔焉〕「焉」，馬本作「然」，非。據宋本、那波本、盧校改正。全文「悔焉」作「憬然」。

〔之患〕英華作「之惠」。

〔暫寧〕「暫」，英華作「漸」，注云：「集作『暫』。」

〔漢武猶病之〕「漢武」，英華作「漢文」。

〔廣武〕此下英華注云：「漢匈奴贊：文帝聚天下精兵於廣武。集作『式』，非。」

〔久久〕此下英華注云：「一作『矣』。」下同。

〔四夷〕此下英華注云：「一作『夷狄』。」

〔其餘〕「餘」，英華作「爲」，注云：「一作『餘』。」

〔夫然〕此下英華有「後」字。

〔而來〕英華作「而至」。

四十九、備邊併將置帥

臣伏見方今備邊之計，未得其宜。何則？京西之兵，其數頗衆，城堡甚備，器械甚精。以之遏侵掠，禁奪攘，則可矣。若犬戎大至，長驅而來。臣恐將卒雖多，無能抗者。今所以軫陛下慮者豈非此乎？其所以然者，蓋由鎮壘太多，主將太衆故也。夫鎮多則兵散，兵散則威不相合而力不相濟矣；將衆則心異，心異則勝不相讓而敗不相救矣。卒然有事，誰肯當之？今若合之爲五將，統之以一帥。將合則戮力，帥一則同心。仍使均握其兵，分守其界，明察功罪，必待賞罰。然後據便宜之地，扼要害之衝，以逸待勞，以寡制衆；則雖黠虜無能爲也。臣又以爲自古及今，有不能守塞之兵，而無不可守之塞；有不能備戎之將，而無不可備之戎。故曰：十圍之木，持千鈞之屋，得其宜也；五寸之關，能制其開闔，居其要也。伏惟陛下握戎之要，操塞之關，則西陲之憂可以少息矣。

【校】

〔題〕英華作「備邊」，注云：「併置帥將。」

〔臣伏〕「臣」上英華有「對」字。

〔京西〕「西」，馬本、全文俱作「師」，非。據宋本、那波本、盧校改正。

〔若犬戎〕英華作「夷戎」二字。

〔統之〕「統」，英華作「總」。

〔功罪〕「功」，英華作「其」。

〔必待〕「待」，英華作「行」。

〔便宜〕此下英華注云：「一作『利便』。」

〔臣又以爲〕「爲」上宋本、那波本俱脱「以」字。

五十、議守險 德與險兼用。

問：易曰：「王公設險，以守其國。」記曰：「在德不在險。」然則用之則乖在德之訓，棄之則違守國之誡。二義相反，其旨何從？

又問：以山河爲寶者，萬夫不能當也；以道德爲藩者，四夷爲之守也。何則？苗恃洞庭，負險而亡；漢都天府，用險而昌。又何故也？今欲鑒昌亡，審用捨，復何如哉？

臣聞：易曰：「王公設險，以守其國。」又秦得百二以吞天下，齊得十二而霸諸侯。蓋恃險之論興於此矣。史記曰：「在德不在險。」傳曰：「九州之險是不一姓。」蓋棄險之議生於此矣。臣以爲險之爲用，用捨有時。恃既失之，棄亦未爲得也。何者？夫險之爲利大矣，爲害亦大矣。故天地閉否，守之則爲利；天地交泰，用之則爲害。蓋天地有常險，而聖人無常用也。然則以道德爲藩，以仁義爲屏，以忠信爲甲冑，以禮法爲干櫓者，教之險，政之守也。以城池爲固，以金革爲備，以江河爲襟帶，以丘陵爲咽喉者，地之險，人之守也。王者之興也，必兼而用之。昔漢高帝除害興利，以安天下，自謂德不及於周而賢於秦，故去洛之易，即秦之險，建都創業，垂四百年。是能兼而用之也。桀、紂、三苗之徒，負大河，憑太行，保洞庭而不修德政，坐取覆亡者，是專恃其險也。莒子恃其僻陋，不修城郭，浹辰之間喪其三都者，是怠棄其險也。由斯而觀之，山河之阻，溝墉之固，可用而不可恃也。可誡而不可棄也。智以險昌，愚以險亡，昌亡之間，唯陛下能鑒之。

【校】

〔二義〕「義」，英華作「議」，非。

〔臣聞〕「臣」上英華有「對」字。

〔王公〕此下英華注云：「一作『侯』。」

〔江河〕英華作「山河」。

〔覆亡〕「亡」，英華作「滅」。

〔恃也〕此下英華脱「可誡而不可棄也」七字。

〔能鑒〕「鑒」上英華無「能」字。

五十一、議封建論郡縣

問：周制五等，其弊也王室衰微。秦廢列國，其敗也天下崩壞。漢封子弟，其失也侯王僭亂。何則？爲制不同，同歸於弊也。故自古及今，議其是非者多矣。今若建侯開國，恐失隨時之宜；如置守專城，慮乖稽古之義。考其要旨，其誰可從？又問：封建之制，肇自黄、唐；郡縣之規，始於秦、漢。或沿或革，以至國朝。今欲子兆人，家四海，建不拔之業，垂無疆之休。大鑒興亡，從長而用；無論今古，擇善而行。侯將守而何先？郡與國而孰愈？具書于策，當舉行之。

臣聞：封建之廢久矣，是非之論多矣。異同之要，歸于三科。或曰：周人制五等，封親賢，其弊也，諸侯擅戰伐，倍臣執國命。故聞蠶食瓜剖以至於衰滅也。而李斯、周青之議由是興焉。又曰：秦皇廢列國，棄子弟，其敗也萬民無定主，九族爲匹夫。故魚爛土崩以至於覆亡也。而曹冏、士衡之論由是作焉。又曰：漢氏侯功臣，王同姓。其失也爵號太尊，土宇太廣。故鴟張瓦解以至於勃亂也。而晁錯、主父之計由是行焉。

然則秦懲周之弊也，既以亡而易衰；漢鑒秦之亡也，亦矯枉而過正。歷代之説無出於此焉。以臣所觀，竊謂知其一未知其二也。何者？臣聞：王者將欲家四海，子兆人，垂無疆之休，建不拔之業者，在乎操理柄，立人防，導化源，固邦本而已。蓋刑行德立，近悦遠安，恩信推於中，惠化流於外，如此則四夷爲臣妾，況海内乎？雖置守罷侯，亦無害也。若法壞政荒，親離賢棄，王澤竭於上，人心叛於下，如此則九族爲讎敵，況天下乎？雖廢郡建邦，又何益也！故臣以爲周之衰滅者，上失其道，天厭其德，非爲封建之弊也；秦之覆亡者，君流其毒，人離其心，非唯郡縣之咎也；漢之禍亂者，寵而失教，立不選賢，非獨強大之故也。由是觀之，苟固其本，導其源，雖郡與國俱可理而安矣；苟踰其防，失其柄，雖侯與守俱能亂且危矣。伏惟陛下慮遠憂近，鑒古觀今。以敦睦親族爲先，不以封王爲急；以優勸勞逸爲念，不以建侯爲思；以尊賢寵德爲心，不以開國爲意；以安撫黎元爲事，不以廢郡爲謀。則無疆之休，不拔之業，在於此矣。況國家之制垂二百年，法著一王，理經十聖。變革之議，非臣敢知。

【校】

〔侯將守〕「將」，馬本、全文俱作「與」；據宋本、那波本、英華、盧校改。

〔臣聞〕「臣」上英華有「對」字。

〔戰伐〕「戰」，英華作「征」。

〔倍臣〕「倍」，宋本、那波本、英華、全文俱作「陪」。盧校：「『倍』通『陪』。」

〔故聞〕「故」下英華無「聞」字。

〔其敗也〕「敗」，英華作「弊」。

〔勃亂〕英華作「悖亂」。城按：「悖」一作「勃」。

〔既以亡〕「亡」，英華作「孤立」。

〔固邦本而已蓋〕此六字宋本、那波本俱作「固邦本之業者在乎」八字，非。英華作「固邦本而已矣是故」八字。

〔優勸〕英華作「憂勤」，「憂」下注云：「集作『優』。」

〔爲思〕「思」，英華作「和」，注云：「集作『思』。」

五十二、議井田阡陌 息游惰，止兼并，實版圖。

問：三代之牧人也，立井田之制，別都鄙之名。其爲名制，可得而知乎？其爲功利，可得而聞乎？

又問：自秦壞井田，漢修阡陌，兼并大啓，游惰實繁。雖歷代因循，誠恐弊深而害甚。如一朝改作，或慮失業而擾人。既廢之甚難，又復之非便。斟酌其道，何者得中？

臣聞：王者之貴，生於人焉；王者之富，生於地焉。故不知地之數，則生業無從而定，財征無從而平也；不知人之數，則食力無從而計，軍役無從而均也。不均不平，則地雖廣，人雖多，徒有貴之名，而無富之實。是以先王度土田之廣狹，畫爲夫井；量人户之衆寡，分爲邑居。使地利足以食人，人力足以闢土，邑居足以處衆，人力足以安家。野無餘田以啓專利，邑無餘室以容游人。逃刑避役者往無所之，敗業遷居者來無所處。於是生業相固，食力相濟。其出財征也，不待徵書而已平矣；其起軍役也，不待料人而已均矣。然後天子可以稱萬乘之貴、四海之富也。洎三代之後，厥制崩壞。故井田廢則游惰之路啓，阡陌作則兼并之門開。至使貧苦者無容足立錐之居，富强者專籠山絡野之利。故自秦、漢迄于聖朝，因循未遷，積習成弊。然臣以爲井田者廢之頗久，復之稍難，未可盡行，且宜漸制。何以言之？昔商鞅開秦之利也，蕩然廢之，故千載之間，豪奢者得其計；王莽革漢之弊也，卒然復之，故一時之間，農商者失其業。斯則不可久廢，不可速成之明驗也。故臣請斟酌時宜，參詳古平均，市利歸於農，生業著於地者矣。

制。大抵人稀土曠者，且修其阡陌；户繁鄉狹者，則復以井田。使都鄙漸有名，家夫漸有數。夫然，則井邑兵田之地，衆寡相維；門閭族黨之居，有亡相保。相維則兼并者何所取？相保則游惰者何所容？如此則庶乎人無浮心，地無遺力，財産豐足，賦役平均，市利歸於農，生業著於地者矣。

【校】

〔題〕此下小注「惰」，宋本作「憧」，下同。城按：惰同憧。

〔問三代〕「問」，英華作「自」。

〔臣聞〕「臣」上英華有「對」字。

〔財征無從〕此下宋本、那波本俱衍「而計軍役無從」六字。

〔人力足〕「足」上英華注云：「一作『衆心』。」

〔相固〕「固」，馬本、全文俱作「因」，非。據宋本、那波本、英華改正。

〔貧苦〕「苦」，英華作「弱」，注云：「集作『苦』。」

〔絡野〕「絡」，馬本訛作「給」，據宋本、那波本、英華、全文、盧校改正。

〔頗久〕「頗」，英華作「已」。

〔土曠〕「曠」，馬本、全文俱作「廣」，非。據宋本、那波本、英華、盧校改正。

〔且修〕英華作「且循」。

〔井邑兵田〕英華作「丘田井邑」，注云：「一作『井邑丘田』。」

〔地者〕「地」，英華作「土」，注云：「集作『地』。」

五十三、議肉刑 可廢，不可用。

問：肉刑者其來尚矣，其廢久矣。前賢之論，是非紛然。今欲棄而不行，法或乖於稽古；若舉而復用，義恐失於隨時。取捨之間，何者爲可？

臣伏以漢除肉刑，迨今千有餘祀。其間博聞達識之士，議其是非者多矣。其欲廢之者，則曰刻膚革，斷支體，人主忍而用之，則愷悌惻隱之心乖矣。此緹縈所謂雖欲改過自新，其道亡由者也。其欲復之者，則曰任箠令，用鞭刑，酷吏倚而行之，則專殺濫死之弊作矣。此班固所謂以死罔人，失本惠者也。臣以爲議事者宜徵其實，用刑者宜酌其情。若以情實言之，則可廢而而不可復也。何者？夫肉刑者蓋刵、劓、腓、黥、刖之類耳。書所謂五虐之刑也。昔苗人始淫爲之，而天既降咎；及秦人又虐用之，而天下亦離心。夫如是，則豈無濫死者耶？漢文帝始除去之，而刑罰以清；我太宗亦因而棄之，而人用不犯。夫如是，則豈有罔人者耶？此臣所謂徵其實者也。臣又聞聖人之用刑也，輕重適時變，用捨順人情。不必乎反今之宜，復古之制也。況肉刑廢之久矣，人莫識焉。今一朝卒然用之，或絶筋，或折骨，或傷面，則見者必痛其心，聞者必駭其耳。又非聖人適時變、順人情之意也。徵之於實既如彼，酌之於情又如此。可否之驗，豈不明哉？傳曰：「君子爲政，貴因循而重改作。」又曰：「利不百不變法。」臣以爲復之有害而無利也，其可變而改作乎？

【校】

〔臣伏〕「臣」上英華有「對」字。

〔博聞〕「博」，馬本訛作「傳」，據宋本、那波本、英華、全文、盧校改正。

〔蓋刵〕「刵」，各本俱誤作「取」，據英華改正。

〔劓腓〕「腓」，宋本、那波本、英華、盧校俱作「豖」。

〔傷面〕二字各本互倒，據英華乙轉。又英華注云：「集作『面傷』。」

〔如此〕「如」，英華作「若」，注云：「集作『如』。」

五十四、刑禮道　迭相爲用。

問：聖王之致理也，以刑糾人惡，故人知勸懼；以禮導人情，故人知恥格；以道率人性，故人反淳和。三者之用，不可廢也。意者將偏舉而用耶，將並建而用耶？從其宜，先後有次耶？成其功，優劣有殊耶？然則相今日之所宜，酌今日之所急，將欲致理，三者奚先？

臣聞：人之性情者，君之土田也。其荒也，則薙之以刑；其闢也，則莳之以禮；其植也，則穫之以道。故刑行而後禮立，禮立而後道生。始則失道而後禮，中則失禮而後刑，終則修刑以復禮，修禮以復道。故曰：刑者禮之門，禮者道之根，知其門，守其根，則王化成矣。然則王化之有三者，猶天之有兩曜，歲之有四時。廢一不可也，並用亦不可也。在乎舉之有次，措之有倫而已。何者？夫刑者可以禁人之惡，不能防人之情。禮者可以防人之情，不能率人之性。道者可以率人之性，又不能禁人之惡。循環表裏，迭相爲用。故王者觀理亂之深淺，順刑禮之後先。當其懲惡抑淫，致人於勸懼，莫先於刑；剗邪窒慾，致人於恥格，莫尚於禮；反和復朴，致人於敦厚，莫大於道。是以衰亂之代，則弛禮而張刑；平定之時，則省刑而弘禮；清净之日，則殺禮而任道。亦如祁寒之節，則疏水而附火；徂暑之候，則遠火而狎水。順歲候者，適水火之用；達時變者，得刑禮之宜。適其用，達其宜，則天下之理畢矣，王者之化成矣。將欲較其短長，原其始終，順其變而先後殊，備其用而優劣等。離而言之則異致，合而理之則同功。其要者，在乎舉有次，措有倫，適其用，達其宜而已。方今華夷有截，内外無虞。人思休和，俗已平泰。是則國家殺刑罰之日，崇禮樂之時，所以文易化成，道易馴致者，由得其時也。今則時矣，伏惟陛下惜而不失焉。

【校】

〔聖王〕「王」，英華作「人」。

〔意者〕英華作「義者」。

〔而用〕英華作「而行」。

〔臣聞〕「臣」上英華有「對」字。

〔弘禮〕全文作「宏禮」，蓋避清諱改。

〔附火〕英華作「俯火」。

〔達其宜〕「宜」，馬本、全文俱作「理」，非。據宋本、那波本、英華、盧校改。

〔較其〕「較」，英華作「校」，注云：「集作『較』。」

〔無虞〕「虞」，馬本、全文俱作「慮」，據宋本、那波本、英華改。

〔今則〕英華作「今其」。

白居易集箋校卷第六十五

策林四 凡二十一道

五十五、止獄措刑 在富而教之。

問：成、康御宇，囹圄空虛；文、景繼統，刑罰不用；太宗化下而人不犯。成此功者其効安在？桀、紂在上，比屋可誅；秦氏爲君，赭衣滿道。致此弊者其故安在？今欲鑒桀、紂、秦氏之弊，繼周、漢、太宗之功。使人有恥且格，刑措不用。備詳本末，著之于篇。

臣聞：仲尼之訓也，既庶矣而後富之，既富矣而後教之。管子亦云：「倉廩實，知禮節。衣食足，知榮辱。」然則食足財豐，而後禮教所由興也。禮行教立，而後刑罰所由措也。蓋前事之不忘，後事之元龜。臣請以前事明之。當周成、康之時，天下富壽，人知恥格，故囹圄空虛四十餘年。當漢文、景之時，節用勸農，海内殷實，人人自愛，不犯刑法，故每歲決獄，僅至四百。及我太宗之朝，勤儉化人，人用富庶，加以德教，致于升平，故一歲斷刑不滿三十。雖則明聖慎刑，賢良恤獄之所致也，然亦由天下之人生厚德正而寡過也。當桀、紂之時，暴征鑑斂，萬姓窮苦，有怨無恥，姦宄並興，故是時也，比屋可戮。及秦之時，厚賦以竭人財，遠役以殫人力，力殫財竭，盡爲寇賊，羣盜滿山，赭衣塞路，故每歲斷罪數至十萬。雖則暴君淫刑，姦吏弄法之所致也，然亦由天下之人貧困思邪而多罪也。由是觀之，刑之繁省，繫於罪之衆寡也；教之廢興，繫於人之貧富也。聖王不患刑之繁，而患罪之衆；不患教之廢，而患人之貧。故人苟富，則教斯興矣；罪苟寡，則刑斯省矣。是以財産不均，貧富相併，雖堯、舜爲主，不能息忿争而省刑獄也；衣食不充，凍餒並至，雖咎陶爲士，不能止姦宄而去盜賊也。若失之於本，求之於末，雖聖賢並生，臣竊以爲難矣。至若察小大之獄，審輕重之刑，定加減於科條，得情僞於察色，此有司平刑之要也，非王者恤刑之德也。至若盡欽恤之道，竭哀矜之誠，使生者不怨，死者不恨，此王者恤刑之法也，非聖人措刑之道也。必欲端影於表，澄流於源，則在乎富其人，崇其教，開其廉恥之路，塞其寃濫之門。使人内樂其生，外畏其罪，則必過犯自省，刑罰自措。斯所謂致羣心於有恥，立大制於不嚴。古者有畫衣冠、異章服而人不犯者，由此道素行也。

【箋】

作於元和元年（八〇六），三十五歲，長安。城按：此卷那波本編在卷四八。

【校】

〔有恥〕「恥」上各本脱「有」字，據英華增。

〔臣聞〕「臣」上英華有「對」字。

〔塞路〕英華作「塞道」。

〔思邪〕「邪」，馬本、全文俱作「奸」，非。據宋本、那波本、盧校改正。

〔咎陶〕那波本、英華俱作「臯陶」。城按：「咎陶」亦作「臯陶」。

〔並生〕「生」，英華作「出」，注云：「集作『生』。」

〔察色〕「察」，英華作「聲」，注云：「集作『察』。」

〔恤刑之法〕「法」，英華作「德」。

五十六、論刑法之弊 升法科，選法吏。

問：今之法貞觀之法，今之官貞觀之官，昔何爲而大和，今何爲而未理？事同効異，其故何哉？將刑法不便於時耶，抑官吏不得其人耶？

臣伏以今之刑法，太宗之刑法也；今之天下，太宗之天下也。何乃用於昔而俗以寧壹，行於今而人未休和？臣以爲非刑法不便於時，是官吏不循其法也。此由朝廷輕法學，賤法吏，故應其科與補其吏者，率非君子也，甚多小人也。蓋刑法者，君子行之則誠信而簡易，簡易則人安；小人習之則詐僞而滋彰，滋章則俗弊。此所以刑一而用二，法同而理殊者也。矧又律令塵蠹於棧閣，制勑堆盈於案几，官不徧覩，法無定科。今則條理輕重之文盡詢于法，直是使國家生殺之柄假手於小人。小人之心，孰不可忍？至有黷貨賄者矣，有祐親愛者矣，有陷讎怨者矣，有畏權豪者矣，有欺賤弱者矣。是以重輕加減，隨其喜怒；出入比附，由乎愛憎。官不察其所由，人不知其所避。若然，則雖有貞觀之法，苟無貞觀之吏，欲其刑善，無乃難乎！陛下誠欲申明舊章，剗革前弊。則在乎高其科，重其吏而已。臣謹按：漢制以四科辟士，其三曰明習律令，足以決狐疑。能按章覆問文中御史者，辟而用之。伏惟陛下懸法學爲上科，則應之者必俊乂也；升法直爲清列，則授之者必賢良也。然後考其能，獎其善。明察守文者，擢爲御史；欽恤用情者，遷爲法官。如此則仁恕之誠，廉平之氣，不散於簡牘之間矣；掊刻之心，舞文之弊，不生於刀筆之下矣。與夫愚詐小吏竊而弄之者，功相萬也。臣又聞管仲奪伯氏之邑，没無怨言；季羔刖門者之足，亡而獲宥；孔明黜廖立之位，死而垂泣。三子者，可謂能用刑矣。臣伏思之，亦何代無其人哉？在乎求而用之，考而獎之而已。伏惟陛下再三察焉。

【校】

〔大和〕「大」，全文作「太」。

〔抑官吏〕「抑」，宋本、那波本俱作「而」。

〔臣伏〕「臣」上英華有「對」字。

〔休和〕英華作「和平」，注云：「集作『休和』。」

〔非刑法〕「刑」上英華脱「非」字。

〔輕法學〕「學」，全文作「科」。

〔甚多〕「甚」，宋本、那波本、英華俱作「其」。

〔刑法者〕「刑」下馬本、全文俱脱「法」字，據宋本、那波本、英華、盧校增。

〔小人習之〕英華作「小人行之」。

〔棧閣〕「棧」，馬本注云：「組限切。棚也。亦閣也。」

〔假手〕「手」，各本俱誤作「在」，據英華改正。

〔祐親愛〕「祐」，馬本、英華、全文俱作「怙」，據宋本、那波本、盧校改。

〔習律令〕「律」，英華作「法」，注云：「集作『律』。」

〔文中〕此下英華注云：「一作『任』。」

〔人哉〕英華作「人乎」，注云：「集作『哉』。」

五十七、使人畏愛悦服理大罪赦小過

問：政不可寬，寬則人慢；刑不可急，急則人殘。故失於恢恢，則漏網而爲弊；務於察察，則及泉而不祥。將使寬猛適宜，疏密合制，上施畏愛之道，下有悦服之心。刑政之中，何者爲得？

臣聞：聖人在上，使天下畏而愛之，悦而服之者，由乎理大罪赦小過也。書曰：「宥過無大。」況小者乎？「刑故無小。」況大者乎？故宥其小者仁也，仁以容之，則天下之心愛而悦之矣；刑其大者義也，義以糾之，則天下之心畏而服之矣。臣竊見國家用法，似異於是。何則？糾察之政，急於朝官而寬於外官；懲戒之刑，加於小吏而縱於長吏。是則權輕而過小者，或反繩之；寄重而罪大者，或反捨之。臣復思之，恐非先王宥過刑政之道也。然則小大之喻，其猶魚耶！魚之在泉者小也，察之不祥；

魚之吞舟者大也，漏之不可。刑煩猶水濁，水濁則魚喁；政寬猶防決，防決則魚逝。是以善爲理者，舉其綱，疏其網。綱舉則所羅者大矣，網疏則所漏者小也。伏惟陛下，舉其綱於長吏，疏其網於朝官。捨小過以示仁，理大罪而明義。則畏愛悦服之化，闇然而日彰於天下矣。

【校】

〔臣聞〕「臣」上英華有「對」字。

〔糾察〕「糾」，馬本、全文俱作「急」，非。據宋本、那波本、英華改正。

〔捨之〕「捨」，英華作「赦」，注云：「集作『捨』。」

〔政寬〕「寬」，英華作「慢」，注云：「集作『寬』。」

〔小也〕「也」，英華作「矣」，注云：「集作『也』。」

〔闇然〕「闇」，英華作「暗」，注云：「集作『闇』。」

五十八、去盜賊 在舉德選能，安業厚生。

臣聞：聖王之去盜賊也，有二道焉。始則舉有德，選有能，使教化大行，姦宄者去。次又安其業，厚其生，使廉恥大興，貪暴者息。故舜舉臯陶，不仁者遠；晉用士會，盜奔于秦。此舉德選能之効也。成、康阜其俗，禮讓興行；文、景富其仁，盜賊衰息。此安業厚生之驗也。由是觀之，則俗之貪廉，盜之有無，繫於人之勞逸，吏之賢否也。方今禁科雖嚴，桴鼓未静。敓𣪚者時聞於道路，穿窬者或縱於鄉閭。無乃陛下之人有多窮困凍餒者乎！無乃陛下之吏有非循良明白者乎！伏惟陛下大推愛人之誠，廣喻稱善之旨。厚其生業，使俗知恥格；舉以賢德，使國無幸人。自然廉讓風行，姦濫日息。則重門罕聞於擊柝，外户庶見於不扃者矣。

【校】

〔題〕此下注全文無「在」字。

〔臣聞〕「臣」上英華有「對」字。

〔富其仁〕「仁」，英華、全文俱作「人」。

〔衰息〕「衰」，馬本、全文俱作「屏」，非，據宋本、那波本、英華、盧校改正。

〔盜之〕「之」，英華作「人」。

〔禁科〕英華作「科禁」，注云：「集作『禁科』。」

〔敓𣪚〕馬本「敓」下注云：「與奪同。」「𣪚」下注云：「如羊切，盜也。」

〔舉以〕「以」，英華作「其」，注云：「集作『以』。」

五十九、議赦

臣謹案：書曰：「眚災肆赦。」又易曰：「雷雨作解，君子以赦過宥罪。」斯則赦之不可廢也必矣。管子曰：「赦者奔馬之委轡也，不赦者痤疽之礛石也。」又諺曰：「一歲再赦，婦兒喑啞。」斯又赦之不可數也明矣。然則赦之爲用，用必有時。數既失之，廢亦未爲得也。何者？赦之爲德大矣，爲賊亦甚矣。大凡王者踐祚改元之初，一用之則爲德也；居常致理之際，數用之則爲賊也。故踐祚而無赦，則布新之義缺而好生之德廢矣；居常而數赦，則惠姦之路啓而召亂之門開矣。由此而觀，蓋赦者可疏而不可數也，可重而不可廢也。用捨之要，其在兹乎！

【校】

〔臣謹案〕「臣」上英華有「對」字。

〔痤疽〕馬本「痤」下注云：「才何切。」「疽」下注云：「女余切。」

〔礛石〕「礛」，英華作「砭」，注云：「集作『礛』，管子作『礦』。」馬本注云：「乃鹽切。」

〔喑啞〕「啞」，馬本注云：「倚下切。」

六十、救學者之失 禮、樂、詩、書。

問：學者教之根，理之本。國家設庠序以崇儒術，張禮、樂而厚國風。師資肅以尊嚴，文物焕其明備。何則？學詩、書者拘於文而不通其旨，習禮、樂者滯於數而不達其情。故安上之禮未行，化人之學將落。今欲使工祝知先王之道，生徒究聖人之心。詩、書不失於愚誣，禮、樂無聞於盈減。積之爲言行，播之爲風化。何爲何作，得至於斯？

臣聞：化人動衆，學爲先焉；安上尊君，禮爲本焉。故古之王者，未有不先於學，本於禮，而能建國君人經天緯地者也。國家删定六經之義，裁成五禮之文，是爲學者之先知，生人之大惠也。故命太常以典禮、樂，立太學以教詩、書。將使乎四術並舉而行，萬人相從而化。然臣觀太學生徒，誦詩、書之文而不知詩、書之旨；太常工祝，執禮、樂之器而不識禮樂之情。遺其旨則作忠興孝之義不彰，失其情則合敬同愛之誠不著。所謂去本而從末，棄精而得粗，至使陛下語學有將落之憂，顧禮有未行之歎者，此由官失其業，師非其人，故但有修習之名，而無訓導之實也。伏望審官師之能否，辨教學之是非，俾講詩者以六義風賦爲宗，不專於鳥獸草木之名也；讀書者以五代典謨爲旨，不專於章句詁訓之文也；習禮者以上下長幼爲節，不專於俎豆之數，裼襲之容也；學樂者以中和友孝爲德，不專於節奏之變，綴兆之度也。夫然則詩、書無愚誣之失，禮、樂無盈減之差。積而行立者，乃升之於朝廷；習而事成者，乃用之於宗廟。是故温柔敦厚之教，疏通知遠之訓，暢於中而發於外矣；莊敬威嚴之貌，易直子諒之心，行於上而流於下矣。則覩之者莫不承順，聞之者莫不率從。管乎人情，出乎理道，欲人不化上不安，其可得乎？

【校】

〔臣聞〕「臣」上英華有「對」字。

〔使乎〕英華作「欲以」，注云：「集作『使』。」

〔而化〕「化」下英華有「之」字，注云：「集無『之』字。」

〔誦詩〕英華作「讀詩」，注云：「集作『誦』。」

〔得粗〕「得」，馬本、全文俱作「好」，據宋本、那波本、英華、盧校改。

〔審官〕此下英華注云：「集作『工』。」

〔俾講詩〕「講」上英華無「俾」字。

〔裼襲〕「裼」，英華訛作「楊」。

〔中和〕英華作「忠和」。

六十一、黜子書

臣聞：仲尼没而微言絶，七十子喪而大義乖。大義乖則小説興，微言絶則異端起。於是乎歧分派别，而百氏之書作焉。然則六家之異同，馬遷論之備矣；九流之得失，班固叙之詳矣。是非取捨，較然可知。今陛下將欲抑諸子之殊途，遵聖人之要道，則莫若弘四術之正義，崇九經之格言。故正義著明，則六家之異見不除而自退矣；格言具舉，則九流之偏説不禁而自隱矣。夫如是，則六家九流尚爲之隱退，況百氏之殊文詭製，得不藏匿而銷鑠乎？斯所謂排小説而扶大義，斥異端而闡微言，辨惑嚮方，化人成俗之要也。伏惟陛下必行之。

【校】

〔臣聞〕「臣」上英華有「對」字。

〔弘四術〕「弘」，全文作「宏」，蓋避清諱改。

〔成俗之要〕「要」，英華作「略」。

六十二、議禮樂

問：禮樂並用，其義安在？禮樂共理，其効何徵？禮之崩也，何方以救之乎？樂之壞也，何術以濟之乎？

臣聞：序人倫，安國家，莫先於禮；和人神，移風俗，莫尚於樂。二者所以並天地，參陰陽，廢一不可也。何則？禮者納人於別而不能和也，樂者致人於和而不能別也。必待禮以濟樂，樂以濟禮，然後和而無怨，別而不争。是以先王並建而用之，故理天下如指諸掌耳。志曰：「六經之道同歸，而禮、樂之用爲急。」故前代有亂亡者，由不能知之也。有知而危敗者，由不能行之也。有行而不至於理者，由不能達其情也。能達其情者，其唯宗周乎！周之有天下也，修禮達樂者七年，刑措不用者四十年，負扆垂拱者三百年，龜鼎不遷者八百年。斯可謂達其情，臻其極也。故孔子曰：「吾從周。」然則繼周者其唯皇家乎！臣伏聞：禮減則銷，銷則崩；樂盈則放，放則壞。故先王減則進之，盈則反之，濟其不及而洩其過。用能正人道，反天性，奮至德之光焉。國家承齊、梁、陳、隋之弊，遺風未弭。故禮稍失於殺，樂稍失於奢。伏惟陛下慮其減削，則命司禮者大明唐禮；防其盈放，則詔典樂者少抑鄭聲。如此則禮備而不偏，樂和不流矣。繼周之道，其在茲乎！

【校】

〔並用〕「並」，英華作「之」，注云：「集作『並』。」

〔臣聞〕「臣」上英華有「對」字。

〔國家〕英華作「家國」，注云：「集作『國家』。」

〔達樂〕「達」，英華作「建」，注云：「集作『達』。」

〔未弭〕「弭」，英華作「殄」，注云：「集作『弭』。」

〔減削〕「削」，英華作「銷」。

六十三、沿革禮樂

問：禮樂之用，百王共之。然則歷代以來，或沿而理，或革而亂，或損而興，或益而亡，何述作之跡同而得失之効異也？方今大制雖立，至理未臻。豈沿襲損益未適其時宜？將文物聲明有乖於古制？思欲究盛禮之旨，審至樂之情。不和者改而更張，可繼者守而勿失。具陳其要，當舉而行。

臣聞：議者曰：禮莫備於三王，樂莫盛於五帝。非殷、周之禮不足以理天下，非堯、舜之樂不足以和神人。是以總章辟雍、冠服簠簋之制，一不備於古，則禮不能行矣；干戚羽旄、屈伸俯仰之度，一不修於古，則樂不能和矣。古今之論，大率如此。臣竊謂斯言失其本，得其末，非通儒之達識也。何者？夫禮樂者，非天降，非地出也。蓋先王酌於人情，張爲通理者也。苟可以正人倫，寧家國，是得制禮之本意也；苟可以和人心，厚風俗，是得作樂之本情矣。蓋善沿禮者，沿其意，不沿其名；善變樂者，變其數，不變其情。故得其意，則五帝、三王不相沿襲，而同臻於理矣；失其情，則王莽屑屑習古，適足爲亂矣。故曰：行禮樂之情者王，行禮樂之飾者亡。蓋謂是矣。且禮本於體，樂本於聲。文物名數，所以飾其體；器度節奏，所以文其聲。聖人之理也，禮至則無體，樂至則無聲。然則苟至於理也，聲與體猶可遺，況於文與飾乎？則本末取捨之宜可明辨矣。今陛下以上聖之姿，守烈祖之制，不待損益，足以致理。然苟有沿革，則願陛下審本末而述作焉。蓋禮者以安上理人爲體，以別疑防欲爲用，以玉帛俎豆爲數，以周旋裼襲爲容。數與容可損益也，體與用不可斯須失也。樂者以易直子諒爲心，以中和孝友爲德，以律度鏗鏘爲飾，以綴兆舒疾爲文。飾與文可損益也，心與德不可斯須失也。夫然則禮得其本，樂達其情，雖沿襲損益不同，同歸于理矣。

【校】

〔題〕英華作「議沿革禮樂」。

〔大制〕「制」，馬本訛作「致」，據宋本、那波本、英華、全文改正。

〔之旨〕英華作「之本」，注云：「集作『旨』。」

〔臣聞〕「臣」上英華有「對」字。

〔修於古〕「修」下英華注云：「集作『循』。」

〔本意也〕「也」，英華作「矣」，注云：「集作『也』。」

〔本情矣〕「矣」，全文作「也」。

〔上聖之姿〕「姿」，馬本、英華、全文俱作「資」，據宋本、那波本、盧校改。城按：「姿」、「資」義通。

〔沿襲〕全文作「沿革」。

六十四、復樂古器古曲

問：時議者或云：樂者聲與器遷，音隨曲變。若廢今器，用古器，則哀淫之音息矣；若捨今曲，奏古曲，則正始之音興矣。其說若此，以爲如何？

臣聞：樂者本於聲，聲者發於情，情者繫於政。蓋政和則情和，情和則聲和，而安樂之音由是作焉；政失則情失，情失則聲失，而哀淫之音由是作焉。斯所謂音聲之道，與政通矣。伏覩時議者，臣竊以爲不然。何者？夫器者所以發聲，聲之邪正，不繫於器之今古也；曲者所以名樂，樂之哀樂，不繫於曲之今古也。何以考之？若君政驕而荒，人心動而怨，則雖捨今器用古器，而哀淫之聲不散矣；若君政善而美，人心平而和，則雖奏今曲，廢古曲，而安樂之音不流矣。是故和平之代，雖聞桑間、濮上之音，人情不淫也，不傷也；亂亡之代，雖聞咸、頀、韶、武之音，人情不和也，不樂也。故臣以爲銷鄭、衛之聲，復正始之音者，在乎善其政，和其情；不在乎改其器，易其曲也。故曰：樂者不可以僞，唯明聖者能審而述作焉。臣又聞：若君政和而平，人心安而樂，則雖援蕢桴，擊野壤，聞之者必融融洩洩矣；若君政驕而荒，人心困而怨，則雖撞大鐘，伐鳴鼓，聞之者適足慘慘戚戚矣。故臣以爲諧神人和風俗者，在乎善其政，歡其心；不在乎變其音，極其聲也。

【校】

〔臣聞〕「臣」上英華有「對」字。

〔伏覩〕「覩」，英華作「觀」，注云：「集作『覩』。」

〔動而怨〕「怨」，英華作「恐」，注云：「集作『動而怨』。」

〔亂亡〕「亡」，英華作「王」。

〔撞大鐘〕「撞」，宋本作「橦」，非。

六十五、議祭祀

問：聖王立郊廟，重祭祀者，將以展誠敬而事鬼神乎？將欲裨教化而利生人乎？

又問：近者敬失於鬼，祭祀以淫。禳禱者有僭濫諂媚之風，蒸嘗者失疏數豐儉之節。今欲使俗無淫祀，家不黷神。物省費而厚生，人守義而不惑。何爲何作，可以救之？

臣聞：祭祀之義，大率有三。禋于天地，所以示人報本也。祠于聖賢，所以訓人崇德也。享于祖考，所以教人追孝也。三者行於天下，則萬人順，百神和。此先王所以重祭祀者也。臣又觀之，豈直若是而已哉？蓋先王因事神而設教，因崇祀以利人。俾乎人竭其誠，物盡其美。美致於鬼，則利歸於人焉。故皁其牲牷，則牛羊不得不蕃矣。豐其黍稷，則倉廩不得不實矣。美其祭服，則布帛不得不精矣。不畜者無牲，不田者無盛，則游惰者不得不懲矣。勤本者不得不勉矣。四者行於天下，雖曰事鬼神，其實厚生業也。故曰：禮行於祭祀，則百貨可極焉。斯之謂矣。然則物力有餘，則奢淫之弊起；祀事不節，則諂黷之萌生。先王又防其然也，是以宗廟有數，豐約有度，疏數有時。非其度者，則鬼不享而禮不容；非其類者，則神不歆而刑不捨。二者行於天下，則人與神不相黷矣，不相傷矣。近代以來，稍違祀典。或禮物失於奢儉，或巫史假於淫昏。追遠者昧從生之文，徼福者有媚神之祭。雖未甚弊，亦宜禁之。伏惟陛下：崇設人防，申明國典。蒸嘗不經者，示之以禮；禳禱非鬼者，糾之以刑。所謂存其正，抑其邪，則人不惑矣；著其誠，謹其物，則人厚生矣。斯以齊風俗，和人神之大端也。惟陛下詳之。

【校】

〔將欲〕「欲」，英華作「以」，注云：「集作『欲』。」

〔臣聞〕「臣」上英華有「對」字。

〔百神〕「神」，英華作「姓」。

〔而設〕「而」，英華作「以」，注云：「集作『而』。」

〔故阜〕此下英華注云：「集作『備』。」

〔游惰〕「惰」，宋本作「墮」。

〔雖曰〕「曰」，宋本、那波本俱作「日」。

〔物力〕英華作「禮物」，注云：「集作『物力』。」

〔人與神〕「神」，英華作「鬼」，注云：「集作『神』。」

〔斯以〕英華作「斯亦」。

六十六、禁厚葬

臣伏以國朝參古今之儀，制喪葬之紀，尊卑豐約，煥然有章。今則鬱而不行於天下者久矣。至使送終之禮，大失其中。貴賤昧從死之文，奢儉乖稱家之義。況多藏必辱於死者，厚費有害於生人，習不知非，寖而成俗，此乃敗禮法、傷財力之一端也。陛下誠欲革其弊，抑其淫，則宜乎振舉國章，申明喪紀。奢侈非宜者，齊之以禮；凌僭不度者，董之以威。故威行於下，則壞法犯貴之風移矣；禮適其中，則破産傷生之俗革矣。移風革俗，其在兹乎！

六十七、議釋教 僧尼。

問：漢、魏以降，像教寖興。或曰足以耗蠹國風，又云足以輔助王化。今欲禁之勿用，恐乖誘善崇福之方；若許之大行，慮成異教殊俗之弊。禅化之功誠著，傷生之費亦深。利病相形，從其遠者。

臣聞：上古之化也，大道惟一；中古之教也，精義無二。蓋上率下以一德，則下應上無二心。故儒、墨六家不行於五帝，道、釋二教不及於三王。迨乎德既下衰，道又上失。源離派别，樸散器分。於是乎儒、道、釋之教鼎立於天下矣。降及近代，釋氏尤甚焉。臣伏覩其教，大抵以禪定爲根，以慈忍爲本，以報應爲枝，以齋戒爲葉。夫然亦可以誘掖人心，輔助王化。然臣以爲不可者，有以也。臣聞：天子者，奉天之教令；兆人者，奉天子之教令。令一則理，二則亂。若參以外教，二三孰甚焉？況國家以武定禍亂，以文理華夏，執此二柄，足以經緯其人矣。而又區區西方之教與天子抗衡，臣恐乖古先惟一無二之化也。然則根本枝葉，王教備焉。何必使人去此取彼？若欲以禪定復人性，則先王有恭默無爲之道在；若欲以慈忍厚人德，則先王有忠恕惻隱之訓在；若欲以報應禁人僻，則先王有懲惡勸善之刑在；若欲以齋戒抑人淫，則先王有防欲閑邪之禮在。雖臻其極則同歸，或能助於王化；然於異名則殊俗，足以貳乎人心。故臣以爲不可者以此也。況僧徒月益，佛寺日崇。勞人力於土木之功，耗人利於金寶之飾，移君親於師資之際，曠夫婦於戒律之間。古人云：一夫不田，有受其餒者；一婦不織，有受其寒者。今天下僧尼不可勝數，皆待農而食，待蠶而衣。臣竊思之，晉、宋、齊、梁以來，天下凋弊未必不由此矣。伏惟陛下察焉。

【校】

〔伏覩〕「覩」，宋本、那波本、盧校俱作「觀」。

〔亦可以〕全文作「亦可」。

〔王教〕全文作「王化」。

〔去此〕全文作「棄此」。

六十八、議文章 碑碣詞賦。

問：國家化天下以文明，獎多士以文學，二百餘載，文章煥焉。然則述作之間，久而生弊。書事者罕聞於直筆，褒美者多覯其虚辭。今欲去僞抑淫，芟蕪剗穢。黜華於枝葉，反實於根源。引而救之，其道安在？

臣謹按：易曰：「觀乎人文以化成天下。」記曰：「文王以文理。」則文之用大矣哉。自三代以還，斯文不振。故天以將喪之弊，授我國家。國家以文德應天，以文教牧人，以文行選賢。以文學取士。二百餘載，焕乎文章。故士無賢不肖，率注意於文矣。然臣聞：大成不能無小弊，大美不能無小疵。是以凡今秉筆之徒，率爾而言者有矣，斐然成章者有矣。故歌詠詩賦碑碣讚詠之製，往往有虚美者矣，有媿辭者矣。若行於時，則誣善惡而惑當代；若傳於後，則混真僞而疑將來。臣伏思之，恐非先王文理化成之教也。且古之爲文者，上以紉王教，繫國風；下以存炯戒，通諷諭。故懲勸善惡之柄，執於文士褒貶之際焉；補察得失之端，操於詩人美刺之間焉。今褒貶之文無覈實，則懲勸之道缺矣；美刺之詩不稽政，則補察之義廢矣。雖彫章鏤句，將焉用之？臣又聞：稂莠秕稗生於穀，反害穀者也；淫辭麗藻生於文，反傷文者也。

故農者耘稂莠，簸秕稗，所以養穀也；王者删淫辭，削麗藻，所以養文也。伏惟陛下詔主文之司，諭養文之旨。俾辭賦合炯戒諷諭者，雖質雖野，採而獎之；碑誄有虚美愧辭者，雖華雖麗，禁而絶之。若然，則爲文者必當尚質抑淫，著誠去僞。小疵小弊，蕩然無遺矣。則何慮乎皇家之文章不與三代同風者歟？

【箋】

此篇及下一篇採詩均作於新樂府之前，實爲白氏最早之文學理論，以後諸作，立論俱未能逾此。如新樂府序（卷三）云：「首句標其目，卒章顯其志！詩三百之義也。其辭質而徑，欲見之者易諭也。其言直而切，欲聞之者深誡也。其事覈而實，使采之者傳信也。其體順而肆，可以播於樂章歌曲也。總而言之，爲君、爲臣、爲民、爲物、爲事而作，不爲文而作也。」與元九書（卷四五）云：「詩者，根情、苗言、華聲、實義。……故聞『元首明』『股肱良』之歌，則知虞道昌矣。聞『五子洛汭』之歌，則知夏政荒矣。言者無罪，聞者足戒，言者聞者莫不兩盡其心焉。洎周衰秦興，採詩官廢，上不以詩補察時政，下不以歌洩導人情，乃至於諂成之風動，救失之道缺，於時六義始刓矣。國風變爲騷辭，五言始於蘇、李。蘇、李騷人皆不遇者，各繫其志，發而爲文，故河梁之句止於傷别，澤畔之吟歸於怨思，彷徨抑鬱，不暇及他耳。然去詩未遠，梗概尚存，故興離别則引雙鳧一鴈爲喻，諷君子小人則引香草惡鳥爲比，雖義類不具，猶得風人之什二三焉，于時六義始缺矣。晉、宋以還，得者蓋寡。以康樂之奧博，多溺于山水；以淵明之高古，偏放于田園。江、鮑之流，又狹于此。如梁鴻五噫者，百無一二焉。于時六義寖微矣，陵夷矣。至于梁、陳間，率不過嘲風雪、弄花草而已。噫！風雪花草之物，三百篇中豈捨之乎？顧所用何如耳。設如『北風其涼』，假風以刺威虐也。『雨雪霏霏』，因雪以愍征役也。『棠棣之華』，感華以諷兄弟也。『采采芣苢』，美草以樂有子也。皆興發于此而義歸于彼。反是者，可乎哉！然則『餘霞散成綺，澄江淨如練』、『離花先委露，別葉乍辭風』之什，麗則麗矣，吾不知其所諷焉。故僕所謂嘲風雪、弄花草而已。于時六義盡去矣。唐興二百年，其間詩人不可勝數。所可舉者，陳子昂有感遇詩二十首，鮑防有感興詩十五首。又詩之豪者，世稱李、杜。李之作，才矣奇矣，人不逮矣，索其風、雅、比、興，十無一焉。杜詩最多，可傳者千餘首，至于貫穿今古，覼縷格律，盡工盡善，又過于李。然撮其新安吏、石壕吏、潼關吏、塞蘆子、留花門之章，『朱門酒肉臭，路有凍死骨』之句，亦不過三四十首。杜尚如此，況不逮杜者乎？……自登朝來，年齒漸長，閱事漸多，每與人言，多詢時務，每讀書史，多求道理，始知文章合爲時而著，歌詩合爲事而作。」讀張籍古樂府詩（卷一）云：「張君何爲者？業文三十春。尤工樂府詩，舉代少其倫。爲詩意如何？六義互鋪陳。風雅比興外，未嘗著空文。」寄唐生詩（卷一）云：「我亦君之徒，鬱鬱何所爲？不能發聲哭，轉作樂府詩。篇篇無空文，句句必盡規。功高虞人箴，痛甚騷人辭。非求宮律高，不務文字奇。惟歌生民病，願得天子知。」采詩官（卷四）云：「采詩官，采詩聽歌導人言。言者無罪聞者誡，下流上通上下泰。」均可與此文參證。

【校】

〔文章煥〕「煥」，英華作「炳」，注云：「集作『化』。」

〔之間〕「間」，英華作「聞」。

〔救之〕英華作「求之」。

〔其道〕「道」，英華作「義」，注云：「集作『道』。」

〔臣謹按〕「臣」上英華有「對」字。

〔注意〕「意」上英華無「注」字。

〔大美〕「大」，馬本作「有」，非。據宋本、那波本、英華、全文、盧校改正。

〔歌詠詩賦碑碣讚詠之製〕英華作「歌詞賦訟讚誄碑碣之製」。

〔虛美者矣〕「矣」，英華作「焉」，注云：「集作『矣』。」下同。

〔恐非先王〕「恐」，馬本、全文俱作「大」，非。據宋本、那波本、英華、盧校改正。

〔當代〕英華作「當世」。

〔以紉〕「紉」，英華作「備」。

〔炯戒〕英華作「警誡」。

〔臣又聞〕「聞」，英華訛作「間」。

〔農者〕英華作「耘者」。

〔尚質〕「質」，英華作「實」。

〔去僞〕「僞」上英華有「宜」字。

〔皇家之文章〕英華「文章」上無「皇家之」三字。

〔同風者歟〕「歟」，英華作「哉」，注云：「集作『同風歟』。」

六十九、採詩 以補察時政。

問：聖人之致理也，在乎酌人言，察人情，而後行爲政，順爲教者也。然則一人之耳安得徧聞天下之言乎？一人之心安得盡知天下之情乎？今欲立採詩之官，開諷刺之道，察其得失之政，通其上下之情。子大夫以爲如何？

臣聞：聖王酌人之言，補己之過，所以立理本，導化源也。將在乎選觀風之使，建採詩之官。俾乎歌詠之聲，諷刺之興，日採於下，歲獻於上者也。所謂言之者無罪，聞之者足以自誡。大凡人之感於事，則必動於情。然後興於嗟嘆，發於吟詠，而形於歌詩矣。故聞蓼蕭之篇，則知澤及四海也。聞禾黍之詠，則知時和歲豐也。聞北風之言，則知威虐及人也。聞碩鼠之刺，則知重斂於下也。聞「廣袖高髻」之謡，則知風俗之奢蕩也。聞「誰其穫者婦與姑」之言，則知征役之廢業也。故國風之盛衰，由斯而見也；王政之得失，由斯而聞也；人情之哀樂，由斯而知也。然後君臣親覽而斟酌焉。政之廢者修之，闕者補之；人之憂者樂之，勞者逸之。所謂善防川者決之使導，善理人者宣之使言。故政有毫髮之善，下必知也；教有錙銖之失，上必聞也。則上之誠明，何憂乎不下達？下之利病，何患乎不上知？上下交和，内外胥悦。若此而不臻至理，不致昇平，自開闢以來未之聞也。老子曰：「不出户，知天下。」斯之謂歟！

【箋】

白氏元和二年爲府試官時，其進士策問五道之第三道（卷四七）云：「問：大凡人之感於事，則必動於情，發於歎，興於詠，而後形於歌詩焉。故聞蓼蕭之詠，則知德澤之被物也。聞北風之刺，則知威虐及人也。聞『廣袖高髻』之謡，則知風俗之奢蕩也。古之君人者，採之以補察其政，經緯其人焉。夫然，則人情通而王澤流矣。」與此篇旨意全同，可以參證。並參見前一篇議文章箋。又詩學指南卷三録白居易文苑詩格云：「爲詩之道，義在裨益。」又云：「爲詩不裨益即須諷諫。」亦同一旨意。

【校】

〔安得〕「安」，英華作「焉」，注云：「集作『安』。」

〔子大夫〕「大」上英華無「子」字。

〔臣聞〕「臣」上英華有「對」字。

〔導化〕英華作「道」，注云：「一作『遵』。」

〔蓼蕭之篇〕「篇」，宋本、那波本、英華俱作「詩」。

〔之言〕「之」下各本俱衍「之」字，據英華删。

七十、納諫 上封章，廣視聽。

問：國家立諫諍之官，開啓沃之路久矣。而謇諤者未盡其節，謀猷者未竭其誠。思欲取天下之耳目裨我視聽，盡天下之心智爲我思謀。政之壅蔽者決於中，令之絶滅者通于外。上無違德，下無隱情。可爲何方，得至於此？又問：先王立訓，唯諫是從。然則歷代君臣，有賢有否。至若獻替之際，是非之間，若君過臣規，固宜有言必納；如上得下失，豈可從諫如流？以是訓人，其義安在？

臣聞：天子之耳不能自聰，合天下之耳聽之而後聰也。天子之目不能自明，合天下之目視之而後明也。天子之心不能自聖，合天下之心思之而後聖也。若天子唯以兩耳聽之，兩目視之，一心思之，則十步之内不能聞也，百步之外不能見也，殿庭之外不能知也。而况四海之大，萬幾之繁者乎？聖王知其然，故立諫諍諷議之官，開獻替啓沃之道。俾乎補察遺闕，輔助聰明。猶懼其未也，於是設敢諫之鼓，建進善之旌，立誹謗之木。工商得以流議，士庶得以傳言。然後過日聞而德日新矣。是以古之聖王，由此塗出焉。臣又聞：不棄死馬之骨，然後良驥可得也；不棄狂夫之言，然後佳謀可聞也。苟臣管見之中有可取者，陛下取而行之；苟臣蒭言之中有可採者，陛下採而用之。則聞之者必曰：如某之言，如某之見，猶且不棄，况愈於某之徒歟？則天下謀猷之士，得不比肩而至乎？天下謇諤之臣，得不繼踵而來乎？故覽其謀猷，則天下之利病如懸於握中矣；納其謇諤，則朝廷之得失如指諸掌内矣。所謂用天下之耳聽之，則無不聰也；用天下之目視之，則無不明也；用天下之心識思謀之，則無不聖神也。聖神啓於上，聰明達於下，如此則何壅蔽之有耶？滅絶之有耶？臣又嘗觀歷代人君有愚有賢，舉事非盡失也；人臣者有能有否，出言非盡得也。然則先王勤勤懇懇，勸從諫，誡自用者，又何哉？豈不以自古以來，君雖有得，未有愎諫而理者也，况其有失乎？臣雖有失，未有從諫而亂者也，况其有得乎？勤懇勸誡之義，在於此矣。伏惟陛下鑒之。

【校】

〔啓沃〕「啓」，馬本訛作「起」，據宋本、那波本、英華、全文改正。下同。

〔若君〕「若」，英華作「或」，注云：「集作『若』。」

〔臣聞〕「臣」上英華有「對」字。

〔萬幾之繁〕「幾」，宋本、那波本、盧校俱作「樞」。「繁」，英華作「重」，注云：「集作『萬樞之繁』。」

〔聖王〕「王」，英華作「人」。

〔佳謀〕英華、全文俱作「嘉謀」。

〔懸於〕「於」，英華作「之」，注云：「集作『於』。」

〔心識〕「心」下英華無「識」字。

〔滅絶〕「滅」上英華有「何」字。

〔愎諫〕英華作「拒諫」。

七十一、去諂佞從讜直

問：天地無私，賢愚間生焉；理亂有時，邪正迭用焉。然則理代豈無愚邪者耶？將有而不任耶？亂代豈無賢正者耶？將有而不用耶？思決所疑，可徵其驗。

又問：歷代之君無不知用賢則理，用愚則亂，從諫興，從佞亡也。而取捨之際，紛然自迷。故誅放者多非小人，寵用者鮮有君子。至使衰亡危亂，歷代相望。豈臣之邪正惑其心乎？將己之愛惡昏其鑒乎？昏惑之由，必有其故。

臣聞：昏明不並興，邪正不兩廢。蓋賢者進則愚者退矣，曲者用則直者隱矣。亦猶晝夜相代，寒暑相推，必然之理也。然則盛明之代，非無小人，小人之道消，不能見而爲亂也。昏衰之代，非無君子，君子之道消，不肯出而爲理也。故殷紂之末，三仁在朝；虞舜之初，四凶在位。雖仁在朝，不能用之，所以喪天下速於旋踵也。雖凶在位，卒能去之，所以理天下易如覆掌也。用捨興亡之驗，唯明主能察之。然則歷代之主，莫不知邦以賢盛，以愚衰；君以諫安，以佞危。然則猶前車覆而後車不誡者，何也？蓋常人之情，悦其從命遂志者，惡其違己守道者。又君子難進而易退，況惡之乎？小人易進而難退，況悦之乎？是則常主之待君子也，必敬而疏；其遇小人也，必輕而狎。狎則恩易下及，疏則情難上通。是以面從者日親，動則假虎威而自負也；骨骾者日疏，言則犯龍鱗而必死也。故政令日以壞，邦家日以傾。斯所以變盛爲衰，轉安爲危者矣。是以明王知君子之守道也，雖違於己，引而進之；知小人之徇惑也，雖從於命，推而遠之。知讜言之爲良藥也，雖逆于耳，恕而容之；知佞言之爲美疹也，雖遜于心，忍而絶之。故政令日以和，邦家日以理。斯所以變衰爲盛，轉危爲安者矣。盛衰安危之効，唯明主能鑒之。

【校】

〔可徵其驗〕英華作「其徵何驗」，注云：「集作『可徵其驗』。」

〔相望〕「望」，英華作「仍」，注云：「集作『望』。」

〔臣聞〕「臣」上英華有「對」字。

〔亦猶〕宋本、那波本俱作「亦由」。城按：「猶」、「由」字通。

〔不肯出〕「不」下宋本、那波本俱無「肯」字。「肯」，英華作「能」。

〔覆掌〕「覆」，馬本注云：「方六切。」

〔猶前車〕「猶」，馬本、全文俱作「有」，非。據宋本、那波本、英華、盧校改正。

〔美疹〕「疹」，馬本注云：「止忍切。」

七十二、使臣盡忠人愛上 在乎明報施之道。

夫欲使臣節盡忠，人心愛上，則在乎明報施之道也。傳曰：「美惡周必復。」又曰：「其事好還。」然則復與還皆報施之謂也。夫日月不復，則晝夜不生。陰陽不復，則寒暑不行。善惡不復，則君臣不成。昔者五帝接其臣以道，故其臣致君以德也。三王使其臣以禮，故其臣事君以忠也。秦、漢以降，任其臣以利，故其臣奉君以賈道。賈道者，利則進，不利則退。故君昏寡救惡之士，國危鮮致命之臣。是以其君獨安獨危，其臣亦獨憂獨樂。君臣之道既阻於上，則兆庶之心不得不離于下也。故曰：君視臣如股肱，則臣視君如元首。君待臣如犬馬，則臣待君如路人。人君愛人如赤子，則人愛君如父母。君視人如土芥，則人視君如寇讎。孔子云：「審吾之所以適人，知人之所以來我也。」則盡忠愛上之來，在於此不在於彼矣。

【校】

〔不生〕「生」，英華作「分」。

〔其臣致君〕宋本、英華俱作「臣致其君」，那波本誤作「臣致其臣」。

〔兆庶〕英華作「億兆」。

〔適人〕「適」下英華注云：「集作『道』。」

〔來我〕「來」下英華注云：「集作『求』。」

〔愛上之來〕「來」，馬本、全文俱作「策」，據宋本、那波本、盧校改。英華作「理」。

七十三、養老 在使之壽富貴。

臣聞：昔者西伯善養老而天下歸心。善養者，非家至户見，衣而食之。蓋能爲其立田里之制，以安其業；導樹畜之産，以厚其生。使生有所養，老有所終，死有所送也。近代之主，以爲老者非帛不暖，非肉不飽，而特頒其布帛肉粟之賜，則爲養老之道盡於是矣。臣以爲此小惠也，非大德也。何則？賜之以布帛，仁則仁矣，不若勸其桑麻之業，使天下五十者可以衣帛矣。賜之以肉粟，惠則惠矣，不若教其雞豚之畜，使天下七十者可以食肉矣。然後牧以仁賢，慎其刑罰，雖不與之年，而老者得以壽矣。不奪其力，不擾其時，雖不與之財，而老者得以富矣。使幼者事長，少者敬老，雖不與之爵，而老者得以貴矣。此三代盛王所以不遺年而興孝者，用此道也。

【校】

〔臣聞〕「臣」上英華有「對」字。

〔歸心〕「心」，英華作「之」，注云：「集作『心』。」

〔食之〕此下英華、全文俱有「也」字。

〔導樹畜之産〕英華作「樹畜養之産」。

〔食肉〕宋本、那波本二字倶倒。

七十四、睦親 選用。

臣聞：聖人南面而理天下，自人道始矣。人道之始，始於親親。故堯之教也，睦九族而平百姓；文王之訓也，刑寡妻而御家邦。斯可謂教之源、理之本也。今陛下誠欲推其恩，廣其愛，使惠洽九族，化流萬人。則宜乎先親後疏，自近及遠者也。然後置其師傅，閑之以教訓；選其賢能，授之以官政。或出爲牧守，入爲公卿。如此則雖無三代封建之名，而有三代翼戴之實也。使棣華之詠協于内，麟趾之風著于外。所謂枝葉茂而本根可庇，骨肉厚而家國倶肥。則天下之人相從而化矣。故曰：未有九族睦而萬人叛者也，未有九族離而萬人和者也。蓋先王所以布六順而化百姓，敷五教而協萬邦者，由此道素行也。

【校】

〔臣聞〕「臣」上英華有「對」字，「聞」下英華無「聖人」二字。

〔然後〕「後」，英華作「則」。

〔封建之名〕「名」，英華作「官」。

〔俱肥〕「俱」，英華作「自」。

〔素行〕此下英華有「故」字。

七十五、典章禁令

問：子大夫才膺間出，副我旁求。宜當悉心，靡有所隱。其或典章有違於古，禁令不便於今，爾無面從，予將親覽。

臣伏以今之典章，百王之典章也，安有戾於古道者歟？今之禁令，列聖之禁令也，安有乖於昔時者歟？但在乎奉與不奉，行與不行耳。陛下之念至此，誠思理之心切，好問之旨深也。此臣所以極千慮、昧萬死而獻狂直者，以副天心之萬一焉。

臣聞：典章不能自舉，待教令而舉。教令不能自行，待誠信而行。今百王之典具在，列聖之法明備。而禁未甚止，令未甚行者。臣愚以爲待陛下誠信以將之。昔宓賤行化，德及泉魚，非嚴刑所致也，推其誠而已；魯恭爲理，仁及春翟，非猛政所驅也，委其信而已。今以陛下上聖之姿，仁惠之力，令行禁止之勢，萬萬於一邑一宰也。

何慮教不敷而化不洽乎？臣又聞周公之理也，周年而變，三年而化，五年而定。陛下苟能勤教令以撫之，推誠信以奉之，則三年化成，五年理定，臣竊未以爲遲矣。伏惟陛下少垂意而待焉。

【校】

〔題〕馬本、全文作「典章教令」，據宋本、那波本、英華改。

〔親覽〕此下英華有「焉」字，注云：「集無『焉』字。」

〔臣伏〕「臣」上英華有「對」字。

〔昔時〕「昔」，英華作「今」，注云：「集作『昔』。」

〔具在〕「在」，宋本、那波本俱作「存」。

〔將之〕英華作「行之也」，注云：「三字集作『將之』。」

〔泉魚〕此下英華注云：「一作『夜漁』。」

〔之姿〕「姿」，馬本、英華、全文俱作「資」，據宋本、那波本改。

〔臣又聞〕「臣」下宋本、馬本俱脱「又」字，據那波本、英華增。

〔待焉〕英華作「行焉」，注云：「集作『待』。」

白居易集箋校卷第六十六

判 凡五十一道

得甲去妻後妻犯罪請用子蔭贖罪甲怒不許

二姓好合，義有時絶；三年生育，恩不可遺。鳳雖阻於和鳴，烏豈忘於返哺？旋觀怨偶，遽抵明刑。王吉去妻，斷絃未續；孔氏出母，疏網將加。誠鞠育之可思，何患難之不救？況不安爾室，盡孝猶慰母心；薄送我畿，贖罪寧辭子蔭？縱下山之有怒，曷陟屺之無情？想芣苢之歌，且聞樂有其子；念葛藟之義，豈不庇于根？難抑其辭，請敦不匱。

【箋】

作於貞元十八年（八〇二），三十一歲，長安。城按：此卷那波本編在卷四九。陳譜貞元十九年癸未：「以拔萃選登科。時鄭珣瑜爲吏部。李商隱撰公墓碑云：前進士避祖諱選書判拔萃。蓋公祖名鍠，與宏同音，言所以不應宏辭也。」則此判五十道均當作於貞元十九年之前，姑繫於貞元十八年。又按：唐吏部選人例須試判。容齋隨筆卷十唐書判云：「唐銓選擇人之法有四：一曰身，謂體貌豐偉。二曰言，言辭辯正。三曰書，楷法遒美。四曰判，文理優長。凡試判登科，謂之入等。甚拙者謂之藍縷。選未滿而試文三篇，謂之宏辭，試判三條，謂之拔萃，中者即授官。既以書爲藝，故唐人無不工楷法，以判爲貴，故無不習熟。而判語必駢儷，今所傳龍筋鳳髓判及白樂天集甲乙判是也。」堯山堂偶雋卷三云：「白樂天甲乙判凡數十條，按經引史，比喻甚明，此洪景盧謂其非青錢學士所能及也。甲去妻後妻犯罪請用子蔭贖罪甲怒不許判云：『不安爾室，盡孝猶慰母心；薄送我畿，贖罪寧辭子蔭。縱下山之有怒，曷陟屺之無情。』若此之類，皆不背人情，合於法意，真老吏判案，若金粉淋漓，又其餘事耳。」

〔題〕唐律疏議卷二名例二「其婦人犯夫及義絶者，得以子蔭（雖出亦同）」條疏議曰：「婦人犯夫及與夫家義絶，并夫在被出，並得以子蔭者，爲母子無絶道故也。」

【校】

〔五十一〕各本「十」下俱脱「一」字，據本卷實數補。

得辛氏夫遇盜而死遂求殺盜者而爲之妻或責其失貞行之節不伏

親以恩成，有讎寧捨？嫁則義絶，雖報奚爲？辛氏姑務雪冤，靡思違禮。勵釋憾之志，將殄萑蒲；蓄許嫁之心，則乖松竹。況居喪未卒，改適無文。苟失節於未亡，雖復仇而何有？夫讎不報，未足爲非；婦道有虧，誠宜自恥。詩著靡他之誓，百代可知；禮垂不嫁之文，一言以蔽。無効尤於郲婦，庶繼美於恭姜。

【箋】作於貞元十八年（八〇二），三十一歲，長安。

【校】

〔萑蒲〕「萑」，宋本、那波本俱作「藋」，疑爲「萑」字之誤。城按：萑本作萑。

〔復仇〕「仇」，全文作「讎」。

得乙與丁俱應拔萃乙則趨時以求名丁則勤學以待命互有相非未知孰是

立己徇名，則由進取；修身俟命，寧在躁求？智乎雖不失時，仁者豈宜棄本？屬科懸拔萃，才選出羣。勤苦修辭，乙不能也；吹噓附勢，丁亦恥之。躁静既殊，性習遂遠。各從所好，爾由徑而方行；難强不能，吾捨道而奚適？觀得失之路，或似由人；推通塞之門，誠應在命。所宜勵志，焉用趨時？若棄以菲葑，失則自求諸己；儻中其正鵠，得亦不愧於人。無尚苟求，盍嘉自致？

【箋】

作於貞元十八年（八〇二），三十一歲，長安。

【校】

〔題〕「互有」，英華作「二人于有」四字。

〔棄以菲葑〕英華作「棄其葑菲」。

得丁冒名事發法司准法科罪節度使奏丁在官有美政請免罪真授以勸能者法司以亂法不許

宥則利淫，誅則傷善。失人猶可，壞法實難。丁僭濫爲心，僶俛從事。始假名而作僞，咎則自貽；終勵節而爲官，政將可取。節使以功惟補過，請欲勸能；憲司以仁不惠姦，議難亂紀。制宜經久，理貴從長。見小善而必求，材雖苟得；踰大防而不禁，弊將若何？濟時不在於一夫，守法宜遵乎三尺。盍懲行詐，勿許拜真。

【箋】

作於貞元十八年（八〇二），三十一歲，長安。

〔題〕唐律疏議卷二五詐譌：「諸詐假官、假與人官及受假者，流二千里。」

【校】

〔題〕「美政」，英華作「善政」，注云：「集作『美』。」全文「美」下注云：「集作『善』。」「真授」，馬本、全文俱倒作「授真」，據宋本、那波本、英華乙轉。

〔誅則〕「則」，英華作「爲」，注云：「一作『則』。」

〔請欲〕「請」，英華作「情」，注云：「一作『請』。」

〔材雖〕英華作「財雖」。
〔宜遵〕英華作「宜守」。

得乙上封請永不用赦大理云廢赦何以使人自新乙云數赦則姦生恐弊轉甚

刑乃天威，赦惟王澤。于以御下，存乎建中。上封以宥過利淫，倖門宜閉；大理以盪邪除舊，權道當行。皆推濟國之誠，未達隨時之義。何則？政包寬猛，法有弛張。習以生常，則起爲姦之弊；廢而不用，何成作解之恩？請思砭石之言，兼詠蓼蕭之什。數則不可，無之亦難。

【箋】作於貞元十八年（八〇二），三十一歲，長安。

【校】〔題〕「永不用赦」，馬本作「求不用赦」，非。據宋本、那波本、英華、盧校改正。

得景居喪年老毀瘠或非其過禮景云哀情所鍾

孝乃行先，則當銜恤；子爲親後，安可危身？景喪則未終，老其將至。懷荼蓼之慕，誠合盡哀；迫桑榆之光，豈宜致毀？所以爰資肉食，唯服麻縗。況血氣之既衰，老夫耄矣；縱哀情之罔極，吾子忍之？苟滅性而不勝，則傷生而非孝。因殺立節，庶畢三年之喪；順變從宜，無及一朝之患。既虧念始，當愧或非。

【箋】

作於貞元十八年（八〇二），三十一歲，長安。

【校】

〔題〕「景」即「丙」字，蓋避唐高祖父昞諱而改，下同。

〔荼蓼〕那波本作「蓼莪」。

〔迫桑榆〕「迫」，馬本、全文俱訛作「追」，據宋本、那波本、盧校改正。

得辛奉使遇昆弟之仇不鬭而過爲友人責辭云銜君命

居兄之仇，避爲不悌；銜君之命，鬭則非忠。將滅私而奉公，宜棄小而取大。辛時惟奉使，出乃遇讎。斷手之痛不忘，誠難共國；飲冰之命未復，安可害公？節以忠全，情由禮抑。未失使臣之體，何速諍友之規？臾騈立言，嘗聞之矣；子夏有問，而忘諸乎？是謂盡忠，于何致責？

【箋】

作於貞元十八年（八〇二），三十一歲，長安。

聞軍帥選將多用文儒士兵部詰其無武藝帥云取其謀也

忘身死節，誠重武夫；制敵伐謀，則先儒士。將籌策而可尚，奚騎射之足稱？軍帥明以知兵，精於選將。以爲彎弧學劍，用無出於一夫；悦禮敦詩，道可弘於七德。

功宜保大，理貴從長。若王師之有征，以謀則可；苟戎略之無取，雖藝何爲？況晉謀中軍，選於義府；漢求上將，舉在儒流。豈惟我武惟揚？誠亦斯文不墜。元戎舉德，未爽能軍；兵部執言，恐爲辱國。

【箋】

作於貞元十八年（八〇二），三十一歲，長安。

【校】

〔題〕「聞」，英華、全文俱作「得」。又「文儒」下英華有「之」字。

〔死節〕英華作「死藝」，注云：「集作『忘身死節』。」

〔射之〕「之」，英華作「而」，注云：「集作『之』。」

〔舉德〕「德」，英華作「將」，注云：「集作『德』。」

得甲至華嶽廟不禱而過或非其違衆甲云禱非禮也

嶽則配天，自修常事；神雖福善，安可苟求？宜率道以去邪，豈從衆而失正？甲志惟守義，言乃合經。以爲視以三公，實天子之所饗；降其百福，寧匹夫之可禳？如修蘋藻之誠，是用秕稗之禮。況人之僭濫，徒欲乞靈；而神實聰明，豈歆淫祀？非鬼是爲諂也，黷神無乃吐之！旅於泰山，古猶致誚；禱于華嶽，今豈不非？諒正直之難誣，雖馨香而勿用。將勸來者，所宜救歟！

【箋】

作於貞元十八年（八〇二），三十一歲，長安。

【校】

〔可禳〕「禳」，宋本作「攘」，非。

〔秕稗〕馬本「秕」注云：「補委切。」「稗」注云：「兵媚切。」

〔諂也〕「諂」，馬本、那波本俱訛作「謟」，據宋本、全文改正。

得乙隱居徵辟不起子孫請以所辟官用蔭所司不許

修身獨善，寵則可驚；制爵尊賢，命其難廢。形雖遺於軒冕，蔭宜及於子孫。乙貞以自居，辟而不起。鶴書莫顧，雖忘恤後之心；爵命已行，寧闕賞延之典？若使死無用蔭，生不及榮。何成旌善之風？且是廢君之命。塲苗不食，誠自絶於縶維；葛藟有陰，義難虧於燕翼。請優後嗣，以獎外臣。

【箋】

作於貞元十八年（八〇二），三十一歲，長安。

〔題〕唐律疏議卷二名例二「贈官及視品官與正官同」條疏議曰：「贈官者，死而加贈也。令云：養素丘園，徵聘不赴？子孫得以徵官爲蔭，並同正官。」

【校】

〔可驚〕英華作「若驚」。

〔莫顧〕「莫」，英華作「下」。

〔且是〕「且」，英華作「宜」，注云：「集作『且』。」

〔埸苗〕「埸」，英華作「瑒」。

得江南諸州送庸調四月至上都户部科其違限訴云冬月運路水淺故不及春至

賦納過時，必先問罪；淹恤有故，亦可徵辭。月既及於正陽，事宜歸於宰旅。展如澤國，蓋納地征。歲有入貢之程，敢忘慎守？川無負舟之力，寧免稽遲？苟利涉之惟艱，雖愆期而必宥。地官致詰，虚月其憂；江郡執言，後時可愍。然恐事非靡盬，辭或憑虚。請驗所届公文，而後可遵令典。

【箋】

作於貞元十八年（八〇二），三十一歲，長安。

〔題〕唐律疏議卷十三户婚中：「諸部内輸課税之物，違期不充者，以十分論，一分笞四十，一分加一等。（注：州縣皆以長官爲首，佐職以下，節級連坐。）」

【校】

〔惟艱〕「艱」，馬本作「難」，非。據宋本、那波本、全文改正。

〔虚月〕「虚」，那波本空字。

得景爲縣令教人煮木爲酪州司責其煩擾辭云以備凶年

事不舉中，有災寧救？政或擾下，雖惠何爲？景念在濟時，動非率法。且煩人而不恤，是味烹鮮；何歉歲以爲虞，將勤煮酪。信作勞於無用，豈爲教之有方？必也志切救災，道敦行古。周官荒政，自可擇其善者；新室弊法，焉用尤而効之？宜聽責言，勿迷知過。

【箋】作於貞元十八年（八〇二），三十一歲，長安。

得丁爲郡守行縣見昆弟相訟者乃閉閤思過或告其矯辭云欲使以田相讓也

化本自家，政先爲郡。禮寧下庶，宜寬不悌之刑；訓在知非，是得長人之道。況天倫不睦，地訟攸興。利方競於膏腴，恩難虧於骨肉。教宜引古，過貴自新。雖聞争以鬩牆，有傷魯、衛之政；庶使愧而讓畔，將同虞、芮之風。苟無訟之可期，則相容而何遠？推田以讓，爾誠謝於孟光；閉閤而思，吾何慙於延壽？宜嘉静理，勿謂矯誣。

【箋】作於貞元十八年（八〇二）三十一歲，長安。

【校】〔鬩牆〕「鬩」，馬本注云：「許激切。」

〔虞芮〕「芮」，馬本注云：「儒稅切。」

得甲獻弓蹲甲而射不穿一扎有司詰之辭云液角者不得牛戴牛角

貫革乖方，則宜致詰；相角失理，亦可徵辭。甲奠體以成，執簫而獻。中規不撓，六材雖則合三；捨拔有愆，七扎不能穿一。宜恐傷人之甲，不曰堅乎！而非戴牛之弓，無自入也。液信虧於巧者，射遂爽於臧兮。周典足徵，彼自乖於三色；楚君明試，此無愧於二臣。咎且有歸，責之非當。

【箋】

作於貞元十八年（八〇二），三十一歲，長安。

【校】

〔不撓〕「不」，英華作「無」，注云：「一作『不』。」

〔宜恐〕「宜」，英華、全文俱作「且」，英華注云：「集作『宜』。」

得乙有同門生喪親將往弔之其父怒而撻之使遺縑而已或詰其故云交道之難

子道貴恭，當從理命；交遊重義，蓋恤哀情。孝不在於詭隨，仁豈忘於惻隱？乙父訓乖愛子，道昧擇交。況求益之初，無友不如己者；及居喪之際，凡人猶合救之。既罔念於一哀，是不遵於久要。苟知生而不弔，雖贈死以何爲？舊館遇喪，宣父尚宜出涕；同門在戚，王丹未可忘情。縱申遺帛之誠，豈補贈芻之義？肆一抶之怒，父兮既爽義方；杜三諫之辭，子也亦虧孝道。宜哉或詰，允矣知言。

【箋】

作於貞元十八年（八〇二），三十一歲，長安。

【校】

〔蓋恤〕英華作「盍恤」。

〔不遵〕英華作「有違」，注云：「集作『不遵』。」

〔遇喪〕英華作「遇忘」，注云：「集作『哭亡』。」

〔尚宜〕英華作「尚猶」。

〔一抶〕「抶」，馬本、全文俱作「杖」，非。據宋本、那波本、英華、盧校改正。

得轉運使以汴河水淺運船不通請築塞兩岸斗門節度使以當軍營田悉在河次若斗門築塞無以供軍

川以利涉，竭則壅稅；水能潤下，塞亦傷農。將捨短以從長，宜去彼而取此。汴河決能降雨，流可通財。引漕運之千艘，實資積水；生稻粱於一溉，亦籍餘波。利既相妨，用難兼濟。節度使以軍儲務足，思開竇而有年；轉運司以邦賦貴通，恐負舟而無力。辭雖執競，理可明徵。壅四國之征，其傷多矣；專一方之利，所獲幾何？贍軍雖望於秋成，濟國難虧於日用。利害斯見，與奪可知。

【箋】

作於貞元十八年（八〇二），三十一歲，長安。

【校】

〔題〕「運船不通請築塞兩岸斗門」，宋本、馬本、那波本俱作「運水不通請築塞兩河斗門」，據英華、全文改正。

〔降雨〕英華作「降水」，注云：「集作『雨』。」

〔通財〕英華作「導財」，注云：「集作『通』。」

〔務足〕英華倒作「足務」。

〔辭雖〕英華作「辭既」，注云：「集作『雖』。」

得景爲宰秋雩刺史責其非時辭云旱甚若不雩恐爲災

居常授時，政則行古；恤人救弊，道在從宜。旱將害於粢盛，雩難拘於秋夏。景象雷是職，不雨其憂。苟旱魃之愆時，虐既太甚；雖蓐收之戒序，雩亦何傷？冀有聞於鸛鳴，庶無慮於狼顧。馨香以感，夕且望於月離；稼穡其傷，時難遵於龍見。雖事乖魯史，而義合隨時。製錦執言，是亦爲政；褰帷致詰，未可與權。

【箋】

作於貞元十八年（八〇二），三十一歲，長安。

【校】

〔秋夏〕「夏」上英華脱「秋」字。

〔狼顧〕「狼」英華訛作「很」。

〔以感〕「以」下英華注云：「一作『有』。」

〔褰帷〕英華作「褰惟」。

得丁爲郡歲凶奏請賑給百姓制未下散之本使科其專命丁云恐人困

臨邦匡乏，情本由衷；爲國救災，美終歸上。丁分條出守，求瘼居心。歲不順成，人既憂於二鬴；公有滯積，户將餼於一鍾。是輸濟衆之誠，允叶分憂之政。然以事雖上請，恩未下流。稍違主守之文，遽見職司之舉。使以未有君命，何其速歟？郡以苟利國家，專之可也。卹貧振廩，鄧攸雖見免官；矯制發倉，汲黯不聞獲罪。請宥自專之過，用旌共理之心。

【箋】

作於貞元十八年（八〇二），三十一歲，長安。

【校】

〔題〕英華「未下」下有「而」字，注云：「集無『而』字。」「恐」下有「其」字，注云：「集無『其』字。」

〔匡乏〕「匡」，英華、全文俱作「賑」。

〔二鬴〕「鬴」，馬本注云：「與『釜』同。」

〔饑於〕「於」，英華作「以」，注云：「集作『於』。」

〔一鍾〕「鍾」，宋本、那波本俱作「鐘」，字通。

〔衆之誠〕英華作「種之成」。

得戊兄爲辛所殺戊遇辛不殺之或責其不悌辭云辛以義殺兄不敢返殺

捨則崇讎，報爲傷義。當斷友于之愛，以遵王者之章。戊居兄之仇，應執兵而不返；辛殺人以義，將傳刃而攸難。雖魯策垂文，不可莫之報也；而周官執禁，安得苟而行之？將令怨是用希，實在犯而不校。揆子産之誡，損怨爲忠；徵臾駢之言，益仇非智。難從不悌之責，請聽有孚之辭。

【箋】

作於貞元十八年（八〇二），三十一歲，長安。

【校】

〔傳刃〕「傳」，馬本注云：「資四切。」

〔臾駢〕「臾」，馬本訛作「史」，據宋本、那波本、全文、盧校改正。

得甲爲將以簞醪投河命衆飲之或非其矯節甲云推誠而已何必在醉

將主軍情，酒存人欲。推誠之義，必在於均；飽德之文，不專於醉。甲寄分外閫，令出中權。九醖投河，義由獨斷；一瓢飲水，惠在同霑。儻師人之多寒，恩逾挾纊；如戰士之載渴，功倍望梅。分少以表無頗，和衆寧宜及亂？豈資滿腹，所貴歸心。少卿絶甘，見稱漢代；子反獨醉，實敗楚軍。苟臧否之必由，何古今之有異？非其矯節，是不知言。

【箋】

作於貞元十八年（八〇二），三十一歲，長安。

【校】

〔題〕「簞」，英華作「單」，注云：「集作『簞』，下同。」「甲云」，全文作「甲曰」。

〔儻師〕全文作「倘師」。

〔多寒〕英華作「多寡」。

〔必由〕「必」，英華、全文俱作「是」，注云：「集作『必』。」

得乙有罪丁救以免乙不謝或責之乙云不爲己

在公而行，誠非爲己；懷惠以謝，則涉徇私。彼既求仁而得仁，此宜以直而報直。乙惟獲戾，丁乃解紛。以爲非罪而拘，冶長見稱於尼父；直言以免，叔向寧謝於祁奚？論恩則丘山不勝，在道而江湖可忘。況情非私謁，可以不愧于人；義在公行，實以無求於我。合嘉遺直，勿聽責言。

【箋】

作於貞元十八年（八〇二），三十一歲，長安。

【校】

〔實以〕英華作「實亦」，注云：「一作『已』。」

〔合嘉〕英華作「盍加」。

得景妻有喪景於妻側奏樂妻責之不伏

喪則有哀，見必存敬；樂惟飾喜，舉合從宜。夫婦所貴同心，吉凶固宜異道。景室方在疚，庭不徹懸。鏗鏘無倦於鼓鐘，好合有傷於琴瑟。既愆夫義，是棄人喪。儆麻縗之在躬，是吾憂也；調絲竹以盈耳，於汝安乎？如賓之敬頗乖，若往之哀斯瀆。遂使唱和不應，憂喜相干。道路見縗，猶聞必變；隣里有殯，亦爲不歌。誠無惻隱之心，宜受庸奴之責。

【箋】

作於貞元十八年（八〇二），三十一歲，長安。

〔題〕唐律疏議卷十職制中：「諸聞父母若夫之喪匿不舉哀者，流二千里。喪制未終，釋服從吉，若忘喪作樂，徒三年。雜戲徒一年。即遇樂而聽及參預吉席者，各杖一百。」

【校】

〔有哀〕英華作「思哀」。

〔棄人喪〕「棄」，英華作「奪」，注云：「集作『棄』。」

〔絲竹〕此下英華注云：「一作『管』。」

〔斯瀆〕「瀆」，英華作「黷」。按：「瀆」爲「黷」之古字。

〔猶聞必變〕英華作「猶必變色」。

得甲年七十餘有一子子請不從政所由云人户減耗傜役繁多不可執禮而廢事

役且有辭，信非懋力。老而不養，豈謂愛親？戀若阻於循陔，怨必興於陟岵。顧惟甲子，及此丁年。户減事繁，政宜勤於晝夜；家貧親老，養難闕於晨昏。在子道而可矜，雖王傜之宜免。事聞諸禮，情見乎辭。天子敦風，猶勸養其三老；庶人從政，亦何假於一夫？況當孝理之朝，難抑親人之請。所由之執，愚謂不然。

【箋】

作於貞元十八年（八〇二），三十一歲，長安。

得景於逆旅食噬腊遇毒而死其黨訟之主人云買之有處

生不可保，死必有因。盍知命於喪予？豈尤人於食我？景秋蓬方轉，朝薤欲晞。

旅次爰來，將受飱而已；生涯溘盡，當終食之間。且非祭地之疑，自是逢天之戚。永言其黨，不察所由。死且焉知？徒云噬腊之毒；買而有處，請無寘堇之嫌。誠虐士之可哀，在主人而何咎？幸思恕物，無妄罪人。

【箋】

作於貞元十八年（八〇二），三十一歲，長安。

【校】

〔朝薤〕「薤」，馬本注云：「何戒切」。

〔爰來〕英華作「員來」。

〔之疑〕「疑」，英華作「餘」，注云：「集作『疑』。」

〔有處〕英華作「有據」。

得詔賜百寮資物甲獨以物委地而不拜有司劾其不敬云本贓物故不敢拜

賜表主恩，拜明臣禮。苟臨事而不敬，雖有辭而勿聽。甲列在朝行，頒其資物。宜荷天而受賜，何委地而如遺？曾是姦贓，誠可惡於清德；今爲寵錫，諒難拒於鴻私。既爲善而近名，亦失恭而遠禮。必也志疾貪冒，節勵貞廉，自當辭讓有儀，豈得棄捐不拜？況人不易物，鍾離委珠而徒爲；心苟無瑕，伯夷飲泉而何爽？宜許有乎之劾，用懲不恪之辜。

【箋】

作於貞元十八年（八〇二），三十一歲，長安。

【校】

〔何爽〕「何」，馬本、全文俱作「可」，非。據宋本、那波本、盧校改正。

〔有乎〕「乎」，馬本、全文俱作「司」，據宋本、那波本、盧校改。

得乙爲大夫請致仕有司詰其未七十乙稱羸病不任事

時制未及，尚可俟朝；疾疹所加，固難陳力。乙位參食采，志在懸車。揆以紀年，桑榆之光未暮；驗其羸病，蒲柳之質先零。既稱量力而行，所謂奉身以退。雖髮未種種，告老無乃速歟！而心既諄諄，致政固其宜矣。請高知止，無强不能。

【箋】

作於貞元十八年（八〇二），三十一歲，長安。

得景爲縣官判事案成後自覺有失請舉牒追改刺史不許欲科罪景云令式有文

政尚從寬，過宜在宥。苟昨非之自悟，則夕改而可嘉。景乃宷寮，參諸簿領。當推案務劇，詎免毫釐之差；屬褰帷政苛，不容筆削之改。誤而不隱，悔亦可追。縣無罔上之姦，州有刻下之虐。先迷後覺，判事雖不三思；苟有必知，牒舉明無二過。揆人情而可恕，徵國令而有文。將欲痛繩，恐非直筆。

【箋】

作於貞元十八年（八〇二），三十一歲，長安。

得甲替乙爲將甲欲到乙嚴兵守備不出迎發制書勘合符以法從事御史糾其無賓主之禮科罪不伏

師律貴貞，兵符示信。苟未會合，敢忘戒嚴？乙奉中權，甲承後命。推輪相代，言赴及瓜之期；衷甲自防，猶軫前茅之慮。且信惟守器，權在隱情。符節既未合同，軍衛如何徹警？所宜慮遠，安可徇私？闕於將迎，雖乖主禮；究其守備，是叶軍謀。無責建牙，恐非直指。

【箋】

作於貞元十八年（八〇二），三十一歲，長安。

【校】

〔相代〕英華作「相待」，注云：「集作『代』。」

〔衷甲〕「衷」，馬本作「裹」，非。據宋本、那波本、英華、全文、盧校改正。

得鄉老不輸本户租税所司詰之辭云年八十餘歲有頒賜請預折輸納所由以無例不許

丹制既登，誠宜加惠；歲賦不入，何以奉公？苟布常而是違，雖移用而不可。鄉老年參耆耋，名繫版圖。天賜未頒，且有躁求之請；地征合納，非無苟免之心。曾是徇私，固難違例。況時逢恤老，節合勤王。尚齒肆筵，我歲敦於善養；食毛入賦，爾奚忘於樂輸？受賜任待於時頒，量入難虧於歲杪。不從妄請，誠謂職司。

【箋】

作於貞元十八年（八〇二），三十一歲，長安。

【校】

〔題〕「所由」，馬本、全文俱作「所司」，非。據宋本、那波本、盧校改正。

〔丹制〕全文作「月制」。

得乙女將嫁於丁既納幣而乙悔丁訴之乙云未立婚書

女也有行，義不可廢；父兮無信，訟所由生。雖必告而是遵，豈約言之可爽？乙將求佳壻，曾不良圖。入幣之儀，既從五兩；御輪之禮，未及三周。遂違在耳之言，欲阻齊眉之請。況卜鳳以求士，且靡咎言；何奠鴈而從人，有乖宿諾？婚書未立，徒引以爲辭；娉財已交，亦悔而無及，請從玉潤之訴，無過桃夭之時。

【箋】

作於貞元十八年（八〇二），三十一歲，長安。

〔題〕唐律疏議卷十三户婚中：「諸許嫁女，已報婚書及有私約（注：約謂先知夫身老幼疾殘養庶之類。）而輒悔者，杖六十（注：男家自悔者不坐，不追聘財）。雖無許婚之書，但受娉財亦是。」

【校】

〔題〕「訴之」下馬本、全文俱脱「乙」字，據宋本、那波本、盧校補。

得景請與丁卜丁云死生付天不付君也遂不卜或非之

聖人建易，雖用稽疑；君子樂天，固宜知命。苟吉凶之罔僭，何中否之足詢？丁執心不回，出言有中。爾考前知之兆，誠足決疑；吾從昆命之文，必先蔽志。以爲禍福由己，休咎則繫於慎行；生死付天，修短乃存乎陰騭。當脱身於木雁，寧問命於蓍龜？言既中倫，理亦窮性。況詹尹釋策，有問焉知？闞廉立言，不疑何卜！不從握粟，是謂忘筌。

【箋】

作於貞元十八年（八〇二），三十一歲，長安。

【校】

〔何中〕全文作「何臧」。

〔吾從〕此下英華注云：「一作『我徵』。」

得耆老稱甲多智縣司舉以理人或云多智賊也未知合用否

道雖棄智，政且使能。苟養之以恬，則用之不惑。甲稱予智，縣舉爾知。將老者之審才，得賢斯美；何或人之懵理？爲賊是虞。誠蔽蕩之無聞，庶利人之可取。然以智殊小大，用有否臧。識若限於挈缾，或當害物；道能弘於樂水，何爽理人？請審兩端，方從一見。

【箋】

作於貞元十八年（八〇二），三十一歲，長安。

【校】

〔將老者〕「將」，馬本作「時」，非。據宋本、那波本、全文、盧校改正。

〔能弘〕「弘」，全文作「宏」，蓋避清諱改。

得乙爲邊將虜至若涉無人之地監軍責其無勇略辭云内無糗糧外無掎角

封疆貴安，伍候尚警。苟不固吾圉，則速即爾刑。乙登以將壇，鎮于邊壘。誠可戒嚴走集，罔有敵于我師；何乃啓納寇戎，若無人於吾地？是昧安邊之略，信貽失律之凶。拳勇蔑聞，罪戾誰執？如或寇强師老，食絶城孤。期盡敵而還，且勤於堅守；苟知難而退，猶愈於覆亡。宜矜掎角之辭，難議建牙之罪。

【箋】

作於貞元十八年（八〇二），三十一歲，長安。

【校】

〔題〕「掎角」，全文作「犄角」。

〔以將壇〕「以」，英華作「彼」。

〔走集〕「走」，英華作「趨」，注云：「集作『走』。」

〔拳勇〕英華作「權勇」。

得景進柑子過期壞損所由科之稱於浙江陽子江口各阻風五日

進獻失期，罪難逃責；稽留有説，理可原情。景乃行人，奉兹錫貢。薦及時之果，誠宜無失其程；阻連日之風，安得不愆于素？覽所由之詰，聽使者之辭。既異遑寧，難科淹恤。限滄波於于役，匪我愆期；敗朱實於厥苞，非予有咎。捨之可也，誰曰不然？

【箋】

作於貞元十八年（八〇二），三十一歲，長安。

【校】

〔題〕「陽子江」，全文作「楊子江」。城按：即揚子江。「揚」、「陽」、「楊」，古字通。

〔之詰〕「詰」，馬本、全文俱作「語」，據宋本、那波本、盧校改。

得丁喪所知於野張帷而哭鄰人詰云夫子惡野哭者

死喪有別，哭泣從宜。情或異於親疏，禮則殊於內外。丁義勤交道，動循容止。

未忘半面，嘗同傾蓋之歡；永念重泉，遂展張帷之哭。雖聲非有慟，而分止所知。未乖夫子之言，何致鄰人之詰？如或肆號咷於路左，物或惡之；今則具威儀於野中，禮無違者。允符前志，奚恤斯言？

【箋】

作於貞元十八年（八〇二），三十一歲，長安。

得甲妻於姑前叱狗甲怒而出之訴稱非七出甲云不敬

細行有虧，信乖婦順；小過不忍，豈謂夫和？甲孝務恪恭，義輕好合。饋豚明順，未聞爽於聽從；叱狗愆儀，盍勿庸於疾怨？雖怡聲而是昧，我則有尤；若失口而不容，人誰無過？雖敬君長之母，宜還王吉之妻。

【箋】

作於貞元十八年，（八〇二），三十一歲，長安。

〔題〕唐律疏議卷十四户婚下「諸妻無七出及義絶之狀而出之者」條疏議曰：「伉儷之道，義期同穴，一與之齊，終身不改。故妻無七出及義絶之狀，不合出之。七出者，依令：一、無子，二、淫泆，三、不事舅姑，四、口舌，五、盗竊，六、妬忌，七、惡疾。義絶謂毆妻之祖父母、父母及殺妻外祖父母、伯叔父母、兄弟姑姊妹，若夫妻祖父母、父母、外祖父母、伯叔父母、兄弟姑姊妹自相殺，及妻毆詈夫之祖父母、父母，殺傷夫外祖父母、伯叔父母、兄弟姑姊妹，及與夫之緦麻以上親，若妻母姦及欲害夫者，雖會赦皆爲義絶。妻雖未入門，亦從此令。若無此七出及義絶之狀輒出之者，徒一年半。」

【校】

〔夫和〕「夫」，馬本訛作「失」，據宋本、那波本、全文改正。

得乙爲軍帥昧夜進軍諸將不發欲罪之辭云不見月章

表旗示信，戎政貴明。在九章而或乖，雖三令而惟反。乙是稱戎帥，未達軍容。奉明罰之辭，無聞月捷；用潛師之計，方事宵征。徒欲董以爪牙，曾不明其耳目。況將經武，必在昭文。夜號未申，有虞固宜不進；月章莫舉，毁釁自可當辜。訴非失辭，責乃當罪。

【箋】

作於貞元十八年（八〇二），三十一歲，長安。

【校】

〔題〕「爲軍」下宋本、馬本、那波本俱脱「帥」字，據英華、全文增。

〔有虞〕「有」，英華作「招」，注云：「集作『有』。」

〔當罪〕英華作「過聽」，注云：「集作『當罪』。」全文注云：「一作『當罪』。」

得景嫁殤鄰人告違禁景不伏

生而異族，死豈同歸。且非合祔之儀，爰抵嫁殤之禁。景夭婚是恤，窀穸斯乖。以處子之蕣華，還他人之蒿里。曾靡卜於鳴鳳，各異室家；胡爲相以青烏，欲同宅兆。徒念幼年無偶，豈宜大夜有行。況生死寧殊，男女貴別。縱近傾筐之歲，且未從人；雖有遊岱之魂，焉能事鬼？既違國禁，是亂人倫。請徵媒氏之文，無抑鄰人之告。

【箋】

作於貞元十八年（八〇二），三十一歲，長安。

【校】

〔斯乖〕「乖」，馬本訛作「垂」，據宋本、那波本、全文、盧校改正。

〔舜華〕全文作「舜華」。城按：「舜華」亦作「舜華」。

〔大夜〕全文作「長夜」。

〔請徵〕「請」，宋本、那波本俱作「謀」。

得丁陳計請輕過移諸甲兵省司以敗法不許丁云宥罪濟時行古之道何故不可

軍興事亟，則務益兵；時泰教成，固難敗法。丁志崇陳計，識昧相時。當兵戢之朝，詎資凶器；在刑行之日，寧利幸人？是廢國章，欲崇軍實。禍關黷武，弊起惠姦。宥罪未若慎刑，濟軍不如經國。況王霸道異，古今代變。小哉管氏之器，曾是行權；䀠矣省司之言，孰非經久？得失斯在，用捨可知。

【箋】

作於貞元十八年（八〇二），三十一歲，長安。

【校】

〔曾是〕「曾」，馬本誤作「會」，據宋本、那波本、全文、盧校改正。

得甲在獄病久請將妻入侍法曹不許訴稱三品已上散官

獄雖慎守，病則哀矜。苟或無瘳，如何罔詔？甲罪抵刑憲，身從幽縶。憂能成疾，膏肓之上未痊；危則思親，縲絏之中有請。勢窮摇尾，念切齊眉。卧或十旬，既軫彌留之懼；官惟三品，宜從侍執之辭。敢請法曹，式遵令典。

【箋】

作於貞元十八年（八〇二），三十一歲，長安。

【校】

〔題〕「已上」，全文作「以上」。城按：已、以古字通。

得乙聞牛鳴曰是生三犧皆用之矣問之皆信或謂之妖不伏

上稟天性，旁通物情。是謂生知，孰云行怪？況形雖異類，心則同歸。四鳥分飛，聽音既稱有信；三犧皆用，聞鳴豈可爲妖？且叶前言，殊非左道。爾惟不講，我則有辭。揆以周官，業將同於夷隸；詳夫魯史，責不及於葛盧。獸語可徵，人言奚恤？

【箋】

作於貞元十八年（八〇二），三十一歲，長安。

得丁母乙妻俱爲命婦每朝參丁母云母尊婦卑請在婦上乙妻云夫官高不合在下未知孰是

肅恭成德，卑則敬尊；著定辯儀，賤無加貴。眷彼母妻之品，視其夫子之官。敬將展於君前，禮且殊於門內。閨閫垂訓，長幼雖合有倫；朝廷正名，等列豈宜無别？

婦道雖云守順，國章未可易班。母則失言，妻唯得禮。且子兮位下，尚欲宗予；而夫也官崇，如何卑我？請依序守，無使名愆。

【箋】

作於貞元十八年（八〇二），三十一歲，長安。

得景請預駙馬所司糾云景庶子也且違格令欲科家長罪不伏

冒婚徼倖，既抵官刑；罔上失忠，亦虧臣節。在幼賤而不禁，豈尊長之無辜？屬下嫁王姬，旁求都尉。選吹簫之匹，雖則未獲真人；預傅粉之郎，豈可濫收庶子？況姻連天族，榮冠人倫。嗣既異於承祧，禮難當於釐降。掩藏庶孽，唯慮其不諧；貪冒寵榮，詎思於有罪？豈非或益而損，曾是欲蓋而彰。國章寧捨於面欺？家長宜從於首坐。

【箋】

作於貞元十八年（八〇二），三十一歲，長安。

〔題〕唐律疏議卷十三户婚中「諸爲婚而女家妄冒者」條疏議曰：「爲婚之法，必有行媒，男女嫡庶長幼，當時理有契約，女家違約，妄冒者徒一年。男家妄冒者加一等。」

【校】

〔嗣既〕「嗣」，全文作「詞」。

得甲夜行所由執之辭云有公事欲早趨朝所由以犯禁不聽

趨朝有時，則當蚤作；防姦以法，寧縱晨行？雖夙夜之自公，豈警巡之可犯？甲陳力是念，相時斯昧。方鳴三鼓，知行夜之猶嚴；未闢九門，信將朝而尚早。趨進合遵於辯色，夙興宜伺其啓明。既爽時然後行，是必動而有悔。非巫馬爲政，焉用出以戴星？同宣子俟朝，胡不坐而假寐？宜遵街禁，用表司存。

【箋】

作於貞元十八年（八〇二），三十一歲，長安。

〔題〕唐律疏議卷八衛禁下「諸越州鎮戍城」條疏議曰：「京城每夕，分街立舖，持更行夜，鼓聲絶則禁人行，曉鼓聲動即聽行。若公使齎文牒者聽，其有婚嫁亦聽。」又同書卷二六雜律上云：「諸犯夜者笞二十，有故者不坐。」

【校】

〔宜伺〕「伺」，馬本訛作「同」，據宋本、那波本、全文、盧校改正。

得郡舉乙清高廉使以爲通介無常罪舉不當郡稱往通今介時人無常乙有常也

退藏守道，自合銷聲；待用濟時，則難背俗。乙行藏未達，通介不常。若德至而無稱，固當滅跡；既名彰而見舉，誠合隨時。徒立身以清高，且於物而凝滯。無固無必，盍守宣尼之言；獨清獨醒，信貽漁父之誚。兼濟豈資於絶俗，全真未爽於同塵。宜從不當之科，俾慎無常之舉。

【箋】

作於貞元十八年（八〇二），三十一歲，長安。

〔題〕唐律疏議卷九職制上：「諸貢舉非其人及應貢舉而不貢舉者，一人徒一年，二人加一等，罪止徒三年。」

得景於私家陳鐘磬鄰人告其僭云無故不徹懸

器不假人，易而生亂；樂惟節事，過則有刑。禮既異於古今，法且禁其鐘磬。景苟求飾喜，罔念速尤。竊筍簴以陳，樂由奢失；僭金石而奏，罪以聲聞。雅當犯貴之辜，難許徹懸之訴。然恐賜同魏絳，僭異于奚。且彰北闕之恩，何爽南鄰之擊？是殊國禁，無告家藏。

【箋】

作於貞元十八年（八〇二），三十一歲，長安。

得丁氏有邑號犯罪當贖請同封爵之例所司不許辭云邑號不因夫子而致

邑號旌賢，國章議貴。如或不能自庇，則將焉用其封？丁氏恩降閨門，罪罹邦憲。寵非他致，既因表以勳賢；咎雖自貽，亦可免於刑戮。若不從其寬典，則何貴於虛封？漢恤緹縈，猶聞贖父；齊分石窌，豈不庇身？宜聽輯矣之辭，難奪贖兮之請。

【箋】作於貞元十八年(八〇二),三十一歲,長安。

〔題〕唐律疏議卷二名例二:「諸婦人有官品及邑號犯罪者,各依其品,從議、請、減、贖、當、免之律,不得蔭親屬。若不因夫子别加邑號者,同封爵之例。」疏議曰:「婦人有官品者,依令妃及夫人郡縣鄉君等是也。邑號者,國郡縣鄉等名號是也。婦人六品以下無邑號,直有官品,即媵是也。依禮,凡婦人從其夫之爵命。注云:生禮死事,以夫爲尊卑,故犯罪應議請減贖者,各依其夫品從議請減贖之法。若犯除免官當者,亦準男夫之例。故云各從議、請、減、贖、當、免之律。婦人品命既因夫子而授,故不得蔭親屬。别加邑號者犯罪,一與男子封爵同,除名者爵亦除,免官以下並從議、請、減、贖之例,留官收贖。」

得景與乙同賈景多收其利人刺其貪辭云知我貧也

仁無貪貨,義有通財。在潔身而雖乖,於知己而則可。景乙奇贏同業,氣類相求。競以錐刀,始聞小人喻利;推其貨賄,終見君子用心。情表深知,事符往行。如或貧富必類,自當興讓立廉;今則有無相懸,固合損多益寡。是爲徇義,豈曰竭忠?

受粟益親，孔氏用敦吾道；分財損己，叔牙嘗謂我貧。無畏人言，俾彰交態。

【箋】

作於貞元十八年（八〇二），三十一歲，長安。

【校】

〔羸同〕宋本作「羸何」。

得景夜越關爲吏所執辭云有追捕

設以關防，辨其出入。既慎守而無怠，豈僞遊而能過？景勤恪居懷，夙夜奔命。以謂寇攘事切，宜早圖之；罔思呵察戒嚴，不可踰也。萑蒲乃司敗小事，襟帶實國家大防。仰老氏之文，雖知善閉；稽周公之制，尚曰不征。責已具於有司，理難辭於靡盬。盍從致詰，無信飾非。

【箋】

作於貞元十八年（八〇二），三十一歲，長安。

〔題〕唐律疏議卷八衛禁下：「諸私度關者徒一年，越度者加一等（注云：不由門爲越）。」疏議曰：「水陸等關，兩處各有關禁，行人來往，皆有公文，謂驛使驗符券，傳送據遞牒，軍防丁夫有總歷，自餘各請過所而度。若無公文，私從關門過，合徒一年。越度者，謂關不由門，津不由濟而度者，徒一年。」

【校】

〔萑蒲〕「萑」，馬本注云：「朱惟切。」

〔稽周〕「稽」，宋本誤作「穡」。

得乙以庶男冒婚丁女事發離之丁理饋賀衣物請以所下聘財折之不伏

婚以匹成，嫡庶宜别；訟由情察，曲直可知。將令人有所懲，必在弊之不及。相時庶孽，冒乃婚姻。情以矯誣，始聞好合；事斯彰露，旋見仳離。既生非偶之嫌，遂起納徵之訟。辭多執競，理有適歸。乙則隱欺，在法而聘財宜没；丁非罔冒，原情而饋禮可追。是非足明，取與斯在。

【箋】

作於貞元十八年（八〇二），三十一歲，長安。

【校】

〔題〕見本卷得景請預駙馬所司糾云景庶子也且違格令欲科家長罪不伏判箋。

〔題〕盧校：「『請』上當有『乙』字。」

〔相時〕馬本、全文俱作「隱其」，據宋本、那波本、盧校改。

〔事斯〕「斯」，宋本作「欺」，非。

得乙在田妻餉不至路逢父告飢以餉饋之乙怒遂出妻妻不伏

象彼坤儀，妻惟守順；根乎天性，父則本恩。饌宜進於先生，饁可輟於田畯。夫也望深饁彼，方期相敬如賓；父兮念切嚻然，旋聞受哺於子；義雖乖於齊體，孝則見於因心。盍嘉陟岵之仁，翻肆送饑之怒。孰親是念，難忘父一之言；不爽可徵，無效士貳其行。犬馬猶能有養，爾豈無聞？鳳凰欲阻于飛，吾將不取。

【箋】

作於貞元十八年（八〇二），三十一歲，長安。城按：那波本無此判。

【校】

〔鎼可〕「鎼」，馬本、全文俱作「膳」，非。據宋本、盧校改正。

〔盇嘉〕「嘉」，宋本、馬本俱訛作「喜」，據全文、盧校改正。